Das Buch

In ihren dreiunddreißig Lebensjahren hatte Billie noch nie einem so außergewöhnlich gut aussehenden Mann gegenübergestanden. Seine olivenfarbene Haut und die dunklen, fast schwarzen Augen zeugten von exotischen Vorfahren. Seine lässige Sportkleidung verbarg seine urtümliche männliche Schönheit nur notdürftig. Das Baumwoll-T-Shirt klebte feucht an seiner Brust. Schweiß benetzte seine muskulösen Schenkel, durchtränkte sein kurz geschnittenes rabenschwarzes Haar, funkelte auf seiner Oberlippe.

Als sie ihm jetzt aus der Nähe in die Augen sah, verstand sie. In ihnen schimmerte die Verheißung der Ekstase, Diamanten in einem obsidianfarbenen Meer. In diesem Moment fiel jeder jugendliche Überschwang von ihm ab, und er enthüllte das wilde, weltgewandte Wesen, das sie erwartet hatte. Er war aus gutem Grund das Aushängeschild des Avalon, und diesen Grund erkannte sie in seinem verruchten Blick.

Er hatte ihre Hand noch immer nicht losgelassen. Seine Finger verbrannten die ihren. Wenn er jetzt nur ein wenig zog, würde sie gegen seinen harten, feuchten Körper fallen.

Die Autorin

Ihren ersten Roman schrieb Shelby Reed über den Märchenprinzen. Trotz ihrer idealistischen Anfänge liebt sie realistische Figuren mit vielen Facetten, intensive Gefühle und das immer wieder mögliche Happy End. Wenn Sie nicht an ihrem Computer sitzt, zeichnet sie, legt Tarotkarten und lebt ein idyllisches Leben mit ihrem eigenen Märchenprinzen im Norden Floridas.

Shelby Reed

WAS IMMER DU WILLST

Aus dem Amerikanischen
von Nicole Hölsken

WILHELM HEYNE VERLAG
MÜNCHEN

Die Originalausgabe erschien
unter dem Titel THE FIFTH FAVOR

FSC
www.fsc.org
MIX
Papier aus verantwortungsvollen Quellen
FSC® C014496

Verlagsgruppe Random House FSC® N001967
Das für dieses Buch verwendete FSC®-zertifizierte
Papier *Holmen Book Cream* liefert
Holmen Paper, Hallstavik, Schweden.

Vollständige deutsche Erstausgabe 11/2015

Umschlaggestaltung: Nele Schütz Design
unter Verwendung von shutterstock/Yurij Omulchenko
Redaktion: Anita Hirtreiter
Printed in Germany
Satz: KompetenzCenter, Mönchengladbach
Druck: GGP Media GmbH, Pößneck

ISBN: 978-3-453-41887-5

www.heyne.de

1

Billie sah die Überschrift schon vor sich: *Ein Nachmittag mit einem waschechten Gigolo.* Nein, nicht zu reißerisch. *Ein Traum wird wahr.* Ja, das war besser.

Einen Artikel wie diesen hatte sie noch nie schreiben müssen. Noch nie hatte sie einen Callboy kennengelernt oder einen Privatclub besucht, in dem die sexuellen Fantasien von Frauen erfüllt wurden. Und was sie am meisten überraschte, war die Tatsache, dass ihr der Gedanke gefiel. Die ungeheure Erregung. Der Gedanke, dass eine Frau diesen eleganten Ort betreten und sich den Mann aussuchen konnte, der ihren erotischen Bedürfnissen am ehesten entsprach.

Sie nahm ihre Aktentasche in die andere Hand und betrachtete ein üppiges Sofa im Wartebereich der Lobby, überlegte, ob sie es sich darauf bequem machen sollte, und entschied sich dagegen. Die ganze Situation war so absurd, dass sie ganz unsicher wurde. Sie war nervös und befangen. Sie empfand das gleiche zittrige Unbehagen wie damals, als sie zum ersten Mal mit einem Mann ins Bett gegangen war.

Sie kam sich wie eine Jungfrau vor.

Kaum einen Meter entfernt stand die Chefin vom Avalon an der Rezeption, das Telefon zwischen Ohr und Schulter geklemmt, und sprach Französisch in den Hörer, leidenschaftliche Worte, unterbrochen von gelegentlichem heiserem Lachen. In der kurzen, ersten Unterhaltung, die Billie mit ihr geführt hatte, bevor das Telefon sie unterbrochen hatte, hatte Azure Elan ihr enthüllt, dass ihre Kundinnen aus der ganzen Welt kamen. Sie verstand, was Frauen sich wünschten, und sie verschaffte es ihnen … für tausend Dollar die Stunde. Aber eine Reporterin wie Billie Cort konnte scheinbar warten, und zwar den ganzen Morgen. Absolut gar nichts deutete darauf hin, dass das Telefonat über kurz oder lang zum Ende kommen würde, und Billie wünschte, sie hätte sich nicht derart beeilt, um so früh im Avalon anzukommen. Sei pünktlich, hatte ihre Redakteurin ihr befohlen, als sie in der Woche zuvor den Termin für Billie vereinbart hatte. Besucher, die nicht pünktlich waren, wurden in diesem Etablissement kein zweites Mal empfangen.

Billie unterdrückte ein Seufzen und ließ den Blick durch die Lobby schweifen, während sie wartete. Sie war ein Paradebeispiel neoklassizistischer Eleganz, monochrome Farbtöne aus gediegenem Ecru und Elfenbein. Trompe-l'œil-Engelsköpfe lächelten wohlwollend von der reich verzierten Stuckdecke herab, wobei sie mit ihren dicken Ärmchen üppige, nackte Nymphen umfingen. Irgendwo hinter diesem Fresko, in den Zimmern, die die vier Stockwerke eines jahrhundertealten Stadthauses säumten, hatten Menschen Sex. Regelmäßig. Die ganze Nacht lang genossen sie die teuersten erotischen Freuden, die man sich vorstellen konnte. Die Klientel des Clubs bestand aus den reichsten Frauen der Welt. Deren »Begleiter« waren Gerüchten zufolge die auserlesensten männlichen Exemplare, aus aller Herren Länder, jeglicher Kultur, einem jeglichen weiblichen Ideal entsprechend.

Vor dem mit schweren Vorhängen verhangenen Fenster zog wie ein Stummfilm der Verkehr vorüber, die Rushhour am Montagmorgen in Washington D.C. Im Inneren des Avalon schien die Abwesenheit jeglichen Lärms die wohlduftende Luft förmlich einzuhüllen. Nur die zarten, hellen Klänge mozartscher Melodien durchbrachen die Stille. Billie hatte das Gefühl, als hätte sie eine neue Dimension des Seins betreten, in der nur Schönheit, Ekstase und Fantasie herrschten.

Ihr eigenes Privatleben war so meilenweit davon entfernt, dass es nicht ihr zu gehören schien – wie ein leiser Schrei in der Nacht. Unruhig trat sie vom Fenster zurück, die Aktentasche fest gegen die Schenkel gepresst.

Mit einem leisen Knarren öffnete sich eine Tür in der Nähe; dann folgte ein lautes Klicken. Neugierig über dieses Lebenszeichen in dem stillen Gebäude, überquerte Billie die Marmorfliesen und spähte den langen, von Kronleuchtern erhellten Gang hinab, der von der Eingangshalle fortführte. Ein Mann in weißem Nike-T-Shirt, in Shorts und Laufschuhen war durch die Hintertür hineingeschlüpft, über der das Schild *Notausgang* zu lesen war, und kam nun direkt auf sie zu. Mit dem Handtuch um seinen Nacken wischte er sich im Gehen die Schweißnässe vom Gesicht.

Billie beobachtete ihn mit zusammengekniffenen Augen. Ob das ein Mitarbeiter war? Azure hatte berichtet, dass über zwanzig männliche Begleiter bei diesem Escortservice arbeiteten, allesamt junge und außergewöhnlich attraktive Männer.

Der Mann, der nun auf sie zukam, war mehr als attraktiv. Er war groß und muskulös, und seine fließenden Bewegungen waren von jener Leichtigkeit, die zeigte, dass er sich in seinem Körper vollkommen wohlfühlte. Er kam näher, und als er sie mit seinen dunklen Augen ansah, lächelte er und ließ das Handtuch wieder auf die Schulter sinken.

Höflich erwiderte sie sein Lächeln und sah sich nach Azure um. Die schlanke Clubbesitzerin nickte ihr ermunternd zu, als ob sie sie erneut um Geduld bitten wollte, während sie weitertelefonierte.

In der Lobby angekommen, blieb der Mann stehen und warf Azure einen Blick zu. Diese schnippte mit den Fingern, deutete auf Billie und formte mit den Lippen die Worte: »Das ist sie.«

»Guten Morgen.« Er kam noch näher, immer noch außer Atem von seiner sportlichen Anstrengung. »Sie sind die Reporterin von der Frauenzeitschrift?«

Billie nickte verwirrt. Er konnte doch unmöglich ihr Interviewpartner sein, oder doch? Nora Richmond, ihre Redakteurin bei *Illicit*, hatte die Dienste des berühmten Adrian angeblich einmal in Anspruch genommen und ihn als gepflegt und kultiviert beschrieben. Billie hatte sich elegante, weltmännische Perfektion im dreiteiligen Anzug mit teuren italienischen Schuhen vorgestellt. Aber dieser Mann war in den Zwanzigern und besaß eine gesunde, glühende Ausstrahlung. Er hätte auch ein Student sein können, der auf dem Campus eines nahe gelegen College joggte.

»Ich bin Billie Cort.« Sie streckte ihm die Hand entgegen. Er ergriff sie, drückte sie sanft und sandte süße Wärmeschauer ihren Arm hinauf.

»Ich bin Adrian«, sagte er. »Entschuldigen Sie meinen Aufzug, Ms. Cort. Ich laufe morgens meist zur Arbeit. Wenn Sie sich noch ein paar Minuten gedulden würden? Ich würde vor unserem Interview gern noch duschen.«

»Kein Problem.« Billies Stimme klang frisch und selbstbewusst, aber innerlich zitterte sie. In ihren dreiunddreißig Lebensjahren hatte sie noch nie einem so außergewöhnlich gut aussehenden Mann gegenübergestanden. Seine olivenfarbene Haut und die dunklen, fast schwarzen Augen zeugten von exotischen Vorfahren. Seine lässige Sportkleidung verbarg seine urtümliche männliche Schönheit nur notdürftig. Das Baumwoll-T-Shirt klebte feucht an seiner Brust. Schweiß benetzte seine muskulösen Schenkel, durchtränkte sein kurz geschnittenes rabenschwarzes Haar, funkelte auf seiner Oberlippe.

Als sie ihm jetzt aus der Nähe in die Augen sah, verstand sie. In ihnen schimmerte die Verheißung der Ekstase, Diamanten in einem obsidianfarbenen Meer. In diesem Moment fiel jeder jugendliche Überschwang von ihm ab, und er enthüllte das wilde, weltgewandte Wesen, das sie erwartet hatte. Er war aus gutem Grund das Aushängeschild des Avalon, und diesen Grund erkannte sie in seinem verruchten Blick.

Er hatte ihre Hand noch immer nicht losgelassen. Seine Finger verbrannten die ihren. Wenn er jetzt nur ein wenig zog, würde sie gegen seinen harten, feuchten Körper fallen.

»Entschuldigen Sie, Ms. Cort«, sagte nun Azure, legte auf und umrundete die Rezeption. »Wie ich sehe, haben Sie einander schon bekannt gemacht.«

Adrian blickte über Billies Schulter hinweg, tauschte einen stummen Blick mit der Besitzerin, deren Haar ebenfalls rabenschwarz war, und ließ Billies Hand los. »Geben Sie mir eine Viertelstunde, um mich frisch zu machen.«

»Natürlich«, sagte Billie, deren Aufmerksamkeit zwischen dem dunklen Halbgott und seiner Chefin hin- und hergerissen war. »Nehmen Sie sich so viel Zeit, wie Sie brauchen.«

Er zog sich zurück und verschwand über die Treppe, die sich hinter der Rezeption hinaufschlängelte, wobei er mit müheloser Grazie immer zwei Stufen auf einmal nahm.

»Wenn er sich frisch gemacht hat, sieht er richtig gut aus«, sagte die Clubbesitzern trocken, die neben Billie stehen geblieben war und ihm ebenfalls hinterhersah. »Normalerweise würde ich Sie keinem Begleiter vorstellen, der einen dermaßen vernachlässigten Eindruck macht. Aber wie ich höre, sind Sie ja nur an einem Interview interessiert?«

»Das stimmt.« Billie umklammerte ihre Aktentasche wie einen Schild. Frauen wie Azure kannte sie zur Genüge. Die blauen Augen dieser Frau waren kalt, scharfsichtig, umrahmt von einem elfenbeinfarbenen, kantigen Gesicht, das von kluger Entschlossenheit zeugte. Zweifellos konnte sie sich mit einem Blick ein Bild vom Charakter eines Menschen machen. In diesem Moment war Billie selbst Gegenstand ihres laserscharfen, prüfenden Blicks, und das gefiel ihr gar nicht. Als Reporterin war sie es gewohnt, selbst die Beobachterin zu sein, Schwachstellen und geheime Motive durch Körpersprache, Gesichtsausdruck und Blick aufzudecken. Aber Azure zog sie mit diesen eiskalten blauen Augen förmlich aus und berührte Verletzlichkeiten, die Billie glaubte, gut verborgen zu haben.

Lass keinen sehen, wie du schwitzt. Sie schüttelte sich das Haar aus dem Gesicht, straffte die Schultern und erwiderte den unerschütterlichen Blick der Clubbesitzerin.

Es folgten ein paar angespannte Sekunden, dann sah Azure weg. »Ich bedaure, dass wir durch das Telefonat unterbrochen wurden.« Sie sprach mit einem ganz schwachen, undefinierbaren Akzent und legte ihre schlanke, manikürte Hand auf Billies Unterarm, um sie zur Sitzecke hinüberzuführen. »Erzählen Sie mir etwas über Ihren Artikel, während wir auf Adrian warten. Was wollen die Leser Ihrer Ansicht nach wissen?«

Billie wählte das nächste Damastsofa und setzte sich kerzengerade hin. »Zunächst einmal sicherlich das Übliche. Was genau sind die Aufgaben eines Avalon-Begleiters? Neben dem Offensichtlichen natürlich. Viele Frauen wissen ja noch nicht einmal, dass derlei Clubs existieren.«

»Viele Frauen können sich einen solchen Club auch gar nicht leisten.«

»Ich weiß, ich gehöre auch dazu.«

»Dann haben Sie ja großes Glück, dass Sie diesen Auftrag erhalten haben, nicht wahr?«

Azure lächelte, als sie sich auf einem Queen-Anne-Sessel niederließ. »Ich bin überzeugt, dass Sie die Erfahrung sehr bereichernd finden werden.«

»Zweifellos.« Billie biss sich auf die Lippe, dann fragte sie wagemutig: »Ich würde gern wissen, wie Adrian zu diesem Beruf gekommen ist.«

»Er ist für dieses Geschäft geboren.« Geistesabwesend liebkoste Azures Hand eine bronzene Skulptur, die den Tisch neben ihr zierte. Zwei Liebende, eng umschlungen, ihre Glieder wie Ranken ineinander verflochten. »Er ist nicht einfach nur ein hübsches Gesicht. Die durchschnittliche Avalon-Kundin wünscht sich intelligente Gespräche und kultivierte Gesellschaft. Für einige Frauen muss es noch nicht einmal notwendigerweise zum Sex kommen – obwohl sich nur wenige die Gelegenheit, mit einem solchen Mann zu schlafen, entgehen lassen.« Ihr scharfer Blick durchbohrte Billie förmlich. »Nie und nimmer hätte ich gedacht, dass ich – wenn auch nicht namentlich – für einen Zeitschriftenartikel auf ihn verzichten würde oder dass ich einer vollkommen Fremden gestatten würde, ein Bild von meinem geliebten Avalon für die Frauen da draußen zu zeichnen, ohne ein einziges Detail auszulassen, das uns gefährden könnte, den Club, Adrian, mich selbst ...« Ihre langen Finger packten den Stoff ihres elfenbeinfarbenen Kleides so fest, dass ihre Knöchel weiß hervortraten. Dann ließ sie wieder los. »Aber Sie wissen sicherlich, dass wir eine hervorragende Geschäftsbeziehung zu Ihrer Redakteurin,

Nora Richmond, unterhalten. Sie sehen also, wir behandeln unsere Kontakte gut, Ms. Cort. Und Adrian wird seinerseits Sie gut behandeln, solange Ihre Fragen harmlos bleiben und kein Risiko für uns darstellen.«

Sie hielt erneut inne und blickte auf ihre Nägel hinab. »Außerdem könnte es ein paar sehr unangenehme Konsequenzen für Sie haben, wenn Sie den wahren, übergeordneten Zweck enthüllen, den das Avalon verfolgt. Denken Sie also daran, wenn Sie und Nora ihre Jobs behalten wollen, okay? Und jetzt sagen Sie mir«, ihre heisere Stimme klang jetzt weniger angespannt, »wie lange Sie brauchen werden, um alle Informationen zu bekommen, die Sie benötigen.«

Billie schluckte. »Das hängt von seinen Antworten ab.«

»Und von Ihren Fragen, Ms. Cort. Adrian wird Ihnen alles sagen, was Sie über seine Position hier im Avalon wissen müssen. Er wird ihnen jedes scheußliche Detail im Leben eines Begleiters schildern ... er hat keine Scham. Aber die Namen seiner Kundinnen wird er nicht preisgeben, machen Sie sich also gar nicht erst die Mühe, ihn danach zu fragen. Er hat sich in Bezug auf alles zur Geheimhaltung verpflichtet, was die Behörden auf uns aufmerksam machen könnte. Und er wird Ihnen keine Fragen über sein Privatleben beantworten. Er schützt seine Privatsphäre mit aller Macht.«

»Ich kann sehr überzeugend sein«, bemerkte Billie gleichmütig. Wenn sie nichts Persönliches über den Mann in Erfahrung bringen konnte, Details, die ihn als menschlich und erreichbar kennzeichneten, war der Artikel nicht viel wert.

»Adrian hat einen eisernen Willen.« Azure ließ ihre Finger über das fein gemeißelte Gesäß der männlichen Statue gleiten. »Wenn Sie ihn zu sehr unter Druck setzen, weist er Ihnen sowieso die Tür.«

»Aber es ist schließlich mein Job, meinen Interviewpartnern Informationen zu entlocken.«

»Darauf wird er sich nicht einlassen. Es gibt andere hier, die Ihnen alles über ihr Privatleben erzählen werden.«

»Nein – es muss Adrian sein.« Billie runzelte die Stirn über ihre eigenen Worte. Wo waren die hergekommen? Eigentlich musste der Artikel gar nicht ausschließlich über ihn sein. Nora Richmond hatte ihn vielleicht ausgewählt und ihn zur Crème de la Crème gekürt, aber dennoch musste Billie ihre Nachforschungen keineswegs auf ihn beschränken. Und nun, da die Clubbesitzerin ihr einen Freibrief gegeben hatte, sich mit mehr als nur einem Begleiter zu unterhalten …

Ach, zum Teufel! Es spielte keine Rolle. Eigentlich wusste sie, dass dieser Artikel sich mit Adrian befassen würde. Sie hatte sein Gesicht gesehen, seine leise Stimme gehört, in seine verführerischen Augen geblickt. Das unerwartete Sehnen, das er sofort in ihrer innersten Weiblichkeit wachgerufen hatte, würde ihrem Artikel jenen Stempel aufdrücken, der sie zu einer der erfolgreichsten Autorinnen in der Geschichte des Blattes *Illicit* machen würde.

»Ich formuliere es anders. Ich würde gern mit Adrian anfangen«, sagte sie entschieden. »Und wenn ich auf Widerstand stoße, werde ich meine Strategie ändern.«

»Wie Sie meinen.« Azures Lächeln erreichte ihre Augen nicht ganz. Sie erhob sich. »Er gehört Ihnen bis um ein Uhr mittags. Dann müssen Sie ihn entlassen. Sein Terminkalender ist voll, ebenso wie seine Warteliste.«

Billie zögerte. »Was, wenn ich mehr als einen Tag benötige?«

Azure war schon auf dem Weg in den Flur. Ihre Aufmerksamkeit war offensichtlich jetzt woanders. »Wenden Sie sich an meine Sekretärin, Maria, und wir werden sehen, was wir für Sie tun können.«

»Ich muss mich auch nicht auf seine Arbeitszeiten beschränken«, warf Billie schnell ein. »Vielleicht könnte ich mich ja auch an seinem freien Tag mit ihm treffen.«

Wie tiefes Glockengeläut erfüllte Azures Gelächter die Lobby. »Ms. Cort, Sie werden nicht lange brauchen, um zu erkennen, auf wie viel Widerstand Sie schon hier stoßen werden, an einem Ort, an dem Adrian anonym bleibt. Er würde sich nie darauf einlassen, sich mit einem Reporter in seiner Freizeit zu treffen. Außerdem kann ich mir nicht vorstellen, dass Sie ihn mehr als ein paar Stunden brauchen werden. Bei den Fragen, auf die er vorbereitet ist, wird er sehr kooperativ sein, aber ich möchte vermeiden, dass er gedrängt wird, darüber hinaus weitere Informationen preiszugeben. Er arbeitet abends lang, und ich werde nicht zulassen, dass Sie ihn bis zur Erschöpfung befragen. Er muss fit sein, was insbesondere für den heutigen Abend gilt.«

Billie nickte und unterdrückte den Impuls zu fragen, was an einem Montagabend im August, an dem sogar die Blätter an den Bäumen durch die Hitze welkten, so wichtig sein konnte. Vielleicht erwartete man heute eine prominente Persönlichkeit? Vielleicht sogar das Mitglied einer königlichen Familie. Alles war möglich. Was es auch sein mochte, Azure Elan hielt die Zügel ihres Unternehmens fest in der Hand, und Adrian hatte offenbar dazu beigetragen, dass sie zur wohlhabenden Frau avancierte. Billie nahm sich vor, ihn über seine Beziehung zu der Besitzerin des Etablissements zu befragen.

»Viel Glück, Ms. Cort.« Azure hielt am Ende des Flurs noch einmal inne und sah sie an. Ihre blassblauen Augen ruhten auf Billie. »Ich wünsche Ihnen viel Vergnügen. Adrian hat eine wunderbare Art, Frauen unter die Haut zu gehen. Wenn ich Sie wäre, wäre ich auf alles vorbereitet.« Mit einem letzten Winken glitt sie den Flur hinab, wobei ihre seidene weiße Tunika ihre gertenschlanke Gestalt wie durchsichtige Flügel umfloss. Noch als sie gegangen war, war die Luft von einem Hauch Chanel No. 5 erfüllt.

Zehn Herzschläge später – unerklärlich schnelle Herzschläge – erschien Adrian wieder auf der Bildfläche, diesmal am Fuße der offenen Wendeltreppe. Er war so leise herabgekommen, dass Billie ihn nicht bemerkt hatte. Sie sprang vom Sofa auf.

»Ich habe Sie erschreckt«, sagte er.

»Ja.« Sie legte die feuchte Handfläche auf ihr pochendes Herz und beugte sich vor, um das Notizbuch aufzuheben, das aus dem vorderen Fach ihrer Aktentasche gefallen war. »Seit ich diesen Ort betreten habe, bin ich ständig überrascht und erschrocken.«

Angesichts dieses unverblümten Geständnisses musste er lächeln. »Sie besuchen sonst keine privaten Clubs für Frauen?«

»Montags nie«, sagte sie mit einem schiefen Grinsen. »Haben Sie Nachsicht mit mir, Mister …«

»Nur Adrian.« Er betrachtete sie mit offensichtlicher Neugier, ohne sich vom Fuße der Treppe weiterzubewegen. Und Billie erwiderte den Blick, wandte die Augen nicht ab, noch nicht einmal, als sie spürte, wie sexuelles Verlangen ein leises Prickeln auf ihrem Rücken hinterließ.

Sein Haar, immer noch feucht von der Dusche, trug er zurückgekämmt, sodass seine fein gemeißelten Züge noch stärker hervortraten. Sein weißes Baumwollhemd war am Hals offen, die Ärmel bis zu den Ellbogen hochgekrempelt, wodurch seine dunklen, muskulösen Unterarme sichtbar wurden, die von

Sonne und Kraft zeugten. Seine kakifarbene Hose lag eng um seine Hüfte, die Bügelfalte saß perfekt, die Aufschläge endeten genau über seinen blitzblanken Slippers. Lässige Eleganz.

Der schwache Kräuterduft seines Shampoos und seines teuren Eau de Cologne erregte ihre Sinne selbst über die Entfernung des Zimmers hinweg.

Er streckte ihr die Hand mit der Handfläche nach oben entgegen und sagte: »Kommen Sie mit nach oben.«

Sie packte ihre Aktentasche und machte einen Schritt auf ihn zu. »Sie haben keinen Nachnamen?«

»Jeder hat einen Nachnamen.« Seine Hand schwebte weiterhin wartend in der Luft. Er zwang sie, über den marmornen Boden zu ihm hinüberzugehen, und wie eine Motte, die vom mitternächtlichen Mond angezogen wird, ließ sie sich ihm entgegentreiben.

Bei ihm angelangt, ergriff sie seine Hand und sah ihm ins Gesicht: »Ist es Jones? Smith? Oder Brown?«

Sein Mund zuckte. »Keiner dieser Namen.«

»Und Sie werden ihn mir nicht verraten?«

»Diese Information ist nicht notwendig.«

Sie neigte den Kopf, musterte sein kantiges Gesicht. »Sie sehen nicht aus wie ein Adrian.«

Er lächelte breit. »Was Sie nicht sagen.«

»Eher wie ein Carlos, ein Juan oder ein Diego.«

»Das sind spanische Namen.«

»Sind Sie denn nicht spanischer Abstammung?«

»Ich bin alles, was Sie sich wünschen.« Sein Blick flackerte einen Moment lang über Billies Schulter hinweg, dann sah er ihr wieder in die Augen. »Aber fürs Protokoll, Azure gibt den Begleitern ihre Namen.«

Wie aufs Stichwort öffnete sich eine Tür am Ende des Flurs,

doch von ihrem Standpunkt aus konnte Billie niemanden in dem schmalen Flur entdecken.

Adrians Augen brannten sich in die ihren. »Sind Sie bereit? Können wir anfangen?«

Was für eine Frage. Wie vielen anderen Frauen hatte er diese Frage schon gestellt, wenn auch aus ganz anderen Gründen?

Sie nickte stumm und folgte ihm, hinaus aus der Halle, die elegante gewundene Treppe hinauf, die in die tiefsten Geheimnisse einer Frau führten.

2

Ich habe drei Monate gebraucht, um endlich einen Termin bei Ihnen zu bekommen«, sagte Billie, die nun in einem karierten Ohrensessel saß und beobachtete, wie Adrian vor einem kleinen Kühlschrank niederkniete. »Azure berichtete mir, dass Ihr Terminkalender stets voll ist.«

»Aber jetzt habe ich frei.« Er nahm einen Krug Orangensaft heraus und richtete sich zu voller Größe auf. Er war bestimmt einen Meter achtzig groß, schätzte sie. Er passte in dieses elegante Schlafzimmer genauso gut hinein wie die ecrufarbene Decke und die passenden Gardinen. »Haben Sie schon gefrühstückt?«, fragte er, während er Saft ins Glas goss. »Wie wäre es mit einem Croissant? Einem Brötchen?«

»Ich frühstücke normalerweise nicht.«

»Dann sollten Sie wenigstens etwas trinken.« Er kehrte zu der Sitzgruppe vor dem Kamin zurück und reichte ihr ein Kristallglas.

Sie betrachtete den dickflüssigen orangefarbenen Inhalt. »Das sieht für meinen Geschmack viel zu gesund aus. Ich bin sicher, dass durch meine Adern Kaffee fließt.«

»Ist das der Grund, warum Ihre Hände zittern?«

Verlegen zuckte Billie mit den Achseln und trank einen Schluck des eisgekühlten Safts.

»Fangen wir doch mit den grundlegenden Informationen an.« Sie stellte ihr Glas auf einen winzigen runden Tisch und holte ein Diktiergerät aus ihrer Aktentasche. »Wie alt sind Sie?«

Er hielt sein eigenes Glas in den Händen und setzte sich in einen identisch aussehenden Sessel ihr gegenüber. »Achtundzwanzig.«

Alterslos in den Augen einer hungrigen Frau. »Und Ihre Ausbildung … haben Sie einen Abschluss?«

»Ich habe den Bachelor in Soziologie. Eine weitere Ausbildung wurde von dieser … Tätigkeit hier … unterbrochen.« Er deutete auf die luxuriöse Umgebung.

Zu ihrer Linken erstreckte sich ein marmorner Kamin über die Hälfte der Wand. Reproduktionen von Gemälden in reich verzierten Rahmen flankierten die gegenüberliegende Tür, die wahrscheinlich ins Bad führte. Die Damastvorhänge an allen vier Fenstern waren zugezogen, sodass von der Morgensonne nur ein Hauch durch das schwere Seidenmaterial drang.

Nirgends waren persönliche Gegenstände zu finden. Nichts, womit Adrian der Umgebung seinen Stempel aufgedrückt hätte, nur kühle Eleganz. Billie hob ruckartig den Kopf und sah ihm wieder ins Gesicht. »Ist das Ihr eigenes Zimmer?«

»Ja.«

»Aber Sie wohnen nicht hier.«

»Ich habe ein anderes Domizil in der Stadt.«

»Verstehe.« Sie holte einen Stift aus der Aktentasche und kritzelte etwas auf einen kleinen, spiralgebundenen Block. Bei dieser Antwort kamen ihr gleich weitere Fragen in den Sinn. »Leben Sie mit jemandem zusammen?«

Als er schwieg, blickte sie auf und stellte fest, dass er lächelte.

»Ich lebe mit Rudy zusammen«, antwortete er.

Billie zog die Augenbrauen in die Höhe. »Ist das Ihr … Liebhaber?«

»Mein Labrador.«

Sie richtete die Aufmerksamkeit wieder auf ihren Notizblock. »Azure sagte, dass Sie keine persönlichen Fragen beantworten würden.«

»Kommt auf die Fragen an.« Er trank noch einen Schluck Orangensaft und fuhr sich mit dem Daumen über die Unterlippe, die dunklen Augen unverwandt auf ihr Gesicht gerichtet. »Ich sage Bescheid, wenn Sie zu weit gehen.«

Ohne ihm direkt in die Augen zu sehen, fragte Billie: »Sind Sie bisexuell?«

Die Frage schien ihn nicht zu überraschen. »Das ist heutzutage ein etwas schwammiger Begriff, Ms. Cort.«

»Aber schlafen Sie mit Männern?«

»Nein.«

»Haben Sie es schon mal getan?«

»Ich könnte sehr reich sein, wenn ich mich darauf einlassen würde, aber die Antwort lautet dennoch Nein.«

»Irgendetwas müssen Sie ja richtig machen«, erklärte Billie. »Ihre Kleidung, Ihr Stil, alles an Ihnen zeugt von Geld.«

»Mir geht es gut. Ich kaufe mir, was ich brauche. An Materiellem fehlt mir nichts.«

»Was fehlt Ihnen denn dann, Adrian?«

Sie sahen einander tief in die Augen, und ihr Herz setzte einen Schlag lang aus, um dann in ihrer Brust einen wilden Tanz aufzuführen. Ihre Haut brannte, als ob ihr ganzes Wesen Feuer gefangen hätte.

Er beugte sich vor, stützte die Unterarme auf die Knie. »Was fehlt denn jedem Mann?«, gab er sanft zurück und sah sie fragend an, als ob er die Antwort in ihrem Gesicht fände. »Oder jeder Frau?«

Billie nahm den Duft seines Eau de Cologne wahr. Ein

Hauch von Moschus, eine Spur Patschuli. »Ein Haus. Hübsche Dinge. Eine Familie. Jemanden, den man lieben kann.«

»Drei Treffer von vier – nicht schlecht.« Er schlug die Augen nieder und betrachtete das Glas in seinen Händen. »Was sonst noch, Ms. Cort?«

»Erzählen Sie mir von Ihrer Familie?«

Er sah sie wieder an, mit verschlossenem Blick. »Nein.«

»Lieben Sie jemanden?«

»Meine Familie«, antwortete er, und seine Augen verengten sich ganz leicht, was eine Warnung war, dieses Thema ruhen zu lassen.

Nach minutenlangem Geplänkel dieser Art kam Billie endlich auf das Thema Azure Elan zu sprechen. Seine breiten Schultern entspannten sich etwas, als er sich zurücklehnte und von dem Ohrensessel umarmen ließ, die langen Beine vor sich ausgestreckt.

»Ich habe Azure als College-Student auf einer Party kennengelernt. Durch die Arbeit für sie konnte ich mir den Bachelor finanzieren.«

»Sie wussten also ganz genau, welche Aufgaben einen Avalon-Begleiter erwarten, und haben sich darauf eingelassen, für sie zu arbeiten?«

»Ja. Aber ich habe zunächst als Barkeeper angefangen, denn ich war nicht sicher, ob ich diesen Lebensstil wirklich so führen wollte. Und dann ganz langsam, dank der großzügigen Aufmerksamkeit und Unterstützung einiger Kundinnen …« Er zog die Augenbrauen in die Höhe und ließ den Gedanken unausgesprochen.

Billie machte sich eine Notiz auf ihrem Block. »Die Kundinnen haben also vorgeschlagen, dass Azure Sie befördert?«

»Nachdem ich ein paar Wochen hier gearbeitet hatte, ja.«

»Das hat ja nicht lang gedauert.«

Ein Lächeln spielte um seinen Mund. »Nein. Das Vertrauensvotum war recht schmeichelhaft.«

Sie schob den Rekorder auf den neben ihr stehenden Tisch. »In welcher Beziehung stehen Sie zu Azure?«

»Sie ist meine Arbeitgeberin«, antwortete er. »Die Chefin.«

Billie zog die Augenbrauen in die Höhe. »Und mehr nicht?«

»Mehr nicht.«

»Und was war vorher? Als sie Sie einstellte?« Als er sie nur ansah, ohne zu antworten, fügte sie hinzu: »Adrian, ich muss von Ihrer Welt so viel, wie es in den wenigen Stunden möglich ist, erfahren. Ist es in Ihrer Branche nicht üblich, dass die Besitzerin eines solchen Clubs zunächst eine Stichprobe macht, bevor sie einen Begleiter ihren Kundinnen vorstellt?«

»Vielleicht sollten Sie Azure fragen.«

Es war noch zu früh, um diesen besonders dunklen Bereich auszuloten. Sie konnte ja immer noch darauf zurückkommen. Mit ihrer nächsten Frage würde sie wahrscheinlich schon wieder auf Granit beißen, aber einen Versuch war es wert. »Sie schlafen mit vielen Frauen«, begann sie, während sie ziellos Schnörkel auf ihren Notizblock kritzelte. »Sind Sie dabei auch manchmal … persönlich betroffen?«

Adrian bewegte sich und stellte das Glas auf dem Tisch ab. »Ms. Cort, jede Frau, die ich berühre, löst bei mir eine Reaktion aus. Manchmal ist es romantisch. Manchmal kameradschaftlich. Manchmal wiederum leidenschaftlich. Welcher Mann, der noch einen Tropfen Blut im Leib hat, könnte das vermeiden? Trotz der einzigartigen und oftmals missverstandenen Art meiner Stellung hier bin ich ein Mann wie jeder andere auch. Frauen bewegen mich. Alle Frauen, auf die ein oder andere Weise.«

Und doch schien er seltsam abgeklärt zu sein. Sie konnte

ihn sich einfach nicht ärgerlich, gerührt oder emotional vorstellen – egal wie beredt er war. Sie kritzelte ein paar Worte auf das Papier, klickte zweimal mit dem Kuli, dann lehnte sie sich zurück und musterte ihn aufmerksam. Ihre Aufmerksamkeit wanderte dann von seinem Gesicht weiter herunter, sie sah das Dreieck seiner Haut an seinem offenen Kragen, das feine, dunkle Haar auf seinen Unterarmen, seine Finger, die auf so geschickte Weise Lust verschafften und mit denen er schon Tausende von Frauen berührt hatte. Einen Augenblick lang stellte sie sich vor, wie diese Finger sie selbst berührten. Wie er ihr das beigefarbene Leinenjackett auszog, ebenso den seidenen Rock, und darunterglitt, um ihre brennende Haut zu liebkosen. Jeder Nerv in ihrem Körper vibrierte.

Sie räusperte sich, überkreuzte die Beine und drückte sie verstohlen zusammen, um das Ziehen zwischen ihren Schenkeln zu lindern. »Ich glaube, ich würde jetzt doch gern auf Ihr Angebot zurückkommen und ein Croissant essen.«

Eine Stunde später schaltete Billie ihr digitales Aufzeichnungsgerät ab und schob sich das Haar hinters Ohr. »Machen wir eine Pause.«

Er erhob sich, die Hände hinter dem Kopf verschränkt, und reckte sich. Er erinnerte sie an einen Panther, schimmernd und ursprünglich. Unter seiner eleganten Erscheinung lauerte die Dunkelheit, wodurch Billie sich ihrer selbst, ihrer Umgebung und ihrer Worte intensiv bewusst wurde. Fast, als ob sie sich schützen müsste, wenn sie die Gefahr auch nicht wirklich auf den Punkt bringen konnte.

»Haben Sie denn bis jetzt die Informationen bekommen, die Sie haben wollten?«, fragte er, als sie sich erhob und im Zimmer umherschlenderte.

»Größtenteils.« Sie sprach leichthin, während sie spürte, dass sein Blick wie ein warmer Strom über sie hinwegglitt. »Sie sind kein leichter Gesprächspartner.«

»Was habe ich Ihnen denn noch nicht erzählt – abgesehen von ein paar persönlichen Details?«

»Ihre Lebensgeschichte.«

»Hm.« Er verzog die Lippen zu einem Lächeln. »Was sonst noch?«

»Eine Erfahrung mit einer Kundin. Ich meine detailgetreu. Da die Mitglieder dieses Clubs ihre Privatsphäre wie Kronjuwelen hüten, könnten Sie mir im Verlauf des weiteren Interviews vielleicht den Verlauf einer solchen Sitzung anschaulicher darstellen.«

»Ich dachte schon, Sie fragen nie.«

Bewusst mied sie seinen Blick und betrachtete das elegante Mobiliar und ließ ihre Finger über die vergoldeten Kanten und das glatte, polierte Holz wandern. Das riesige Himmelbett zierte ein Topper, der die Matratze selbst um fast sechzig Zentimeter überragte.

An der Tür zum Bad blieb sie stehen. »Darf ich?«

»Nur zu.«

Vorsichtig spähte sie hinein und hielt den Atem an. Sämtliche Wände warfen ihr Spiegelbild zurück, gerahmt in Travertin-Marmor.

»Das ist ja unglaublich.« Sie trat ein und wanderte langsam darin umher. Sie betrachtete das marmorne Doppelwaschbecken, die Toilettentische mit Granitoberfläche, die glänzenden goldverzierten Armaturen. Die Wände waren komplett verspiegelt. Eine Badewanne, groß genug für sechs Erwachsene, kauerte – umgeben von exotischen Pflanzen – in einem Alkoven.

In einer Ecke der Wanne erhob sich aus dem Blattwerk eine ein Meter hohe Kouros-Statue, aus deren Händen Wasser strömte, sobald man die goldenen Hähne zu ihren Füßen betätigte.

»So etwas habe ich noch nie gesehen«, sagte Billie, als hinter ihr hundert Spiegelbilder von Adrian auftauchten. »Wohin führen diese Türen?«

Er ging zu drei Knäufen hinüber, die unauffällig in die Spiegel eingelassen waren. »Hinter dem einen eine Toilette und ein Bidet. Hier verbirgt sich ein Schrank. Und das hier …« Er schwang die Tür auf. » … ist eine Dusche.«

Billie stellte sich neben ihn und spähte ins Halbdunkel. Der gesamte Raum war mit Alabasterfliesen ausgelegt, an allen drei Seiten hingen doppelte Duschköpfe. »Mein Gott. Hier drin könnte man glatt eine Party schmeißen.«

»Sehr scharfsinnig bemerkt.« Als sie ihn unsicher ansah, lächelte er. »Wie alt sind Sie, Billie?«

»Dreiunddreißig.«

»Mit so unschuldigen Augen für eine knallharte Sensationsreporterin bei *Illicit.*«

Sie musterte sein Gesicht aufmerksam. Er schien es ehrlich zu meinen. »Trotz aller gegenteiligen Gerüchte sind wir nicht alle vom brutalen Schlag.«

»Das sehe ich.« Er streckte den Arm aus und wischte ihr eine verirrte Haarsträhne von der Wange, eine zärtliche Gäste, die sie vollkommen überrumpelte. »Und es gefällt mir.«

Sie war etwas außer Atem. Sie standen im Türeingang zur Dusche zu dicht beieinander. Seine Präsenz, die köstliche Hitze, die er verströmte, raubte ihr den Atem. »Erzählen Sie niemandem, dass Sie mich durchschaut haben«, sagte sie abrupt. Mit einem kleinen Witz versuchte sie ihren inneren Aufruhr zu vertreiben. »In diesem Geschäft gilt es als Zeichen der Schwäche, wenn andere erkennen, dass man ein Herz hat.«

»Natürlich.« Er runzelte die Stirn, während sein Daumen weiterhin an ihrer Wange ruhte. »Unsere Branchen haben mehr als nur ein paar zufällige Gemeinsamkeiten.«

Sie sahen einander noch einen Moment länger an, dann schluckte Billie und wandte den Blick von seinen dunklen Augen ab. »Diese Badewanne sieht einfach herrlich aus.« Sie machte einen Schritt darauf zu, um den intensiven, viel zu intimen Bann des Augenblicks zu brechen. »Gefällt sie Ihren Kundinnen?«

»Ich hatte nie eine Frau zu Gast, der sie nicht gefallen hat.« Seine Stimme klang leicht amüsiert, als er ihr folgte und neben ihr stehen blieb. »Sie hat Spezialdüsen. Schauen Sie mal.«

Billie stieg die marmorne Plattform hinauf, und ihre Hand glitt über den Stapel dicker ägyptischer Baumwollhandtücher, der dort lag. »So einen Whirlpool habe ich noch nie gesehen.«

»Es gibt auch nur ganze sechs auf der Welt. Speziell für das Avalon entworfen.« Er kam zu ihr hinauf und beugte sich vor, um an einem goldenen Knauf zu drehen. Sofort plätscherte dampfendes Wasser in die Wanne.

Billie verzog die Lippen zu einem Lächeln. Hier musste man nicht zehn Minuten darauf warten, dass das Wasser warm wurde. Innerhalb von Sekunden wirbelten zehn Zentimeter Wasser unter ihrer Hand. »Das ist ja himmlisch.« Sie wedelte mit der Hand durch die stetigen massierenden Wellen.

»Und das«, sagte Adrian und drückte auf einen Knopf, der hinter der Kouros-Statue verborgen war, »ist Ekstase.«

Wasserfontänen schossen aus Myriaden von Düsen, die strategisch im hinteren Teil der Wanne, an den Seiten und am Boden angebracht waren. Ein rhythmisch pulsierender Strahl.

Billie starrte das an, verbotene Bilder wirbelten durch ihren Kopf. »Die Spezialdüsen, nehme ich an?«

Adrian lächelte nur und führte ihre Hand wieder ins Wasser zurück, drehte sie so, dass die Gischt ihre Handfläche benetzte.

Die Vibration pochte in ihren Adern, bis in ihren Magen hinein. Noch tiefer. Ihre Knie wurden weich, und die bescheuertste Frage aller Zeiten kam ihr über die Lippen. »Was ist ... so besonders an Ihnen?«

Sein Mund berührte fast ihr Ohr. »Warum ziehen Sie nicht die Kleider aus und finden es selbst heraus?«

Sie hatte jetzt schon das Gefühl, nackt zu sein, stand da mit einer Hand an der vibrierenden Düse und Adrians heißem harten Körper wenige Zentimeter hinter sich. »Weil das hier ein Interview ist.«

»Na gut. Dann will ich schauen, dass ich es in Worte fasse.« Es klang wie eine Drohung. Bevor sie antworten konnte, wanderte seine freie Hand herum und legte sich sanft auf ihren Bauch, während er sie nach vorn drängte, damit sie die Wanne näher in Augenschein nehmen konnte.

»Die Düsen sind so positioniert, dass sie dem unterschiedlichen Körperbau einer jeden Kundin gerecht werden«, murmelte er. Seine Wange lag ganz dicht an der ihren, sein warmer, würziger Duft erfüllte ihre Sinne. »Sie pulsieren, massieren und liebkosen auf eine Weise, wie es die Zunge eines Mannes nicht zu tun vermag. Das kleine Geländer hier und die Nischen für die Füße sorgen dafür, dass die Frau die richtige Position hat, während die Düsen sie stimulieren, und natürlich ist ihr Begleiter immer bei ihr, sie muss also noch nicht einmal selbst aufstehen, wenn sie nicht will. Sie muss sich lediglich darauf konzentrieren, wie viele Orgasmen sie erreichen kann.«

Er packte sie fester um die Taille, damit sie nicht über die Kante rutschte, und führte Billies Hand unter Wasser von Düse zu Düse, sodass sie jede einzelne spüren konnte. Seine Stimme, die das sanfte Summen des verborgenen Motors übertönte, wurde immer heiserer. »Diese hier sorgt für direkte Stimulation und bringt einen schnellen, intensiven Orgasmus. Diese hier ist mit einem Verzögerungsmechanismus gekoppelt. Ein Vorspiel, wenn Sie so wollen. Aber der letztendliche Höhepunkt ist das Warten wert.« Dann führte er ihre Hand an einen zweifachen Strahl, der sanfter war und so stark sprühte, dass er sogar über die Wasseroberfläche drang. »Und dieser hier stimuliert die Brüste, während unten …«

Sie tauchten wieder unter Wasser, wo ein winziger, scharfer Strom auf Billies prickelnde Handfläche traf, wo er auf und ab züngelte, auf und ab. Das Gefühl an ihrer Hand ähnelte dem Gefühl zwischen ihren Beinen, als ob jemand sie liebkoste. Und sie spürte, wie sie dort feucht und zittrig wurde, als ob sie im wogenden Wasser läge und sich dem züngelnden Strom seidiger Hitze hingab, verankert im wirbelnden Wasser durch den harten, hungrigen Körper ihres wartenden Begleiters.

Adrian.

Seine Finger schienen die Haut an ihrer Taille durch die Seidenbluse hindurch zu verbrennen. Schweiß bildete sich auf ihrer Haut, zwischen ihren Brüsten, an ihrem Nacken, im Kreuz, und es war unglaublich, aber seine Stimme wurde noch leiser. »Notieren Sie sich das auch alles genau, Ms. Cort?«

Oh Gott. Beinahe wäre ihr das über die Lippen gekommen, und obwohl sie den Ausruf unterdrückte, reagierte er, als hätte sie laut aufgestöhnt.

»Die Wanne ist fast voll.« Er liebkoste ihre Wange, seine

feuchten Finger wanderten den Pfad der Wassertropfen an ihrem Handgelenk hinauf, als er ihre Hand aus der Wanne zog. »Letzte Gelegenheit.«

Ihre Lider schlossen sich. »Aber ich habe so wenig Zeit, um das von Ihnen zu bekommen, was ich brauche.«

Die zögerliche Antwort hallte im Badezimmer wider, verletzlich, wund und bedürftig.

Gedemütigt straffte sich Billie in seinen Armen und wandte sich mit zornigem Blick zu ihm um. »Wir verschwenden unsere Zeit. Kehren wir zum Interview zurück.«

»Mir war gar nicht klar, dass wir abgeschweift waren.« Adrian stieg von dem Podest herunter, reichte ihr ein Handtuch und nahm sich ein weiteres, um sich selbst die Hände abzutrocknen. »Sie haben mich doch gebeten, Ihnen die Düsen zu erklären.«

»Adrian, bitte.« Billie unterdrückte die Frustration, die in ihr aufstieg. Sie wollte nicht, dass dieser Mann sie auf eine Stufe mit den Kundinnen, Besiegten und hungrig dreinblickenden Frauen, denen er zufällig auf der Straße begegnete, stellte. Aber war sie wirklich so anders? Sie war eine der wenigen Frauen, die ihn nicht wegen seiner Liebeskünste aufgesucht hatte, sondern wegen seiner Story, seiner Wahrheit. Aber jetzt konnte sie an nichts anderes mehr denken als an das Gefühl seiner Lippen an ihrem Ohr, seinen warmen Atem, seine Worte, die wie Finger ihre Nerven streichelten, ihre Haut …

Reiß dich zusammen, Billie.

»Gehen wir wieder in das andere Zimmer zurück«, schlug sie leichthin vor, um die Spannung zu vertreiben, die in der Luft lag.

Er sagte nichts, und einen beunruhigenden Augenblick lang glaubte sie, dass er das Interview beenden und sie hinausgeleiten würde. Vielleicht hatte sie doch irgendeine Grenze überschritten, einfach indem sie *Nein* zu ihm gesagt hatte.

Einen Mann wie ihn spornte eine Zurückweisung nicht gerade zu Höchstleistungen an.

Adrian warf ihr einen kurzen Blick zu und warf schließlich die Handtücher auf den Waschtisch. Dann ging er mit brüsken Schritten zur Tür. Wieder im Schlafzimmer angelangt, wartete er schweigsam und beobachtete, wie Billie mit zitternden Fingern den Rekorder wieder einschaltete.

Sie drückte auf den Aufnahmeknopf und sah zu ihm auf. Sein unverwandter Blick ließ sie ins Schwitzen geraten. Er hatte noch nicht aufgehört, mit ihr zu spielen. Ein sinnliches Schaudern bahnte sich seinen Weg ihre Wirbelsäule hinauf, und ihre Nippel wurden unter dem Leinenjackett ganz hart.

Als ob ihm das klar wäre, sagte Adrian: »Wollen Sie Ihre Jacke nicht ausziehen und es sich bequem machen?«

Billie machte den Mund auf, wollte ablehnen, aber dann ertappte sie sich dabei, wie sie sich den Stoff von den Schultern gleiten ließ. Sie war sich seines aufmerksamen Blicks schmerzhaft bewusst, während sie sich aus dem Jackett schälte, es zusammenfaltete und über die Armlehne ihres Sessels legte. Als sie ihn dann wieder ansah, fügte er hinzu: »Und jetzt die Schuhe.«

»Oh, ich bin …«

»Sie haben für das Interview mit mir bis ein Uhr Zeit.« Er erhob sich aus seinem Sessel, kniete vor ihr nieder und legte ihren Fuß an seinen Schritt. »Das wäre dann ein ganzer Morgen in diesen Foltergeräten«, sagte er, zog ihr den Schuh aus und legte ihn neben die marmorne Feuerstelle. Seine Handfläche liebkoste ihre nackte Fußsohle. »Jetzt den anderen.«

Sprachlos ließ Billie es zu, dass er ihr auch noch den anderen Schuh auszog, und schloss die Augen, als knisterndes Verlangen ihren ganzen Körper durchfuhr. Allein die Berührung am Fuß erfüllte sie mit Erregung und Sehnen. Wie konnte eine Frau es überleben, von diesem Mann geliebt zu werden? Allein das Bild, das vor ihrem geistigen Auge aufblitzte, ließ sie fast aufstöhnen. Sie konnte es kaum verhindern.

»Schon besser.« Er musterte einen Moment lang ihr Gesicht, bevor er sich aufrichtete und wieder setzte.

Billie sah auf den Notizblock in ihrem Schoß hinab. »Äh … wo war ich? Erzählen Sie mir von Ihren Kundinnen.«

Bei dem Thema jagten die unterschiedlichsten Gefühle über sein Gesicht: Belustigung, Abscheu, Interesse, Resignation. Er verschränkte die Hände über seinem flachen Bauch, während er die Antwort überdachte: »Das Alter meiner Kundinnen bewegt sich zwischen einundzwanzig und fünfzig, meist sind sie jedoch in den Vierzigern. Erfolgreiche Geschäftsfrauen. Ärztinnen, Diplomatinnen, Anwältinnen, Politikerinnen. Reiche, einsame Hausfrauen.«

»Verheiratete Frauen«, sagte Billie.

»Die meisten von ihnen, ja. So allein in ihrer Ehe, dass sie Intimität mit einem vollkommen Fremden suchen müssen.«

»Und sogar dafür bezahlen müssen.«

»Ja.«

Sie starrte wieder auf ihren Notizblock hinab und schloss ihn mit einem Seufzer. Ihr war klar, dass sie sich nicht auf die Fragen würde konzentrieren können, die sie dort notiert hatte. »Schildern Sie mir eine typische Sitzung mit einer Kundin.«

Adrian lehnte den Kopf gegen die Lehne seines Ohrensessels, sodass seine Züge im Schatten lagen. »Zunächst muss die Kundin ein ausgezeichnetes Gesundheitszeugnis vorlegen – mit Bluttest und dem vollen Programm.«

»Und Sie?«

»Ich suche alle sechs Wochen einen Arzt auf, lasse einen kompletten Bluttest machen. Das finden Sie alles in meiner Akte unten, die Sie sich natürlich gern ansehen dürfen. Jeder Begleiter hat eine Akte zur Kundenauskunft.«

»Okay.« Sie nahm sich vor, nach dem Interview noch in Azures Büro vorbeizuschauen. »Wie trifft dann also eine Kundin ihre Auswahl, wenn sie zu ihrem Termin kommt?«

»In einem Vorgespräch mit Azure oder ihrer Sekretärin, Maria, sichtet sie die Bilder. Sie liest Akten, Lebensläufe, stellt Fragen. Dann vereinbart sie einen Termin.«

»Und was passiert dann?«

Adrian verlagerte sich, und der Kerzenschein aus dem Messingleuchter fiel auf sein Profil. »Ich treffe mich zum vereinbarten Zeitpunkt mit ihr und arrangiere die Einzelheiten. Partys, Galerieeröffnungen, die Oper. Manchmal hier im Avalon, und manchmal in einem Restaurant oder einer Bar. Wie sie will.«

Billie versuchte, sich ein solches Rendezvous vorzustellen, und eine Woge verbotener Erregung durchflutete sie. »Mussten Sie auch schon mal eine Reise in Kauf nehmen, um auf diese Frauen zu treffen?«

»Ich reise sogar nach Prag. Einmal im Jahr treffe ich dort eine bestimmte Kundin. Und vor Kurzem war ich zweimal in London.« Mit dem Daumen rieb er über einen losen Faden an der Sesselarmlehne. »Sie müssen wissen, dass nicht all diese Frauen auf Sex aus sind. Manche wünschen sich auch nur einen Begleiter für geschäftliche oder soziale Events. Manche wollen einfach nur männliche Gesellschaft.«

»Verstehe.«

Er sah sie an. »Wirklich? Sie sehen so zweifelnd aus.«

»Das ist, weil …« Billie schüttelte den Kopf und lachte.

»Um offen zu sein, Adrian, ich kann nicht verstehen, dass eine Frau Sie anheuert und Stunden in Ihrer Gesellschaft verbringt, ohne an Sex zu denken.«

»Geht es Ihnen denn auch so, Billie?« Er senkte die Lider. Sein unergründlicher Blick fixierte ihre Lippen. »Die Bedingungen sind zwar anders, aber dennoch hat die Situation durchaus Potenzial. Auch wenn Sie mich aus rein dienstlichen Gründen engagiert haben. Und auch wenn es nur um eines Artikels willen ist, dass Sie Stunden in meiner Gesellschaft verbringen. Denken Sie denn gerade an Sex?«

Es gab keine Antwort, mit der sie ihren Stolz hätte bewahren können. »Diese Badezimmernummer, die Sie bei mir abgezogen haben, war schon recht wirkungsvoll.«

Seine Augenbrauen zuckten. »Das hat Ihnen gefallen, nicht wahr?«

Mit brennenden Wangen wechselte sie das Thema. »Wenn Sie also diese Kundin schließlich treffen, was passiert dann?«

»Das ist eine komplizierte Frage. Ich würde Ihnen die Antwort viel lieber praktisch geben.« Seine Stimme war sanft, sein Gesicht wieder im Schatten verborgen, da er den Kopf zurücklehnte. »Wir würden nichts unversucht lassen, wenn Sie es zulassen.«

Billie senkte den Blick, ihr Herz pochte wie wild. »Ich bliebe lieber so bei der Sache.«

Er schwieg lange, beobachtete sie aus den schattigen Tiefen seines Ohrensessels. Dann antwortete er: »Der Verlauf des Abends hängt ganz und gar von der Kundin ab. Nehmen wir an, Sie hätten eine Verabredung mit mir, Billie. Was würden Sie als Erstes tun wollen?«

Sie schluckte und dachte über eine ehrliche Antwort nach. »Ich glaube, ich würde Sie kennenlernen wollen.«

»Also würden wir zusammen zu Abend essen. Etwas zusammen trinken. Oder wenn Sie sehr angespannt wären, so wie jetzt ...«

»Ich bin nicht angespannt«, protestierte sie.

»Aber wir reden doch ohnehin hypothetisch, nicht wahr?« Sein wissendes Lächeln brachte sie zum Schweigen. »Wenn ich also spürte, dass Sie verkrampft sind, würde ich einen Drink hier vorschlagen, in diesem Zimmer, ohne Ablenkungen. Wir würden reden, so wie wir es jetzt tun. Dann ...« Mit einer graziösen Bewegung kam er auf die Füße und blickte auf sie hinab. »Tanzen Sie gern, Billie?«

»Manchmal.« Innerlich erbebte sie, aber – verdammt – sie musste unbedingt cool klingen.

Wieder spielte ein belustigtes Lächeln um seinen Mund, als Adrian zum Schrank hinüberging und die Türen aufzog. »Bevor etwas zwischen uns passiert«, sagte er und streckte die Hand aus, um die Stereoanlage einzuschalten, »schenken Sie mir einen Tanz?«

Tony Bennetts sanftes Gurren schwebte aus unsichtbaren, in der Decke eingelassenen Lautsprechern zu ihnen hinüber. Adrian wandte sich ihr zu, ergriff ihre Hand und zog sie auf die Füße. »In einem typischen Szenario würde die Kundin wahrscheinlich Ja sagen.«

»Ich habe zwei linke Füße«, wandte sie mit heiserer Stimme ein.

»Es ist nur ein Tanz, Billie. Sagen Sie Ja.«

Tony Bennetts Stimme umarmte die Noten der Ballade. Adrians Blick wiederum umarmte ihr Verlangen, die Hemmungen, die sie gefangen hielten, und befreite sie.

»Ja«, flüsterte sie.

Er führte sie in die Mitte des Zimmers, legte ihre Hände an

seine Brust und zog sie an sich, und Billie stellte fest, dass ihre Nase perfekt in seine Halskuhle passte.

Sie tanzten. Als die Ballade verklang und ein weiterer, noch erotischerer Refrain den Raum mit Verführung auskleidete, klammerte sie sich an ihn und ließ sich von ihm führen. Ihr Exverlobter, Ted, hatte sich immer beklagt, dass sie sich nicht führen ließ. Bei sozialen Gelegenheiten war er immer mal wieder von der Tanzfläche gestapft und hatte sie verlegen stehen lassen. Und alles nur wegen ihrer natürlichen Neigung, die Führung zu übernehmen.

Die Demütigung von damals kam ihr jetzt wie ein ferner Traum vor, und Ted wie ein durchsichtiges Phantom. Adrians langsamen, wiegenden Bewegungen zu folgen war das Leichteste von der Welt. Sie tat nur als ob, sagte sie sich. Er zeigte ihr nur, wie eine Kundin sich fühlte. Aber wie weit würde er es treiben? Bis wohin würde sie ihm nachgeben?

Ihre Wimpern hoben sich flatternd, als sein Kinn sich auf ihr Haar legte. »Fragen Sie mich, was als Nächstes passiert, Billie.«

Fast schon gegen ihren Willen ließ sie ihre Arme um seinen Oberkörper gleiten, umspannte die baumwollbekleideten Muskeln, zog ihn dichter zu sich heran. »Was geschieht als Nächstes?«

»Nichts.« Sein Flüstern wehte über ihre Stirn, seine Umarmung war sanft, nicht bedrohlich. »Sie haben zu viel Angst. Aber ich weiß, was Sie sich wünschen, wie sehr Sie es sich wünschen. Ich weiß auf den ersten Blick, was Sie brauchen.«

»Woher?« Sie bog den Oberkörper zurück, um ihn anzuschauen. »Woher wollen Sie nach nur einem Blick wissen, was eine Frau braucht?«

»Ihre Augen verraten Sie immer. Sie hungern, Billie. Nach

Liebe. Nach Sex. Nach Aufmerksamkeit. Wer hat Ihnen all das versagt?« Die Wahrheit explodierte an ihrem ungeschützten Herzen, und sie versuchte, sich von ihm zu lösen, aber er hielt sie fest. »Sie wollten wissen, was eine Kundin erlebt.«

»Ich bin hergekommen, um für einen Artikel zu recherchieren. Nicht dafür.«

»Vielleich nicht, aber Sie wollen es jetzt, da Sie hier sind. Eine Frau verlässt mich niemals unbefriedigt.«

»Aber ich suche nicht nach Sex. Wirklich nicht«, wiederholte sie, denn sie musste ihn einfach überzeugen. Genauso wie sich selbst.

»Das sollten Sie aber.« Seine Finger strichen die störrische Haarsträhne von ihrer Wange. Es war eine sanfte, tröstende Geste. Dann ergriff er ihre Arme und legte sie sich um den Hals, schlang die seinen um ihre Taille und wiegte sie wieder zu der Musik, Becken an Becken, die Augen unverwandt auf sie gerichtet. »Haben Sie je darum gebeten?«

Sie schnaubte verächtlich. »Ich bin eine Frau in den Dreißigern. Was glauben Sie denn?«

»Ich glaube, dass Sie gar nicht wissen, wie Sie das tun sollten.«

Ihr Schweigen war ihr Bekenntnis.

Mit einer plötzlichen Bewegung, die sie erschreckte, nahm Adrian ihr Kinn in die Hand und zwang sie, ihn anzusehen. »Sie müssen nur drei kleine Worte sagen, Billie. *Ich will dich.* Sie können sie mir ins Ohr flüstern, und keiner muss davon erfahren, außer Ihnen und mir. Niemand wird erfahren, was wir in diesem Zimmer machen. Sie können alles haben, alles. So wie Sie es mögen, immer und immer wieder. Sie müssen es nur sagen.«

Wie gebannt starrte sie zu ihm auf, die Kehle trocken vor Verlangen.

»Sagen Sie es«, flüsterte er, seine Wildheit ließ nach, schmolz zusammen, bis nur noch geschmeidige Entschlossenheit übrig blieb. Seine Hände fuhren durch ihr Haar und umfingen ihren Hinterkopf, während er sich vorbeugte, um ihr Kinn zu küssen. »Ich kann dir alles geben.«

Verzweiflung und Begehren überfluteten sie in einer riesigen Welle, und die Worte blieben ihr im Halse stecken. »Ich will …« Sie versuchte zu schlucken – ohne Erfolg. »Ich weiß nicht. Ich will einfach nur.«

Seine Hand verließ ihr Haar und wanderte ihren Nacken hinab, dann ihre Wirbelsäule und weiter hinunter. Dann legte er sie auf die Kurve ihres Hinterns. Er zog sie dicht zu sich heran, dichter als vorher, und zum ersten Mal war sich Billie bewusst, dass da mehr war als nur ihr eigenes Verlangen. Sein Atem ging schneller, das Herz donnerte unter seiner muskulösen Brust, hart presste sich seine Erektion an Leinen, Kakis und Haut. Adrian verlangte ebenfalls nach ihr. Er wollte sie. Oder irgendeine Frau. Er konnte jede haben.

»Nein …« Sie legte ihm die Hand auf den Mund, um ihn aufzuhalten. Warm und weich berührte er ihre Handfläche, bevor er ihr Handgelenk ergriff und ihren Daumen zwischen die Lippen nahm, seine Zunge einmal darübergleiten ließ, dann ein zweites Mal und ihn dann tiefer in die seidige, feuchte Hitze hineinsaugte …

Fieberhaft riss sie sich los und fand sich flugs wieder neben dem Kamin – mit fast zwei Metern Abstand zu ihm. Sie versuchte ihn auszuschelten, weil er in ihre privaten Begierden eingedrungen war, in ihren Kopf, weil er so an ihrem Daumen gesaugt hatte, um Himmels willen … aber sie brachte die Worte nicht heraus.

Auch Adrian sagte nichts. Tony Bennett war der Einzige,

der etwas zu sagen hatte, und er gurrte unaufdringlich aus den Deckenlautsprechern, während Billie ihren Aktenkoffer, ihr Jackett und den Rekorder einsammelte und in ihre Schuhe schlüpfte.

»Ich fühle mich nicht wohl mit dem Verlauf unseres Interviews«, sagte sie, ohne Adrian anzusehen.

»Sie fühlen sich nicht wohl mit der Wahrheit«, antwortete er.

Der Kassettenrekorder glitt ihr aus den zitternden Händen und zerbarst am Kamin. Sie hob ihn wieder vom Boden auf, um ihn genau zu betrachten, und drückte erfolglos auf den Knopf. Es war ein Billigteil gewesen. Irgendetwas war wohl kaputtgegangen. Im Rekorder. In ihr. »Das ist eine ganze Stunde Interview einfach für die Katz«, murmelte sie.

»Dann müssen Sie wiederkommen.«

Sie drehte sich zu ihm um und sah ihn an. Seine dunklen Augen blickten wachsam und undurchdringlich. »Dieser Artikel könnte meiner Karriere auf die Sprünge helfen. Ich muss also wiederkommen.«

Er nahm Block und Stift von dem Nachttisch und kritzelte etwas darauf. Dann riss er ein Blatt ab und gab es ihr. »Meine private Handynummer, Billie. Rufen Sie mich an, und ich wäre überglücklich, einen weiteren Termin mit Ihnen zu vereinbaren.«

Entwaffnet starrte sie auf das Papier. »Das ginge? Obwohl Sie so viel beschäftigt sind?«

»Für Sie würde ich das möglich machen.«

Sie faltete das Blatt Papier und ließ es in ihre Aktentasche gleiten, ihre Entrüstung verpuffte. »Und wenn wir uns das nächste Mal treffen, werden wir den Termin absolut professionell durchziehen, stimmt's?«

Sein Lächeln war grimmig. »Da können Sie wohl nur für sich selbst sprechen, Ms. Cort.«

Sie öffnete den Mund, um zu antworten, aber dann schloss sie ihn wieder und wandte sich ab, um ihre Jacke anzuziehen. Ihr fiel nichts ein, das sie zu ihrer Ehrenrettung hätte sagen können. Als er sie nach unten zur Tür begleitete, war er wieder ganz zuvorkommend und höflich. Ihre Beine zitterten, als sie in die viel zu helle Nachmittagssonne hinaustrat, zweifellos genau wie die vielen anderen Kundinnen, die Adrians verführerische Umarmung genossen hatten.

3

Adrian hielt den Vorhang am Lobbyfenster beiseite. Aufmerksam verfolgte er die etwas steife Haltung der schlanken Frau, die das Avalon gerade verließ. Er hörte noch nicht mal die leisen Schritte auf dem Marmor hinter sich, und er bewegte sich erst, als eine gedämpfte männliche Stimme an seinem Ohr erklang.

»Wer ist das?«, murmelte Lucien und betrachtete über Adrians Schulter hinweg Billie Corts sich entfernende Gestalt.

»Niemand. Eine Reporterin.« Adrians Blick folgte ihr, bis sie die Straße überquert hatte und um die Ecke verschwunden war. Dann seufzte er, ließ die durchsichtigen Vorhänge fallen und sah seinen Freund an. »Du bist heute früh hier.«

»Auf Befehl der Chefin. Ich bin auf Bewährung.« Lucien fuhr sich mit der Hand durch das zerzauste dunkle Haar und schenkte seinem Gegenüber ein ironisches Lächeln. Aber Adrian bemerkte das Zittern seiner Finger, die Schatten unter den rot geränderten Augen.

»Du hast einen Kater.« Eine einfache, missbilligende Anmerkung.

Lucien wandte den Blick ab. »Heißes Date gestern Abend.« Er ging durch die verlassene Lobby und blätterte müßig in dem altmodischen Kalender, den Azure auf dem Schreibtisch liegen gelassen hatte. Sein weißes Strickshirt war zerknittert, steckte nicht mehr in der Hose und hing wie ein Sack an seiner mageren Gestalt. Er war zu dünn, was darauf zurückzuführen war, dass er sich von Partydrogen statt von Lebensmitteln ernährte.

»Ich wüsste gern, wann du mal vorhast, dich zwischen zwei Kundinnen zu erholen, Ad. So wie Azure dich gebucht hat, bist du die ganze Nacht beschäftigt. Dabei haben wir erst Montag.« Er grinste schief. »Du solltest dich mit einer deiner Ladys zusammentun. Ich wette, sie hätten nichts dagegen.«

Adrian antwortete nicht, sondern beobachtete ihn nur, die Brauen zusammengezogen, während er den schwachen bläulichen Schatten betrachtete, der Luciens unrasiertes Kinn zierte. Er hütete sich zu fragen, woher Lucien diese Verletzung hatte; Lucien würde sich vehement verteidigen, wie er es immer tat, wenn Adrian ihn auf seine wachsende Neigung zu Drogen, Alkohol und Gefahr ansprach. Besonders zu Gefahr. Mit wem Lucien auch seine freien Abende verbringen mochte, derjenige hatte ein feuriges Temperament. Nicht zum ersten Mal bemerkte Adrian blaue Flecken im Gesicht seines Freundes.

»Und warum war eine Reporterin hier?«, fragte Lucien und sah Adrian schließlich in die Augen.

Adrian schlenderte zur Rezeption. »Sie schreibt einen Artikel über einen Tag im Leben eines männlichen Begleiters. Für *Illicit*.«

Lucien zog die schwarzen Augenbrauen in die Höhe. »Ein pikantes Magazin. Und eine pikante Reporterin. Ich habe ihren knackigen kleinen Arsch ganz gut sehen können, als sie ihn hier rausgetragen hat. Hast du vor, ihr eine Kostprobe deiner Künste zu geben?«

Die plötzliche Erinnerung an Billie Corts große grüne Augen blitzte vor Adrians geistigem Auge auf, und er sog leise den

Atem ein. Er hatte sie begehrt, und die Anziehung hatte ihn vollkommen unvorbereitet getroffen. Sie war keine außergewöhnliche Schönheit. Sie war nicht raffiniert und elitär und gertenschlank. Kein Schönheitschirurg hatte die Lachfältchen unter ihren Augen berührt, ebenso wenig wie die kleinen Brüste, die sich sanft unter ihrer gut geschnittenen Bluse wölbten.

Sie war real. Ein Hauch Vergangenheit, als das Leben noch einfacher war, sauberer und wahrhaftiger. Sie war verletzlich und hübsch.

Sie war gefährlich.

Adrian schenkte seinem Freund ein wehmütiges Lächeln. »Ich habe versucht, ihr eine Gratisbehandlung anzubieten, aber sie hat abgelehnt.«

Lucien lachte. »Na, wenn das nicht eine erfrischende Abwechslung ist. Vielleicht hättest du dir ihre Nummer geben lassen sollen.«

»Ich treffe mich noch einmal mit ihr. Wir sind mit dem Interview noch nicht fertig.« Er zögerte, diesmal mit weniger Humor. »Du solltest dich ausruhen, bevor du zur Arbeit gehst, Luke.«

»Nana. Lass Azure nicht hören, dass du mich mit meinem guten alten christlichen Taufnamen ansprichst.«

»Ich meine es ernst. Du siehst scheiße aus.«

Lucien zuckte die Achseln. »Ich hab noch ein paar Stunden Zeit. Ich ziehe mir etwas von Consuelas brasilianischer Mischung rein und werde kalt duschen. Joe hat auch irgendein Zeug, das mich in null Komma nichts wieder wach macht.«

Adrians Kinnmuskeln verspannten sich vorwurfsvoll. »Das kann wohl kaum besser wirken als eine warme Mahlzeit und mal richtig auszuschlafen, und das weißt du auch.«

»Ja, aber es geht schneller und macht zum Teufel noch mal mehr Spaß.«

Adrian starrte ihn an, sprachlos vor krankem, verwirrtem Abscheu, und einen Moment lang sahen sich die beiden Männer unverwandt in die Augen, die Luft zwischen ihnen schwer vor namenloser Provokation.

Dann wandte Lucien den Blick ab, rieb sich die Arme, als ob ihm kalt sei. »Du solltest dich dringend mal entspannen, Ad. Komm doch auch mal mit zu unserer Party. Für so ein Leben würden die meisten Männer einen Mord begehen.«

»Ich beneide dich ganz sicher nicht um deines.«

»Wie kannst du das wissen, wo du die wahre Liebe doch noch nie so richtig gekostet hast?«

Bei dieser überdeutlichen Anspielung riss Adrian der Geduldsfaden. Erbost von Luciens Oberflächlichkeit, ging er zur Treppe. Er konnte das Gerede keinen Augenblick länger ertragen.

»Ich nehme also an, dass du nicht mit mir zu Mittag essen willst?«, rief Lucien ihm hinterher, und seine Stimme triefte vor Sarkasmus.

»Nein«, antwortete Adrian, ohne sich noch einmal umzuschauen. »Mir ist anscheinend der Appetit vergangen.«

Oben schloss er sich in seinem Zimmer ein, goss sich einen Drink ein und ließ sich in einen der Ohrensessel fallen. In wenigen Stunden würde die erste Kundin an diesem Abend ankommen. Sandra Rochaille, die Frau eines französischen Gesandten, kam regelmäßig alle sechs Monate ins Avalon. Üppig, blond und unersättlich, hatte sie Adrian früher mit ihren langen Gliedern und ihrer Hemmungslosigkeit in ihren Bann gezogen. Aber Sophies Vorlieben lagen haarscharf auf der Grenze zwischen abenteuerlich und abartig, und als sie das letzte Mal aus Adrians Bett gestiegen war, hatte er sich … besudelt gefühlt.

Ihm war unbehaglich zumute. Im Dunkeln lauerte die Scham. Ein schwarzer Schatten, dem er es nie erlaubte, sein Bewusstsein zu durchdringen.

Natürlich hatten seine Abwehrmechanismen den ganzen Morgen schon versagt. Wieder dachte er an die Reporterin, an das Staunen in ihren grünen Augen, als sie langsam in dem luxuriösen Bad umherschritt. Trotz einer Spur Zynismus, die von einem gebrochenen Herzen zeugte, strahlte sie eine Art Unschuld aus, die Adrian absolut provozierte. Wenn sie ihn gelassen hätte, hätte er sie nackt ausgezogen, um zu schauen, was unter ihrer Fassade verborgen war. Eine gewisse Anmut, vermutete er. Verletzlichkeit. Sie hatte mit ihrer eigenen Lust gekämpft, als er sie unter Beschuss hatte.

Er fuhr sich mit der Hand übers Gesicht und atmete ein. Ihr Geruch, Seife und ein schwacher Blumenduft, hafteten immer noch an seiner Haut. Instinktiv regte sich sein Körper, und er verlagerte sein Gewicht auf dem Sessel. Seine Knie spreizten sich unwillkürlich, als er seine Gedanken auf den bevorstehenden Abend zu konzentrieren versuchte. Und damit scheiterte.

Ich will einfach nur, hatte sie gesagt, als er ihren Schutzwall schließlich durchbrochen hatte. Und ihm war es genauso ergangen. Er wollte, dass sie ihn begehrte, aber in Wirklichkeit hätten die zärtlichen Arme eines jeden Mannes gereicht – ob ihr das klar war oder nicht. Die Frau war verwundet und sehnte sich nach Liebe. Ihre Haltung, ihre Augen, die Verletzlichkeit ihrer Züge schrien es einem förmlich entgegen. Es war egal, wer Adrian war, oder dass er derjenige war, der sie in den Armen hielt.

Aber ihm war es nicht egal. Seine Augenlider schlossen sich, als er sich die Freuden vorstellte, die er ihr hätte zeigen können, wenn sie nicht den Anstand besessen hätte abzulehnen. Für diese Frau brauchte man weder Spielzeug noch Tricks; nur tiefes, ursprüngliches Ficken. Allein schon ihr die Hemmungen zu nehmen würde absolut erotisch sein und seine ganze Ausdauer erfordern.

Bei den schwülen Gedanken, die ihm durch den Kopf gingen, regte sich sein Schwanz und wurde hart. Was war heute nur mit ihm los? Er dachte sonst kaum an Sex, wenn er nicht gerade arbeitete. Mit einem ironischen Lächeln stellte er sein Glas beiseite, öffnete seinen Gürtel und glitt in dem Sessel herunter, wobei seine Finger in seinen Hosenschlitz fuhren, um sich von dem Druck, der sich in seinem Inneren bildete, Erleichterung zu verschaffen. Nicht ganz so befriedigend wie die weiche Hand einer Frau, aber genug, um seinen Puls zu beschleunigen, bis er an den heißen, entscheidenden Orten pochte.

Der Druck steigerte sich zu einem erbarmungslosen Pulsieren. Er öffnete seinen Hosenschlitz jetzt vollständig, befreite seine Erektion. Ließ seine Finger darüberfahren, bis sie zuckte und nach einer festeren Hand verlangte. Ein Schauder des Verlangens durchfuhr ihn. Gott – wann hatte er das zum letzten Mal gebraucht? Das war vielleicht nicht die richtige Methode, um seinen Arbeitsabend zu beginnen, aber plötzlich verlangte sein Körper so verzweifelt nach Erleichterung, dass er nicht über den Augenblick hinausdenken konnte.

Seine Finger schlangen sich um seinen Speer und streichelten vom Ansatz bis zur Spitze. Wieder. Noch einmal. Schneller, getrieben von einer wilden, immer intensiveren Dringlichkeit. Billie Cort hatte etwas Heißes, Hungriges in ihm wachgerufen, und die momentane Erleichterung würde unglücklicherweise nur das sein – eine momentane Erleichterung.

Es spielte keine Rolle, sagte er sich. Er würde das Problem heute Abend noch abschütteln. In ein paar Stunden konnte er jede Befriedigung haben, die ein Mann sich wünschen konnte.

Er lehnte den Kopf gegen die Sessellehne, packte die Armstütze und wappnete sich gegen die Ekstase, die sich in ihm emporwand, während die andere Hand ihren stetigen Griff beschleunigte. Er hatte die ganze Nacht Zeit, sich seine unerklärliche Lust auf Billie auszutreiben. Und wenn er sie wiedersah, würde er verdammt noch mal sein Bestes geben, um sich gegen ihre verführerische und unschuldige Anziehungskraft, die sie zu einem solch seltenen Kunstwerk in seiner Welt machte, zu wappnen.

Sie trafen sich eine Woche später erneut, diesmal in einem kleinen Café im Adams-Morgan-Viertel Washingtons, wo Billie sich sicher fühlte, geschützt durch die Öffentlichkeit.

»Mehr als eine Stunde kann ich mir nicht leisten«, sagte sie und wandte ihren Blick von seinen durchdringenden dunklen Augen ab, als er sich ihr gegenübersetzte. »Die Zeitschrift bezahlt die Rechnung, und mir steht nur ein Betrag von …«

»Heute ist mein freier Tag«, unterbrach sie Adrian, dessen Fingerspitzen den Rand seines Wasserglases liebkosten.

Billie zog eine Grimasse. »Bedeutet das, dass Sie mir das Anderthalbfache berechnen?«

»Es bedeutet, dass diese Stunde auf meine Rechnung geht. Gar keine Gebühr.«

Überrascht schwieg Billie. Dann sagte sie: »Azure hat

behauptet, dass Sie mich nie an einem Ihrer freien Tage empfangen würden.«

»Azure hat sich getäuscht.« Ein Lächeln spielte um seinen Mund. »Ich habe das Gespräch, das wir im Avalon geführt haben, sehr genossen, Ms. Cort, aber es hätte insgesamt deutlich glatter gehen können, wenn mir klar gewesen wäre, wie unbehaglich Sie sich dort fühlen.«

»Ich habe mich dort nicht unbehaglich gefühlt.«

Adrians Lächeln wurde breiter. Er musste nicht weiter auf die offensichtliche Falschheit dieser Behauptung eingehen.

Sie rutschte auf ihrem Stuhl hin und her und murmelte dem Hilfskellner ein Dankeschön zu, als der ihr Wasserglas neu auffüllte. Als sie wieder allein waren, langte sie in ihre Tasche und holte ein kleines Notizbuch und einen Stift heraus. Eine seltsame Spannung verengte ihre Kehle, eine Mischung aus Furcht und Freude auf das vor ihr liegende Gespräch.

Letzte Nacht hatte sie wachgelegen, sich diese Unterhaltung ausgemalt und beschlossen, ihn geradeheraus nach den pikanten Details zu fragen. Diesmal konnte er die sexuelle Spannung zwischen ihnen nicht ausnutzen und sie in Verlegenheit bringen, nicht an einem solch öffentlichen Ort. Hier standen ihm lediglich Worte zur Verfügung, und im geschäftigen Treiben des hell erleuchteten Cafés würde Billie alles abwehren können.

»Wie laufen also die Geschäfte?«, fragte sie und schlug das Notizbuch auf.

»Sind lukrativ.« Er lehnte sich auf seinem Stuhl zurück, stützte die Arme auf die Armstützen und verschränkte die Hände über dem Bauch. »Und wie steht's bei Ihnen?«

Um Billies Mund zuckte es belustigt. »Eindeutig stimulierend.«

Adrian lächelte, diesmal aufrichtig. Etwas an ihm hatte sich verändert. Er war entspannter und lässiger, obwohl seine Kleidung auch diesmal makellos war.

»Tragen Sie ein maßgeschneidertes Hemd?«, fragte sie, als sie sah, wie es sich um seine breiten Schultern spannte und seine gebräunte Haut zur Geltung brachte. »Es sieht sehr teuer aus.«

»Gehört die Frage zum Interview?«

»Die Leute wollen doch wissen, was ein Mann wie Sie an seinem freien Tag trägt.«

»Das Hemd war ein Geschenk«, sagte er. »Die Levi's habe ich mir selbst gekauft. Wollen Sie vielleicht auch das Etikett in meinen Boxershorts unter die Lupe nehmen?«

Billies Wangen brannten, aber sie notierte die Information, als ob sie seine letzte Bemerkung gar nicht gehört hätte. Sie zögerte das Unvermeidliche nur hinaus, obwohl sie sich doch geschworen hatte, das nicht zu tun, und seine belustigte Miene sagte ihr, dass er das wusste.

Also straffte sie die Schultern und sah ihm direkt in die Augen. »Ich frage Sie jetzt geradeheraus. Man kann es nun mal nicht schmerzlos in Worte fassen.«

»Ich bin nicht leicht zu beleidigen, Ms. Cort. Besonders nicht durch die Art von Fragen, die Sie mir mutmaßlich stellen wollen. Schießen Sie also los.«

Sie nickte, trank einen Schluck Wasser und ordnete ihr Besteck sorgfältig neu. Gabel links, Messer und Löffel rechts. *Schießen Sie also los.*

»Sind Sie sexsüchtig, Adrian? Ist das der Grund, warum Sie in dieser Branche arbeiten?«

Zu ihrer Überraschung schien er über diese Frage ernsthaft nachzudenken, denn er runzelte die Stirn. Dann beugte er sich vor und antwortete: »Dieses Geschäft ist voller Sexsüchtiger, da besteht kein Zweifel. Für einige Avalon-Begleiter würde die Antwort auf ihre Frage eindeutig Ja lauten. Für mich gilt: Ich genieße Sex, ich verschaffe Frauen gern Lust, besonders wenn eine Frau in ihrem Leben zu kurz gekommen ist.« Sein verruchter Blick richtete sich auf ihre Lippen. »Ihr Schrei, wenn sie zum Höhepunkt kommt, das Erstaunen, das Verschwinden jeglicher Heuchelei im Moment der Ekstase … das befriedigt mich fast genauso wie der Orgasmus selbst.« Er wartete, ließ sie nicht aus den Augen.

Billie kritzelte ein paar Worte in ihr Notizbuch, allerdings nichts wirklich Sinnvolles, denn unwillkürlich tanzte ein Bild vor ihrem geistigen Auge: Sie selbst, die sich unter ihm aufbäumte, jeder Muskel angespannt, als sie diesen unglaublichen Höhepunkt überschritt. Oh, diesen Mann zu lieben, die Berührung seiner eleganten Hände auf ihrem Fleisch zu spüren, das sanfte Streicheln seiner Haare an ihrer Kehle, während er ihre Brüste küsste …

Sie trank einen weiteren Schluck Wasser, um ihre verbotenen Gedanken zu verbergen, dann fragte sie: »Wer hat Ihnen die Kunst der Liebe beigebracht?«

Adrian blinzelte, als ob die Antwort ihm schwerfiele.

»Ich nehme nicht an, dass es Mary Jo Johnson auf dem Rücksitz des Kombis Ihres Vaters war«, fügte sie trocken hinzu.

»Nein.« Er musste unwillkürlich lächeln. »Ich war Sportler auf der Highschool und hatte nicht viel Zeit, um mich zu verabreden. Auf dem College gab es zwar ein paar Freundinnen, aber insgesamt glaube ich, dass sexuelles Können eher angeboren ist. Man muss wissen, was die Frau will, und wenn man es nicht weiß, darf man sich nicht davor scheuen, sie zu fragen.«

Er sah ihr wieder ins Gesicht. »Ein guter Liebhaber ist gleichzeitig ein guter Zuhörer. Trotz der Tatsache, dass ich mich rühmen kann, die Bedürfnisse einer Frau zu erspüren, kommt es gelegentlich vor, dass ich innehalten und einfach … fragen muss.«

Niemand hatte Billie je gefragt, was sie im Bett wollte. Nicht einmal Ted, der Mann, mit dem sie einmal glaubte, den Rest ihres Lebens verbringen zu wollen. Mit trockener Kehle kritzelte sie ein paar unzusammenhängende Worte auf das Papier.

»Wie schaffen Sie es, so unermüdlich tätig zu sein, wenn Sie an einem Abend mehrere Kundinnen haben?«

Kaum war die Frage heraus, erschien der Kellner mit einem Notizblock in der Hand. Adrian wandte den Blick von ihr keine Sekunde ab, als sie ihre Essen bestellten, und das milde Lächeln auf seinen Lippen verschwand keine Sekunde. Anscheinend hatte er Freude daran, sie anzusehen.

Bislang hatte sie sich nie für besonders amüsant gehalten. Man brachte sie nicht leicht zum Lachen. Ted hatte sie häufig als zu ernst bezeichnet.

Sie biss sich auf die Lippe und wartete, bis der Kellner wieder verschwunden war, bevor sie Adrian in die Augen sah. »Vielleicht sollte ich die Frage anders formulieren: Wie oft haben Sie pro Abend Sex?«

»Unterschiedlich«, antwortete er achselzuckend. »Manchmal einmal. Manchmal ein paar Mal. Manchmal zähle ich es nicht nach.«

Erstaunt riss sie die Augen auf. »Wie ist das möglich? Ich meine, Männer können doch nicht … Wie können Sie …«

»Denken Sie mal nach, Ms. Cort.«

Erneut tauchten ungebetene Bilder vor ihrem geistigen

Auge auf, sodass es in warmen Strömen ihren Nacken hinabrieselte. »Ich denke, ein Mann kann die eigene Reaktion ein- oder zweimal kontrollieren, aber mehr als das? Ich kann es kaum glauben.«

»Wollen Sie mich provozieren?«, fragte er leise. Bevor ihr eine hastige Antwort einfiel, fuhr er fort: »Haben Sie nie erlebt, dass ein Mann seinen Orgasmus zurückhält, um Ihnen Lust zu bereiten, Billie? Mir ist das eine Ehre. Eine Prüfung meiner Stärke, meiner Großzügigkeit und meiner Selbstkontrolle. Das gibt auch mir Befriedigung. Befriedigung, weil ich gebe.«

»Das klingt ganz schön schwierig«, sagte sie heiser.

Er lehnte sich zurück. »Das ist es auch. Aber wie bei allem hier im Avalon hängt der tatsächliche Schwierigkeitsgrad von der jeweiligen Kundin ab. Manche sind verführerischer als andere. Wenn beispielsweise Sie meine Kundin wären ...«

»Nehmen Sie mich nicht als Beispiel«, sagte sie schnell. »Sie wissen doch noch, was beim letzten Mal passiert ist?«

Er ließ den Blick über ihr Haar hinabwandern und heftete ihn dann wieder auf ihre Lippen. »Sagen Sie es mir, Billie. Was ist beim letzten Mal passiert?«

Sie schloss für einen Moment die Augen, holte tief Luft, um sich zu wappnen. »Ich will dieses Interview überstehen, ohne mich zu schämen.«

»Sie schämen sich, wenn Sie über Sex reden müssen?«

»Wenn ich es mit Ihnen tue, schon. Und wenn es meine eigenen Erfahrungen betrifft.«

»Und warum?«

»Weil es in diesem Interview nicht um mich geht«, erklärte sie. »Es geht um Sie. Ich bin nicht als Ihre Kundin hier.«

Er saß da und beobachtete sie, als ob er ahnte, dass in ihrem

Innern eine unausgesprochene Wahrheit darum rang, ans Licht zu kommen.

Sie richtete sich auf und trank einen Schluck Wasser, fest entschlossen, den Anstand zu wahren. »Mit wie vielen Frauen waren Sie schätzungsweise intim?«

»Wechseln Sie nicht ausgerechnet jetzt das Thema«, sagte er sanft. »Würden Sie nicht gern erfahren, warum ich glaube, dass es Ihnen schwerfällt, sich um Ihre eigene Sexualität zu kümmern?«

Die Antwort lautete eindeutig Nein, denn offensichtlich kannte er den wahren Grund schon; das sah sie in den dunklen Tiefen seiner Augen, noch bevor er weitersprach. Die Talente dieses Mannes wurden durch seine sexuellen Fähigkeiten nur teilweise beeinträchtigt. Irgendwie konnte er den inneren Aufruhr einer Frau erspüren, Billies inneren Aufruhr, ihre am tiefsten verwurzelten Unsicherheiten, und zwar so deutlich, als würde ihr das alles auf der Stirn geschrieben stehen. Er konnte sie vollkommen nackt ausziehen, wenn sie es zuließ.

»Weil Sie Ihre sexuellen Grenzen noch nicht ausgelotet haben, Billie«, fuhr er fort. »Ich möchte behaupten, dass Sie außer auf körperlicher Ebene noch immer Jungfrau sind. Wenn Sie sich sicher und geliebt fühlten und sich Ihrer Sache gewiss wären, könnten Lust und Befriedigung Ihnen irgendwann zur zweiten Natur werden, ganz vertraut, zuverlässig und bestätigend. Aber Sie haben nicht das Gefühl, sich gefahrlos einem Mann hingeben zu können, nicht wahr? Es erschreckt Sie.«

»Oh, also bringt man Ihnen im Avalon auch etwas über Psychologie bei?« Ihre Antwort klang bitter, der offensichtliche Beweis dafür, dass er sie entlarvt hatte. »Wenn Sie in diesem Interview immer wieder auf mich selbst zu sprechen kommen, Adrian, werde ich auf der Stelle gehen. Dann gibt es keinen Artikel.«

Er wartete nur mit gelassenem Gesichtsausdruck, während sie wütend ein- und ausatmete und die unerklärliche Entrüstung in den Griff zu bekommen versuchte, die er mit seinen bohrenden Fragen ausgelöst hatte.

Kaum hatte sie ihre Gefühle wieder unter Kontrolle, klickte sie mit dem Kuli und sagte: »Wenn ich Sie also richtig verstehe, halten Sie sich mit Ihrer eigenen Befriedigung die ganze Nacht lang zurück …«

»Nicht die ganze Nacht.« Er beugte sich näher zu ihr hinüber. Seine Wimpern verbargen die Hitze in seinen Augen. »Manchmal, am Schluss, bei der allerletzten Kundin, wenn ich müde und hart bin und es mich förmlich zerreißt, lasse ich mich fallen. Und dieser Augenblick des Höhepunktes ist jeden einzelnen Moment der Frustration wert, die ich den ganzen Abend lang aufgestaut habe.«

Billie öffnete die Lippen, aber es kam kein Ton heraus. Sie konnte nichts weiter tun, als ihn anzustarren, während das sinnliche Bild sie einwob. Wie war das nur möglich? Noch vor wenigen Sekunden war sie zutiefst entrüstet gewesen. Doch nur ein paar Sätze später zitterte sie förmlich vor Erregung. Er handhabte seine Worte wie Waffen und Sexspielzeug. Er war eine Art Zauberer. Und einer Frau wie ihr konnte er gefährlich werden, denn er hatte den Finger auf wunde Punkte gelegt, von deren Existenz sie bislang gar nichts geahnt hatte.

Er sah hinunter, fummelte am Griff seines Löffels herum, der neben seinem Teller lag. »Aber um mich über diese Grenze zu führen, ist eine besondere Art von Kundin vonnöten.«

»Welche Art denn?«, fragte sie berauscht von der geschmolzenen Hitze, die sich tief in ihrem Bauch und zwischen ihren Schenkeln gebildet hatte.

Seine Aufmerksamkeit richtete sich auf den offenen Kragen ihrer Bluse. »Eine sanfte Frau. Zärtlich und wahrhaftig.« Er hielt inne. »So jemanden trifft man nicht alle Tage.«

Billie räusperte sich. »War denn vor Kurzem irgendwer dabei?«

Adrian saß so lange schweigend da, dass sie sich fragte, ob er sie gehört hatte. Dann antwortete er: »Im Augenblick passt keine Kundin auf diese Beschreibung.«

Dann wurde ihnen das Essen gebracht, was die Spannung zwischen ihnen zerstörte.

Schließlich sprachen sie weiter: Billie bombardierte ihn mit Fragen, und Adrian beantwortete sie auf seine unerschütterliche, beherrschte Weise. Keine persönlichen Einzelheiten natürlich, außer den unzweideutigen Angaben, die er, ohne mit der Wimper zu zucken, über das machte, was eine Frau im Bett eines Avalon-Begleiters erwarten durfte. Erfüllte Fantasien, jede noch so eigenwillige Begierde vergönnt, alles außer Schmerz, und selbst davon etwas, wenn die Kundin danach verlangte.

Während er darüber sprach, ließ Billie den Blick über seine feinen Gesichtszüge wandern. Sie betrachtete den aristokratischen Schwung seiner Augenbrauen, das eigensinnige Kinn und die sinnlichen Lippen. Er war so kontrolliert und geschliffen. Wie reagierte er wohl in der Hitze der Leidenschaft, wenn urtümliches Verlangen seine ganze Kultiviertheit hinwegfegte und nichts übrig blieb als der Trieb, die Frau zu besitzen, zu nehmen und sich in sie zu ergießen, immer und immer wieder? Klang seine Stimme dann gepresst, guttural oder gar verzweifelt? Schrie er, wenn er zum Höhepunkt gelangte, waren seine Muskeln angespannt, die Haut feucht von der Anstrengung, und fiel ihm das Haar zerzaust und schweißfeucht in die Stirn? Ließ er sich jemals fallen? Tauschte er Vernunft und Höflichkeit gegen den Rausch der Ekstase ein?

Dieser Frauenclub hüllte ihn in eine Art Rüstung. Nicht ein einziges Mal im Verlauf des Gesprächs erhaschte sie einen Blick auf sein Herz, auf seine Verletzlichkeiten, auf den wahren Menschen, der sich hinter seiner geschliffenen Fassade verbarg.

Viel zu schnell verging die Zeit, fruchtlose, frustrierende Augenblicke, die verloren waren, weil die Wahrheit für sie nicht greifbar war. Als der Kellner eine diskrete Ledermappe brachte und diese Adrian gab, nahm er sie und tat Billies nachdrücklicher Forderung, ihr Essen selbst zu bezahlen, mit einer Handbewegung ab.

»Bitte«, sagte er und schob seine Kreditkarte in die Mappe, »es ist mir wirklich ein Vergnügen.«

So ein einfaches Vergnügen für einen Mann, der die schmerzhaftesten und wundervollsten Freuden kannte.

Sie traten in den feuchten, schwülen Sommernachmittag hinaus und blieben vor dem Restaurant stehen. Adrian verabschiedete sich nicht sofort; er stand da und wartete, während Billie ihre Autoschlüssel herausholte und sich den Riemen der Handtasche über die Schulter schlang.

»Sie haben mir eine ganze Menge Informationen gegeben«, sagte sie, »aber Adrian, das reicht immer noch nicht, um einen wirklich fundiert recherchierten Artikel zu verfassen.«

Er setzte eine teure Sonnenbrille auf, wodurch er seinen Gesichtsausdruck sehr effektiv verbarg. »Was wollen Sie denn haben?«

»Ich weiß nicht, aber das hier ist es nicht.« Sie hatte wieder zu schnippisch geantwortet. Ihre Frustration war nicht zu überhören.

Schweigend sahen sie einander an. Dann seufzte er. »Was könnte ich Ihnen sonst noch sagen?«

Sie überlegte sich ihre Antwort genau, denn sie wusste, dass sie sich jetzt auf gefährliches Terrain begab. »Sie könnten mir etwas über den Mann erzählen, der Sie sind. Natürlich nichts über ihre tiefsten, dunkelsten Geheimnisse …«

»Das ist mein tiefstes, dunkelstes Geheimnis.«

»Aber mit den Informationen, die ich habe, kann ich nur das Porträt eines zweidimensionalen Menschen zeichnen, der wie ein Roboter funktioniert.« Ihre Worte kamen immer schneller heraus, getrieben von einer namenlosen Dringlichkeit. »Sie müssen mir etwas Persönliches von sich erzählen. Etwas über Ihre Vergangenheit oder … was in Ihrem Herzen vor sich geht. Was lieben Sie? Was hassen Sie? Leiden Sie unter Schlaflosigkeit? Mögen Sie Eiscreme? Hatten Sie jemals großen Liebeskummer? Sind Sie Republikaner oder Demokrat? Tragen Sie Boxershorts oder Slips? Etwas, das von dieser … nebulösen Gestalt in diesen Notizen abweicht.«

Die Reporterin in ihr war verschwunden, und – du liebe Güte – wie unbeholfen die Frau klang, die ihn an ihrer Stelle so eindringlich um Informationen bat. Bestimmt würde er sie jetzt davonscheuchen und gehen, und sie würde ihn nie wiedersehen.

Adrian, der leicht verwirrt die Stirn gerunzelt hatte, verlagerte sein Gewicht und verschränkte die Arme vor der Brust. »Ich muss noch mal darüber nachdenken«, sagte er, und jedes Lächeln war verschwunden. »Was ich Ihnen sagen will, wie ich es sagen will. Ich bin eine Privatperson, Billie. Und meine Privatsphäre ist mein wertvollster Besitz.«

Sie nickte, das Gesicht heiß vor Erleichterung und Erwartung. »Die würde ich Ihnen auch ganz sicher nicht nehmen, auch wenn wir Reporter diesen Ruf haben. Das, was ich von Ihnen kennengelernt habe, gefällt mir, und ich würde Ihre Wahrheiten niemals verdrehen oder versuchen, Sie bloßzustellen.«

Er beobachtete sie, seine Gefühle verborgen hinter den dunklen Gläsern. Dann sagte er einfach: »Ich glaube Ihnen.«

»Gut.« Sie atmete hörbar aus. Mit der Luft verließ auch ein wenig Anspannung ihren Körper. »Wann können wir uns noch einmal treffen?«

»Diesmal muss es im Avalon sein.« Sein Kinn verhärtete sich fast unmerklich. »Und wenn Ihre Zeitschrift sich mehr als eine Stunde nicht leisten kann, dann muss das, fürchte ich, reichen.«

»Ich verstehe.«

»Außerdem müssen Sie diesen letzten Termin mit Azure absprechen. Und erwähnen Sie nicht, dass Sie sich heute mit mir getroffen haben.«

Sie fragte nicht warum, streckte nur ihre Hand aus, zwang sie, nicht zu zittern. »Dann bis bald.«

Seine warmen Finger umschlossen die ihren, besiegelten eine Art Pakt, den sie noch nicht wirklich verstand. »Ich freue mich darauf, Ms. Cort.«

4

Adrian blieb im Eingang zur Tür seiner Wohnung stehen und musterte den schwarzen Labrador, der seinen Blick traurig erwiderte. »Warum siehst du mich so an?«

Der Hund, Rudy, blinzelte und schnaubte.

»Wo ist deine Banane?« Adrian tätschelte ihm im Vorbeigehen den Kopf und holte sich eine Flasche Bier aus dem Kühlschrank.

Als sein ausgestopftes Lieblingsspielzeug erwähnt wurde, winselte Rudy und sprang so schnell auf, wie es ihm seine fünfundvierzig Kilos erlaubten, dann umkreiste er seinen Herrn und starrte ihn mit gespitzten Ohren an.

Adrian stieß die Kühlschranktür mit der Hüfte zu und runzelte die Stirn, als er den Deckel seines Heineken aufdrehte. »Du hast sie wieder vom Balkon heruntergeschmissen, stimmt's? Verdammt, Rudy.«

Ängstlich ging der Hund ihm voraus, und Adrian durchquerte das geräumige Wohnzimmer zu den französischen Türen. Dann trat er zwischen die hauchzarten Vorhänge, die in der Abendluft flatterten. Vom Balkon aus hatte man den Überblick über das üppige Blätterdach der Stadt, ein dunkler Teppich, unterbrochen von funkelnden Lichtern.

Er umfasste die Balustrade, beugte sich vor und spähte aus dem vierzehnten Stock auf den Bürgersteig unter sich hinab. Da lag sie. Die verwaschene, vollkommen zerkaute und heiß geliebte ausgestopfte Banane lag ganz verloren auf dem Beton vor dem Wohnhaus.

»Diesmal hole ich sie dir nicht«, sagte er zu dem Hund, der zu seinen Füßen saß und mit einem unheimlich menschlichen Ausdruck in seinen braunen Augen bittend zu ihm aufsah.

Nach fünf quälenden Minuten, in denen Rudy ihm in stummem Protest über die Entscheidung seines Herrn überallhin folgte, stellte Adrian mit einem resignierten Seufzer sein Bier beiseite. Dann zog er sich ein Paar Laufschuhe an und nahm die Wohnungsschlüssel.

»Ich hol dir die Banane«, sagte er mit einem Blick auf den Hund. »Aber es ist das letzte Mal. Und du darfst in Zukunft nicht mehr auf den Balkon.«

Mit wedelndem Schwanz machte Rudy es sich auf dem kühlen Teakholzboden im Flur bequem und sah zu, wie sein Herr aufschloss. Als Adrian den Knauf drehte, drang ein tiefes Knurren aus der Kehle des Hundes, warnend, leise und dringend.

Adrian sah ihn an. Der Hund blickte an ihm vorbei, als ob er auf der anderen Seite der Tür etwas Verdächtiges erkennen könnte.

Aus dem Treppenhaus drang ein dumpfes Geräusch, anscheinend war etwas Schweres gegen die Wand von Adrians Wohnung geprallt.

»Bleib«, murmelte er und öffnete die Tür. Erst entdeckte er niemanden, aber als er ins Treppenhaus kam, setzte sein Herzschlag für einen Moment aus.

Lucien klammerte sich an die Wand, blutüberströmt, zusammengeschlagen und nach Alkohol stinkend. Er war barfuß. Sein schmuddeliges T-Shirt war an einer Schulter zerrissen, sein Haar war verfilzt und schmutzig, die Augen so geschwollen und blutunterlaufen, dass Adrian ihn kaum erkannt hätte. »Mein Gott! Luke …«

»Ad«, stieß er erstickt hervor und packte Adrian verzweifelt am Hemd, »hilf mir!« Dann kippte er wieder gegen die Wand und glitt zu Boden. Seine Finger hinterließen rote Striemen auf dem makellosen weißen Putz.

»Trink das.« Adrian zwang eine Tasse Kaffee in Luciens zitternde Hände und führte sie ihm seinem Freund an den Mund.

Als die heiße Flüssigkeit Luciens aufgeplatzte Unterlippe berührte, fluchte er und ließ sie auf die Brust spritzen.

»Mein Gott!« Mit einem teilweise geschwollenen Auge warf er Adrian einen wütenden Blick zu. »Wie wär's mit noch ein bisschen Salz für meine Wunden?«

»Sorry.« Adrian nahm ihm die Tasse ab und stellte sie wieder auf den Nachttisch. Dann gab er ihm eine Serviette. Verächtlich schweigend musterte er seinen Freund, zu verstört, um etwas sagen zu können. Dann fragte er wohl zum hundertsten Mal in drei Stunden: »Wer hat dir das angetan?«

»Wenn ich dir das sage, schlägst du ihn dann für mich zusammen?« Luciens wunder Mund verzog sich zu einem reumütigen Lächeln. »Komm schon, Ad. Du weißt doch, dass ich es dir nicht erzählen werde. Ich komme selbst damit klar.«

»Blödsinn«, sagte Adrian leise. »Du stirbst noch irgendwann, wenn du so weitermachst. Ist dir das egal?«

»Nein, ist es nicht. Aber es ist, als ob man in einem Zug ohne Bremsen säße, weißt du?«

Er zuckte die Achseln und zuckte bei dem Schmerz, den die kleine Bewegung verursacht hatte, zusammen. »Ich kann meinen Spaß und meine Spiele einfach nicht aufgeben. Ich habe es versucht. Aber sie haben mich fest im Griff.«

»Klingt nach Sucht, und das weißt du auch.«

Lucien schloss die Augen. »Oh, ich weiß nicht. Du hast mich schließlich auch im Griff, Ad. Aber ich hätte nie gedacht, dass ich süchtig nach dir bin. Jedenfalls nicht bis heute.«

Adrian biss die Zähne zusammen und wandte den Blick ab. »Sag es, und ich schleppe dich gleich in eine Entzugsklinik.«

»Für den unwahrscheinlichen Fall, dass es wie durch Zauberhand beim dritten Mal funktioniert? Ich sag es dir gleich: Dreimal Entzugsklinik ergibt nur dreimal Pleite. Und das kann mein miserables Selbstwertgefühl nun so gar nicht brauchen. Komm schon, Ad.« Er nahm Adrians Hand in die seine und drückte sie leicht. »Du bist doch ein kluges Kerlchen. Erkennst du denn nicht, wenn irgendwas keinen Zweck hat?«

Eine Welle des Zorns, genährt durch Trauer und Hilflosigkeit, drehte Adrian den Magen um. »Gott verdammt, Luke. Was erwartest du denn von mir? Wenn die Situation andersherum wäre, wenn ich in deinen Schuhen steckte, ausgebrannt, geschlagen und eines langsamen Todes sterbend, würdest du nicht auch alle Register ziehen, um mir zu helfen? Ich bin dein Freund!«

»Das ist ja das Problem.« Mit einem Seufzer lehnte sich Lucien in die Kissen zurück und hob die zitternde Hand, um vorsichtig die Schürfwunde auf seinem Wangenknochen zu betasten. »Du musst nur eines tun, nämlich mich lieben, weißt du, und schon ist das Problem gelöst. Keine weiteren Freunde mehr, die mich misshandeln. Keine Drogen. Ich wäre so gut …«

Adrian sprang mit zornrotem Gesicht auf. »Lieber Gott – nein! Hör auf! Sonst werfe ich dich hinaus, Luke. Es ist mir egal, ob du im Treppenhaus abkratzt oder irgendwo in der Gosse mit tausend Dollar, die man dir in die Nase gestopft hat. Du wirst mich in meiner Wohnung nicht länger manipulieren. Du wirst mir keine Schuldgefühle einreden.«

»Sorry.« Er streckte Adrian mit zerknirschter Geste die Hände entgegen. »Du weißt, wie fertig ich bin, wie sentimental ich werde, wenn ich bekifft bin. Ich mach nur Witze, Ad. Wirklich.«

Aber hinter dem ganzen Sarkasmus, unter den flapsigen Ausreden, lag ein Ultimatum. *Liebe mich so, wie ich dich liebe, sonst sterbe ich.*

Adrian starrte ihn an, hatte vor Qual und Wut einen Kloß im Hals. »Ich kann dir nicht helfen. Das liegt außerhalb meiner Macht. Du musst in eine Klinik. Du brauchst eine Therapie und Medikamente und ständige Überwachung. Ich bin nicht für dich zuständig. Ich kann dir nicht helfen.«

Tränen quollen unter Luciens Wimpern hervor und rannen über seine fleckigen Wangen, sogar als er lachte und seine Hände über dem Bauch faltete, als ob eigentlich alles in Ordnung sei. »Lass mich heute Nacht einfach hier pennen. Ich schlaf mich aus und bin morgen wieder fit und weg. Wirklich. Du weißt doch, dass ich die ganze Scheiße nicht ernst meine. Tut mir echt leid.«

Adrian schluckte seine Verzweiflung hinunter und beugte sich hinab, um die Lampe auszuschalten. An der Tür angelangt, blieb er stehen und sah seinen Freund noch einmal an.

Inmitten des Doppelbettes wirkte Lucien klein und gebrochen, ein Skelett, ein Schatten des großen, lebendigen Achtzehnjährigen, den Adrian vor zehn Jahren im Studentenwohnheim kennengelernt hatte. Luke DeChambeau war mit achtundzwanzig Jahren ein alter Mann, der auf den schlüpfrigen Pfaden von Drogen und Alkohol auf die sichere Zerstörung zusteuerte.

In diesem Augenblick erkannte Adrian: Er betrauerte den Tod seines Freundes jetzt schon mindestens seit einem Jahr, kämpfte gegen den Sog des Unvermeidlichen an, und doch klammerte Lucien sich am Leben fest, trieb die Klinge mit jedem zerstörerischen Tag tiefer hinein.

Luciens Familie im Norden von New York war so stolz auf ihn. Nach acht Jahren glaubten sie immer noch, dass ihr einziger Sohn Physikdozent an einem Community College in Virginia war. Er war als Lügner ebenso geschickt wie als Avalon-Begleiter. Er hatte sogar Azure zum Narren gehalten.

»Weiß Azure, warum du heute Abend nicht zur Arbeit erschienen bist?«, fragte Adrian mit leiser Stimme, eher erschöpft als entrüstet.

Das schwache Leuchten, das von der Stadt hinter den Fenstern aufstieg, durchflutete das schmale Gästezimmer mit einem rosigen Schein, wanderte über das Bett und beleuchtete brutal Luciens hohle Wangen. »Nein. Ich hielt es für besser zu schweigen, als mir ihren Wutausbruch anzuhören, wenn sie die Wahrheit erfährt. Ich bewege mich bei ihr ohnehin auf dünnem Eis. Sie wird mich feuern, wenn sie das hier herauskriegt.«

»Ich rufe sie an und sage ihr, dass du krank bist.«

Lucien wandte den dunklen Kopf auf dem Kissen. »Sie wird dir das sogar glauben. Sie nimmt dich so verdammt ernst.«

»Du bleibst morgen hier, und so lange du brauchst, bis du wieder auf den Beinen bist.«

»Wenn dein Portier mich sieht, schmeißt er mich raus«, sagte Lucien leicht belustigt. »Als er mich das letzte Mal erwischt hat, hielt er mich für einen Obdachlosen.«

Adrians Schweigen sprach Bände darüber, wie obdachlos Lucien tatsächlich war.

»Ich brauche nur eine einzige Nacht«, fügte Lucien hinzu. »Ich will dir schließlich nicht zur Last fallen.«

»Es fällt mir zur Last, weil ich weiß, dass du nichts unternehmen wirst, um das alles zu ändern.«

Einen Augenblick lang antwortete Lucien nicht. »Es wird dich vielleicht überraschen«, sagte er schließlich, und seine Stimme klang ganz erstickt vor unvergossenen Tränen. »Aber eines Tages packe ich zusammen und verlasse die Hölle, die das Avalon aus unserem Leben gemacht hat. Dann fange ich von vorne an. Eines Tages, Ad, fliege ich davon.« Er sah seinem Freund in die Augen. »Wirst du mich dann vermissen?«

»Mein Gott, Luke«, sagte Adrian sanft. »Das tue ich doch jetzt schon.«

Als Adrian bei Tagesanbruch aufstand, war die Wohnung still. Er schlüpfte in seine Jogginghose und öffnete leise Luciens Tür. Mit einer Angst, die er lieber nicht empfunden hätte, beobachtete er, wie sich die Brust seines Freundes hob und senkte.

Luciens Liebe war ihm eine zu schwere Bürde. Wie zum Teufel hatte alles angefangen? Wie hatte es dazu kommen können, dass ihre Freundschaft eine Leidenschaft nährte, die Adrian weder ermutigt noch erwidert hatte?

Der Schlüssel dazu war das Avalon, wie bei allem, was in ihrem Leben verwirrend oder turbulent war. Dort ging gewöhnlicher Sex so leicht in Träumerei über; Träumerei führte zum Verlust aller Hemmungen, und für Luke DeChambeau führte er zum Verlust seiner selbst. Drogen, Alkohol, Geld, Sex ... das alles schien dem Jungen, der niemals genug bekam, nicht zu reichen. Außer seine Freundschaft zu Adrian. Das einzige wahrhaftige, unverdorbene Ding in ihrer beider Leben hatte in Lukes gequältem Geist irgendwie Verwirrung gestiftet, und Adrian hatte nichts von der wachsenden Zuneigung seines Freundes gemerkt, bis es zu spät war.

Als er das granitene Hindernis, das zwischen ihnen stand, erkannte, hatte er sich verdammt heftig bemüht, es zu akzeptieren, es als bloßes Missverständnis abzutun, sogar noch, als er spürte, wie er sich schockiert über Luciens unerwünschte Zuneigung zurückzog.

In ihrer Welt, in der verqueren, surrealen Existenz des Avalon, war Sex das Gleiche wie Freundschaft, wie bloße Bekanntschaft, wie Geld und Drogen. Lucien konnte nicht nachvollziehen, warum Adrian ihn nicht begehrte, und Adrian gingen langsam die Ideen aus, wie er es jemandem, der dem Gifthauch des Avalon vollkommen erlegen war, erklären sollte.

Halb unter den Decken begraben, regte sich Lucien, zog im Schlaf eine Grimasse, und Adrian zog leise die Tür zu. Er nahm sich eine Flasche Wasser aus dem Kühlschrank und holte Rudis Leine und sein Frisbee aus dem Dielenschrank. Mann und Hund verließen das Gebäude und liefen in Richtung Park, flüchteten an einen Ort, wo sie sich auspowern und spielen konnten, genug, um für ein paar gesegnete Stunden die quälenden Gedanken aus Adrians Leben zu vertreiben.

Er kam gegen Mittag nach Hause, fütterte Rudy und sah nach Lucien, der auf den kleinen Fernseher blickte, der im schmalen Schrank des Gästezimmers untergebracht war.

»Reality TV«, sagte Lucien mit einem schiefen Lächeln. Seine Augen waren beide so angeschwollen und blutunterlaufen, dass Adrian sich fragte, wie er überhaupt etwas auf dem Bildschirm erkennen konnte. »Schwule Proleten.«

»Wie faszinierend für junge Menschen allerorten.«

»Sie sollten mal was über ein paar von Azures Begleitern bringen. Niemand würde je ein Wort von dem glauben, was wir zu sagen haben.«

Adrian lächelte, antwortete aber nicht. Er musterte seinen Freund nur nachdenklich und besorgt. »Hast du etwas gegessen?«, fragte er schließlich.

»Cornflakes. Außerdem habe ich mir ein paar von den Ibus ausgeliehen, die ich im Badezimmerschrank gefunden habe.«

»Die Flasche gehört dir.« Adrian neigte den Kopf und betrachtete ihn weiterhin aufmerksam. »Also, was meinst du? Irgendwas gebrochen? Rippen? Nase?«

»Nur das Herz«, antwortete Lucien nach einer bedeutungsschweren Pause und sah wieder zum Bildschirm.

Adrian verlagerte das Gewicht. Ihm wollten keine tröstlichen Worte einfallen. Sie waren einander so entfremdet, dass ihm noch nicht einmal mehr ein paar Allgemeinplätze einfielen.

»Übrigens«, sagte er, als sich das Schweigen zwischen ihnen endlos lange hinzog, »ich habe Azure für dich angerufen. Habe ihr erzählt, du hättest hohes Fieber.«

»Hat sie dir das abgenommen?«

»Natürlich.«

»Natürlich.« Lucien verdrehte die Augen. »Du kannst eben nichts falsch machen.«

Adrian schenkte ihm ein mildes Grinsen und rubbelte sich mit der Hand das schweißdurchtränkte Haar. »Ich springe jetzt unter die Dusche. Ich muss um zwei Uhr im Club sein.«

Er zog sich zurück, aber Lucien rief ihm hinterher: »Ad?«

»Was?«

Einen Augenblick lang antwortete Lucien nicht, und die Spannung zwischen ihnen loderte erneut auf, voller unausgesprochener Gefühle und Frustration und Hoffnungslosigkeit. Seine Hände umklammerten die Decke in seinem Schoß, sein Gesichtsausdruck unter den unzähligen Blutergüssen und Abschürfungen war undurchdringlich. »Ich erinnere mich, dass ich gestern Abend ein paar ziemlich geschmacklose Dinge zu dir gesagt habe.«

»Schon gut, Luke. Mach dir deshalb keine Gedanken.«

»Ich war bis oben hin zugekifft.«

»Schon gut«, wiederholte Adrian, und seine Muskeln verspannten sich. Er wollte es vergessen, nach vorn blicken. Er wollte vergessen, dass sein bester Freund nicht länger sein bester Freund war.

»Aber ich war nicht so bekifft, dass ich nicht wusste, was ich sagte.« Lucien blickte auf, sein Adamsapfel hüpfte auf und ab, als er ein offensichtlich aufwallendes Gefühl herunterschluckte. »Ich weiß nicht, warum ich hergekommen bin. Ich sollte nicht hier sein, ich sollte nicht in deiner Nähe sein, und das wissen wir beide. Ich kann das nicht mehr, Ad. Ich dachte, ich käme darüber hinweg, glaubte, ich könnte wieder zu unserer sicheren Freundschaft zurückkehren, die wir immer hatten. Aber mein Herz hört einfach nicht auf mich. Und ich kann es nicht mehr.«

Adrians Herz schlug ihm bis zum Hals. Eine böse Vorahnung beschlich ihn. »Was willst du damit sagen?«

»Ich sage … du kannst mich in deinem Leben nicht brauchen. Und, Ad«, fügte er hinzu, als Adrian den Mund öffnete, um ihm zu widersprechen, »ich brauche dich auch nicht in meinem.«

Adrian warf die Hände in die Luft. »Also das mal wieder. Na gut, Luke. Du willst raus aus unserer Freundschaft? Toll. Kriech doch zurück zu deinen wahren Freunden, denen, die dir Drogen und Schnaps geben, denen, die dich zusammenschlagen und die es einen Scheißdreck kümmert, ob du tot oder lebendig bist. Du hast recht. Hier gibt es nichts, das man gegen eine größere, befriedigendere Rendite eintauschen könnte.«

»Du verstehst nicht.« Luciens Stimme stockte. »Es zerreißt mich einfach. Ich sehe den Abscheu in deinen Augen, weiß, was meine Gefühle unserer Freundschaft angetan haben, und das bringt mich um. Ich kann einfach nicht mehr.«

»Ach ja? Ich auch nicht.« Adrian kam ins Zimmer, besann sich eines Besseren und wich wieder über die sichere Schwelle zurück. Zorn und ungebetene Schuldgefühle vibrierten durch seinen Körper. »Zufällig verstehe ich durchaus. Ich verstehe, was für ein manipulativer, verlogener Junkie du bist. Du vergisst, dass ich dich besser kenne als irgendwer sonst, Luke. Du wirst alles tun, um das zu bekommen, was du haben willst, auch wenn ich es bin. Aber jetzt hast du deine letzten Trümpfe verspielt. Die Schuldkarte ist weg, wurde eine Million Mal überbeansprucht. Und jetzt hast du die Freundschaftskarte abgelegt. Und du hast recht. Ich will dich nicht zurück. Mehr als unsere Freundschaft wollte ich nicht, aber jetzt ist sie vorbei.«

Er hielt inne, jeder Muskel in seinem Körper vibrierte vor Zorn und Enttäuschung. »Ich mache mich jetzt zur Arbeit zurecht. Wenn du damit fertig bist, dir leidzutun, dann tu uns beiden einen Gefallen, und geh nach Hause.«

Lucien starrte die Decke an und horchte auf den Klang des laufenden Wassers aus Adrians Badezimmer auf der anderen Seite der Wand. Adrian bereitete sich auf einen Abend im Avalon vor, warf sich in Schale, damit Azure Tausende von Dollars allein an einem Wochenende verdienen würde. Sein gutes Aussehen und sein Charisma waren nicht die einzigen Gründe, warum die Clubbesitzerin ihn liebte.

Es gab so viele Gründe, Adrian zu lieben.

Lucien setzte sich hin und kämpfte gegen eine Welle der Übelkeit an, die durch den Schmerz und die Nachwirkungen von zu viel Kokain und Jim Beam hervorgerufen wurde. Einen Augenblick lang dachte er darüber nach, das zu tun, was Adrian wollte, und sich in der Entzugsklinik vor Ort zu melden. Das zu verlängern, was bereits unerträglich war, ein Leben, das er an Drogen, Sex und leere Versprechungen verschwendete. Eine Existenz ohne Liebe. Wahrscheinlich würde ein solcher Schritt zumindest Adrians Zustimmung finden, und was hätte Lucien nicht für ein kurzes Aufflackern der alten Wärme, der alten Akzeptanz im Gesicht seines Freundes gegeben.

Er ballte auf der Decke die Hände zu Fäusten. Nein. Er würde nicht so weitermachen. Erschöpfung stürzte auf ihn herab, zwang Tränen in seine Augen. Gott, was war er müde.

Es war der höhnische Blick in Adrians Augen vor wenigen Minuten, der seine Entscheidung besiegelt hatte. Eigentlich war es keine Entscheidung – mehr ein Wissen. Das Wissen darum, dass alles enden musste, dass die Zeit gekommen war und dass die Mittel dazu nur wenige Meter von dem Ort entfernt waren, wo er jetzt saß und der Standuhr im Flur lauschte, deren Ticken die Sekunden seiner Qual zählten, während sein Herz im Gleichtakt dazu pochte.

Am Ende des Flurs öffnete sich Adrians Schlafzimmertür, und der Duft seines Shampoos und Aftershaves erfüllte Luciens Sinne. Er schloss die Augen und atmete ein, vermisste dieses ach so kleine Vergnügen, noch bevor es vorüber war.

Leise Schritte näherten sich seiner Tür, dann ging Adrian vorbei, gekleidet in die Kakis und das weiße Oxford-Hemd, das Azure für alle Begleiter zur Uniform auserkoren hatte. Lucien saß ganz still da und lauschte den Geräuschen, die sein Freund machte, während er in der Wohnung umherging: das leise Murmeln seiner Stimme, während er mit seinem Hund sprach, das sanfte Klirren einer Kaffeetasse oder eines Tellers, die er im Spülbecken abstellte, dann lautere Schritte, die anzeigten, dass Adrian die Schuhe angezogen hatte.

Die Geräusche eines Mannes, der sein Leben lebte, das ohne Lucien viel schöner zu werden versprach.

Das Klingeln von Schlüsseln drang an sein Ohr, und er sog zitternd den Atem ein, wollte nach Adrian rufen, die Hand ausstrecken, sich von ihm verabschieden und ihm danken, wie er es verdient hatte, aber der Kummer lähmte ihn. Er war zu feige. Nie würde er auch nur ein Gramm von dem zurückgeben können, was Adrian ihm all die Jahre gegeben hatte.

Also saß er in dem winzigen Gästezimmer und wartete darauf, dass sein Freund aus seinem Leben verschwand, wartete mit wild pochendem Herzen, als ob er hinter den Kulissen stünde, bereit, über die Bühne zu tanzen als ein weiterer rührseliger tragischer Akt aus der Avalon-Lasterhöhle.

Die Wohnungstür öffnete sich, und Lucien wappnete sich für den letzten Moment, der ihn für immer von dem einzigen Menschen auf der Welt trennen würde, dem sein Herz gehörte.

Adrians Stimme erklang: »Ich gehe jetzt.«

Lucien schloss die Augen. »Okay. Einen schönen Abend wünsche ich dir.«

Schweigen. Dann: »Iss etwas, Luke. Der Kühlschrank ist voll.«

»Danke«, sagte er leise, obwohl er wusste, dass sein Freund die Antwort nicht hören konnte. Dann schloss sich die Tür, und in das nicht vorhandene Geräusch hinein flüsterte er: »Nacht, Ad.«

Fünf Minuten später zog er sich Jeans und T-Shirt über, das Adrian ihm geliehen hatte, wühlte im Schreibtisch im Wohnzimmer nach Briefpapier und Briefmarke und setzte sich nieder, um das zu verfassen, was hoffentlich ein vernünftiges, anständiges Kündigungsschreiben für das Avalon und das Leben im Allgemeinen sein würde. Es war besser und auch barmherziger, diesen Brief direkt an Azure zu schicken, statt ihn Adrian zu hinterlassen, deshalb ließ er die Wohnungstür einen Spalt offen und fuhr mit dem Aufzug in die Lobby, wo er den adressierten Umschlag in den Briefkasten steckte.

Der Portier verengte misstrauisch die Augen, als er zum Aufzug zurücktappte, und Lucien warf ihm ein schiefes Lächeln zu, als die messingvertäfelten Türen sich zwischen ihnen wieder schlossen.

Er fuhr mit einem hübschen Teenie in tief hängender Jeans und bauchfreiem T-Shirt nach oben, das ihm einen verstohlenen Blick zuwarf und sagte: »Wow. Was ist mit Ihrem Gesicht passiert?«

»Zugunglück«, antwortete Lucien. Im vierzehnten Stock öffneten sich die Türen wieder. Er wollte gerade aussteigen, da machte er einen Schritt zurück und drückte dem Mädchen einen Kuss auf die erstaunten geöffneten Lippen. »Es sich gut gehen zu lassen ist die beste Rache«, sagte er und lächelte ihre Augen an. »Und das sagt dir ein toter Mann.«

Wieder in Adrians Wohnung zurückgekehrt, stopfte er den Führerschein in seine Gesäßtasche, schaltete die Lampe auf dem Tisch im Flur aus und durchquerte das Wohnzimmer, um zur Balkontür zu gelangen. Die Nacht war noch nicht hereingebrochen, und die untergehende Sonne wurde von einem Gemisch aus Smog und Wolken verschleiert, sodass sie das Blätterdach der Stadt mit einem seltsamen pinkfarbenen Leuchten überzog.

»Bleib«, sagte er zu Rudy, der ängstlich an den Doppeltüren wartete, im Maul seine fadenscheinige ausgestopfte Banane, als ob er ebenfalls etwas auf dem Balkon zu erledigen hätte. Dann trat Lucien in den warmen Sommerwind hinaus und schloss die Glastüren hinter sich.

Er brauchte eine Ewigkeit, um sich auf das Betonsims zu hieven, zum einen, weil er Angst hatte, zum anderen, weil er immer noch Schmerzen hatte, nachdem man ihm gestern die Seele aus dem Leib geprügelt hatte. Er setzte sich rittlings auf die Balustrade und starrte auf den Verkehr hinunter, der sich, so weit das Auge reichte, die Connecticut Avenue hinabschlängelte. Zu viele Fußgänger gingen vierzehn Stockwerke unter ihm über den Bürgersteig. Er wartete, bis die Sonne wie eine fette neonfarbene Kugel auf den Bäumen ruhte, bis der Bürgersteig unter ihm leer war, bis keine Autos mehr in der kreisförmigen Auffahrt des Gebäudes parkten. Er wartete, bis der Wind die Tränen an seinen Wimpern getrocknet hatte und sein Körper nicht mehr zitterte und er keine Ausreden mehr hatte.

»Adrian«, flüsterte er. Es war wie ein Gebet.

Und dann flog er.

Im Avalon hinterließ Adrian eine Nachricht bei Maria, dass Lucien immer noch krank war, dann ging er seine Akte durch, um sich anzuschauen, welche Kundinnen ihn heute Abend erwarteten.

Helen Feinstein hatte ihn für drei Stunden gebucht. Die fünfzigjährige Salonlöwin war so versessen darauf, an ihrer Jugend festzuhalten, war so voller Plastik und Salinen, dass Adrian häufig an eine aufblasbare Puppe denken musste, wenn er ihr beim Auskleiden zusah.

Mary Ellen Frazier kam um sieben, eine neue Kundin, die er noch nie gesehen hatte. Sie wollte mit ihm zu Abend essen und anschließend im Club mit ihm intim sein. Sie bevorzugte einen dominanten Liebhaber. Sie liebte Bondage-Spielchen.

Anschließend kam Gwendolyn Campbell, wie immer in zarter Bleistiftschrift in den Kalender eingetragen, für den ungünstigen Fall, dass diese Akten jemals den Behörden in die Hände fiel. Gwendolyn war US-Senatorin, Mitglied des präsidentialen Kabinetts. Ihre Mitgliedschaft im Avalon war streng geheim, und trotz der Spannung, die ihre Nacht-und-Nebel-Besuche mit sich brachten, war sie eine Art Atempause für Adrian. Konservativ, intelligent, leicht zu befriedigen. Nichts Schräges, nur einfaches Vögeln, und das normalerweise auch nur ein einziges Mal. Mehr war nicht nötig.

Adrian seufzte und rieb die angespannte Stelle zwischen seinen Augenbrauen.

Unerklärlicherweise dachte er an die Reporterin, an ihre großen grünen Augen und das spitze Kinn und an ihre weichen Züge, die für jemanden, der in der schlüpfrigen Medienbranche tätig war, einen permanenten Nachteil darstellte. Er drängte ihr Bild beiseite, verwirrt, dass es überhaupt aufgetaucht war.

Später in der Nacht, als seine zweite Kundin unter den langsamen, kreisförmigen Stößen erschauerte, von denen er mittlerweile wusste, dass sie sie liebte, stahl sich Billie Cort wieder in seine Gedanken. Ihr zögerliches Lächeln, das widerspenstige dunkle Haar an ihrer Wange, ihre weichen Brüste, die sich an ihn pressten, als sie tanzten …

Die Art, wie sie seinen Namen aussprach.

Adrian vergrub sein Gesicht an Mary Ellen Fraziers feuchtem, parfümiertem Hals. Er war nicht vorbereitet auf den grimmigen Höhepunkt, der sich in seinen Lenden wand und jetzt zuschlug und seiner Kehle ein Stöhnen entrang.

Als Mary Ellen ging, um tausend Dollar ärmer und mit der süßen Illusion, dass sie ihm mehr Ekstase verschafft hatte, als er im ganzen Leben kennengelernt hatte, duschte er, kleidete sich erneut an, begrüßte die Senatorin, seine letzte Kundin, und brachte tatsächlich die Energie auf, diesen Tag zu Ende zu bringen, der ihm eigentlich endlos erschienen war.

Gegen Mitternacht stieg er in seinen BMW und nahm den langen Weg nach Hause, durch die Seitenstraßen, die feucht und glänzend vom Regen waren, vorbei an Reihenhäusern mit erleuchteten Fenstern, bei deren Anblick er sich fragte, welche Familien sich wohl dahinter verbargen, die ihr Alltagsleben mit ihren alltäglichen Sehnsüchten führten. Diese Nebenstraßen erinnerten ihn an sein Zuhause. Erinnerten ihn an seine Familie, an die Vergangenheit, die er einfach schnöde weggeworfen hatte.

Er näherte sich seinem Wohnhaus von hinten und parkte auf dem rückwärtigen Parkplatz. Dann fiel ihm ein, dass er die Sicherheitskarte für Lucien auf dem Tisch im Flur hatte liegen lassen, und nur Gott wusste, ob sein Freund sie eingesteckt hatte, ausgegangen war und nie zurückkehren würde.

Der Portier würde ihm aufschließen müssen.

Ärgerlich und erschöpft schlenderte er mit gesenktem Kopf durch den feuchten Nieselregen, den Bürgersteig hinauf und um die Ecke auf den Haupteingang zu. Dort begrüßten ihn die blauen und roten Lichter fünf verschiedener Streifenwagen. Ein Feuerwehrfahrzeug. Zwei Krankenwagen. Allesamt wahlweise in der kreisförmigen Auffahrt oder am Rand der Connecticut Avenue.

Vor ihm auf dem Bürgersteig lag eine Gestalt unter einer Rettungsdecke.

Adrians Puls beschleunigte sich. Ihm war sofort klar, dass jemand vom Balkon gefallen war. Er blieb stehen, blickte zu dem Puzzle aus dunklen und erleuchteten Fenstern hinauf, die dem riesigen Gebäude ein schachbrettartiges Muster verliehen. Mit zusammengekniffenen Augen fixierte er seinen eigenen Balkon: Die Fenster waren dunkel. Dann schoss sein Blick wieder zu der Gestalt hinüber. Ein unbehagliches Gefühl regte sich in seiner Magengrube; auf seiner Haut bildete sich ein Schweißfilm, sodass er erschauerte.

Aber sein Gehirn weigerte sich, aus seiner bösen Vorahnung Gewissheit zu machen.

Obwohl sich die Einsatzkräfte geschäftig mit dem Opfer befassten, stiegen sie beim Reden über den bedeckten Körper hinweg, als ob diese Leiche niemals ein Mensch gewesen wäre, als ob er immer in einer Lache aus Blut daläge, leblos, eine tragische x-beliebige Nummer aus der Statistik.

»Sir?« Ein Polizeibeamter in gelber Regenjacke kam auf Adrian zu, sein Gesicht verbissen, erschöpft und voller Abscheu. »Sie müssen auf die andere Straßenseite hinübergehen.«

»Ich wohne hier«, sagte Adrian geistesabwesend, die Aufmerksamkeit immer noch auf den formlosen, von einem Tuch bedeckten Haufen gerichtet. Ein weiteres, heftigeres Schaudern durchfuhr ihn, und ihm folgte der dunkle Verdacht, den er bis zu diesem Augenblick gar nicht bewusst wahrgenommen hatte. Er raubte ihm den Atem.

Er machte einen weiteren Schritt auf den Leichnam zu, und der Officer stellte sich mit Klemmbrett in der Hand ihm in den Weg.

»Ihr Name bitte, Sir.«

»Antoli. Apartment 1401.«

Er stand in dumpfem Schweigen da, während der Polizist das Blatt mit den Wohnungen überflog. Dann sah er zu ihm auf: »Kann ich Ihre Papiere sehen, Mr. Antoli?«

Er gab dem Mann seinen Führerschein, wartete, während dieser ihn begutachtete, dann nahm er ihn wieder an sich und verstaute seine Brieftasche in der Gesäßtasche.

Statt aber beiseitezutreten, um Adrian vorbeizulassen, räusperte der Polizist sich und bedeutete einem weiteren Beamten, einem kräftigen, kahlköpfigen Mann in schwarzem Regenmantel, herzukommen.

»Mr. Antoli«, sagte der grimmig dreinblickende Detective, als er näher kam, »Sie kannten Luke DeChambeau?«

5

Aber wenn er doch einverstanden ist, sich mit mir zu treffen, warum kann ich dann nicht noch einmal hingehen?« Billie schritt im Büro auf und ab, denn sie war zu unruhig, um sich hinsetzen zu können, obwohl ihre Redakteurin schon zum dritten Mal auf das kleine Sofa gedeutet hatte. »Du hast mir immer noch keinen vernünftigen Grund genannt.«

Nora Richmond lehnte sich auf ihrem Schreibtischstuhl zurück, rieb sich erschöpft die sorgfältig gezupften Augenbrauen und atmete hörbar aus. »In Gottes Namen. Na gut, Billie. Ich sage dir die Wahrheit. Lässt du es dann gut sein?«

»Kommt ganz darauf an.«

Die Redakteurin beugte sich vor und musterte Billie. Sie wirkte bedrückt. »Du bist eine ganz schöne Nervensäge, weißt du das? Du kannst das Interview nicht beenden, weil einer der Begleiter letzte Nacht gestorben ist. Er ist aus dem vierzehnten Stock vom Balkon gefallen.«

Billies Herz setzte einen Schlag aus, dann schlug es wie verrückt. »Doch nicht etwa Adrian?«

»Nein, Adrian ist am Leben und wohlauf… und wird im Moment von der Polizei verhört, denn der Kerl ist von seinem Balkon in die Tiefe gestürzt.«

Billie saß regungslos da, so verblüfft war sie. Dann schüttelte sie den Kopf. »Sie glauben, dass Adrian etwas damit zu tun hat? Dass er den Typen runtergestoßen hat oder so was in der Art?«

Ruhelos klopfte Nora mit ihrem Stift auf den Schreibtisch. »Hat er im Laufe des Interviews jemanden namens Lucien erwähnt?«

Billie konnte keinen klaren Gedanken mehr fassen. »Keine Ahnung – vielleicht. Über ein paar der anderen Begleiter hat er durchaus gesprochen, aber ich müsste meine Notizen durchsehen, um dir Namen nennen zu können.«

Der Stuhl quietschte unter der schlanken, großen Gestalt der Redakteurin, als sie sich zum Fenster rollen ließ und auf den mittäglichen Stau auf der H Street hinausstarrte. »Scheinbar war Adrian mit diesem Lucien irgendwie verbandelt. Im Club munkelt man so einiges über die Natur ihrer Freundschaft, obwohl Azure behauptet, dass sie nur gute Freunde waren – nicht mehr.«

»Adrian ist heterosexuell«, sagte Billie ausdruckslos. Sie erinnerte sich an die Wärme seiner Umarmung, an den Druck seiner stählernen Erektion an ihrem Bauch, als sie getanzt hatten, und war sich sicher. Sie richtete sich auf: »Das hat er mir gesagt!«

Noras einziger Kommentar war ein höhnisches Schnauben, auf das Billie nur antwortete: »Verdammt! Ich habe keinen Grund, seine Aussage zu bezweifeln! Ich habe ihn geradeheraus gefragt, ob er bisexuell ist, und er hat mir gesagt, dass er nicht mit Männern schläft.«

»Hm. Hört sich für mich eher so an, als ob er sich nicht festlegen wollte.«

»Du solltest es doch am besten wissen, Nora.« Ihr Ton war bitterer als beabsichtigt, aber plötzlich wurde ihr bei dem Gedanken an ihre Redakteurin – ihre Freundin –, die Adrian für Sex bezahlt hatte, flau im Magen.

Nora hatte ihr erzählt, dass er seinen Preis durchaus wert

war, weil er seine Kundinnen geradewegs in den Himmel entführte. Billie hatte nicht gefragt, woher Nora das wusste. Das musste sie auch gar nicht. Die vierzigjährige Senior-Redakteurin bei *Illicit* war wirklich eine Hedonistin, fröhlich und schamlos immer auf der Suche nach Ekstase. Und Adrian war mit Sicherheit der Mann, der sie ihr verschaffen konnte.

Nora rollte zurück und sah sie scharf an. »Ich frage mich, warum wir überhaupt über dieses Thema reden. Azure hat uns die Tür vor der Nase zugeschlagen. Du bist fertig mit Adrian und dem Avalon, Billie. Du könntest dich mit anderen Begleitservices befassen. Es gibt so viele hungrige Lustknaben, die nur darauf warten, dass man ihre Geschichte abdruckt. Es besteht keine Not.«

Doch die Enge in ihrer Brust sagte Billie etwas anderes. Die halb fertige Geschichte verlangte mit aller Macht nach mehr. Sie wollte mehr von Adrian, mehr von seiner Verruchtheit, seiner Sinnlichkeit, der ursprünglichen, sexuellen Wirkung, die er auf sie hatte. Wenn sie diese Atmosphäre einfangen konnte, würde der Bericht dem Leser so richtig unter die Haut gehen. Aber dazu musste sie diesen Artikel unbedingt beenden. Es war Adrians Geschichte, und sie steckte bis zum Hals darin, viel zu tief, um sich wieder herausziehen zu können.

Bewusst verdrängte sie die Tatsache, dass sie sich zu ihm hingezogen fühlte.

»Billie?« Noras Stimme hatte einen warnenden Unterton. »Ursprünglich wollten wir eine prickelnde Story über einen Mann, den alle Frauen begehren, schreiben – keine Selbstmord- oder gar Mordgeschichte. Du wirst dieses Büro nicht verlassen, bis du dich bereit erklärt hast, dich vom Avalon fernzuhalten.«

»Ich verspreche, das Richtige zu tun«, sagte sie und bemühte sich um eine ausdruckslose Miene. »Das Richtige für *Illicit* und für mich selbst. Wie immer.«

Nora stand auf und ging um den Schreibtisch herum. »Hör mir zu. Ich weiß, du willst unbedingt eine gute Story haben, und ja, Adrians Geschichte ist sicher faszinierend. Aber genauso gut kann er ein Irrer sein, und du bist nicht Lois Lane, Süße. Ich bin dein Boss, verdammt. Du musst meinen Anweisungen Folge leisten.«

Billie salutierte halbherzig, lächelte Nora an und verließ das Büro. Sie würde Adrian nicht aufgeben. Der Mann war kein Mörder. Und jedes Mal, wenn sie über den Artikel und über die Publicity nachdachte, die er der Zeitschrift bringen würde, flackerte der Funke der Erregung in ihr. Ein Teil davon kam sicher von dem anhaltenden Verlangen, das ihre aufregenden Stunden mit dem Begleiter in ihr hervorgerufen hatten. Aber hauptsächlich war es ihr Instinkt für todsichere Erfolgsstorys. Dieser Artikel, mit seiner provokativen Prämisse, würde im ganzen Land Aufmerksamkeit erregen.

Sie brauchte nur noch eine Stunde von Adrians Zeit.

Das leise Summen männlicher Stimmen durchflutete das Esszimmer, Besteck klirrte, und ein paar vereinzelte Takte Debussy wehten herüber. Keiner lachte. Es waren nur leise Gespräche zu hören. Die Stimmung war gedämpft, weit entfernt von der üblichen lärmenden Kameradschaft, mit der die Avalon-Mitarbeiter sich bei dieser allmonatlich stattfindenden Zusammenkunft begegneten.

Wie bei einer teuren Beerdigung, dachte Adrian düster. Wie passend, nur wenige Tage nach Luciens Sprung in die Vergessenheit. Seine Familie hatte ihn irgendwo im Hinterland von New York beigesetzt, aber Adrian war nicht zur Beerdigung erschienen. Der Gedanke, Lukes Eltern anzulügen, die immer noch beharrlich daran glaubten, dass ihr jüngster Sohn Physikdozent am College gewesen war, drohte, den letzten Rest von Selbstbeherrschung, mit dem Adrian seine aufgewühlten Gefühle im Zaum hielt, zunichtezumachen.

Er hatte sich beim besten Willen nicht vorstellen können, am Grab seines Freundes zu stehen und einfach keine Worte der Entschuldigung zu finden, weil es zu viel gab, was ihm leidtat. So viele Zurückweisungen und unsensible Momente … und was hatte er Luke in den letzten verzweifelten Minuten seines Lebens gegeben?

Am Ende hatte er seinem Freund noch nicht einmal mehr in die Augen gesehen. Er hätte wissen sollen, was Luke dachte; hätte in seinem wilden Blick lesen sollen und erkennen, wie zerstört sein Geist war. Darin, wie er gleichzeitig lachte und weinte. In seinen zusammengesackten Schultern. In der Blässe seiner Haut.

Verdammt, als Luke an Adrians Tür aufgetaucht war, war er bereits tot gewesen.

»Kaffee, Mr. Adrian?« Eine junge, akzentuierte Stimme durchdrang seine dunklen Gedanken, und er wandte sich um. Ein Kellner mit Schürze wollte ihm etwas einschenken.

»Bitte.« Er schenkte dem südländisch aussehenden Jungen ein abwesendes Lächeln. Danach bediente dieser der Reihe nach die restlichen der zwanzig Gäste bei Tisch. Als er Azure am Kopfende erreichte, berührte sie ihn an der Wange. »*Gracias*, Jorge. Das wäre dann alles.«

Jorge sah sie mit großen, vollkommen faszinierten Augen an, dann verschwand er wieder in der Küche. Zweifellos nahm Azure den Jungen schon mal für eine spätere Anstellung unter die Lupe. Sie hatte ein Faible für dunkelhaarige Männer aller Altersgruppen.

Als die Tür sich hinter ihm geschlossen hatte, erhob sich Azure und klopfte mit einem Messer gegen ihr kristallenes Wasserglas. Sofort senkte sich Schweigen über den Raum.

»Ich bin so glücklich, euch alle hier zu sehen.« Ihre weiche Stimme war gerade laut genug, dass jeder ihrer Zuhörer sie verstehen konnte. Sie sah Adrian an, dann blickte sie auf den leeren Stuhl neben ihm. Luciens Stuhl. Ein Gedeck war ausgelegt worden: Porzellan und Kristall funkelten im weichen Licht des Kronleuchters – eine makabre Erinnerung an den fehlenden Begleiter.

»Es gibt nicht viel zu sagen, um die Trauer und den Schock zu lindern, den wir über das empfinden, was in der vergangenen Woche geschehen ist. Wir haben ein Mitglied unserer Familie verloren, und niemand kann Luciens Platz jemals einnehmen.« Sie hielt inne, ließ ihre blauen Augen über die neunzehn Männer hinwegwandern, die an dem langen Tisch saßen. »Die Detectives sagen, dass Lucien seinem Leben anscheinend selbst ein Ende gesetzt hat, aber wie ihr alle wisst, werden sie eine gründliche Untersuchung durchführen und dabei alles auseinandernehmen.«

Adrian sah auf seinen Teller, sich der plötzlichen Aufmerksamkeit seiner Kollegen nur allzu bewusst. In den letzten Tagen hatten sich die Behörden nicht damit begnügt, ihn zu verhören und zu beschämen. Sie hatten mehr getan, als bei ihrer kurzen, achtlosen Suche nach dem »Abschiedsbrief« ein paar Dinge in seiner Wohnung kaputt zu machen. Sie hatten Adrian verhört, ihn durch den Dreck gezogen und damit den Verdacht bei seinen Kollegen geschürt.

Seine Empörung hatte seine Trauer verdrängt, hatte sie verändert. Er war unschuldig, und doch wiederum nicht.

»Ich gehe davon aus«, fuhr Azure fort und umrundete den

Tisch, »dass jeder von euch zuvorkommend und hilfsbereit zur Klärung des Falles beitragen wird.«

Mit diesen Worten berührte sie ganz leicht Adrians Schulter. Eine eher anklagende als tröstliche Geste, und er ballte unwillkürlich die Hände zu Fäusten und kämpfte gegen den Drang an, ihre herablassende Hand abzuschütteln. Doch unter den brennenden Blicken seiner Kollegen griff er stattdessen nur zu seiner Kaffeetasse. Seine Hand aber zitterte dermaßen, dass er den Kaffee in braunen Klecksen auf die makellose Leinentischdecke kleckerte.

Joe, der große, blonde Begleiter, der Adrian gegenübersaß und einer von Luciens Drogenkumpels war, stand auf und erhob sein Weinglas. »Ich schlage vor, dass wir ab sofort Luciens Platz an unserem Tisch unbesetzt lassen, damit wir uns stets daran erinnern, was wir verloren haben, was Lucien verloren hat, und zwar jedes Mal, wenn wir uns hier versammeln.« Die Trauer in seinen blassblauen Augen und die gesenkten Mundwinkel ekelten Adrian an. *Was wir verloren haben … was Lucien verloren hat …*

Adrian konnte es nicht mehr ertragen. Etwas in ihm zerbrach, wie Knochen, die in seiner Seele zersplitterten. Er sprang auf, die Stuhlbeine quietschten auf dem Marmorboden hinter ihm.

»Du selbstgerechter Scheißkerl! Steh auf, und bekenne dich zu deiner Scham, deiner Reue, deiner Schuld. Aber hör auf, Luciens Andenken in den Schmutz zu ziehen, indem du hier deine sogenannte Trauer zur Schau stellst.«

»Woher willst du wissen, wie sehr ich leide?«, fragte Joe ruhig. »Oder irgendwer hier? Du willst mit uns allen doch gar nichts zu tun haben, Adrian. Woher willst du wissen, dass ich wegen Luciens Tod nicht vollkommen am Boden zerstört bin?«

Adrian ballte erneut die Hände zu Fäusten. Frustration und Wut steckten ihm wie ein riesiger Kloß im Hals. »Du hast ja keine Ahnung, was Kummer ist, du Scheißkerl! Schließlich hättest du Lucien nur fragen müssen. Auf dem Gebiet war er Experte, dank dir – leider Gottes.«

»Das klingt wie eine Anklage.« Ein frostiges Lächeln spielte um Joes Mund. »Worauf genau willst du hinaus?«

Azure packte Adrian am Ärmel, um ihn zum Schweigen zu bringen, aber er riss sich los. »Du weißt sehr gut, wovon ich spreche. Du – ihr alle, die ihr mit Kokain und anderem zugedröhnt wart und ihn geradewegs ins Grab hineingefeiert habt – ihr seid genauso schuld. Ihr habt ihn quasi mit von meinem Balkon gestoßen. Zum Teufel, ihr habt ihm die Flügel gegeben, damit er fliegen konnte. Klopf dir auf den Rücken, Joe. Ohne dich wäre er nicht gesprungen.«

Der aufgesetzte Humor verschwand vom Gesicht des blonden Mannes, und er stürzte sich über den Tisch hinweg auf Adrian. Mit der Faust packte er sein Gegenüber am Kragen. Geschirr klirrte, ein Glas Wein kippte um.

»Ganz schön aggressiv, Ad. Hast du etwa Beweise dafür? Bis jetzt hatte ich den Eindruck, dass du der Einzige hier bist, den die Cops im Visier haben.«

Adrian war blind vor Wut. Er nahm niemanden im Raum mehr wahr, zog Joes Hand von seinem Kragen und legte seine Hände wie einen Schraubstock um dessen Kehle.

»Gentlemen – bitte!« Wieder legte Azure Adrian die Hand auf die Schulter, und einen Augenblick lang bewegte sich niemand mehr. Dann entspannte sich Adrian, ließ langsam los, trat einen Schritt zurück. Mit einem Knurren setzte Joe sich wieder hin und wehrte die Beschwichtigungsversuche der Männer zu beiden Seiten ab.

»Sieh dich doch an, Adrian«, blaffte er und strich sich das Haar aus dem geröteten Gesicht. »Schließlich war es nicht mein Balkon, von dem Lucien sich in die Tiefe gestürzt hat.«

»Sei still, Joe«, sagte Azure streng. »Adrian, geh nach oben, und beruhige dich. Hört auf jetzt! Das hat doch keinen Sinn.«

Das hat doch keinen Sinn. Ihre Worte durchbohrten Adrian wie Pfeile. Sie hatte recht. Ein zielloser Ausbruch wie dieser führte zu nichts.

Er zitterte immer noch, vor Zorn brannten ihm Tränen schmerzhaft in den Augen. Wut und Fassungslosigkeit schnürten ihm die Kehle zu. Er wischte sich mit der Hand übers Gesicht, dann verließ er das Esszimmer.

Hinter ihm fuhr Joe mit seinem Trinkspruch fort, als hätte es nie eine Unterbrechung gegeben.

»… und ich möchte auf Luciens Wohl trinken. Möge er in Frieden ruhen.«

»Hört, hört«, sagte jemand, und dann klirrte Kristall gegen Kristall.

Schließlich stießen sie alle darauf an, dass der Verstorbene in Frieden ruhen möge, außer der Mann, den Luke DeChambeau als seinen besten Freund bezeichnet hatte.

Ein leises Klopfen an der Tür zu seinem Privatquartier lockte Adrian aus dem Badezimmer. Er trug Boxershorts und wischte sich mit einem Gästehandtuch den Schaum von seinem halb rasierten Gesicht. Die lauwarme Dusche hatte seine Wut abgekühlt und ihm wieder ein Mindestmaß an Kontrolle über seine Trauer zurückgegeben. Wenn er seine übliche Gelassenheit fallen ließ, gab er gleichzeitig auch ein Stück Macht auf, deshalb hatte er sich nach der heutigen Szene am Esstisch geschworen, dies wäre das erste – und letzte – Mal gewesen, dass seine Fassade bröckeln sollte.

Azure kam ins Zimmer und schloss leise die Tür hinter sich, ihre blassblauen Augen unverwandt auf sein Gesicht gerichtet. »Du musst heute Abend nicht arbeiten, weißt du.«

Oh, aber das würde er. Er würde alles tun, um der drangvollen Enge seiner Wohnung zu entkommen, der Stille der durchsichtigen Vorhänge vor seiner Balkontür, durch die er, wann immer er in ihre Richtung blickte, Luciens letzten Abgang mit morbider Deutlichkeit vor sich sah.

»Ich weiß«, antwortete er und achtete darauf, seine Stimme neutral klingen zu lassen. »Schickst du mich nach Hause?«

Schweigend betrachtete sie ihn nachdenklich. »Nein. Ich denke, die Ablenkung tut dir gut. Aber nach dem heutigen Abend möchte ich, dass du dir ein paar Tage freinimmst.«

Er faltete das Handtuch zu einem ordentlichen Viereck, damit seine Hände eine Beschäftigung hatten, wobei er sich ihres scharfen Blickes, den sie über seinen Körper wandern ließ, wohl bewusst war.

Was wollte sie? Sie wollte ihn ja wohl kaum trösten. Mit Frauen ihres Schlages landete man normalerweise innerhalb weniger Minuten schweißüberströmt und sich windend auf der Matratze, was heute Abend nicht gerade seiner Vorstellung von Trost entsprach.

In den acht Jahren, seit er sie kannte, hatte er nur ein paar Mal mit ihr geschlafen. Es war am Anfang seiner Tätigkeit hier gewesen, ein Initiationsritus, den alle neuen Begleiter durchliefen, und damals war er mehr als froh gewesen, dieser Tradition folgen zu können, gebannt von der Lust, die sie ihm bereitet hatte, und willfährig ihren Anweisungen folgend.

Aber schließlich hatte sich seine Leidenschaft für sie in die

Faszination eines Kindes für ein wartungsaufwendiges Spielzeug entwickelt. Als er versucht hatte, sich ihr zu entziehen, hatte sie an ihm festgehalten, war unsicher und besitzergreifend gewesen. Gar nicht so geheimnisvoll wie anfänglich gedacht. Die Besitzerin des angesehensten Bordells der Welt war tief im Herzen doch nur eine Frau.

Vielleicht hatte Azure ihm nie vergeben, dass er ihrem Bann nicht erlegen war. Ihre Beziehung blieb distanziert, voller unausgesprochener Gefühle. Azures, nicht Adrians. Er mochte sie durchaus, doch sie war wie eine Katze, unter deren dichtem seidenweichem Pelz sich spitze Krallen verbargen.

Jetzt stand sie in seinem Zimmer – sie trug einen schimmernden weißen Morgenrock, das rabenschwarze Haar hing ihr wie ein Mantel um die Schultern, die Augen waren so klar wie Kristall. Sie wartete.

Adrian, der die Gedanken jeder Durchschnittsfrau erraten konnte, indem er nur die Spannung ihrer Gesichtsmuskeln beobachtete, konnte die Absicht, die hinter Azures ausdruckslosem Gesicht lauerte, beim besten Willen nicht deuten.

Doch schließlich sprach sie. »Du siehst erschöpft aus, Ad.«

»Ich bin erschöpft.« Er seufzte und fuhr sich mit der Hand durch das von der Dusche noch feuchte Haar. »Ich habe in den letzten paar Tagen nicht allzu viel geschlafen.«

»Die Polizei hat nichts gegen dich in der Hand, weißt du.«

Ein grimmiges Lächeln spielte um seinen Mund. »Das will ich doch hoffen, denn schließlich bin ich unschuldig.«

Sie kam auf ihn zu. »Wenn ich dich fragte, warum er sich ausgerechnet deinen Balkon ausgesucht hat, um in die Tiefe zu springen, was würdest du antworten?«

Er hatte geglaubt, dass die Wunden, die Anklage und Empörung in ihm geschlagen hatten, vernarbt waren. Nun aber durchfuhr ihre Andeutung ihn wie ein Dolch, und er blutete erneut.

»Darüber haben wir doch schon gesprochen, Azure. Er hat bei mir übernachtet, um auszunüchtern. Ich war nicht dort, als es geschah. Du weißt doch, wo ich war. In diesem Zimmer. Mit Gwendolyn Campbell. Du weißt ganz genau, was ich getan habe. Du hast doch die Kommentare gelesen, die Senatorin Campbell in meiner Akte hinterlassen hat. Oder hast du diese mit feinem Bleistift geschriebenen Beweise ausradiert, um ihren guten Ruf nicht zu gefährden?«

Zorn züngelte in ihm hoch, sein Nacken und sein Kiefer verspannten sich. Hinter seinen Augen pochte es erbarmungslos, und er spürte, wie seine Kontrolle immer weiter dahinschwand. »Sag mir, dass du weißt, dass ich Lucien nicht von diesem Balkon heruntergestoßen habe, Azure.«

»Ich weiß, dass du Lucien nicht von diesem Balkon heruntergestoßen hast«, betete sie herunter, und die Andeutung eines Lächelns spielte um ihren schönen Mund, als ob sie sich an seinem Schmerz weidete. »Und weil ich in der Nacht, als Lucien starb, keine Spur von dir gesehen habe, habe ich mir natürlich die Beurteilung angesehen, die Senatorin Campbell im Hinblick auf deine Eigenschaften und Fähigkeiten ausgefüllt hat. Eine herausragende Leistung, mein Lieber. Bravo. Sie ist von dir absolut fasziniert. Und ach, dann auch noch eine so mächtige Frau.«

Sie streckte den Arm aus und strich ihm mit mütterlicher Zärtlichkeit das Haar aus der Stirn. Dann fügte sie hinzu: »Ist das nicht wahnsinnig erotisch? Wenn eine so bedeutende politische Persönlichkeit sich durch deine Berührung in eine zuckende, verletzliche, bedürftige Frau verwandelt? Diese Hände …« Sie packte seine Finger und hielt sie an ihre kühle elfenbeinfarbene Wange. »Diese Hände könnten mächtiger sein als alle Mächte des Capitol Hill zusammen. Die gute Stimmung der Senatorin wird noch ein paar Tage anhalten, da bin ich sicher. Ist dir niemals der Gedanke gekommen, dass deine Fähigkeiten den Zustand unserer Nation beeinflussen könnten?«

Adrian sah sie voller Erstaunen an und lachte dann kurz, ganz humorlos. »Könnte schon sein, wenn ich alle Frauen in der Regierung vögeln würde. Ich bin sicher, du würdest nicht zögern, das zu arrangieren, solange der Preis stimmt.« Er löste sich aus ihrem Griff und kehrte ins Badezimmer zurück, um sich fertig zu rasieren.

Azure erschien im Türrahmen hinter ihm, ihr ätherisches Bild spiegelte sich in jeder Ecke des Zimmers. »Du ziehst dich zurück«, sagte sie in jenem scharfen Ton, den sie sich für abtrünnige Begleiter aufsparte. »Dein Ausbruch beim Essen war vollkommen unbegründet und untypisch für dich. Ich weiß, dass du trauerst. Aber du solltest deine Brücken zum Avalon nicht einfach so abbrechen, Adrian. Es ist dein Zuhause, und wir sind deine Familie.«

Er schäumte sich erneut das Gesicht ein, hielt den Rasierer unter den Wasserhahn und strich damit über sein Kinn, wobei er sie im Spiegel direkt ansah. »Was ist das für eine Familie, die den eigenen Sohn verdammt? Ich habe heute an diesem Tisch gesessen und erkannt … wenn ihr meine Familie seid, dann bin ich ein Irrläufer. Wenn das mein Zuhause ist, dann habe ich eigentlich keins.«

Sie wollte etwas sagen, Zorn flackerte wie eine heiße blaue Flamme in ihren Augen, aber er schüttelte den Kopf. »Ich habe dazu beigetragen, dass du eine außerordentlich wohlhabende Frau wirst, Azure. Nicht du wirst also diejenige sein, die

die Brücken abbricht, sondern ich. Nach Luciens Tod hält mich hier nichts mehr. Nichts.«

Er sah sie im Spiegel an und las die wettstreitenden Gefühle in ihrem Gesicht, eine Mischung aus Wut und Bedauern, und dann allmählich die Erkenntnis, dass er es mit seiner Drohung ernst meinte.

Sie setzte eine versöhnliche, milde Miene auf, kam von hinten auf ihn zu und ließ ihre schlanken Arme um seine Taille gleiten.

»Lieber Adrian«, flüsterte sie, und ihre Worte strichen wie eine Feder über seinen nackten Rücken, »wie sehr ich dich vermisse. Dein Lächeln, deine Sanftheit. Können wir nicht wieder Freunde sein?«

Er schloss die Augen und ließ den Kopf sinken. Alle Wut war verflogen, und er ertrank förmlich in Trauer. »Wann wirst du endlich erkennen, dass Lucien nur fliegen wollte«, sagte er tonlos.

Billie wartete zwei Wochen, bevor sie es wagte, nochmals Kontakt mit Azure Elan aufzunehmen. Sie wusste, dass der letzte Termin, den sie mit Adrian vereinbart hatte, gecancelt worden war, aber mit ein wenig Beharrlichkeit kam man ja trotzdem oft weiter.

Sie hinterließ vier Nachrichten bei der Sekretärin der Frau, jede dringender als die letzte, bis Azure schließlich zurückrief.

»Ich bedaure, Ms. Cort«, sagte die Clubbesitzerin mit der ihr üblichen sanften und zuckersüßen Stimme, »aber die Situation beschert dem Avalon schon jetzt zu viel unerwünschte Publicity, wenn auch nur am Rande. Ich fürchte, Sie müssen Ihre Recherchen einstellen. Adrian ist nicht länger verfügbar.«

Das zerstörte die letzten Reste von Billies Hoffnung. Enttäuscht fragte sie: »Haben Sie ihn entlassen?«

Überrascht zögerte Azure mit der Antwort: »Adrian nimmt sich eine Auszeit, bis Gras über die ganze Tragödie gewachsen ist. Natürlich kann ich Ihnen nicht sagen, wo Sie ihn finden können, und er würde wahrscheinlich sowieso nicht mit Ihnen reden wollen. Nicht angesichts dieses ganzen Chaos. Ich habe Ihnen ja gesagt, wie viel Wert er auf seine Privatsphäre legt.«

Billie ignorierte diesen entmutigenden Hinweis. »Wurde er verhaftet, Ms. Elan?«

»Nein«, antwortete Azure, und ihre Stimme klang jetzt scharf – was eine eindeutige Warnung war. »Und jetzt muss ich mich wirklich verabschieden. Ihnen viel Glück, Ms. Cort.«

»Warten …«

Es folgte ein gedämpftes Klicken und das Tuten des Wählsignals. Billie befürchtete, dass Adrian für sie jetzt in genauso weite Ferne gerückt war wie der Mann im Mond.

6

Wenn sie frustriert war, half nichts so gut wie ein Bananen-Käsekuchen aus dem Nirvana Market. Billie musste mitten in der Rushhour einen Umweg von fünf Meilen machen, um die nächste Filiale des Gourmetladens zu erreichen, und immer musste sie darauf warten, dass die Bäcker dieses köstliche cremige Machwerk erst noch zusammensetzten, aber es war den Aufwand wert. Besser als Sex, dachte sie, als sie im Verkehr festsaß. Zumindest besser als der Sex mit ihrem Exverlobten.

Normalerweise war Einkaufen ihr verhasst. Supermärkte waren stets unweigerlich voller verheirateter Paare oder junger Mütter, die brüllende Kleinkinder in klapprigen Metalleinkaufswagen vor sich herschoben.

Es war nicht das Babygeschrei, das Billie störte. Es war das Fehlen dieses Geräusches in ihrem eigenen Leben und die Tatsache, dass sie keine eigene Familie hatte.

Billies Vater hatte sie verlassen, als sie noch ein Baby gewesen war. Ihre Mutter, eine hart arbeitende, sehr liebevolle Frau, hatte nicht gewusst, was sie mit ihrer einzigen altklugen Tochter anfangen sollte. Und so herrschte Stille in jeder Wohnung, in der sie gewohnt hatten. Ihre Mutter wurde abends, wenn sie nach einem unbarmherzigen und anstrengenden Job als Maklersekretärin nach Hause kam, nicht gern gestört, und häufig hatte sich Billie in ihr Bett gekuschelt, ohne mehr als ein paar Worte mit ihr zu wechseln. Letztlich hatte Billies Herz nicht

Schaden genommen, weil es zu oft gebrochen worden war, sondern weil ihm der Kontakt, die Anregung, die Herausforderung fehlte.

Bis Ted Chadwick, ein hervorragender Jura-Dozent, gut aussehend, witzig und gebildet, auf der Bildfläche erschienen war. Seine Worte, dass er sie liebte und mit ihr sein Leben verbringen wollte, waren nichts als falsche Versprechungen, denn er betrog sie mit einer anderen.

Es war erst sechs Monate her, dass er sie für eine prominente Prinzessin sitzen gelassen und diese auch Hals über Kopf geheiratet hatte. Billie fragte sich, ob die beiden in einer dieser sterilen Wohnanlagen am Stadtrand wohnten. Sie fragte sich, ob Vickie St. Claire of Potomac nachts nicht schlafen konnte, weil Teds Schnarchen das Haus erschütterte, oder ob seine Neigung, seine schmutzigen Socken am Fußende des Bettes liegen zu lassen, ihr bereits auf die Nerven ging.

Sie fragte sich, ob die neue Mrs. Chadwick gern am Sonntagmorgen bei einer Tasse seines berühmten Kaffees – dick wie Bratensoße und stark genug, dass sich einem die Zehennägel aufrollten – die Comic-Seite mit ihm las. Oder ob sie am Sonntagnachmittag genauso gern wie Billie mit ihm Hand in Hand durch den Rock Creek Park schlenderte.

Wie ein schmerzhafter Knoten saß die Bitterkeit hinter ihrem Brustbein.

Vor ihr im Stau erklang eine Hupe, gefolgt von quietschenden Bremsen und wütenden Stimmen, die durch die Luft zu ihr herüberwehten. Ein Unfall mit Blechschaden – die todsichere Methode, den Feierabend Stoßstange an Stoßstange zu verbringen.

Billie hatte nichts Besseres zu tun. Also seufzte sie ergeben und schaltete das Radio ein.

Die Sonne ging schon hinter dem Baum-Baldachin unter, als sie schließlich ihr Auto auf dem überfüllten Parkplatz des Supermarktes abstellte und in dem riesigen Backsteinbau direkt auf die Backwarenabteilung zusteuerte.

Sie stellte sich an, gab über die breite Vitrine hinweg ihre Bestellung ab und wanderte dann durch den nächsten Gang, während sie wartete. Sie hatte alle Zeit der Welt, denn am Ende des Tages wartete nur ein leeres, steriles Apartment auf sie.

Jeder Artikel in den Regalen weckte ihren grummelnden Appetit, sogar die gesunden Lebensmittel. Als sie sich ihren Weg durch die Frischeabteilung bahnte und den frischen Duft der Paprikaschoten und Zitrusfrüchte einatmete, wehte eine auf unheimliche Weise vertraute Stimme über das Obst zu ihr hinüber.

»So jung, und jetzt schon aufs Flirten aus.«

Billie blieb stehen. Sie klammerte sich an ein Fitzelchen atemloser Hoffnung, dann versteckte sie sich hinter einer Pyramide aus Orangen und starrte den Mann an, der gerade mit einer Frau sprach, die ein Kleinkind auf der Hüfte trug.

Das war doch unmöglich.

Ihr Herz raste wie verrückt, und sie murmelte ein stummes Dankgebet an die Schicksalsgöttin, weil sie so unendlich unberechenbar war. Adrian, das geheimnisvolle und jetzt-irgendwie-unheimliche Objekt ihrer geheimen Gedanken, stand mitten im Nirvana Market – die Unterarme auf den Griff des Einkaufswagens gestützt – und lächelte einem Baby zu, das seinen Ärmel in der kleinen Faust hielt.

Er wirkte fast unscheinbar, ein gut aussehender Mann in verwaschenen Levi's und Tennisschuhen. Eine Yankees-Baseball-Cap bedeckte sein rabenschwarzes Haar, wobei der

Schirm sein Gesicht beschattete. Er wirkte lässig. Wunderschön. Und auch die Bartstoppeln am Kinn schmälerten seine ungeheure Attraktivität nicht.

»Sie ist erst acht Monate alt, aber sie weiß schon ganz genau, wie man flirtet«, sagte die Mutter des Babys. »Lass das T-Shirt des netten Mannes da los, Gabbi.« Sie löste die Hand des Kindes und sagte zu Adrian: »Tut mir leid. Wahrscheinlich gefallen ihr die Farben Ihres T-Shirts.«

Die großen blauen Augen der acht Monate alten Gabbi jedoch ruhten auf Adrians Gesicht, nicht auf seinem T-Shirt. Billie stieß zittrig den Atem aus. *Gütiger Gott.* Sogar Babys waren nicht immun gegen ihn.

Adrian lächelte das Kleinkind an. »Sie ist wunderschön.«

Du aber auch, sagte das unsichere Lachen der Mutter. Sie neigte den Kopf und fragte in leicht kokettem Ton: »Sie wissen nicht zufällig, welche Äpfel für einen Apfelkuchen geeignet sind, oder?«

Billie, die hinter ihrem Orangenstapel verborgen stand, verdrehte die Augen.

»Meine Mutter nimmt immer die grünen«, antwortete er, aber die Frau schien die Äpfel bereits vergessen zu haben, ebenso wie den Kuchen oder das unruhige Kind auf ihrem Arm. Sie erwiderte das Lächeln, genauso eingewickelt von seinem guten Aussehen wie die Erbinnen aus der guten Gesellschaft, die er jede Nacht durch sein Schlafzimmer schleuste.

Wie sie da so kauerte und der süße, würzige Duft der Zitrusfrüchte ihre Sinne erfüllte, stellte sich Billie vor, wie die Lautsprecher im ganzen Laden ein Produkt anpriesen: *Heute für Sie im Angebot. Die Erfüllung jeglicher weiblicher Fantasien gehört Ihnen für den absoluten Schnäppchenpreis von tausend Dollar die Stunde.*

Aber er hatte anscheinend auch menschliche Züge. Er hatte eine Mutter. Eine, die sogar Apfelkuchen buk. Und anscheinend mochte er Kinder.

Ein paar Minuten unterhielt er sich mit der Frau, dann strich er dem Baby über das weiche, flaumige Haar und verabschiedete sich von Mutter und Kind.

Voller Neugier schlich sich Billie um den Obststand hinter ihm und beobachtete, wie er einen Gang entlangschlenderte und sich dabei auf seinen fast leeren Einkaufswagen stützte.

Er mochte Dreißig-Dollar-Wein, entdeckte sie bald, und Pasta. Steaks. Halbfettmilch. Und Frosties. Der begehrenswerteste männliche Begleiter der Welt aß zum Frühstück ein Kindergericht? Bei dieser Erkenntnis begehrte sie ihn noch mehr, als er vor den Waschmitteln anhielt und sie seinen knackigen Hintern in den verwaschenen Jeans bewunderte.

Billie vergaß den Bananen-Käsekuchen, den Protest ihres leeren Magens. Sie sah nur noch Adrian, der durch den Supermarkt schlenderte, verkleidet als Otto Normalverbraucher.

Als er die Kassenschlange überwunden und seine beiden Einkaufstüten durch die automatischen Türen gehievt hatte, folgte sie ihm. Vage wurde sie sich eines Ziehens in ihrer Mitte bewusst, als ob er sie durch ein unsichtbares Band, das er um ihr Herz geknotet hatte, anführte.

Sie blieb stehen und verbarg sich hinter einer steinernen Säule, wollte wissen, wo er wohl geparkt hatte. Er überquerte den Parkplatz jedoch zu Fuß, schlüpfte zwischen einem Mercedes und einem Dodge Pick-up hindurch und lief den Bürgersteig hinab und in Richtung des Vorortes Chevy Chase.

Billie musste rennen, um ihn nicht aus den Augen zu verlieren, was in ihren zehn Zentimeter hohen Riemchenschuhen keine einfache Aufgabe war.

Mein Gott, dachte sie, während sie ihm durch das halbe Viertel hinterherhinkte. Hat der Mann kein Auto? Aber offenbar genoss er seinen abendlichen Spaziergang. Irgendwann hielt er bei einem chaotischen Haufen aus Armeedecken und Zeitungen an, der sich als Obdachloser entpuppte. Er nahm die Einkäufe in eine Hand, holte seine Brieftasche aus der Gesäßtasche und nahm ein paar Scheine heraus.

Der Obdachlose nahm die Spende an, sie unterhielten sich kurz, dann ging Adrian flott weiter.

Billie folgte ihm an zwei weiteren Wohnhäusern vorbei, gefolgt von einem Einkaufszentrum und drei Tankstellen. Zwanzig Minuten später, gerade als sie ernsthaft darüber nachdachte, ihre Verfolgungsjagd abzublasen, bog er in die kreisrunde Auffahrt vor einem exklusiven mehrstöckigen Wohnhaus ein.

Billie vergaß ihre schmerzenden Füße und rannte los, weil sie Angst hatte, ihn im Inneren des Gebäudes zu verlieren. Sie duckte sich hinter einer Limousine, die in der Auffahrt parkte, und hörte, wie der Portier im roten Mantel sagte: »Guten Abend, Mr. Antoli.« Dann schwang er die Tür weit für Adrian auf. »Brauchen Sie Hilfe bei den Einkäufen?«

»Schon gut, Marvin.« Adrians leise Stimme wehte auf der Abendluft zu ihr herüber. Dann ging er hinein und stieg eine kleine marmorne Treppe hinauf.

Antoli. Antoli. Der Name klang in ihr nach, während sie an der hinteren Stoßstange einer Limousine kauerte. Sein Nachname war Antoli. Dann war er Italiener. Sein gutes Aussehen. Sein dunkles Haar. Seine noch dunkleren Augen. Natürlich.

Der Fahrer der Limousine beäugte sie im Seitenspiegel. Sie richtete sich auf und erwiderte seinen verärgerten Blick, dann umrundete sie das Heck des Stretch-Mercedes und folgte vorsichtig einem älteren Mann mit einer Saks-Fifth-Avenue-

Einkaufstasche, der sich vom Bürgersteig aus den Glastüren näherte.

Marvin, der Portier, stand in der Lobby und wandte dem Eingang den Rücken zu. Er war hineingegangen, um ans Telefon der Rezeption zu gehen.

»Könnte ich wohl mit Ihnen hinein?«, fragte Billie den Fußgänger. »Ich wohne hier bei einer Freundin und habe anscheinend meine – äh – Zugangskarte verloren.«

Der Mann lächelte zögernd, nickte dann und steckte seine Zugangskarte in das elektronische Schloss.

Billie wartete und behielt den rot gewandeten Rücken des Portiers dabei im Auge. Das war unerwartet leicht gewesen. Es musste doch noch irgendein Hindernis geben, aber bis jetzt hatte sie noch keines entdeckt. Sie murmelte ein Dankeschön, als der ältere Mann ihr die Tür aufhielt, und folgte ihm hinein, als ob es ihr gutes Recht sei, das luxuriöse Haus zu betreten, in dem der Privatmann Adrian Antoli wohnte.

Der Portier bemerkte nichts. Mit angehaltenem Atem folgte Billie dem älteren Bewohner die kleine Marmortreppe hinauf. Dann bog ein Gang nach rechts ab.

Sie blieb stehen und fragte sich, welchen Weg sie einschlagen sollte, da legte der Portier auf. Spontan lief sie nach links, einen von Kronleuchtern erhellten Korridor entlang, der die Eingangshalle kreuzte, in der Adrian verschwunden war. Vielleicht war sie auf dem falschen Weg, aber sie war drin. Und nun?

Jemand buk irgendetwas mit Zimt. Der warme Duft drang in den Flur, während sie ein paar Schritte auf dem dicken weinroten Teppich machte und sich schließlich einem Alkoven gegenüberfand, in dem sich unzählige Messing-Briefkästen befanden, deren kleine Glasfenster im schwachen Dämmerlicht funkelten.

Sie betrat die Nische und hielt erneut den Atem an. *L-1, François,* stand auf dem ersten Briefkasten. *L-3, Thompson.* Die Nachnamen der Bewohner waren mit der Apartmentnummer versehen.

Bestimmt fünf Minuten lang las sie die Schilder, bis sie es entdeckte: 1401, Antoli. Sie reckte sich auf die Zehenspitzen und spähte durch das winzige Glasfenster. Adrian Antoli, oder wer immer er war, hatte seine Post noch nicht herausgeholt. Sie konnte den Namen, der auf den Umschlägen stand, nicht genau erkennen, und verdammt, sie musste einfach seinen richtigen Vornamen in Erfahrung bringen. Sie schob sich etwas nach links, das Auge am Fenster, ihr Atem ließ das Glas beschlagen …

Eine dunkle männliche Hand lehnte an dem Briefkasten neben ihrem Kopf. Mit einem erschrockenen Schrei wirbelte Billie herum.

Adrians Gesichtsausdruck war mörderisch. Das war ihr einziger Gedanke, bevor er sie am Arm in den Flur zerrte und den Knauf eines Hausmeisterschranks in der Nähe drehte. Die Tür war unverschlossen, also riss er sie auf und schob sie hinein.

»Ich bin sicher, Sie haben einen Grund für die Verletzung meiner Privatsphäre«, knurrte er, als er die Tür hinter ihnen schloss und sie daran festnagelte. »Erklären Sie es mir, Ms. Cort. Schnell.«

In dem winzigen Schrank war es stockfinster. Irgendwo zwischen den Briefkästen und dem Hausmeisterschrank hatte Billie aufgehört zu atmen. Jetzt pumpte sie Sauerstoff in die Lungen wie ein Marathonläufer, und ihr Herz machte ein paar Sätze, um mit ihren Gedanken Schritt zu halten. Der beißende Geruch von Reinigungsmitteln stieg ihr in die Nase. Wo war der Türknauf?

Ihre Hände berührten ihn, bevor seine Finger sich in das weiche Fleisch ihres Oberarms gruben. Mit einem empörten Keuchen versuchte sie, sich aus seinem stählernen Griff zu befreien, aber vergeblich. Sein Gesicht war dem ihren ganz nah. Sein Atem strich über ihre Lippen. Sein harter Oberkörper presste sich an ihre Brüste.

»Ich warte. Was haben Sie zu Ihrer Verteidigung vorzubringen?«

»Was soll ich denn Ihrer Meinung nach sagen?«, feuerte sie zurück.

»Irgendwer vom Avalon hat Ihnen meine Adresse gegeben. Das ist ein kompletter Vertrauensbruch. Wer war das?«

»Niemand. Ich ...«

Eine Hand ließ ihren Arm los und griff nach etwas über ihrem Kopf. Beide blinzelten in dem plötzlichen nackten Schein der Glühbirne über ihnen. »Sind Sie ein Cop, Ms. Cort?«

»Nein.« Sie wehrte sich gegen seinen Griff um den anderen Arm und mied seinen stechenden Blick.

»Eine Privatdetektivin?«

»Ich bin Reporterin, das wissen Sie. Ich bin Ihnen aus dem Supermarkt nach Hause gefolgt.«

Seine dunklen Brauen senkten sich. »Sie sind mir gefolgt? Zu Fuß?«

Zu verlegen, um noch weiter auf die demütigende Wahrheit eingehen zu wollen, nickte Billie.

»Warum?«

Ihre Wangen waren glühend heiß. »Ich war neugierig.«

Er verengte die Augen. »Ich halte Sie noch immer für einen Cop.«

»Wenn ich ein Cop wäre, Adrian, dann hätte ich Sie zur

Verteidigung in den Schwitzkasten genommen. Würden Sie mich jetzt bitte loslassen?«

Er löste die Hände so abrupt, dass ihre Absätze auf dem glatten Linoleum ausrutschten. »Das ist bodenlos. Hat Nora Richmond Sie auf mich angesetzt?«

»Nora hat damit nichts zu tun«, sagte Billie und zitterte vor Adrenalin und unangebrachter Erregung. »Sie gab mir die Anweisung, mich von Ihnen fernzuhalten, den Artikel zu vergessen.«

»Sie hätten auf sie hören sollen.«

»Das habe ich. Aber dann habe ich Sie im Nirvana Market entdeckt.«

Seine Augen verengten sich. »Wie sind Sie in dieses Haus gekommen? Hat der Portier Sie etwa hineingelassen?«

»Nein. Ich habe mich an ihm vorbeigeschlichen, als er gerade telefonierte.« Sie schlang sich ihre Tasche um die Schulter und holte zitternd Luft, um sich wieder zu fangen. »Also, Adrian, oder wie immer Sie heißen … ich habe angefangen, eine Story zu schreiben. Ihre Story. Sie hatte das Potenzial, *Illicit* aus der Talsohle herauszuhelfen, aber als ich anrief, um einen weiteren Interviewtermin mit Ihnen zu vereinbaren, antwortete mir Azure …« Sie sah seine versteinerte Miene und entschied sich für eine taktvolle Formulierung. »Jedenfalls haben die Umstände mir einen Strich durch die Rechnung gemacht, aber ich bin beharrlich. Ich kann nichts dafür. Tut mir leid, dass ich Ihre Privatsphäre gestört habe. Ich werde Sie nicht weiter behelligen.«

Er antwortete nicht sofort, doch langsam glitt wieder die aalglatte, beherrschte Maske über sein Gesicht. Er war wieder kühl, konzentriert, kontrolliert.

»Sie wollen das Interview beenden?«, fragte er skeptisch. »Deshalb sind Sie mir gefolgt?«

Sie nickte, hielt in seinen Zügen nach einem Zeichen der Nachgiebigkeit Ausschau. Einen Augenblick später seufzte er und öffnete die Tür.

»Kommen Sie.« Erneut ergriff er ihren Ellbogen, aber diesmal sanft.

»Wohin gehen wir?« Plötzlich hatte sie die Vision, dass er sie auf die Straße hinauswerfen würde.

»Nach oben, in meine Wohnung. Sie kriegen Ihr verdammtes Interview.«

In angespanntem Schweigen fuhren sie mit dem Aufzug nach oben, zwischen sich ein gut aussehendes, in Haute Couture gekleidetes asiatisches Paar. Als die beiden im zehnten Stock ausstiegen und die Türen sich wieder schlossen, drückte Adrian erneut auf die Vierzehn und drehte sich zu Billie um. Sein Mund war zu einer festen, wütenden Linie zusammengepresst. Aber seine Augen funkelten wie schwarzer Opal, und langsam, unerwartet wanderten sie zum Ausschnitt ihres ärmellosen marineblauen Kleides. Verharrten dort. Wanderten dann weiter hinab. Sie konnte seinen Gesichtsausdruck nicht mehr deuten. Seine unwiderstehlichen langen Wimpern waren im Weg.

Sie fühlte sich unbehaglich. »Was für ein Interview wird das wohl werden, wenn Sie wütend auf mich sind?«

»Vielleicht eines, das Sie nie vergessen werden.« Er verzog die Lippen zu einem humorlosen Lächeln. »Das hätten Sie sich überlegen sollen, bevor Sie mir nach Hause gefolgt sind.«

Mit pochendem Herzen beobachtete Billie das Kontroll-Display. Vielleicht hätte sie auf die Notfalltaste drücken können, aber nein: Er stand zu dicht davor.

Ihr entfuhr ein Seufzer, zittrig und unsicher. Obwohl er offensichtlich wütend war, sah er nicht aus, als ob er gewalttätige Absichten hätte. Und wenn sie genauer darüber nachdachte, wollte sie diese Chance einfach nicht missen. Sie wollte, wie er es so taktvoll formuliert hatte, ihr verdammtes Interview haben.

Der Aufzug kam langsam zum Halten, und die Türen glitten auf.

»Nach Ihnen.« Adrian deutete auf den schwach erleuchteten Flur.

Billie straffte die Schultern und ging ihm voran. Dann blieb sie stehen, während er einen Schlüsselbund aus seiner Gesäßtasche holte. Seine Wohnung befand sich hinter der ersten Tür zur Linken, gegenüber einer Chippendale-Konsole, auf der ein üppiges Blumenarrangement stand. Frische Blumen. Zeichen des Wohlstandes an jeder Ecke.

Drinnen legte er seine Schlüssel auf eine gläserne Kommode unter einem schwarz gerahmten Spiegel und schaltete eine Lampe an. Seine Einkäufe standen immer noch in einer Tasche daneben. »Ich bin nach unten zurückgekehrt, um meine Post zu holen«, erklärte er mit schiefem Lächeln, »aber irgendetwas hat mich abgelenkt.«

Billie blieb zögernd im Türrahmen stehen. »Sagen Sie mir, dass Sie dieses Interview nicht geben wollen, und ich gehe. Mich hat gerade das schlechte Gewissen eingeholt.«

»Warum sollten Sie denn jetzt darauf hören?« Er deutete auf einen geräumigen, freundlich erleuchteten Wohnraum, aber sie zögerte, als ihr Blick auf das rote Kauspielzeug eines Hundes fiel, das halb versteckt hinter einer Bodenlampe lag.

»Wo ist Ihr Hund?« Er hatte gesagt, dass es sich um einen Labrador handelte, eine freundliche Rasse, doch im Augenblick wäre sie auch von einem aggressiven Wachhund nicht überrascht gewesen.

Adrian schien seine Antwort abzuwägen, bevor er antwortete: »Ich habe einen neuen Teppich verlegen lassen. Rudy ist bei meiner Schwester.«

Billie nickte und rieb sich die Arme, weil ihr plötzlich kalt wurde. »Ihre Schwester wohnt in der Nähe?«

»In Bethesda.«

Er hatte also eine Schwester und eine Mutter. Und Frosties in seiner Einkaufstasche. Plötzlich fühlte sie sich schuldig, weil sie diese Details kannte.

Er führte sie ins Wohnzimmer, wo sie sich vorsichtig auf ein cremefarbenes Ledersofa setzte.

»Sie haben eine sehr hübsche Wohnung«, sagte sie, während sie den Blick über die überraschend traditionelle Einrichtung schweifen ließ. Sie hatte ihn in die moderne Chromschublade gesteckt, aber jeder noch so kleine Winkel des Raumes war von Wärme und Behaglichkeit durchdrungen, bis hin zu dem neuen cremefarbenen Berberteppich zu ihren Füßen. Ein Großteil der Möbel, eine eher zufällige Mischung, schien antik zu sein. Eine beeindruckende Büchersammlung säumte das Regal, das die gesamte Wand zu ihrer Rechten einnahm. Dostojewski, Ayn Rand, Leon Uris. Er mochte Kriminalromane. Geschichte. Politik.

»Sie haben Ihren Rekorder und Ihren Notizblock ja gar nicht dabei«, sagte er und musterte sie vom Eingang aus.

»Ich habe nicht damit gerechnet, Sie zu verfolgen.«

Er ging zu einem Buffet aus Walnussholz hinüber und öffnete den Schrank, hinter dem sich eine gut gefüllte Bar befand. »Kann ich Ihnen etwas anbieten?«

»Nichts«, sagte sie. »Danke.«

Er holte eine Flasche Jim Beam heraus, goss einen Fingerbreit Whiskey in ein Glas, wandte sich um und lehnte sich an die Kante des Schranks. Drei Schlucke und die bernsteinfarbene Flüssigkeit war verschwunden. Er stellte die Flasche zurück und schlug die Schranktür etwas zu fest zu. Dann setzte er sich neben sie. »Also los.«

Billie war auf die Wirkung seiner Nähe nicht vorbereitet. Der Duft nach Whiskey, eine Spur Aftershave und Schweiß überflutete ihre Sinne, brachte ihr Herz zum Rasen. Selbst wenn er wütend war, war er erstaunlich.

»Also?«, drängte er.

»Ich habe einfach kein Glück.« Aus der Nähe waren seine Gesichtszüge nicht einfach nur schön. Sie hatten Charakter. Lachfältchen zierten seine Augenwinkel, deuteten auf einen ausgeprägten Sinn für Humor hin. Eine winzige Narbe markierte seine Oberlippe. Sie hatte nicht erwartet, etwas Verletzliches in seinem Gesicht zu finden, aber es war da. Sie erhaschte nur einen flüchtigen Eindruck, bis er auf ihre Hände hinabblickte, die sie in ihrem Schoß verschränkt hatte.

»Sie zittern ja.«

»Es war falsch von mir herzukommen.« Sie wollte aufstehen, doch er packte sie am Handgelenk.

»Hier geht es nicht nur um das Interview, nicht wahr? Sie wollen noch mehr.« Als er ihre eigentlichen Absichten durchschaute, fühlte sie sich nackt und entblößt.

Billie zögerte, das Herz klopfte ihr panisch in der Brust. »Ich konnte den Gedanken daran, diesen Artikel aufgeben zu müssen, nicht ertragen. Aber jetzt hier in Ihrer Wohnung zu sitzen … das kommt mir falsch vor. Tut mir leid, dass ich Ihnen gefolgt bin, dass ich Ihre Privatsphäre nicht respektiert habe.« Sie sah auf seine Finger hinab, die sich stark und sonnengebräunt um ihr blasses Handgelenk schlangen. »Ich gehe jetzt.«

Er ließ sie los. Sie gelangte zur Tür und öffnete sie gerade rechtzeitig, dass er sagte: »Warten Sie, Billie.«

Ihre Hand auf dem Türknauf wurde ganz feucht, ihr Blick richtete sich auf das Blumenarrangement im Flur. Es erfüllte die Luft mit dem süßen Duft von Rosen, *Eau de Bestattungsunternehmen*. Vielleicht waren frische Blumen in stickigen Fluren von Apartmenthäusern doch kein so großer Luxus.

»Gehen Sie nicht.« Seine Stimme kam näher, seine Tennisschuhe tappten leise auf dem Teakholzboden hinter ihr.

»Warum nicht?«, fragte sie erstickt. Plötzlich hatte sie das irrationale Bedürfnis, in Tränen auszubrechen. »Hier steht immerhin mein Job auf dem Spiel. Vielleicht verärgere ich Sie ja noch mehr, und Sie rufen Nora an. Sie würde mich feuern, wenn sie davon wüsste, glauben Sie mir. Warum sollte ich das riskieren?«

Die Hitze seines Körpers zog sie magisch zurück. »Ich kann mir keinen einzigen Grund denken«, sagte er an ihrem Haar. »Nur … bleiben Sie.« Eine Hand schlang sich um ihre Taille, die Finger auf ihrem Bauch. Es war eine bedürftige, traurige Geste. »Einer der Avalon-Begleiter ist gestorben.«

»Ich weiß.« Unwillkürlich lehnte sie sich zurück an seinen harten Körper, während sich in ihrer Mitte eine ungeheure Hitze ausbreitete. »Ihr Freund.«

»Azure nannte ihn Lucien, deshalb kannten ihn alle unter diesem Namen. Aber eigentlich hieß er Luke.« Er hielt inne. Seine Finger bewegten sich an ihrem Bauch. »Er hat sich das Leben genommen.«

»Das ist schrecklich. Es tut mir so leid.«

Sein Körper verkrampfte sich hinter ihr. »Die Polizei glaubt, dass ich damit etwas zu tun habe.«

Billie wandte sich um und sah ihn an. »Und hatten Sie?«

»Nein.« Sein bedrückter Blick wanderte über ihr Gesicht.

Dann senkte er den Kopf und umfing ihre Lippen in einem weichen, andauernden Kuss. Es war einer der süßesten Küsse, die Billie je bekommen hatte. Und der erotischsten.

Als er sich zurückzog, schluckte sie und fragte: »Warum hast du das getan?«

»Weil du so aussahst, als ob du mir glaubtest, als ich dir sagte, dass ich mit Lukes Tod nichts zu tun habe.« Er machte einen Schritt zurück. »Bleibst du noch etwas? Ich würde mich freuen.«

Das war eine seltsame und ernste Bitte, die sie ihm nicht abschlagen konnte. Wortlos kehrte sie ins Foyer zurück und wartete, dass er die Tür wieder schloss. Er nahm die Einkaufstaschen, gab ihr eine und ging voraus in eine Einbauküche mit Granit-Arbeitsplatten und Haushaltsgeräten aus seidig glänzendem gebürstetem Stahl.

»In der Speisekammer ist ein Weinregal«, sagte er und packte die Einkäufe aus, während sie die Flasche Chardonnay aus der Tasche holte.

Billie öffnete die Falttür, auf die er gedeutet hatte, und legte die Flasche in das Metallregal. Ihr Herz pochte wie wild. Sie hatte schon sehr, sehr lange nicht mehr in der Küche eines Mannes gestanden und dabei geholfen, Einkäufe einzuräumen. Das Ganze hatte etwas ungeheuer Intimes.

Sie arbeiteten schweigend. Billie öffnete ein paar Schränke, bevor sie entdeckte, wo er die Konservendosen aufbewahrte, verstaute die restlichen Einkäufe aus der Tasche und wandte sich dann zu ihm um. Er sah jetzt anders aus als der schlanke, verführerische Mann, den sie im Avalon kennengelernt hatte. Vielleicht war es das lässige Outfit, vielleicht auch der unglückliche Zug um seinen Mund. Doch er kam ihr jünger vor. Und weniger beeindruckend.

Er schloss die Tür zur Speisekammer und sah sie an. »Danke für deine Hilfe.« Dann deutete er auf das Wohnzimmer, und sie folgte ihm zum Sofa, auf das sie sich wieder setzten. Die Spannung zwischen ihnen schmerzte beinahe, hatte aber nichts mehr mit Wut zu tun.

»Erzähl mir von Lucien«, bat sie.

7

Auf dem College waren wir Zimmergenossen«, sagte Adrian und lehnte seinen dunklen Kopf gegen die Lehne des beigefarbenen Ledersofas. »Er studierte Physik im Hauptfach, war hervorragend, aber vollkommen unbändig. Er liebte das Aufregende, spürte es auf, als ob es sein Lebensinhalt sei. Als er anfing, im Avalon zu arbeiten, und das College schmiss, habe ich ihn erst für verrückt gehalten. Dann liefen bei mir ein paar Sachen schief. Ich geriet in finanzielle Schwierigkeiten. Er stellte mich Azure vor, und sie war ganz anders, als ich sie mir vorgestellt hatte. Du weißt ja, wie sie ist.«

»Sehr schön«, antwortete Billie und beobachtete sein subtiles Stirnrunzeln. »Exotisch und sexy.«

»Überzeugend. Und ehe ich michs versah, steckte ich – genau wie Luke – bis zum Hals drin in dem Geschäft.« Seine Hand beschrieb ruhelose Kreise auf dem weichen Leder zwischen ihnen. »Danach veränderten wir uns beide.«

»Inwiefern?«, fragte sie.

Er seufzte, sein Blick wanderte in die Ferne. »Das Avalon ist eines der exklusivsten Bordelle, die es gibt. Aber es ist egal, ob man auf der Straße oder unter einem Kristallleuchter arbeitet. Das Geschäft – Prostitution – öffnet die Tore zum Himmel und zur Hölle. Drogen, Geld, Sünde. Alles ist da, wenn man es nur haben will. Ich hatte keine Ahnung, dass Lust auf millionenfache Weise verzerrt werden kann, bevor ich das Avalon kennenlernte.«

Er sah sie an, die dunklen Augen bekümmert. »Stell dir die wildesten sexuellen Erlebnisse vor, Billie, und steigere sie um das Fünfzigfache. So war es für uns in jenen ersten paar Jahren. Jede Nacht. Am Tag ebenfalls. Nach einer Weile aber verfliegt die Begeisterung. Man gewöhnt sich daran, arbeitet seine Stunden ab, geht dann nach Hause und führt so gut wie möglich sein Leben. Aber nicht Luke. Er probierte alles aus und verlor nach und nach den Bezug zur Normalität.«

»Adrian«, sagte Billie behutsam, »es gibt Gerüchte über dich und Lucien. Dass ihr beiden mehr als nur Freunde wart.«

»Stimmt, wir waren mehr als Freunde. Wir waren wie Brüder. Und jetzt nimmt man an, dass ich ihm etwas angetan habe. Was für ein Schwachsinn.«

»Aber ist es nicht sinnvoll, dass die Polizei dich zuerst befragt? Immerhin ist er von deinem Balkon hinabgesprungen.«

Seine Augenbrauen zogen sich schmerzlich zusammen. »Ja, er ist von meinem Balkon gesprungen. Ich weiß nicht, welchen Grund er dafür hatte, aber ich weiß, warum die Leute über Luke und mich redeten. Sie reden immer über Dinge, die sie nicht in Worte fassen können ... in diesem Fall eine Freundschaft zwischen zwei Männern, die die normalen Grenzen zu überschreiten schien. Aber was ist schon normal? Sicherlich nicht ein Leben im Avalon. Unser Lifestyle, den die meisten Menschen verurteilen, hat uns zusammengeschweißt.«

Fasziniert legte Billie einen Arm auf die Sofalehne und sah ihm ins Gesicht. Das war der Mann, den sie bei ihrem ersten Interview im Avalon hatte kennenlernen wollen, und jetzt verstand sie auch, warum er sich so sorgsam hinter einer Maske versteckt hatte. »Also hast du die Gerüchte gar nicht entkräftet? Sie haben dich gar nicht gestört?«

Er zuckte die Achseln. »Was andere Leute sagen oder denken, hat mich nie interessiert. Ich weiß, was ich bin, und ich brauche keine anderen Menschen, die es mir erzählen. Was Luke angeht, er kannte keine Grenzen, war in all seinen Beziehungen leidenschaftlich. Seine Freunde und die Geliebten liebte er mit gleicher Intensität. Die Wahrheit ist, dass ich bis letztes Jahr gar keine Ahnung hatte, dass er freiwillig mit Männern schlief. Ja, er tat es gelegentlich für ein zusätzliches Taschengeld, für Drogen. Aber im letzten Jahr erst wurde deutlich, dass er Männer Frauen vorzog. Und als er behauptete, etwas für mich zu empfinden, verdrängte ich das einfach.

In der Nacht seines Todes kam er zu mir. Man hatte ihn zusammengeschlagen, er war stoned, vollkommen am Boden. Ich habe für ihn gesorgt, wie immer. Habe ihn gewaschen. An diesem Abend bekannte er sich zu seinen Gefühlen, und ich wusste, dass er es ernst meinte.« Er schloss die Augen. »Ich fühlte mich nicht wohl dabei. Ich konnte es nicht akzeptieren.«

»Aber es hat dich doch nicht wirklich überrascht«, sagte sie sanft.

»Er war mein bester Freund. Ich war nicht wirklich überrascht, nur nicht auf die Intensität vorbereitet. Wir stritten uns. Ich bin wütend zur Arbeit gegangen – auf ihn, weil er mich manipuliert hatte, und auf mich selbst, weil ich Schuldgefühle hatte. Als ich wieder nach Hause kam, war die Polizei da, und Luke war nur noch ein Leichnam auf dem Bürgersteig.«

Abrupt stand er auf, fuhr sich mit den Händen durchs Haar, zerzauste es wie Rabenfedern. »Wenn ich wirklich ehrlich zu mir bin, dann weiß ich, dass ich nur Teil seines Problems war. In seinem Leben lief so vieles falsch. Wenn er zur Arbeit kam, hatte er häufig Blutergüsse. Ich nahm an, dass er missbraucht wurde, vielleicht von einem Lover, aber darüber wollte er nicht mit mir reden. Und Azure verschließt vor so etwas von jeher die Augen, weil sie die Außenwelt aus dem Avalon heraushalten will.«

»Hast du das alles der Polizei erzählt?«

»Natürlich. Sie haben Luciens Adressbuch, aber nichts darin deutet auf die Identität seiner Liebhaber hin. Er war in jedem Bereich seines Lebens leichtsinnig, nur nicht, wenn es darum ging, seine Sexualpartner zu schützen. Auf dieser einen Ebene war er absolut diskret.«

Sein ironischer Ton widersprach der Verzweiflung in seinen Augen. »Also stirbt Lucien, wählt meinen Balkon, um hinunterzuspringen, hinterlässt noch nicht einmal einen Abschiedsbrief. Und auf wen konzentrieren sich die Ermittlungen? Auf mich. Auf den einzigen Menschen, dem er überhaupt etwas bedeutet hat. Auf den Einzigen, der …«

Er schüttelte den Kopf und massierte sich die Nasenwurzel. »Ich habe das Gefühl, einmal zur Hölle und zurückgeschleift worden zu sein. Als ob ich dafür bestraft würde, weil ich ihn mochte. Was sie nicht sehen ist, dass ich ihn nicht genug mochte. Ich hätte Azure übergehen und die Polizei informieren können, als ich entdeckte, dass jemand ihn misshandelte. Ich hätte ihn in eine Entzugsklinik schaffen können, als mir das Ausmaß seines Drogenkonsums bewusst wurde. Aber das habe ich nicht getan. Und jetzt ist er tot.«

Vor Mitleid wurde Billies Kehle ganz eng. Sie wusste instinktiv, dass er unschuldig war, gequält von Schuldgefühlen und Trauer. Und hinzu kam die Empörung darüber, dass man ausgerechnet ihn verdächtigte. Aber sein fassungsloses Verhalten zeigte, dass nichts ihn trösten konnte.

»Wird Azure während der Ermittlungen für deine Unschuld bürgen?«

Ein bedauerndes Lächeln spielte um seinen Mund. »Das muss sie nicht. Wie gesagt, ich habe ein Alibi für jene Nacht. Ich habe gearbeitet. Nach außen hin ist das Avalon eine erstklassige Begleitagentur, die Aktivitäten meiner Kundinnen sind also technisch gesehen vollkommen legal.«

Erleichterung, gefolgt von einer Welle irrationaler Eifersucht, durchzuckte sie. »Na gut«, sagte sie mit fester Stimme, »dann ist es für dich ja vorbei.«

Sein Blick wanderte wieder zu ihr herüber. »Aber nein. Unsere Arbeit ist nach wie vor streng vertraulich. Während des Verhörs musste ich die Vertraulichkeitsklausel in meinem Vertrag mit dem Avalon brechen, und die Ermittler halten etwa so dicht wie eine Gießkanne, auch wenn Azure sie schmiert. Die prominente Kundin, mit der ich zusammen war … zum Teufel. Bei dieser Sache leidet jeder. Meine Tage im Avalon sind gezählt.«

Billie wartete darauf, dass er noch mehr sagte. Als er sie nur schweigend ansah, sagte sie: »Ich werde nichts davon in meinem Artikel schreiben. Ich werde deine Privatsphäre respektieren, Adrian.«

»Es kümmert mich nicht mehr, was du mit dieser Information anfängst«, gab er zurück. »Erzähl ruhig alles. Nichts in dieser Welt ist heilig. Wenn du mehr wissen willst, dann erzähle ich es dir. Nein, ich werde noch etwas viel Besseres tun. Ich werde es dir zeigen.«

Der leise Klang seiner Stimme brachte ihre Nerven zum Vibrieren, und sie erstarrte. »Was?«

»Ich will dir zeigen, was ich tue.« Er legte die Hand ebenfalls auf die Sofalehne und rückte zu ihr hinüber. »Ich will, dass du weißt, warum Frauen für mich bezahlen.«

Billie erholte sich gerade rechtzeitig, um ihm die Hand auf die Brust zu legen. »Adrian, nein.«

Er hielt inne. »Wie bitte? Nein?«

»Stimmt. Genau das habe ich gesagt.« Sie schluckte und fühlte sich wie ein Kind, das an einem Glas mit der Aufschrift *Kostenlose Bonbons* vorbeigeht.

Unter ihrer Hand donnerte sein Herz. Seine kühlen Worte straften den fieberhaften Rhythmus seines Pulses, der ihrem eigenen glich, Lügen. »Unsere Erfolgsbilanz macht mir langsam Sorgen.«

Bei diesem trockenen Kommentar musste sie unwillkürlich lächeln. »Du hörst nicht häufig ein Nein, nicht wahr?«

»Ich kann mich nicht erinnern, wann ich es zum letzten Mal gehört habe.«

»Versteh mich nicht falsch … ich finde dich unglaublich attraktiv«, sagte sie, denn sie wusste, dass Ehrlichkeit ihre einzige Verteidigungsmaßnahme gegen einen Mann war, der seinen Lebensunterhalt damit verdiente, Frauen ihre Befangenheit zu nehmen. »Welche Frau wäre nicht von dir erregt?«

»Welche Frau würde mir in der Dunkelheit zwei Meilen zu Fuß nach Hause folgen? Sie sind nicht irgendeine Frau, Ms. Cort, obwohl Sie sich alle Mühe geben, sich an die konservative, in maßgeschneiderte Klamotten gehüllte Person anzupassen, die Sie nach außen hin darstellen. Sie möchten den Menschen vormachen, dass die Wildheit unter Ihrer Oberfläche vollkommen unter Kontrolle ist. Aber das ist sie nicht. Ich spüre sie in Wellen von dir ausstrahlen.«

»Danke, ich glaube dir.« Ihre Stimme zitterte.

»Das ist kein Kompliment. Ich bin kein netter Mensch.« Seine Hand umfing ihr Kinn, sein Daumen strich ihr über die Wange. Dann glitt seine Hand ihren Nacken hinab, und der sanfte Druck raubte ihr den Atem. »Du bist sehr vertrauensselig, wenn du davon ausgehst, dass ich dir die Wahrheit über Lucien erzählt habe.«

Sie schluckte. »Ich glaube, ich habe eine ganz gute Menschenkenntnis. Und warum solltest du mich anlügen?«

»Vielleicht einfach nur so zum Spaß.« Er rückte noch näher heran, sein provozierender Duft folge ihm wie ein verirrter Schatten. »Sieh dich um, Billie. Wir sind allein. Was würde mich daran hindern, meine Hände um deinen hübschen Hals zu legen?«

Billies Herz klopfte wie rasend. Furcht und Erregung verschlugen ihr fast die Sprache, aber sie richtete sich gerade auf und erwiderte seinen durchdringenden Blick. »Ich verlasse mich bei dir auf meinen Instinkt, Adrian. Ich glaube nicht, dass du deinen Freund vom Balkon gestoßen hast, und ich glaube auch nicht, dass du mir etwas antun würdest.«

Seine dunklen Augen verengten sich, und seine Wimpern senkten sich wie ein Vorhang, verbargen seine Gefühle. »Ich würde dich nicht verletzen. Aber wenn du es zulässt, kann ich dir Lust bereiten.« Seine Fingerspitzen glitten über die Wölbung ihrer Brust, eine sanfte Berührung, ein sanftes Versprechen. »Lässt du es zu?«

Billie schloss die Augen, und ihr Gesicht wurde heiß, ihre Haut kribbelte, und zwischen ihren Schenkeln wurde es feucht. So viele Monate, ohne dass ein Mann sie berührt hatte, und von der Berührung dieses Mannes konnte eine Frau nur träumen. »Ich werde nicht mit dir schlafen.«

»Das ist auch nicht erforderlich.« Sein Gesicht nahm einen schläfrigen Ausdruck an, als er den Reißverschluss an ihrem Rücken langsam herunterzog und kühle Luft auf ihre nackte Haut traf. »Ich kann dich hier auf diesem Sofa berühren, auf eine Million unterschiedliche Weisen. Dich schmecken. Dich in den Himmel führen und zurück. Ich biete dir die ultimative Recherche für deinen Artikel, Billie. Du kannst so tun, als wolltest du nicht haben, was ich dir geben kann, aber ich weiß, dass du lügst.«

Verlangen, heiß und schwer, leckte an ihr, und langsam gingen ihr die Gründe aus, um Nein zu sagen.

»Warum tust du das?« Ihr Atem kam stoßweise, als der Reißverschluss ganz offen war und das ärmellose Kleid ihr von den Schultern glitt. »Ich weiß jetzt schon, wozu du in der Lage bist. Du musst mir nichts beweisen.«

Er rückte noch dichter an sie heran, vorsichtig, als ob sie die Flucht ergreifen könnte, wenn er sich zu plötzlich bewegte. Als er sie ganz an die Armlehne des Sofas gedrängt hatte, schlang er eine Hand in ihr Haar und zog ihren Kopf zurück, sein Mund nur wenige Zentimeter über dem ihren. Verschwunden war der geschmeidige, aalglatte Avalon-Begleiter. An seine Stelle war ein Mann getreten, der seine Gefühle kaum im Griff hatte.

»Vielleicht brauche ich das hier.« Die grimmigen Worte strömten zwischen ihre Lippen, schmeckten nach plötzlicher Verzweiflung. »Vielleicht brauche ich es mit dir, genau hier und jetzt, heute Abend. Du bist so verdammt unschuldig, Billie. Das macht mich so heiß.«

Oh Gott.

»Und was, wenn ich wieder Nein sage?«, flüsterte sie, obwohl sie nach seinem T-Shirt griff und es ihm aus der Jeans zog. »Dass ich dich nicht will?«

»Du bist eine miserable Lügnerin. Willst du denn nicht wissen, wie es mit mir ist?«

»Keine Ahnung«, log sie, schmiegte dann den Mund an

seine Handfläche und küsste sie. Voller Dankbarkeit für all die Ekstase, die er ihr in ein paar Augenblicken bringen würde, voller Mitgefühl für den Tumult, der in ihm tobte und den er nur auf diese eine Weise besänftigen konnte.

Ein einziger Zungenschlag an seiner Haut und sein salziger, sauberer Geruch sollte sich ihr für immer einprägen. Sie wollte alles von ihm schmecken, seine wunderschönen Lippen, seinen Stiernacken, die breiten Muskeln seines Körpers. Das Ausmaß seiner Erregung unter ihrer Zunge.

Er war ein Unbekannter, ein fremdartiges Wesen, den man unmöglich erreichen oder verstehen konnte. Und doch wollte sie es versuchen. »Sag mir, was du brauchst.«

»Das hier«, flüsterte er und sah zu, wie sich ihre Lippen an seiner Handfläche bewegten. »Nur das.« Er ragte über ihr auf, nagelte sie in den Kissen fest und streichelte ihr Haar mit einer Zärtlichkeit, die angesichts der sinnlichen Empfindungen, die seine Berührung in ihr weckte, geradezu fehl am Platze wirkte.

»Können deine Kundinnen dich befriedigen?«, fragte sie heiser, neigte den Kopf, damit seine Finger ihren Nacken massieren konnten.

»Wenn sie das wollen. Du befriedigst mich, Billie. Dein Anblick. Der Klang deiner Stimme. Ich will sie auf jede denkbare Weise hören. Lachend. Flüsternd. Stöhnend. Schreiend.« Er umfing ihren Mund in einem sinnlichen, hungrigen Kuss, in dem diesmal weder Süße noch Dankbarkeit lagen. Tiefe Lust durchfuhr sie mit jedem seidigen Stoß seiner Zunge zwischen ihre Lippen, ein erotisches Versprechen dessen, was er mit ihr tun würde, wenn sie ihn ließ.

Sie würde es nicht überleben. Sein Mund war heiß, feucht und gierig. Seine Finger zogen das Oberteil ihres Kleides bis auf ihre Taille herab, befreiten ihre Arme und umschlossen ihre in ihrem BH gefangenen Brüste, deren Nippel unter seiner fordernden Liebkosung hart wurden. Er beugte sich herab und biss sie sanft durch die Spitze hindurch, zog und saugte und malträtierte ihre Brustwarze mit seinen Zähnen, bis sie sich in den Kissen aufbäumte und einen hilflosen Laut der Lust von sich gab.

»Oh ja.« Sie streckte die Arme aus, um ihn zu umfangen, um sein dunkles, seidiges Haar zu berühren, aber er packte ihre Handgelenke und hielt sie über ihrem Kopf fest.

Seine Augen waren wie schwarze Lava. Sie zogen Billie förmlich aus, bevor er die andere Brust umfasste und ihre Brustwarze in den Mund nahm. Ein elektrischer Strom lief von ihrem Busen geradewegs zu dem feuchten, willigen Ort zwischen ihren Beinen, sodass jede Bewegung seines Mundes dort unten widerhallte, als ob seine Lippen sie dort ebenfalls berührten.

Als er den Kopf hob, war ihr BH feucht, ihre Nippel hart und voller schmerzhaftem Verlangen. Ihre Brust hob und senkte sich in schnellen, kleinen Wellen, während sein Blick auf ihr ruhte und das Ergebnis seiner Verführung begutachtete.

»Adrian …« Mit Mühe fand sie die Worte, um ihre Begierden zu formulieren. Sie wusste, dass er das alles schon gehört hatte, wünschte sich, einen Weg zu finden, dass es in seinen Ohren neu und ehrlich und wirklich klang. »Ziehst du dein T-Shirt aus? Ich will dich ansehen.«

Er ließ ihre Hände los und stand auf. Während sie ihm atemlos zusah, kreuzte er die Arme vor der Brust, packte den Saum seines T-Shirts und zog es sich über den Kopf.

Billies Kehle wurde eng, so heftig war die Begierde, die ihren ganzen Körper durchdrang. Nackt bis zur Taille, ließen seine straffen Muskeln ihn wie die Kouros-Statue im Whirlpool des Avalon wirken. Ein gemeißeltes Kunstwerk. Seidig glänzende, harte zeitgenössische Kunst. Ein Fest der Sinne.

Ohne sie aus den Augen zu lassen, führte er die Hand an seinen gewölbten Hosenschlitz und streichelte sich durch den Jeansstoff hindurch. »Was sonst noch?«

»Deine Jeans.«

Er öffnete den ersten Knopf. »Sag mir eins.«

»Was?« Ihre Stimme war nur ein Krächzen. Sie räusperte sich. »Was?«

»Wann hattest du zum letzten Mal Sex?«

»Vor sechs Monaten.« Es kam ihr wie ein Jahrhundert vor. Ein ganzes Leben. Die Billie Cort, die sie noch im vergangenen Februar gewesen war, hätte sich nie träumen lassen, dass sie hier sein könnte, nass vor Verlangen, während sie zusah, wie Adrian sich vor ihr auszog, und ihr Herz ohrenbetäubend pochte.

Er trat gegen die Ferse seines linken Tennisschuhs, zog den Fuß heraus, tat das Gleiche mit dem rechten. »Habt ihr euch geliebt? Oder nur gefickt?«

Das grobe Wort durchbohrte den süßen Schleier der Lust, in dem sie sich befand. Sie zwang sich, sich Teds Gesicht ins Gedächtnis zu rufen, die Berührung seiner Finger auf ihrer Haut … zu schnell, zu grob und ungeduldig. Bei der Erinnerung daran fühlte sie sich leer. »Ich glaubte, dass wir uns liebten. Aber wahrscheinlich habe ich mich geirrt.«

»Und hattest du …« Ein letzter Knopf, und seine Jeans klaffte auf. »… einen Orgasmus?«

Oh Gott. »Vielleicht. Keine Ahnung.« Unter seiner Jeans war er nackt, hart und groß. Er würde ihre Hände, ihren Mund und ihren Körper erfüllen.

Sie riss den Blick von dem verwaschenen Hosenschlitz seiner Levi's, von seinem geschwollenen Penis und dem verführerischen Spiel seiner Finger auf dessen Spitze. »Und wann hattest du zum letzten Mal Sex, Adrian?«

»Vor ein paar Tagen. Aber es hatte nichts mit Liebe zu tun. Ich habe einer Kundin einen 2000-Dollar-Orgasmus beschert.«

»Und was ist mit dir? Hattest du …?«

»Es war belanglos, und es hatte nichts mit ihr zu tun.« Er schlug die Augen nieder. »Und in diesem Moment kann ich mich gar nicht so recht daran erinnern, wie ein Orgasmus sich anfühlt.«

Billie sagte nichts, beobachtete nur, wie der Wechsel seiner Gefühle seine Züge überschattete. Wut, Verwirrung, Trauer. Dann waren sie wieder ruhig, er hatte eine Maske aufgesetzt: konzentriert, fixiert, wild entschlossen. Wenn er sie in diesem Augenblick nehmen wollte, würde er es tun. Mit seinen Händen, mit seinem Mund. Er würde Fantasien erfüllen, von deren Existenz sie bisher noch keine Ahnung gehabt hatte.

Die Gefühle, die ihre Nerven zum Vibrieren brachten, waren fremd, deplatziert, beängstigend. Sie war froh, dass er bei seiner letzten Kundin nicht befriedigt worden war, als ob sie jetzt eine Art Anspruch auf ihn hätte – nun, da sie die Mauer eingerissen hatte, die er um seine Privatsphäre errichtet hatte.

Er schälte sich aus den Socken und schob sie mit den Tennisschuhen beiseite, dann richtete er sich erneut auf. »Wie lange ist es her, dass ein Mann es dir mit seiner Zunge besorgt hat?«

Das war eine Drohung. Ein Versprechen. Sie hatte das Gefühl, allein durch die Berührung seines Blickes zum Höhepunkt kommen zu können. »Sehr lange.«

Seine Brust war glatt, in Stein gemeißelt, seine Nippel hart und braun wie der restliche Körper. Seine Erektion, mächtig, beeindruckend, befreite sich aus seiner einengenden Jeans. Seine Hand schloss sich darum, streichelte ihn jetzt vom Ansatz bis zur geschwollenen Spitze. Billie hatte noch nie gesehen, wie ein Mann sich selbst berührte, und der Anblick war so erotisch, dass es ihr den Atem raubte.

»Wie lange?«, fragte er.

Sie leckte sich die Lippen, versuchte sich zu erinnern. »In der Uni vielleicht. Vor acht oder neun Jahren.«

»Acht oder neun Jahre. Was für ein Hohn.« Er deutete mit einem Kopfnicken zum Sofa. »Leg dich für mich hin, Billie.«

Gebannt streckte sie sich aus, fand ein beige gestreiftes Kissen und legte es sich unter den Kopf, um ihn besser beobachten zu können. Sie war zügellos und voller schmerzhafter Begierde, aber dennoch überkam sie ein banger Schauer. Das Unbekannte. Unter seinen begabten Händen würde sie sich auflösen.

»Zieh die Jeans aus«, bat sie ihn und packte ein weiteres Kissen, das sie an die Brust drückte, um sich dahinter zu verstecken. »Ich will dich berühren.«

Er folgte ihrer Bitte nicht. Er kniete vor dem Sofa nieder und strich ihr das Haar aus den Augen. Seine Sanftheit überraschte sie.

»Was hast du vor?«, flüsterte sie.

»Ich werde dich kommen lassen.« Er entzog ihr das Kissen. »Mehr als einmal.« Er warf das Kissen von sich und zog ihr das Kleid über die Hüften. Dann faltete er es zusammen und legte es beiseite, baute langsam Schicht um Schicht sexueller Vorfreude auf. »Du bist eine schöne Frau, Billie. Dein Haar. Deine Haut.« Er ließ eine Hand unter ihren Rücken gleiten und öffnete ihren BH, dann setzte er sich auf die Fersen, um zu betrachten, was er enthüllt hatte.

Obwohl sie nur halb entblößt war, hatte Billie sich noch nie so nackt gefühlt. Sie hielt den Atem an, wie verzaubert, als seine warme Hand unter den BH wanderte und ihre nackte Brust umschloss. Sie hatte kleine, ungemein empfindliche Brüste. Sie hatte ihnen nie große Beachtung geschenkt und sich auch nie Gedanken gemacht, wie es sich anfühlen konnte, die Hände eines Mannes darauf zu spüren, als wären sie kostbar und zerbrechlich und bereiteten ihm Lust.

Gott, sie war so leer gewesen. Und jetzt war sie so wenig darauf vorbereitet.

Ihre Lider schlossen sich, als Adrians Daumen ihre Nippel umkreiste, sie immer und immer wieder reizte, bis sie sich auf die Lippe biss, um nicht laut aufzuschreien. Wie flüssiges Feuer schoss die Lust aus ihren Brüsten in ihren Schoß. Winzige, rhythmische Schauer, Vorboten des Orgasmus, der auf sie wartete.

Er beugte sich vor, und seine Lippen fuhren zwischen ihren Brüsten entlang, hielten in der Mitte der Wölbung inne und saugten sanft, als wolle er sie dort markieren wie mit einem kleinen Tattoo. Dann glitt er weiter hinauf und leckte ihre Brustwarze mit schnellen, flatternden Bewegungen seiner Zunge, bis sie sich kräuselte und so hart wurde, dass es schmerzte.

Ein weiterer Schauder kündigte bebend ihren Orgasmus an. »Oh Gott.«

Er hob den Kopf, ergriff eine Locke ihres Haars und strich sich damit über Lippen und Kinn. »Mehr?«

Billie schüttelte den Kopf, vergrub die Fingerspitzen in dem weichen, glatten Leder unter ihr. »Ich weiß nicht, was ich will. Ich weiß nicht, was ich tue.« Aufgewühlt von Unsicherheit und Ungeduld, packte sie seine Hand. »Tu, was du gesagt hast.« Sie führte seine Hand an ihren Bauch, erbebte unter dem Druck seiner Hand.

Mit leichtem Lächeln betrachtete er das Spitzenhöschen, das nicht zu ihrem BH passte, und ließ dann die Finger unter den elastischen Bund gleiten, wo er ihre kurz geschnittenen Locken, feucht vor Verlangen, vorfand. Wo er ihr geheimes Innerstes fand. Nur eine zarte Berührung, ein Flüstern an ihrer Scham, dann war er wieder fort, und doch bäumte sie sich vom Sofa auf.

»Du bist so empfänglich«, murmelte Adrian. »Ich wusste es.«

»Bitte …« Billies Hand glitt über seine glatte nackte Schulter, mit der anderen tastete sie auf dem Sofa nach etwas, irgendetwas, das sie erden würde. »Bitte.«

Seine Lippen, heiß und feucht, berührten ihren Bauchnabel. Seine Zunge umkreiste ihn, tauchte darin ab und zog sich wieder zurück, tauchte abermals ab und verschwand wieder, genauso, wie er ihren Mund geliebt hatte, als er sie geküsst hatte. So wie sein stahlharter Speer in das verlangende Innerste ihres Körper eindringen würde. Dann rieb er seine stoppelige Wange an ihrem zarten Fleisch, sah zu, wie seine eigene Hand zwischen ihren Schenkeln abtauchte und das feuchte, empfindliche Fleisch fand, das sich nach seiner Berührung sehnte. Ein Finger glitt über sie hinweg, teilte dann die Falten ihres Geschlechts, umkreiste die geschwollene Lustperle, immer und immer wieder, bis sie beinahe schluchzte, so intensiv lust- und schmerzvoll war es.

»Billie«, sagte er und rieb die Nase an ihrem Bauch, während er mit einer einzelnen Fingerspitze tiefer hineinglitt, um den Eingang zu ihrem Körper zu finden, »du bist so feucht.«

Verlegen, gequält von seinen sanften, sondierenden Bewegungen, vergrub sie die Finger in seinem Haar und ließ den Kopf in die Kissen zurücksinken. Ein Teil ihrer selbst wünschte sich, dass diese Qual nie enden würde. Ein anderer Teil wollte, dass es vorbei war, wappnete sich für die Demütigung, die ihre offenkundige und mit Leichtigkeit erreichte Kapitulation bedeutete. »Bitte. Lass mich nicht warten. Halte dein Versprechen.«

Seine Zunge umkreiste ihren Nabel. »Was war es doch gleich?« Er drehte den Kopf zur Seite, um über ihren ganzen Körper hinweg in ihr Gesicht zu blicken. Seine Augen funkelten vor Lust. Seine Finger reizten sie zwischen den Beinen, spielten mit ihrer Feuchtigkeit, ohne in sie einzudringen. »Was habe ich denn versprochen?«

»Oh Gott.« Gequält schloss sie die Augen und zog an seinem Haar. Ihre Hüften bewegten sich ruhelos auf den Sofakissen, an seiner ständig ausweichenden Hand, verlangten nach Erfüllung. »Adrian, bitte tu's einfach.«

»Das hier?« Zwei starke Finger stießen in ihre Feuchtigkeit hinein, tief und fest, und sie biss sich auf die Lippe, um nicht aufzuschreien, zuerst vor Lust und dann vor Frust, weil er sich zurückzog und sie wieder zu reizen begann. »Oder das?« Sein Daumen beschrieb leichte Kreise auf ihrer Scham, was elektrische Schocks durch ihre Glieder sandte.

»Oh ja. Das. Alles. Stoß die Finger in mich hinein. Bitte.«

Er spreizte ihre Knie weit, sodass sie seinem heißen Blick preisgegeben war. Seine Züge waren teilnahmslos, abgesehen von dem dunklen Feuer in seinen Augen. »Ich werde dich schmecken. Innen und außen.« Seine Fingerspitze fuhr ihre sensibilisierte Haut entlang, verspottete sie, schuf ein Maß an Verlangen in ihr, das jeden Gedanken an Stolz oder Anstand im Keim erstickte, alles außer der wahnsinnigen Begierde, endlich erfüllt zu werden. Von seinen Fingern. Von seiner Zunge. Seinem Schwanz. Von irgendetwas.

»Adrian …« Sie wand sich, aber er hielt ihre Beine weiterhin auseinander.

»Wenn ich dich kommen lasse, bist du mir etwas schuldig«, sagte er in so dunklem Ton, dass Billies Lider sich flatternd öffneten.

Sie hob den Kopf und starrte ihn an. Sein dunkles Haar war zerzaust, weil sie sich so verzweifelt an ihn geklammert hatte, seine schmalen Wangen waren gerötet, seine Lippen ebenfalls rot vom Erforschen ihrer Haut. Der Anblick seiner zwischen ihren Schenkeln verborgenen Hand sandte eine erneute Woge der Begierde durch sie hindurch, die in jedem Nerv brannte. »Ich kann mir dich nicht leisten. Das weißt du.«

»Es geht mir nicht um Geld.« Seine Finger erkundeten ihre Öffnung, tauchten wieder in ihr Innerstes hinab, gerade genug, um sie erschauern zu lassen. Ihre innersten Muskeln zogen sich zusammen, um ihn zu halten. »Du schuldest mir deine Zeit.«

Sie wusste nicht, was genau er von ihr wollte. Es war ihr auch egal. »Ja«, stieß sie mühsam hervor und stieß gegen seine Hand. »Ja.«

Er lehnte sich zurück und zog ihr geübt und methodisch das Höschen die Beine hinab. Kühle Luft traf auf ihr brennendes Fleisch, gefolgt von der wahnsinnigen Hitze seiner Worte, die er ganz nah an ihrer Weiblichkeit sprach. »Eine Hand wäscht die andere, Billie. Was sagst du?«

Ihre Antwort war ein leises, kapitulierendes Stöhnen, als er ihre Schenkel wieder auseinanderzwang, seinen Kopf senkte und sie mit seiner züngelnden Liebkosung beschenkte. Und dann tat er, was er versprochen hatte, er liebte sie mit saugenden Lippen, zarten Bissen und einer tief hinabtauchenden Zunge, erbarmungslos, heißhungrig, und Billie brach zusammen, immer und immer wieder, wusste, ganz tief im Hinterkopf, dass sie sich auf einen Handel eingelassen hatte, den sie nicht verstand.

Eine Hand wäscht die andere.

Und dann konnte sie nicht mehr denken.

Verstohlen beobachtete sie, wie Adrian seine Jeans schloss und sich vorbeugte, um das T-Shirt vom Boden aufzuheben. Seine Muskeln bewegten sich fließend unter seiner sonnengebräunten Haut.

Warum hatte er sich die Mühe gemacht, sich auszuziehen, ohne letztendlich zuzulassen, dass sie ihn berührte? Mehr als einmal hatte sie die Hand nach ihm ausgestreckt, hatte seine Erektion anfassen wollen, das seidige Pulsieren zwischen ihren Fingern spüren wollen, aber er hatte ihre Hand festgehalten. Trotz der flüssigen Begierde, die immer noch zwischen ihren Beinen pulsierte, fühlte sie sich auf seltsame Weise seiner beraubt. Dieser Mann konnte die ganze Nacht Sex haben, aber sie hatte sich gewünscht, dass er genauso wahnsinnig erregt sein würde, wie sie sich durch jeden wohlberechneten Stoß seiner Finger und seiner Zunge in ihr fühlte. Der eine Wunsch, den er ihr am heutigen Abend nicht erfüllt hatte, war der, zu erleben, dass auch er die Kontrolle verlor. Nach zwei heftigen Orgasmen aber hatte sie sich schließlich keine Gedanken mehr darüber gemacht. Und jetzt war sie verwirrt.

Als er sie ansah, wurde sie rot und schloss den Reißverschluss ihres Kleides. Ihr fehlten die Worte. Scham und sündhafte Freude lagen im Widerstreit miteinander.

Ein Stück Spitze, das von einem dunklen Finger herabbaumelte, kam ihr ins Blickfeld. »Das hier hast du vergessen.«

Oh Gott. Ihr BH. Sie wusste gar nicht mehr, dass sie ihn ausgezogen hatte. Sie schnappte ihn ihm aus der Hand, knüllte ihn zusammen, um ihn in ihre Handtasche zu stecken. Sie konnte auch ohne nach Hause gehen. Manchmal waren kleine Brüste ziemlich praktisch.

Sie sah auf ihre Füße und runzelte die Stirn. Da war nur eine Sandale. Wo war die andere? »Ich vermisse ein wichtiges Kleidungsstück«, sagte sie, ohne ihm in die Augen zu sehen.

Adrian zog sich das T-Shirt über den Kopf und schob die Arme in die Ärmel, bevor er sich über die Sofalehne beugte, um danach zu suchen. »Hier ist ein Schuh.«

»Danke.« Sie nahm ihn entgegen und setzte sich, um ihn anzuziehen. Während sie so beschäftigt war, verließ er das Zimmer. Seine Stimme drang leise und kultiviert aus dem Foyer. Er rief ihr ein Taxi für den zwei Meilen langen Weg vom Supermarkt zu ihrem Auto.

So war es also, wenn man sich billig vorkam. Das Gefühl brannte in ihr, bis er wieder ins Zimmer kam und vor ihr stehen blieb. Er war barfuß. Er hatte vollkommene Füße. Einen vollkommenen Körper. Wie es wohl sein mochte, in so einer vollkommenen Hülle zu leben?

Seine Hand legte sich auf ihren Scheitel und liebkoste ihr Haar, wobei er die Strähnen sanft durch die Finger gleiten ließ. Als sie zu ihm aufblickte, fuhr er mit dem Daumen über ihre Unterlippe, dann über ihre Zähne, glitt über ihre Zungenspitze, bis sie in einer erneuten Welle der Lust die Lippen um seinen Daumen schloss und daran saugte, hungrig nach mehr als nur seinem bloßen Geschmack. Sie träumte davon, noch mehr von ihm in sich aufzunehmen. Sein Schwanz in ihrem Mund. Die harten Stöße seiner Hüften, als sie von seinem pulsierenden Fleisch zehrte. Der sengende Strahl seiner Erleichterung auf ihrer Zunge. Aber das blieb wohl nur ein Traum.

Er beobachtete sie unter gesenkten Lidern, sein heißer Blick heftete sich einen schweigsamen, elektrisierenden Augenblick lang auf die geschmeidigen Bewegungen ihres Mundes. Dann zog er sie auf die Füße, hielt ihr Gesicht in beiden Händen und küsste sie. Zuerst sanft, dann hungrig. Als ob er nicht genug von ihr bekommen könnte.

Der letzte Rest ihrer verwirrten Bestürzung löste sich auf. »Du hast mich dich nicht berühren lassen.« Sie klammerte sich an sein T-Shirt, als seine Lippen über ihre Stirn wanderten. »Ich bin nicht wie deine Kundinnen. Es ist mir wichtig.«

Er zog sich leicht zurück und musterte sie, und ein paar lange Sekunden lang sagte er gar nichts. »Danke dafür«, sagte er schließlich. »Aber jetzt musst du gehen. Nimm deine Tasche. Ich begleite dich nach unten.«

Als Billie ins Taxi stieg, bezahlte Adrian den Taxifahrer, dann stützte er die Hände auf den Rahmen des Rücksitzfensters. »Billie, du hast doch unsere Abmachung nicht vergessen, oder?«

»Nein.« Sie beobachtete die schmelzenden Schatten in seinen Augen, konnte sie aber nicht deuten. »Eine Hand wäscht die andere. Ich bin dir etwas schuldig.«

»Ich brauche deine Telefonnummer.«

Mit leicht zitternder Hand kritzelte sie ihre Handynummer auf die Rückseite eines Kassenzettels und reichte sie ihm durchs Fenster.

»Ich rufe dich an.« Er beugte sich vor, um ihre Lippen ein letztes Mal mit einem sanften, langen Kuss zu umfangen.

Dann trat er einen Schritt zurück, und das Taxi rollte die Auffahrt hinaus. Billie sah einmal zurück, sah ihn barfuß dort stehen, die Hände in den Hosentaschen vergraben, genau dort, wo sie ihn stehen gelassen hatte. Gott stehe ihr bei. Was immer er wollte, sie würde es ihm mit Freuden geben.

Die Wohnung kam ihm unheimlich verlassen vor, als Adrian zurückkehrte. Er machte die Tür zu, schloss ab, knipste den Kronleuchter im Flur aus. Dann ging er durch das Wohnzimmer und ordnete methodisch das zerwühlte Sofa und legte die Kissen, die kreuz und quer herumlagen, wieder darauf, jedoch bewusst, ohne das leidenschaftliche Zusammentreffen zwischen ihm selbst und Billie nochmals Revue passieren zu lassen.

Ein goldener Schimmer neben dem Beistelltisch fiel ihm ins Auge, und er beugte sich herunter und hob einen einzelnen zarten Ohrring auf. Das erste Zeichen einer Besucherin in seiner Wohnung seit sechs Jahren.

Ihr Geruch lag noch immer in der Luft, duftend und warm, aber ohne die Frau. Er folgte der verwehenden Spur blumigen Verlangens zurück in den Flur, wo er den Ohrring neben das Telefon legte. Als wollte er sich dadurch erinnern, sie nicht so leicht davonkommen zu lassen.

Was wollte er von einer Frau wie Billie Cort?

Sein Körper kannte die offensichtliche Antwort: sie nehmen, immer und immer wieder, erbarmungslos, bis sie ihn anflehte aufzuhören, bis sie um mehr bettelte. Also was hielt ihn ab? Er hatte heute Abend versucht, eine Beziehung nach seinen Standards mit ihr zu definieren, hatte sie als eine seiner Kundinnen zu betrachten versucht, als einen Mitleidsfick. Und war gescheitert. Sein Versuch, die Kontrolle wieder zu erlangen, war fehlgeschlagen.

Er drückte die Hand auf das harte, erbarmungslose Pochen unter seiner Jeans, holte tief Luft, um sich zu beruhigen, und zwang sich zur Konzentration. Mit eiserner Willenskraft hatte er den Abstand zwischen sich und ihr gewahrt, ohne zu wissen, warum zum Teufel er sich zurückhielt. Er hätte sie haben können, hätte sie bis zur Besinnungslosigkeit vögeln können wie die ganzen anderen Frauen, die jede Woche seinen Terminkalender füllten, wobei er die ganze Zeit gewusst hätte, dass Billie nicht zu den Frauen gehörte, mit denen man ins Bett ging, um sie dann fallen zu lassen. Sie war die ultimative Eroberung, und doch hatte er sie ihr und sich selbst vorenthalten.

Er runzelte die Stirn und zog sich auf dem Weg zur Dusche aus. Sie war unberührt. Jungfräulich im Geist und Denken. Die Unschuld, die sie umgab und die nichts mit ihrer Rolle als knallharte Reporterin zu tun hatte, reizte Adrians Sinne wie ein Aphrodisiakum.

Sie gehörte nicht zu den Frauen, die Sex schenkten, ohne ihr Herz ebenfalls zu verschenken, und genau das gefiel ihm an ihr, diese Verletzlichkeit. Im Wesentlichen war sie in seiner Welt etwas Neues und Anderes. Es erinnerte ihn an eine andere Zeit, als er noch daran geglaubt hatte, dass Lust etwas Gesundes und Richtiges ist. Lust, die man sich verdiente und die aus freien Stücken bereitet wurde, nicht gekauft, bevor er wusste, dass ihr Wert in Papierscheinen gemessen werden konnte.

Außerdem war sie heißblütig und sinnlich und schien sich dessen gar nicht bewusst zu sein. Sie appellierte an den Ur-Mann in ihm, es machte ihn ruhelos und hungrig, sie zu berühren. Aber heute Abend hatte ein tieferer Teil seiner selbst gewonnen, hatte das seltsam Gesunde zwischen ihnen bewahrt und es vor dem Abnormen bewahrt, das sich wegen des Sex in sein Leben geschlichen hatte.

Vielleicht wusste er im Grunde genommen, dass ein Strichjunge – auch ein hochkarätiger – eine Frau wie Billie nicht verdient hatte. Sie war Wirklichkeit, tapfer und wahrhaftig und konkret. Er … er war nur ein Phantom, das der sinnlichen Fantasie einer Azure Elan entsprungen war.

Er trat aus dem dampfenden, erbarmungslosen Strahl der Dusche und lehnte sich an die Wand. Das Wasser traf auf seinen Kopf und in seinen Nacken, wusch Billie von seiner Haut, aber nicht aus seinen Gedanken.

Wieder und wieder war der Gedanke da: Sein Leben hatte sich unwiederbringlich verändert. Im Bruchteil einer Sekunde hatte er seinen besten Freund verloren. Er hatte sich selbst verloren. Und dann hatte er Billie gefunden. Heute Abend war sie ihm nach Hause gefolgt und hatte den Fuß in die Tür zu seinem geheimen Leben gestellt, einem Ort, den seit Jahren keine Frau mehr betreten hatte. Auf ihre ureigene linkische Art hatte sie ihn daran erinnert, dass er nur ein Mann war, fehlbar, bedürftig, ein weiterer Vertreter der absolut unvollkommenen menschlichen Spezies … und schmählich unwürdig dessen, was sie zu bieten hatte.

Billie anzusehen, sie zu berühren, sie zu schmecken hatte ihn mit einem Verlangen erfüllt, das heftiger war, als er es je erlebt hatte. Zum ersten Mal wurde er mit etwas konfrontiert, das er nicht wirklich haben konnte, weil das aus ihm geworden war.

Er versuchte, den unerklärlichen Kloß in seinem Hals herunterzuschlucken, und griff nach der Seife. Als er seine Brust einschäumte, strömten die Rinnsale seinen Oberkörper hinab, schneeweißer Schaum tropfte in gewundenen Pfaden zwischen seine Schenkel. Automatisch wanderten seine Finger seinen Bauch hinab, bereit, den quälenden Druck zu lindern. Doch dann zögerte er. Beobachtete aus faszinierter Distanz, wie sein geschwollener Schwanz seiner Hand entgegenzuckte, wie eine verzweifelte Kreatur mit eigenem Willen.

Abrupt wandte er sich um und drehte den Kaltwasserhahn voll auf, zwang sich, unter den eisigen Nadeln stehen zu bleiben, die Zähne zusammengebissen, um den eiskalten Schock ertragen zu können. Er bestrafte sich für sein Spiel mit dem Feuer. Billie konnte nicht seine Kundin sein. Auch nicht seine Geliebte. Sie passte ebenso wenig in seine Welt wie er in ihre. Doch sein Verlangen, sie wiederzusehen, war wütend, trieb ihn zu der kranken Erkenntnis, dass er sie anrufen würde. Er würde mit ihr reden, an sie denken, er würde bis an die Grenze gehen, bis die Gefahr dicht vor ihm aufragte und ihrer beiden Herzen auf dem Spiel standen.

Allmächtiger Gott – er wusste nicht, was er von ihr wollte. Die Antworten waren zu neu, zu verwirrend und sogar zu unsicher.

8

Welche Gegenleistung Adrian für ihre Lust wollte, fand Billie am Freitag heraus. Es war ein Date bei Music Under The Stars, dem jährlichen Sommerfestival, bei dem ein Streichquartett eine Hommage an Mozart im Rock Creek Park spielen wollte.

Verwirrt von der unschuldig klingenden Einladung, spielte sie seine Nachricht auf ihrer Mailbox noch einmal ab, nur um sicherzugehen, dass sie alles richtig verstanden hatte, und dann ein drittes Mal, weil sie seine leisen kultivierten Worte, mit denen er um das Vergnügen ihrer Gesellschaft »gemäß Vereinbarung« bat, so erregend fand.

Sie zitterte vor Aufregung und Unsicherheit, als sie in ihrer Tasche wühlte und die einzige Telefonnummer herausholte, die er ihr gegeben hatte – seine private Handynummer –, und kurz ihre Einwilligung auf seiner Mailbox hinterließ. Dann durchsuchte sie ihren Schrank nach dem perfekten Outfit und fand schließlich ein tief ausgeschnittenes ärmelloses schwarzes Kleid. Lässig, aber sexy. Sie nahm ein ausgiebiges Schaumbad in ihrer engen Porzellanwanne, öffnete und schloss ihre Knie, sodass die sanften Wellen des Wassers die sehnsüchtig schmerzende Stelle zwischen ihren Beinen liebkosten. Vor ihrem geistigen Auge tauchte der Whirlpool im Avalon auf. Ihre Nerven vollführten einen wilden Tanz. War das ein Date? Sie war sich nicht mal sicher, ob Adrian und sie befreundet waren. Was zum Teufel wollte er nur von ihr?

Ihre Instinkte sagten ihr, dass er mehr von ihr wollte, als sie sich vorstellen konnte, und das Unbehagen, das diesem Gedanken folgte, fachte das Feuer tief in ihr nur noch weiter an. Statt Furcht krönte Erregung jegliches Szenario, das ein Date mit Adrian Antoli für sie bereithalten würde. Sie würde sich jeder Herausforderung stellen, die sich ihr bot. Sie hatte jeglichen gesunden Menschenverstand verloren und nahm sich vor, einfach alles auf sich zukommen zu lassen.

Sie kletterte aus der Badewanne und griff nach einem Handtuch. Der blumige Duft des Schaumbades hing schwer in der stickigen, feuchten Luft. Der heutige Abend würde ihr nur noch mehr Lust der Marke Adrian bereiten, daran zweifelte sie nicht. Aber warum gewährte er das ausgerechnet ihr, wo er, ein allseits angebeteter Callboy, doch schließlich jede Frau haben konnte, die er wollte, und dafür auch noch Geld bekam? Die Verwirrung lauerte wie ein pochender Schmerz in ihrem Hinterkopf.

Billie ließ das Wasser aus der Wanne und beobachtete, wie die Schaumblasen nach unten kreisten und ihren Enthusiasmus mit sich rissen.

Sie machte sich etwas vor, wenn sie glaubte, dass er sie wollte, und diese plötzliche Einsicht hatte nur wenig mit mangelndem Selbstwertgefühl zu tun. Billie durchschaute seine Hintergedanken. Adrian Antoli hatte jede Menge zu verlieren, wobei seine herausragende Stellung im Avalon noch das kleinste Problem war, wenn Lucien DeChambeaus Tod ihm tatsächlich zur Last gelegt wurde. *Aber wenn man eine Reporterin auf seiner Seite hat, die auch noch über ein großes Mundwerk verfügt …*

Dann erinnerte sie sich an seine Lippen auf den ihren, als sie im Eingang zu seiner Wohnung standen. Und dann noch einmal, als er sie ins Taxi setzte. Seine Berührung war echt gewesen, hatte an dem Panzer gerüttelt, den sie um ihr Herz errichtet hatte. Sie wusste ohne jeden Zweifel, dass er ein zärtlicher Mensch sein konnte. Auch er hatte Liebe und Kameradschaft verdient. Doch ein innerer nebulöser moralischer Zeigefinger warnte sie vor ihm.

Jedenfalls war eine Beziehung, die so auf Hochtouren von Sex angetrieben wurde und ihr Hirn in Brei verwandelte, das Letzte, was sie brauchen konnte.

Nora rief genau in dem Augenblick an, als Billie sich gerade eine einreihige Perlenkette um den Hals legte. »Du bist auf Lautsprecher«, sagte Billie und rannte hektisch barfuß in ihrer Wohnung umher, während sie nach ihren schwarzen Sandalen mit den niedrigen Absätzen suchte. »Ich weiß, dass du das hasst, aber ich bin schon spät dran.«

»Heißes Date?«, fragte Nora.

Wenn du wüsstest. »So was in der Art.« Sie tauchte in ihrem Schrank ab, und Schuhe flogen in jede Richtung. Jedes Paar, das sie besaß, nur eben nicht die sexy Riemchensandalen, die sie suchte. Verdammt, wo waren sie? Sie kroch unters Bett und fand sie unter den Bettrüschen.

»Warum hast du mir denn nichts davon erzählt?« Noras Stimme klang beleidigt. »Du erzählst mir doch sonst immer von deinen Kerlen.«

»Und du listest mir regelmäßig sämtliche Gründe auf, warum ich mich nicht mit ihnen verabreden sollte.« Und bei dem hier hätte Nora sicher ihren großen Auftritt. Zumal sie schon mal angedeutet hatte, selbst einmal mit Adrian geschlafen zu haben. Das Bild des spindeldürren Körpers ihrer Freundin in Adrians starken Armen ließ Billie mitten im Anziehen der Sandalen innehalten. Extrem verstört stolperte sie und machte ein paar Hopser, um nicht hinzufallen. »Verdammt.«

»Und deshalb behältst du den hier lieber für dich?«, fragte Nora. »Du glaubst also, ich sage dir, warum du mit diesem Kerl nicht ausgehen solltest?«

»Das kommt erschwerend hinzu.« Billie schnappte sich ihre Tasche, warf einen Blick in den Spiegel und versuchte sich vorzustellen, was Adrian wohl denken mochte, wenn er sie sah. Vergebens. Man konnte unmöglich erraten, was in diesem rätselhaften Hirn vorging.

Die ausweichenden Antworten ihrer Freundin hatten die Reporterin in Nora geweckt. »Wozu?«

»Ich erzähle es dir Montag. Gute Nacht, Mrs. Neugierig.« Billie nahm ihr Handy in die Hand, um das Gespräch zu beenden.

»Warte! Ruf mich morgen an. Ich habe noch ein paar Einzelheiten zu den Ermittlungen im Avalon erfahren.«

Plötzlich war Billies Kehle ganz trocken. »Was denn?«

»Dein Kerl, Adrian, ist noch nicht aus dem Schneider. Scheinbar hat sich sein Alibi nicht bestätigt.«

»Scheiße«, sagte Billie. »Scheiße!«

»Diese Antwort hatte ich jetzt nicht erwartet.«

Billie schloss die Augen. Unter gar keinen Umständen wollte sie Noras Verdacht erregen. »Ich bin nur … überrascht. Woher weißt du das?«

»Ich hab dir doch erzählt, dass ich mit Rich Hales zu Mittag essen wollte, einem der Detectives in diesem Fall. Ich glaube, er interessiert sich für mich. Er hat mir ein paar Infos gegeben, die die Ermittler eigentlich für sich behalten sollten.«

»Himmelherrgott …« Billie drückte sich die Handballen gegen die Augen. »Nora, das ist total unmoralisch. Du könntest die ganzen Ermittlungen boykottieren, wenn du derlei Details durchsickern lässt.«

»Ohne Witz. Und er kriegt ganz sicher kein zweites Date, wenn er mir nicht mehr zu sagen hat.« Sie kicherte, als Billie angewidert schnaubte. »Hör zu, ich weiß, dass dieser Artikel gerade etwas Staub ansetzt, aber du solltest ihn noch nicht ganz verwerfen. Wenn die Avalon-Ermittlungen an die Öffentlichkeit gelangen, können wir vielleicht doch noch auf den Zug mit aufspringen. Und ich weiß, dass du alles dafür geben würdest, als Sensationsreporterin Nummer 1 für *Illicit* zuzuschlagen. Vielleicht wedele ich ja mal ein bisschen mit dem Zauberstab und beauftrage ja dich mit dem Artikel, weil du doch so angefressen warst, als du die Adrian-Story verloren warst.« Als Billie nicht antwortete, sagte sie: »Bist du noch dran?«

»Ja.« Mit pochendem Herzen schüttelte Billie die Übelkeit ab, die in ihr hochstieg, und schlang sich die Handtasche über die Schulter. »Ich muss jetzt los, Nora. Ich ruf dich morgen an.« Sie legte auf, ohne eine Antwort abzuwarten.

Als Billie ankam, wartete Adrian schon in der Auffahrt vor ihrem Wohnhaus. Er lehnte an dem teuersten marineblauen BMW Sedan, den sie je gesehen hatte, die Arme über der Brust gekreuzt, den Blick zu Boden gesenkt.

Es war nicht das Auto, das ihr den Atem raubte. Sie blieb an der Glastür stehen und beobachtete ihn einen Augenblick lang wie gebannt. Die Sommerbrise zerzauste sein Haar, das mit kastanienbraunen Lichtern von der untergehenden Sonne durchsetzt war.

Sie betrachtete seine breiten Schultern unter dem weißen Baumwollhemd, die gebräunte Kuhle seiner Kehle dort, wo der Kragen aufstand. In seinen Kakis wirkte er ebenso lässig wie elegant.

Sie fragte sich, ob er wusste, dass sein Alibi nicht bestätigt worden war. Sie fragte sich, ob er in Bezug auf seine Beziehung zu Lucien gelogen hatte. Sie fragte sich, ob diese Hände, die auf so geschickte, bewusste Weise in ihren Körper eingedrungen waren und ihm Lust bereitet hatten, mit der gleichen Konzentration einen anderen Mann in den Tod gestoßen hatten.

Tief in ihrer Reporter-Intuition suchte sie nach den Antworten. Aber sie war verwirrt. Irgendwann in den vergangenen paar Tagen hatte sich ihr Herz geweitet, hatte sich in ihrer Brust ausgebreitet und ihren gesunden Menschenverstand erstickt. Was sie für diesen Mann empfand, war nicht mehr nur einfaches Begehren. Das Verlangen schien sie ganz und gar zu durchdringen, als sie so dastand und ihn beobachtete. Aber es war viel zu früh, um diese Gefühle, die in ihr tobten, zu definieren, und viel zu beängstigend. Vielleicht war die ganze Sache ja auch nicht mehr als ein Spiel.

Als ob er den Aufruhr auf der anderen Seite der Türen spürte, hob Adrian den Kopf, und ihre Blicke trafen sich. Billies Herz pochte wild in ihrer Brust.

»Du bist schön«, sagte er, als sie in die laue Abendluft hinaustrat.

»Danke«, antwortete sie und kämpfte gegen eine Woge der Schüchternheit an. »Du auch.«

Er öffnete ihr die Beifahrertür, dann ging er um den Wagen herum zum Fahrersitz. Als er einstieg, warf er ihr einen Blick zu und hielt inne. »Du bist nervös.«

Sie räusperte sich. »Ich weiß nicht, was du heute Abend von mir erwartest.«

»Ich erwarte gar nichts.« Er ließ den Motor an. »Außer dem Vergnügen deiner Gesellschaft.«

Gedämpfte Jazzmusik linderte die Spannung, die in dem Sedan herrschte. Billie rollte sich auf dem braunen Ledersitz zusammen und konnte den Blick nicht von seinen Fingern abwenden, die auf dem Steuer aus poliertem Holz ruhten. Sie spürte sie auf ihren Brüsten, zwischen ihren Beinen, in ihr, wo sie sich sogar jetzt noch schmerzhaft nach ihm sehnte. Sie sah seine Hände auf Millionen anderer Frauen und fragte sich wieder einmal, warum sie überhaupt hier war, in diesem teuren Auto auf dem Weg zu einem schönen Mondscheinkonzert, als ob ihm nicht die Polizei im Nacken säße und als ob sie selbst nicht so täte, als wäre alles in Ordnung.

Sein Aftershave erfüllte die Luft im Auto. Er roch nach Minze. Sie schwiegen, bis er auf dem Highway anlangte. Dann sagte er: »Hast du es dir anders überlegt?«

Sie zögerte. »Nein. Ich bin froh, dass ich hier bin.«

»Du magst doch hoffentlich Mozart.«

»Sehr sogar.« Sie sah an ihm vorbei, als ein tiefergelegter Sportwagen sich links einreihte. Er war schnell, sexy, gefährlich. Aber nur ein Abklatsch der intensiven Kraft neben ihr. »Warum hast du mich heute Abend eingeladen, Adrian?«

Er sah erst sie an, dann blickte er wieder auf die Straße. »Du erinnerst mich daran, dass die Welt da draußen anders ist«, antwortete er einfach.

Während Billie wartete, holte Adrian eine Ledertasche und eine karierte Decke aus dem Kofferraum des Autos.

»Was ist da drin?« Sie betrachtete die teuer aussehende Tasche, die er sich jetzt über die Schulter schlang.

»Eine Flasche Chardonnay. Zwei Gläser. Trinkst du Weißwein?«

»Heute Abend schon.« Er würde ihre vibrierenden Nerven

beruhigen, und sein belustigter Gesichtsausdruck zeigte ihr, dass er das verstanden hatte.

Das Quartett saß auf einer Bühne am Fuße eines grasbewachsenen Hügels. Während die Musiker ihre Instrumente stimmten, erhoben sich die hohlen, schwermütigen Klänge von Cello und Violine in die Augustnacht, gleichzeitig misstönend und harmonisch.

Adrian fand ein abgelegenes Fleckchen unter einem knorrigen Hartriegel und breitete die Decke aus.

Billie nahm ein Glas Wein von ihm entgegen und setzte sich auf den weichen Boden, die Beine vor sich ausgestreckt. Glühwürmchen erfüllten die Dunkelheit mit ihrem schillernden Schein, segelten wie winzige Neontänzer auf der Brise. Der Wein, säuerlich und berauschend, kitzelte ihre Zunge. Sie hielt ihn im Mund, genoss ihn und ließ ihn langsam die Kehle hinabgleiten, damit er ihre überhitzten Sinne kühlte.

Adrian setzte sich neben sie, lehnte den Rücken an den massiven Baumstamm. Er stützte einen Ellbogen auf sein gebeugtes Knie und blickte auf sein Weinglas hinab. Dann musterte er sie. Sein Blick wanderte über ihr Haar, das sie an diesem Abend lockig trug. Es war wilder als sonst. Sie war wilder als sonst.

»Was denkst du gerade, Billie?«

Der Chardonnay hatte ihre Zunge gelöst, ebenso wie ihre Muskeln, hatte die oberste Schicht ihrer Hemmungen zum Verschwinden gebracht. »Hm … dass ich dem Stimmen der Instrumente fast genauso gern zuhöre wie dem eigentlichen Konzert.« Sie wandte den Kopf, um ihn direkter anzusehen. »Diese Konzerte finden jeden Sommer statt. Gehst du öfter hin?«

»Hin und wieder. Mir gefallen ein paar von den Indie-Bands, die hier spielen.«

»Und kommst du auch mit deinen Kundinnen her?«

»Niemals«, sagte er ernst. »Dieser Ort ist Welten vom Avalon entfernt.« Er rutschte auf der Decke hinunter, legte sich auf die Seite und stützte sich auf dem Ellbogen auf. Mit sanften Fingern wehte die Abendbrise über sein rabenschwarzes Haar. »Mein Vater hat mich als Kind schon mit hierhergenommen. An jedem vierten Juli gab es hier ein Konzert, ein Feuerwerk und eine Grillparty. Für mich hatte das immer einen ganz besonderen Zauber. Den hat es immer noch. Sich so weit entfernt von der Stadt zu fühlen, obwohl die Hochhäuser sich gleich hinter dem Hügel erheben.«

Billie dachte immer noch über die Bemerkung nach, die er über seinen Vater gemacht hatte. »Du bist also in Washington aufgewachsen?«

»In der Nähe.«

»Und leben deine Eltern immer noch hier?«

Adrian hob den Blick und musterte sie, als ob er darüber nachdachte, ob er ihr diese Information wirklich geben sollte. Dann verzogen sich seine Lippen zu einem Lächeln, und er wandte den Blick ab. »Jetzt leben sie in Miami. Ich stamme aus einer großen italienischen Familie. Ich habe drei sehr besitzergreifende Schwestern, die glauben, dass ich eines Tages mit einem netten, katholischen Mädchen sesshaft werde. Ich bin Skorpion, ich liebe Geheimnisse, und Halloween ist mein Lieblingsfest. Sonst noch was?«

»Ich habe bestimmt noch eine Million Fragen«, stammelte sie erstaunt. »Wirst du sie mir denn beantworten?«

»Wir könnten darüber verhandeln.« Er trank einen Schluck Wein, wobei sein Blick auf ihrem tiefen Ausschnitt ruhte. »Probier es doch aus.«

»Wissen deine Schwestern, was du tust?«

»Die eine, die in Bethesda wohnt, glaubt, dass ich mit organisiertem Verbrechen zu tun habe. Technisch gesehen hat sie damit ja auch recht. Sex gegen Geld ist illegal, und Azure leitet den organisiertesten Frauenclub, den es gibt.«

»Du streitest es also nicht ab?«

Er zuckte die Achseln. »Sie muss nicht wissen, was ich tue.«

»Und wenn sie es herausfindet?«

»Wird sie nicht«, sagte er, düster genug, dass sie das Thema fallen ließ.

Sie rutschte auf der Hüfte neben ihm herunter und sah ihn an, wobei sie sich auf den Unterarm stützte. Ihre Finger spielten mit dem Stiel ihres Weinglases. »Ich war Einzelkind«, sagte sie in dem verzweifelten Versuch, die plötzliche, unerklärliche Spannung zwischen ihnen zu vertreiben. »Meine Eltern ließen sich nach meiner Geburt scheiden. Ich wuchs bei meiner Mutter auf.«

»Und weiß sie, wie du dir deinen Lebensunterhalt verdienst?« Eine Spur von Spott war in seiner Stimme zu hören.

»Sie ist vor zwei Jahren verstorben. Krebs.«

»Das tut mir leid«, sagte Adrian sanft. »Siehst du deshalb immer so traurig aus?«

»Unter anderem.« Unter seinem prüfenden Blick fühlte sie sich nackt. Sie wandte den Kopf ab. »Sie war meine einzige Familie. Meinen Vater habe ich nicht gekannt. Er hat meine Mutter verlassen, als ich noch ein Baby war.«

»Hast du mal nach ihm gesucht?«

Diese Frage gab ihr einen Stich. »Nein. Ich habe darüber nachgedacht, aber tief im Innern bin ich einfach zu wütend auf ihn.« Sie zuckte die Achseln, nicht nur um ihre Trauer in Schach zu halten, sondern auch um Gleichgültigkeit zu demonstrieren. »Er könnte genauso gut tot sein.«

Er neigte sein Glas, ließ den Wein gefährlich nah an den Rand schwappen. »Er hat sich etwas entgehen lassen.«

Das war eine einfache Bemerkung, die die Wahrheit weniger schmerzlich erscheinen ließ.

»Warst du jemals verheiratet, Billie?«, fragte er nach einer kleinen Pause.

»Einmal war ich kurz davor. Aber es hat nicht funktioniert.«

Die Frage hatte sie verärgert, und ihre Muskeln verkrampften sich. Sie wollte das Thema wechseln, war allerdings nicht schnell genug, sodass er sagte: »Jetzt habe ich einen wunden Punkt getroffen. Du willst nicht drüber reden?«

»Ich will noch nicht mal drüber nachdenken.«

Er schwieg. Nun war sie wieder an der Reihe, und sie preschte mutig vor. »Hast du jemals Beziehungen zu anderen Frauen gehabt, Adrian? Ich meine, richtige Romanzen. Außerhalb des Avalon.«

»Einmal.«

Sie zog die Augenbrauen in die Höhe. »Nur einmal?«

»Es gab jemanden«, sagte er, ohne sie anzusehen. »Vor ein paar Jahren.«

»Erzähl mir von ihr.« Ihr Herz schlug dreimal so schnell, während sie auf seine Antwort wartete.

Er hob sein Weinglas an die Lippen und trank einen tiefen Schluck. Dann stellte er es wieder auf die Decke und ließ es langsam zwischen ihnen auf der Decke kreisen. »Sie war Wirtschaftsstudentin, ein intelligentes Mädchen aus gutem Haus. Ich lernte sie kennen, nachdem ich begonnen hatte, stundenweise für Azure zu arbeiten. Eine ganze Weile gelang es mir, sie von meinem Leben im Club fernzuhalten. Aber das Avalon ist eine eifersüchtige Geliebte. Schließlich kam die Wahrheit doch ans Licht.«

Billies Augen hingen an seinen Lippen. »Und sie hat dich verlassen?«

»Ja, sie verließ mich, weil ich ihr keine Wahl ließ. Ich glaubte, dass sie mir nicht so wichtig war. Ich glaubte, das Avalon mehr zu wollen als sie.«

Sein Gesicht wirkte düster. War das Bedauern? Trauer? Es war schwer zu sagen. Wieder regte sich unangebrachte Eifersucht in Billie. Also hatte er zumindest einmal schon eine Frau geliebt. Eigentlich hätte sie erleichtert sein sollen. Es machte ihn menschlicher, fehlbarer … greifbarer.

»Wie hieß sie?«, fragte sie, obwohl sie sicher war, dass er es ihr nicht sagen würde.

Eine ganze Weile gab er keine Antwort. Dann regte er sich und sah ihr in die Augen. »Noelle«, sagte er. »Sie hieß Noelle.«

»Du hast sie geliebt.« Es war eher eine Feststellung als eine Frage.

Zu ihrer Verwunderung lächelte Adrian. »Überrascht dich das?«

»Etwas vielleicht«, bekannte sie.

Wie in Trance richtete er seine Aufmerksamkeit wieder auf das Glas in seinen Händen. »Natürlich habe ich sie geliebt. Aber nicht genug.«

Billie musterte ihn, die Wölbung seiner Augenbrauen, das Spiel der Dunkelheit auf seinen Zügen, wie ein verhüllender Schleier auf seinem Gesicht. »Weißt du, du bist viel offener, als ich vermutet hätte. Auf jeden Fall offener, als du es warst, als wir uns zum ersten Mal im Avalon trafen.«

»Meine Finger waren in dir«, sagte er, hob den Blick und sah sie durchdringend an. »Ich habe dich zum Höhepunkt gebracht. Ich glaube, dann kann man schon ein paar persönliche Details austauschen, oder nicht?«

Verlangen reizte ihre Sinne, und sie brachte keinen Ton heraus. Ihre Wimpern schlossen sich bebend, als er die Hand durch ihr Haar gleiten ließ und es ihr aus dem Gesicht strich. »Das ist schön«, sagte sie und schmiegte sich an seine liebkosende Hand. Ein Understatement. Selbst so eine lässige Berührung brachte ihre Nervenbahnen von Kopf bis Fuß zum Brennen.

»Du bist so empfänglich.« Seine Stimme umfing sie, verführerisch und faszinierend. »Dein Blut ist so heiß, nicht wahr, Billie?«

Sie öffnete die Augen und versuchte, ihn anzusehen. »In manchen erfreulichen Augenblicken.«

Sein Lächeln wurde breiter. »Was genießt du denn noch außer Mozart und dem Stimmen von Instrumenten?«

Sie setzte sich auf, leerte ihr Weinglas und reichte es ihm, damit er ihr erneut eingoss. »Ich liebe Sommerabende wie diesen. Und Abende wie Montagabend in deiner Wohnung.«

Als er die Weinflasche wieder verschloss und ihr das Glas wiedergab, berührten seine Finger die ihren. »Was sonst noch?«

»Ich liebe die Art, wie du mich ansiehst. Wie du mich berührst. Ich will dir diesen Gefallen erwidern, Adrian. Siehst du eine Chance, dass wir heute Abend noch so weit kommen?«

»Wie wäre es mit gleich?«, fragte er gelassen.

Billie stellte sich vor, wie sie genau das tat, wie sie sich über ihn legte und ihn verschlang, während die Umstehenden sie anstarrten und vor Entsetzen die Luft anhielten. »Aber hier sind überall Leute«, flüsterte sie, und das Herz tanzte in ihrer Brust.

»Umso besser.« Er lehnte sich wieder an den Baum und rieb die Decke neben sich. Die Schatten hatten sein Gesicht vollkommen verhüllt. Das Einzige, was sie erkennen konnte, war das Funkeln seiner Augen. »Kommen Sie her, Ms. Cort.«

Ihr Körper bewegte sich von selbst, angezogen von seiner Hitze und seiner sinnlichen Verheißung. Als sie auf ihn zurückte, nahm er ihr das Weinglas aus der Hand und stellte es beiseite. Dann machte er zwischen seinen Schenkeln Platz für sie und zog sie an sich, die Hand unter ihrer Brust, ein langes Bein an der Außenseite ihrer Schenkel, während sie sich an seinen schützenden Körper lehnte.

Für Zuschauer sahen sie wie ein zärtliches Paar aus, das sich hier niedergelassen hatte, um dem Konzert zu lauschen.

Aber in Billies Körper fand eine ganz andere Art von Konzert statt. Jeder einzelne Nerv vibrierte und sang, als er ihre Hand umfing, sie an seine Lippen führte und jeden einzelnen Knöchel küsste. Dann führte er diese Hand hinter ihren Rücken und zwischen seine Beine. Durch den schweren Stoff seiner Hose spürte sie seine Erektion, dick und hart wie Granit. Als ihre Finger sie berührten und sie ungeschickt umfassten, wogte die Schwellung ihr förmlich entgegen.

Auf der Bühne, die am Fuße des Hügels kauerte, begann das Quartett, ein schwieriges Menuett anzustimmen.

Schnell ließ Billie den Blick über die anderen Zuschauer wandern, aber keiner schien das Feuer zu bemerken, das sich zwischen ihrer Berührung und Adrians Körper entzündet hatte. Er saß so still hinter ihr. Der einzige Beweis seiner wachsenden Erregung war sein unregelmäßiger Atem an ihrer Wange, seine Lippen an ihrem Ohr, zwickend, leckend, liebkosend.

Eine Gänsehaut bildete sich in ihrem Nacken. Ihr Körper schmolz in ihrem Kleid, Verlangen sickerte in dunkle, verborgene, sehnsüchtig schmerzende Orte. Im Schutz der Nacht wanderte seine Hand von ihrem Brustkorb hinauf zu ihrer linken Brust. Sein Daumen fuhr über ihren Nippel, vor und zurück in schnellen, fieberhaften Strichen, die von seiner wachsenden Leidenschaft zeugten.

Irgendwo tief im Nebel von Billies Bewusstsein spann Mozart sein magisches Netz aus Noten, eine makellose Kulisse für Adrians lüsterne Umarmung.

Sie blickte hinab und entdecke den Umriss seiner Finger auf der Wölbung ihrer Brust. Wie konnte sie sich jemals mit der Möglichkeit abfinden, dass diese wundervollen Hände womöglich Lucien DeChambeau über die Balkonbrüstung gestoßen hatten? Hier in der Nacht, überschäumend vor Verlangen, war es leicht, die Möglichkeit der Gefahr zu vergessen, die Erkenntnis, dass sie ihn eigentlich gar nicht kannte, nicht wirklich. Der morgige Tag mochte eine noch viel hässlichere Wahrheit ans Licht bringen als die, dass sie in Bezug auf Adrian verletzlich war. Doch das akzeptierte sie. Im Augenblick konnte sie vergessen, dass die Dunkelheit über dieser unbestimmten, frischgebackenen Beziehung lag und nur darauf wartete, die Verheißung zu zerstören.

Sie wandte den Kopf, fand die markante Linie seines Kinns und rieb ihre Nase daran, suchte blind nach seinem Mund. Er umfasste ihr Kinn, saugte den Atem von ihren Lippen und umfing sie schließlich mit langsamer, brennender Bedachtsamkeit. Und die ganze Zeit über streichelte sie ihn, registrierte die wachsende Härte seiner Erektion, zählte unter dem rhythmischen Druck ihrer Hand die schweren Schläge seines Herzens, die das Blut in seine Männlichkeit trieben.

Mozart umflutete sie, hauchzarte Spinnweben aus Melodie, die nicht zu dem pulsierenden Verlangen passen wollten, das Billie durchwogte, als ihr Nacken sich unter seiner Hand nach hinten wölbte und ihre Zungen sich in wildem Tanz bewegten. Niemand hatte sie jemals so wie Adrian geküsst. Billie hatte nicht gewusst, dass man mit dem Mund Sex haben konnte, und die geschmeidige Paarung der Zungen und Lippen war heißer als alles andere.

Sie lehnte sich weiter an ihn, vergrub die Finger in seinem dicken Haar, zerzauste es, keuchte vor urtümlicher Verzweiflung, als ihr Mund sich ihm noch weiter öffnete, seine Zunge noch beharrlicher wurde. Mit voller Hingabe erwiderte sie seinen Kuss und fand Triumph, das Gefühl weiblicher Macht, in dem leisen Laut, der sich grollend seiner Kehle entrang.

Nur weil sie Atem schöpfen mussten, unterbrachen sie das rasende Vögeln ihrer Münder.

»Mein Gott, Billie«, keuchte Adrian atemlos, während er Küsse auf die Wölbung ihres Nackens hauchte. »Was tust du mit mir?« Zum ersten Mal in den paar Tagen, da sie ihn kannte, lachte er, aber es war ein heiserer, ungläubiger Laut, ohne jeglichen Humor.

Sie rückte zur Seite, um ihn über die Schulter besser ansehen zu können, strich ihm das Haar aus der Stirn und fuhr mit den Fingern seine fein gemeißelten Züge nach. »Was es auch ist, wir tun es miteinander. Ich will mit dir schlafen, Adrian. Nimmst du mich heute Abend mit zu dir nach Hause?«

»Nein.«

Die Luft um sie herum kühlte merklich ab.

»Nein?« Sie zog sich zurück, tief getroffen von seiner unerwarteten Antwort. »Aber …«

»Tut mir leid. Ich kann nicht.« Sein Kinn wurde hart, das Glimmen seiner Augen erlosch. »Ich werde dich nicht mitnehmen.«

Die Musik verebbte ebenso wie ihre dunkle Lust. Die erste Komposition war beendet, und die auf dem Hügel verteilten Zuschauer neben ihnen applaudierten.

Billie wandte den Blick zur Bühne und klatschte ebenfalls höflich, aber im Innern hatte sich seine Zurückweisung wie eine eisige Wolke über ihre Leidenschaft gelegt, und die Kälte drang ihr bis ins Mark.

9

Als das Konzert vorbei war, saß sie eisern schweigend neben ihm, kauerte mit den Knien an der Brust, so weit von ihm entfernt, wie sie konnte, ohne die Decke zu verlassen. Sie war weniger verletzt als entrüstet. Was war das für ein Spiel? Warum zum Teufel hatte Adrian sie hier in dieses Konzert gelockt, sie geküsst und sexuell erregt, sein beeindruckendes Repertoire vor ihr enthüllt und sie dann abgewiesen?

Dem weinseligen Nebel folgte Zorn, und sie sah schmerzlich klar. Sie steckte die beiden leeren Gläser zurück in die Ledertasche, brachte die Flasche in einen Müllcontainer und wartete mit verschränkten Armen – das Herz geschützt – darauf, dass Adrian die Decke ausschüttelte und zusammenfaltete.

Schweigend gingen sie auf die Lichter des Parkplatzes zu.

»Billie«, sagte er schließlich, »was willst du von mir?«

»Ich bin sicher, es würde dich sofort beruhigen, wenn die Antwort *heißer, animalischer Sex* lauten würde«, blaffte sie.

»Aber ich würde wissen, dass das nur ein Teil des Ganzen ist.« Seine ruhige Stimme goss nur noch Öl ins Feuer. »Also sollte ich vielleicht fragen, was du sonst noch von mir willst?«

Sie sah ihn mit verengten Augen an. »Die Frage sollte lauten, was du von mir willst.«

»Ich wollte heute Abend deine Gesellschaft. Und jetzt will ich, dass du dir ins Gedächtnis rufst, was ich bin, bevor wir es beide vergessen.« Er packte ihren Ellbogen, damit sie stehen blieb. »Vielleicht habe ich dich in die Irre geführt.«

Sie warf ihm einen ungläubigen Blick zu. »Ach wirklich? Das, was du da gerade mit deiner Zunge gemacht hast, hat mich schon vor ein paar Abenden aus dem Konzept gebracht. Halte mich von mir aus für bescheuert, aber danach habe ich mir doch tatsächlich eingebildet, dass zwischen uns irgendetwas wäre. War dumm von mir. Ich hatte vergessen, was du bist, aber plötzlich ist es mir wieder eingefallen.«

Direkt vor ihnen schlenderte ein älteres Pärchen, Schulter an Schulter, die Finger ineinander verschlungen. Auf dem ganzen Rasen bummelten Liebende miteinander durch die Nacht, träumerisch vom Nachhall der mozartschen Klänge.

»Warum hast du mich heute Abend überhaupt hierhergebracht?«, fragte sie, jetzt zwei Schritte vor ihm. »Du musstest doch wissen, wie es letztlich enden würde.«

»Ich wusste nicht, wie es enden würde. Ich wollte sehen, ob ich recht hatte.«

»Im Hinblick worauf?« Sie versuchte schneller zu gehen, aber er packte ihre Hand und brachte sie erneut zum Stehen.

»Du hattest noch nie einen One-Night-Stand, nicht wahr, Billie? Du hast niemals einfach nur der Lust nachgegeben und bist bei Sonnenaufgang geflüchtet.«

»Nein, zum Teufel, nein«, fügte sie wütend hinzu. Sie widerstand dem Impuls, sich seinem Griff wie ein streitlustiges Kind zu entwinden. »Dazu habe ich viel zu viel Selbstachtung.«

»Ich habe keine Beziehungen. Sie zerbrechen, noch bevor sie richtig angefangen haben. Sex mischt sich in alles, was ich tue. Er besudelt alles. Ich werde nicht mit dir schlafen, egal, wie sehr ich es will.«

Schließlich entzog sie ihm ihre Hand doch. »Witzig, wenn man bedenkt, wo du vor ein paar Abenden mit deinem Mund warst.«

»Du hast recht. Vor ein paar Tagen dachte ich noch …« Er räusperte sich. »Ich habe anders empfunden.«

»Was kann innerhalb von vier Tagen wohl passiert sein, das mich zur Unberührbaren macht?« Entsetzt bemerkte sie, dass ihre Stimme tränenerstickt klang. Dieser Mann bedeutete ihr jetzt schon viel zu viel. Und warum? Nur jemand, der sich unbedingt selbst bestrafen wollte, fiel auf einen Gigolo herein.

»Vielleicht hätte ich heute Abend weniger direkt reagieren sollen«, fügte sie hinzu, und eine neue Woge des Zorns riss die Wunden wieder auf. »Ich wette, dass sich noch nie eine geziert hat, um dich rumzukriegen. Du magst Spielchen. Hätte ich mit dir spielen sollen?«

»Das ist es nicht.« Seine Stimme sagte ihr, dass er zutiefst verärgert war. Gut, verdammt noch mal. Sie wollte ihn provozieren, ihn zwingen, etwas anderes zu zeigen als die aalglatte, sexy Distanziertheit, die er als Avalon-Begleiter kultivierte.

»Was ist es dann?« Sie machte einen Schritt auf ihn zu, innerlich zitternd, aber energisch und beharrlich. »Komm schon. Du hast hier doch nichts zu verlieren. Sag's geradeheraus. Was hab ich getan?«

»Du hast mich geküsst, als ob es dir ernst sei«, sagte er ausdruckslos, »und es hat mir gefallen.«

Sie schloss den Mund.

Das sanfte Glühen der Parkplatzbeleuchtung erhellte nur eine Gesichtshälfte, sodass sie seinen Ausdruck nicht wirklich sehen konnte, als er fortfuhr: »Ich habe viel über das nachgedacht, was in meiner Wohnung vorgefallen ist, und ich werde nicht lügen. Ich wollte mehr. Ich wusste, dass es ein Risiko sein würde, dich wiederzusehen, aber das hier habe ich nicht erwartet.«

»Was meinst du mit ›das‹?« Sie bemühte sich, ihre Stimme leise und fest zu halten. »Sag schon, Adrian!«

»Es fühlt sich langsam an wie eine Beziehung.«

Billie wollte an ihrer Empörung festhalten, aber sie entglitt ihr, wurde durch sanfte Verwirrung abgelöst. »Du sagst das, als ob das etwas Frevelhaftes wäre.«

»In meiner Branche ist es das.«

»Aber ich bin keine von deinen Kundinnen.«

»Dann hast du keinen Platz in meinem Leben.« Er hielt die Decke dicht an den Körper. »Tut mir leid, wenn ich dich in die Irre geführt habe, indem ich dich heute Abend hierher eingeladen habe. Es war ein Fehler.«

Sie gingen wieder weiter.

Statt beleidigt zu sein, betrachtete Billie ihn näher, als sie einen Lichtkegel durchquerten. Trotz seines bedächtigen Tones sah er … verärgert aus. Seine Haut war gerötet. Sein Haar war zerzaust durch ihre Liebkosung, sein Mund immer noch wund von ihrem Kuss. Er hielt die Decke an seine Brust wie einen Schild.

»Du Feigling«, sagte sie langsam und hielt ihn auf. »Du empfindest etwas für mich, nicht wahr? Und das macht dir verdammt viel Angst.«

»Mein Gott, Billie.« Ein betrübtes Lächeln spielte um seinen Mund, als ob er sie bemitleidete. Das wollte er sie glauben machen, dass sie die Bemitleidenswerte war. Aber plötzlich erkannte sie, was tatsächlich in ihm vorging. Sie erkannte, wie verletzlich er war. Wie konnte er seinen Lebensunterhalt auf diese Weise verdienen und nicht vollkommen verkrüppelt sein, wenn es um Intimität ging?

Mit ihren dreiunddreißig Jahren hatte Billie keine Lust, einen Mann wieder so lange aufzupäppeln, bis er emotionale Gesundheit erlangt hatte. Aber diesen Mann … diesen Mann mochte sie. Etwas tief in ihrem Innern sagte, dass er die Mühe wert war, und heute Abend wünschte sie sich nichts mehr, als dieser Stimme zuzuhören.

»Adrian.« Mit pochendem Herzen umfing sie seine Hand. »Es war ein wundervoller Abend. Ich will nicht, dass er so endet.«

»Ich nehme dich nicht mit zu mir nach Hause.« Seine Stimme klang unnachgiebig, obwohl seine Finger ihren Griff erwiderten.

»Das verstehe ich.« Sie zog ihn widerstandslos von dem Pfad fort, auf einen kleinen Wald zu, wo sie ihm die Tasche mit den Weingläsern und die Decke abnahm. Bleiches purpurnes Licht ergoss sich durch die Zweige vom Parkplatz aus. Sie konnte sein Gesicht jetzt deutlicher erkennen, und die Unsicherheit darin erstaunte und rührte sie. »Ich will nichts von dir.«

»Gut.« Ein Muskel an seinem Kinn zuckte und war ein direkter Kontrast zu der stählernen Gleichgültigkeit seiner Antwort.

»Außer, dass du mich in den Arm nimmst.« Ein paar Schritte in die Schatten hinein, die Bäume wuchsen dicht an dicht wie Wachtposten, hielten die Welt fern. Dort schlang sie ihren Arm um seinen Hals und hauchte eine sanften, zärtlichen Kuss in seine Kehle, wo die Haut warm und ein wenig salzig unter dem kurzen Lecken ihrer Haut schmeckte. »Und zwar nicht so, wie du sie um deine Kundinnen legst.«

»Anders kann ich es nicht.«

»Das glaube ich dir nicht. Und es gibt noch etwas, das ich dir nicht glaube.«

»Ich fürchte mich fast davor zu fragen«, sagte er trocken und stemmte die Hände in die Hüften.

»Ich glaube nicht, dass du wirklich nicht willst, dass ich dich mag.«

»Ich habe dich nicht darum gebeten, damit anzufangen. Das ist ein Fehler.« Sein Ton war hölzern. »Du kennst mich doch nicht mal, Billie.«

»Doch, das tue ich.« Ihre Finger glitten an seinem Hemd entlang, über den stählernen Brustmuskel und die weiche Baumwolle, bis sie seinen Gürtel erreichte. »Ich kenne dein Gesicht, dein Lächeln, deinen Duft. Du duftest wunderbar«, flüsterte sie an seinem Hals. »Du fühlst dich … unglaublich an.«

Sein Adamsapfel hüpfte auf und nieder, seine Hände umfingen ihre Taille fester. »Was also willst du tun? Dich hier und jetzt in die Büsche fallen lassen und loslegen?«

»Nein.« Ihre Hände wanderten unter seine Arme, an den Seiten herab und trafen sich dann wieder in seinem Kreuz, ertasteten den starken Muskel, die Stärke und den Zorn seines schlanken Körpers. Ihre Lippen liebkosten die Höhlung an seiner Kehle, beruhigend, mit der Wahrheit versöhnend. »Ich will dich einfach nur schmecken. Ich will, dass du dich ebenso gut fühlst, wie ich es in deiner Wohnung tat.«

»Mein Gott, Billie«, stöhnte er erneut, und sie spürte, wie sein Widerstand diesmal dahinschmolz. Sie zog sich leicht zurück und ließ die Hand seinen Hosenschlitz hinabgleiten, wo sein Fleisch bereits zum Leben erwacht war, gleichzeitig hart und fordernd.

»Ich will dich berühren«, sagte sie in sein Ohr.

»Das hast du doch schon«, flüsterte er.

Sie presste eine Hand gegen seine Brust und drängte ihn weiter in die Schatten hinein, wo die Dunkelheit sie vollkommen verschluckte. Sie wusste, dass er wieder zu Bewusstsein kommen und sie von sich stoßen konnte, löste seinen Gürtel mit zitternden Fingern, ließ den Reißverschluss hinabgleiten und langte in seine Unterhose nach dem beeindruckenden Beweis seines Verlangens. Der Rausch des Blutes und der Hitze in ihrer Hand ließ sein Glied anschwellen, beschleunigte seinen Puls, bis er an ihrer Hand wogte und im gleichen Rhythmus wie ihr eigenes dahinjagendes Herz schlug.

»Adrian«, sagte sie, erstaunt und ein wenig beklommen, als sie ihn in der Dunkelheit maß, »du bist so hart.«

»Den ganzen Abend schon.« Seine Stimme klang heiser. »Ich scheine es mit dir nicht unter Kontrolle zu haben.«

Wonne durchflutete sie, und obwohl sie seine Augen nicht sehen konnte, bestätigte sein heftiger Atem seine Worte.

»Gefällt dir das?«, fragte sie, wohl wissend, dass er an ihrer Stelle das Gleiche gefragt hätte. »Erregt dich das, wenn du so hier draußen berührt wirst, wo wir jederzeit erwischt werden können?«

»Ja.« Er stieß ihre Finger einen Augenblick lang beiseite, um seine Erektion aus seiner Unterhose zu befreien. Dann führte er sie zurück an sein brennendes Fleisch, das tatsächlich noch härter geworden war, und eine Woge des Verlangens brandete durch ihren eigenen Körper.

Sie brauchte noch mehr von ihm. Sie musste noch mehr schmecken. Noch mehr berühren. Mit ihrer freien Hand öffnete sie seine Hemdenknöpfe, bis seine gebräunte Haut vor ihr im Dunkeln entblößt war. Sie beschrieb einen Pfad sanfter, langsamer Küsse von seiner Kehle bis zu seiner Brust. Mit der einen Hand streichelte sie seinen Schwanz, die andere ließ sie um seine warme, geschmeidige Seite bis zum Rücken gleiten und ertastete das Spiel und die Anspannung seiner Muskeln, je erregter er wurde.

Der Duft seiner Haut erfüllte ihre Sinne wie Ambrosia, sinnlichheiß und sauber und süß. Er erschauerte; eine Gänsehaut überzog seinen heißen Oberkörper und die schlanken Muskeln, als sie seiner nackten Brust durch die sanfte Berührung ihrer Lippen und Zunge huldigte. Und sie konnte immer nur eines denken: Ich will mehr. Er war eine Droge für ihre überhitzten Sinne. Ein ursprüngliches Verlangen, wie nach Nahrung, Wasser und Luft.

Als sie seinen Körper hinabglitt, hielt er sie am Arm fest. »Nein. Nein, Billie.«

»Doch.« Sie kniete vor ihm nieder, die trockenen Blätter knisterten unter ihrem Gewicht. »Ich sorge dafür, dass du mich um mehr anbettelst, genau wie ich dich.«

Adrian stand da wie eine Statue, eine Hand immer noch um ihren Oberarm, die andere in ihrem Haar vergraben. Seine Finger bewegten sich krampfartig. Verfingen sich in ihren Locken, als sie die Spitze seiner Männlichkeit in den Mund nahm und sanft mit der Zunge liebkoste, voller Angst, dass er sie davon abhalten würde, ihm die gleiche Lust zu bereiten wie er ihr vor vier Nächten.

Als sie innehielt, um zu ihm aufzublicken, um seinen Gesichtsausdruck zu deuten, strich er ihr eine Locke aus dem Gesicht und legte seine Hand auf ihre Wange. Zögerliche Dankbarkeit vielleicht. Die Erlaubnis weiterzumachen. Sie schloss die Augen und ließ ihn wieder in ihren Mund hinabsinken. So weit wie möglich.

Sein scharfes Einatmen zerriss die Luft, aber er sagte nichts. Er bewegte sich wie ein ruheloses Streitross, ertastete den breiten Stamm des Baumes hinter sich und stützte sich daran ab, während sie sich genug zurückzog, um ihre Zunge an dem empfindlichen Grat an der Unterseite seiner Erektion entlanggleiten zu lassen. Seine Finger packten ihr Haar fester, in ihren Fingern, im Innern ihres Mundes pulsierte es.

Sie ließ die Zunge um die Spitze wirbeln, schmeckte einen Tropfen seiner Essenz, ein wenig salzig und absolut männlich, nahm seinen Schwanz, so weit es ging, in den Mund und ließ ihn dann in verführerisch-reizendem Rhythmus wieder hinausgleiten. Er war groß, stahlhart und verbrannte die zarte Haut in ihrem Mund. Blut rauschte in schnellem Takt durch seine stahlharte Männlichkeit; mit jeder Bewegung ihrer Lippen wogte es grimmiger, zeigte ihr die Wildheit seiner Empfindungen, die ihre Hände bei ihm hervorriefen.

Billie hatte sich nie für besonders fähig gehalten, einem Mann auf diese Weise Lust zu bereiten, aber er schmeckte so gut, so exotisch, so verführerisch, dass sie ihn verschlingen wollte. Sie ließ sich ganz von ihrer Lust und ihrem Instinkt leiten, nahm ihn wieder in sich auf, spielte mit ihm, ließ die Zunge und die Zähne leicht darübergleiten, genoss das Schaudern des Körpers über ihr.

»Wenn du nicht aufhörst«, keuchte er, »dann werde ich kommen.«

Ein Schauern der Ekstase durchfuhr Billie. Sie umfing ihn noch heftiger, ließ die Finger im gleichen Rhythmus wie ihren Mund auf und ab gleiten. Stetig, fest. Wurde schneller, als sein Atem schneller ging. Härter, als er stöhnte. »Härter … ja, Billie.«

»Bitte mich«, flüsterte sie und hielt lang genug inne, um ihren heißen Atem über die pulsierende Hitze seiner Erektion zu hauchen. Er zuckte protestierend.

»Bitte.« Seine Hand legte sich über die ihre, sodass sie ihn fester umfing. Er führte sie in einen fieberhafteren Rhythmus, und sie glitt vom Fuß des Schafts bis zu seinem Kopf vor und zurück. »Nimm mich in den Mund.«

Hier im Wald stand nicht Adrian aus dem Avalon, der unter ihrem Mund und ihrer Hand erschauerte. Dieser Adrian war jemand anderer, der begehrte wie jeder Mann, erschauerte wie jeder Mann, der unter den zärtlichen Liebkosungen einer Frau wie jeder Mann erbebte.

Die Zeit der Worte war vorbei, wurde von grimmigem Schweigen verschluckt. Seine Finger fuhren in wilden, fieberhaften Kreisen durch ihr Haar, immer schneller, während auch sie ihn immer schneller aus ihrem Mund hinaus- und wieder hineingleiten ließ. Sie legte die freie Hand auf seine glatte Hüfte, schob seine Kakis und seine Unterhose auf die Schenkel herab und packte sein nacktes Gesäß, wo sich die Muskeln mit jedem drängenden Stoß zwischen ihre Lippen anspannten. Schneller, immer schneller.

Tiefer.

Vielleicht dachte sie es nur. Vielleicht sagte er es auch. Aber eigentlich musste er nichts sagen. Instinktiv wusste sie, was er wollte, was ihm Lust bereiten würde, und sie gab es ihm von ganzem Herzen.

Ein unverständlicher Laut entrang sich seiner Kehle, ein erstickter Schrei, der süße Klang einer Befriedigung, die kaum zu ertragen ist. Eine Sekunde später, als er in ihren Mund hineinpulsierte, vergrub sie die Finger in seine Hüfte und hielt ihn dort fest, tief hinten in ihrer Kehle, und sie schluckte seinen Saft. Das hatte sie noch nie für einen Mann getan, aber sie wollte Adrian alles geben. Sie wollte alles, was er geben konnte.

Als das letzte Vibrieren seinen Körper durchzuckte, ließ er sich gegen den Baum sinken, packte ihren Ellbogen und zog sie wieder auf die Füße.

»Billie«, flüsterte er.

Sonst nichts. Aber zwischen ihnen schwangen Millionen von Gefühlen hin und her, ritten auf dem Rücken dieses einen atemlosen Wortes. Und dann schob er die Finger in ihr Haar, suchte in der Dunkelheit ihren Blick und umfing sie mit seinen Lippen, küsste sie mit verzweifelter Dankbarkeit, bis sie ganz wund war. Bis sie nichts mehr denken konnte außer: Sie würde nie wieder die Gleiche sein.

Die Luft in dem BMW vibrierte vor unausgesprochenem Gefühl. Billie wollte jetzt kein bedeutungsloses Gespräch führen; sie war erschöpft, erfüllt und mehr als nur ein bisschen beeindruckt von sich selbst. Heute Nacht hatte sie die Grenze überschritten, die ihr alltägliches Leben beschränkte. Sie hatte die Hand nach dem ausgestreckt, was sie haben wollte, und es sich genommen, hatte ihn genommen. Egal, welchen Preis sie dafür würde bezahlen müssen, er war es wert.

Neben ihr lenkte Adrian das schlanke Gefährt durch den spärlichen Mitternachtsverkehr, wobei seine Züge in gleichmäßigem Rhythmus von den Straßenlaternen beleuchtet wurden. Luther Vandross erfüllte das Schweigen mit sanften, bittersüßen Klängen. Adrian hatte die CD in die Stereoanlage gespeist und ihr damit einen neuen Blick auf seine Persönlichkeit gewährt. Er mochte auch die Rolling Stones, entdeckte sie, als er den CD-Halter auf die Konsole zwischen ihnen legte und sie sich öffnete: Janis Joplin. Bruce Springsteen. Die Red Hot Chili Peppers. Die ganzen Klassiker.

Lässig umfing er das Steuer mit einer Hand, während die andere auf seinem Oberschenkel ruhte. Als er das Auto an einer Ampel anhielt, wandte er den Kopf, und ihre Blicke trafen sich. Er dachte immer noch an das, was zwischen ihnen im

Wald geschehen war. Sie sah es an der Art, wie er die Wimpern niederschlug, an dem leichten Runzeln seiner Augenbrauen. Aber sie konnte nicht sagen, ob er erfreut oder verwirrt war.

Die Antwort kam, als er sie zu ihrem Wohnhaus fuhr, statt sie mit sich nach Hause zu nehmen. Er lenkte den BMW durch die kreisförmige Einfahrt und parkte, während sie den Gurt öffnete, sich ihre Tasche schnappte und, ohne ihn anzusehen, nach dem Türgriff langte.

Ihre angesäuselte Selbstzufriedenheit fiel komplett in sich zusammen. Und so ist schon wieder Schluss damit – mit einem lauten Knall, dachte sie und unterdrückte ein Weinen.

»Na ja«, sagte sie, einen Fuß schon in der Tür. »Danke, dass ich dich berühren durfte. Ob du es glaubst oder nicht, ich brauchte es mehr als du.«

»Billie.« Seine Finger strichen über ihren Rücken, über die nackte Haut ihres tiefen Ausschnitts, und sie wandte sich um und sah, dass er sie mit dunklen, unergründlichen Augen musterte. »Was wirst du in deinem Artikel schreiben?«

»Die Wahrheit. Alles, was du mir erzählt hast. Alles, was ich gesehen habe.«

»Was im Park geschehen ist, ist absolut persönlich.«

Ein bedauerndes Lächeln spielte um ihren Mund. »Vielleicht gäbe das meinem Artikel die besondere Note.«

»Wirst du es erwähnen?«

»Keine Ahnung.« Sie betrachtete die perlenbesetzte Tasche in ihrem Schoß. »Warum ist das wichtig?«

»Du kannst in deinem Artikel schreiben, was du willst«, sagte er leise. »Aber es hat seinen Preis.«

Billie warf ihm einen grimmigen Blick zu. »Neulich hast du mir gesagt, dass es dir egal ist, was ich schreibe. *Erzähl alles*, hast du gesagt.«

»Ich habe meine Ansicht geändert.«

»Du spielst nicht fair.«

Sein Mund zuckte. »Oralsex im Park war auch nicht fair.«

Billie wollte ihm widersprechen, doch angesichts seiner entwaffnenden Offenheit konnte sie, wie üblich, keinen klaren Gedanken fassen. Sie starrte durch die Windschutzscheibe und sagte zögernd: »Du willst damit sagen, dass ich dir etwas schuldig bin, wenn ich darüber schreibe, was zwischen uns geschehen ist?«

»Stimmt genau.«

»Mein Gott …« Vor Frustration und Verwirrung ballte sie die Hände zu Fäusten. »Was hast du nur immer mit deinen Schulden und Verpflichtungen? Ich habe dir alles in meiner Macht Stehende gegeben, aber offenbar war das nicht genug. Ich bin nicht genug. Ich verstehe nicht, warum du noch mehr von mir willst.«

»Ich bin ein Callboy«, sagte er mit der gleichen ruhigen Stimme, die sie zur Weißglut brachte. »Alles Wertvolle, das du von mir nimmst, hat seinen Preis.«

Ihr Herz setzte unerwartet einen Schlag aus. »Bedeutet dir denn das, was heute Abend zwischen uns passiert ist, etwas, Adrian?«

»Sollte es das denn?«

Ihr Rücken versteifte sich. »In meinen Augen ja. Ich bin keine einsame, unzufriedene Politiker-Ehefrau. Ich brauche keinen gelegentlichen Sex mit dir, noch will ich ihn. Ich wollte nur deine Geschichte hören. Und nun schau, was passiert.«

Er runzelte die Stirn. »Was passiert denn genau, Billie?«

Noch mehr Spielchen. Sie öffnete die Lippen, dann schloss sie den Mund wieder und begann auszusteigen. »Danke für das Konzert. Ich gehe jetzt.«

»Billie.«

»Nein«, sagte sie, obwohl sie die Beine wieder ins Auto zurückschwang und herumwirbelte, um ihm ins Gesicht zu sehen. »Du bist ein richtiger Mistkerl, Adrian.«

Sein verwirrter Gesichtsausdruck brachte ihre wütende Entschlossenheit ins Wanken. »Und du bist nicht wie die Frauen, die ich kenne. Du bist unsicher und liebevoll und aufrichtig, was deine Gefühle angeht. Ich fühle mich unbehaglich mit dem, was du von mir willst.«

Sie versuchte, den Kloß in ihrem Hals herunterzuschlucken, allerdings ohne Erfolg. »Darf ich jetzt gehen?«

»Ich denke dann, dass ich es auch will.«

Billie schloss die Augen, zählte im Takt zu ihrem wild pochenden Herzen bis fünf und öffnete sie wieder. »Verdammter Kerl ...« Sie schwang sich über die Konsole, um ihren Mund auf seine erwartungsvollen Lippen zu pressen.

Sie küssten sich lang, heißhungrig und zugleich wütend. Er umfing ihre Hand, presste sie an seine Brust, wo sie sein Herz spürte, stetig und immer schneller werdend. Sofort wurde ihr Kuss weicher, sanfter, ein wenig reumütig, mit einem Schuss zögerlichen Verlangens.

»Wenn du über uns schreibst«, sagte er atemlos und lehnte seine Stirn an die ihre, »bist du mir was schuldig.«

»Eine Hand wäscht die andere.« Sie küsste ihn erneut, ihre Lippen klebten an den seinen. Nie hatte ein Mann besser geschmeckt als er. »Was soll ich dir diesmal geben, Adrian? Meine Seele? Mein erstgeborenes Kind?«

»Irgendetwas«, antwortete er. »Ich rufe dich an, wenn ich es weiß.«

10

Adrian schob die Vorhänge in seinem Schlafzimmer im Avalon beiseite und blinzelte in die pralle Morgensonne. Er hatte verschlafen, hatte den leisen und doch durchdringenden Anruf von Azures Sekretärin, Maria, ignoriert, der ihn wecken und ihm helfen sollte, seine Kundin hinauszubegleiten.

Übernachtungsgäste waren im Avalon selten. Adrian hatte sich aus reinem Eigennutz in letzter Minute auf eine Übernachtung der renommierten Strafverteidigerin Magda Himmelman eingelassen. Er brauchte rechtlichen Beistand. Die Erkenntnis hatte ihn voller Bestürzung und Schrecken gestern getroffen, als Detective Hales mit den Neuigkeiten bei ihm aufgetaucht war.

Senatorin Gwendolyn Campbell hatte geleugnet, jemals in ihrem keuschen, aufrechten Leben im Avalon gewesen zu sein, schon gar nicht in der Nacht, in der Luke von Adrians Balkon gestürzt war. Es gab auch keinerlei Aufzeichnungen im Club, die seine beharrliche Behauptung stützten, wem er an diesem Abend Vergnügen bereitet hatte. Jemand hatte alles ausradiert.

Obwohl ihn das nicht überraschte, machte es ihm den Ernst seiner Lage noch einmal so richtig bewusst. Er hatte kein Alibi. Und Azure war offensichtlich nicht bereit, alles, was sie erreicht hatte, aufs Spiel zu setzen, nur um einen der Begleiter zu schützen. Insbesondere nicht, wenn es um die Privatsphäre einer einflussreichen Persönlichkeit ging.

Er schrak auf, als Magda träge die Arme von hinten um seine Taille schlang.

»Woran denkst du gerade?« Ihre Stimme war allzu gelangweilt, ihre Berührung allzu besitzergreifend, als sie die Wange an seinen nackten Rücken presste.

»Wir haben verschlafen«, sagte er.

Es war Zeit für sie zu gehen.

Sie spürte seine Unnahbarkeit, ließ ihn los und sammelte ihre Klamotten ein. Während sie duschte und sich ankleidete, zog er eine Jogginghose über und kochte ihr eine Tasse Kaffee. Kein anderer Begleiter bot seinen Übernachtungskundinnen nach dem Aufstehen einen Kaffee an. Aber in Adrians Augen verlieh diese Geste dem unweigerlichen Gefühl der Schande, das mit dem Erwachen danach einherging, einen Hauch von Normalität ... und das galt an diesem Morgen auch für ihn selbst.

In der vergangenen Nacht hatte er wie ein gut geölter Automat funktioniert, hatte die Realität ausgeblendet, dass unter ihm eine Frau lag, die ihn für ihre Lust bezahlte, hatte Billies Bild, das immer wieder vor seinem geistigen Auge auftauchte, verbannt, weil es die eiserne Kontrolle bedrohte, mit der er seinen eigenen Orgasmus im Zaum hielt. Als er schließlich doch losgelassen hatte, hatte er nur noch einen Gedanken.

Billie.

Sechsunddreißig Stunden waren seit seinem Zusammensein mit ihr vergangen, und doch hatte er sein Gleichgewicht bislang nicht wiedererlangt.

Er würde seinen Kundinnen nichts mehr geben können. In dieser traumähnlichen, sinnentleerten Zeit, seit Billie vor ihm in den Wäldern gekniet hatte, war die Ejakulation unerklärlicherweise zu einer absolut privaten Angelegenheit geworden, zu einem Augenblick der Schwäche, den er mit niemandem teilen wollte.

Aber er hatte ihn geteilt, mit Billie. Er hatte eine Schwäche für sie, sie war ein Riss in seiner sorgfältig errichteten Fassade.

Er hatte ihr alles gegeben.

Er wollte mehr.

»Ich lasse dir meine Karte hier«, sagte Magda, nachdem sie ihre Kaffeetasse geleert hatte. Sie holte ihre Handtasche hervor und ließ eine Visitenkarte auf dem Nachttisch liegen, dann fing sie seinen Blick auf. Sie war jetzt wieder die coole, selbstbeherrschte, dominante Strafverteidigerin, als die sie weit und breit bekannt war. »Ich würde mich freuen, noch ein paar unbezahlte Überstunden mit dir zu machen, Adrian. Wir könnten etwas trinken gehen.«

Er schüttelte den Kopf und schenkte ihr ein höfliches Lächeln, mit dem er ihr signalisierte, dass er kein Interesse an persönlichem Kontakt außerhalb des Avalon hatte. »Danke, Magda, aber ich bestehe darauf, dich für deine Dienste zu bezahlen. Immerhin bezahlst du auch für meine.«

Sie nickte und blieb an der Tür stehen. »Sie haben nichts gegen dich vorliegen. Das weißt du doch.«

»Ich habe Lucien nicht umgebracht«, sagte er, und seine Fassade bröckelte ein wenig. »Aber das will offenbar keiner hören.«

Sie schob eine Locke ihres wasserstoffblonden Bobs hinter ein Ohr und schenkte ihm ein wehmütiges Lächeln. »In deinem Job kommt keine Langeweile auf, was? Hast du schon mal daran gedacht, das Avalon zu verlassen?«

»Nein«, erwiderte er tonlos.

Ihre anmutigen Augenbrauen fuhren nach oben. »Na ja, sei vorsichtig, mit wem du dich einlässt. Zeig dich grundsätzlich von deiner besten Seite. Die Detectives haben nichts gegen dich in der Hand. Sie schikanieren dich nur … bis sie etwas finden, und das ist Azure sicher klar. Aber wenn du mehr Schwierigkeiten bekommst, dann ruf mich sofort an.«

»Warte.« Eine plötzliche Welle der Dankbarkeit trieb Adrian zu ihr, und er berührte ihre Lippen leicht mit den seinen.

Gib deinen Kundinnen niemals einen Abschiedskuss, sagte Azure stets, doch Adrian hörte nicht mehr auf sie.

Diese betrügerische, kaltherzige Schlange. Sie hatte Gwendolyn Campbell und jede andere Kundin aus den Büchern ausradiert, und Adrian wusste es. Sie hatte ihn den Wölfen zum Fraß vorgeworfen, aber er würde nicht ohne sie untergehen. Und wenn es das Letzte war, was er tat, er würde an Azure Elan festhalten und sie mit sich in den Abgrund ziehen, bis die Dunkelheit sie ganz und gar verschlang.

* * *

Am Sonntag traf sich Billie mit Nora zum Mittagessen und wartete aus Diskretion zur Sicherheit eine Stunde lang, bevor sie das Thema von Lucien DeChambeaus Tod ansprach. Die beiden Frauen saßen an einem schattigen Ecktisch im Old Ebbitt Grill und machten sich über ihren Salade Niçoise her, als Billie schließlich sagte: »Bring mich doch mal auf den neuesten Stand der Avalon-Ermittlungen.«

Nora wischte sich den Mund an einer Leinenserviette ab und lehnte sich zurück. »Ich kenne nur ein paar Einzelheiten. Rich hätte mir auch alles erzählt, wenn ich mit ihm geschlafen hätte.«

»Tu das nicht«, sagte Billie scharf. »Er besitzt die Integrität einer Kellerratte.«

»Keine Sorge. Der Gedanke ist genauso schnell verflogen,

wie er gekommen ist.« Sie pikte mit der Gabel an ihrem Salat. »Ich weiß nur, dass das Avalon auf einen Riesenskandal zusteuern könnte, und ich will, dass du das Exposé zu einem Artikel über das schreibst, was du über den Club weißt.«

Billie wurde das Herz schwer. Sie tupfte sich die Lippen ebenfalls mit der Serviette ab, blickte auf und sah Nora in die Augen. Jetzt oder nie. »Ich werde keinen Artikel schreiben, wenn es zum Skandal kommt.«

Nora zog die fein geschwungenen Augenbrauen zusammen. »Was meinst du damit?«

»Ich meine, ich bin nicht die richtige Reporterin für diesen Job.«

»Das ist doch lächerlich. Du bist bei Weitem die beharrlichste und entschlossenste Autorin meines Teams. Warum willst du nicht …?«

»Ein Interessenkonflikt. Bitte mich nicht, noch mehr zu erzählen.«

Nora musterte sie aufmerksam. Misstrauen und Verwirrung zeichneten einen Augenblick lang ihre ausgeprägten Gesichtszüge. Dann seufzte sie und lehnte sich wieder zurück. »Ich weiß nicht, was du vorhast, aber sieh dich vor, Billie. Die Frau, mit der Adrian in der Nacht zusammen war, in der Lucien DeChambeau starb, streitet alles ab. Azure Elan beharrt darauf, dass er sie nie getroffen hat. Niemand hat sie scheinbar dort gesehen, außer Adrian.«

»Aber das Haus ist doch ständig voll«, rief Billie aus. »Sie hatte vielleicht eine Tageskarte.«

»Und scheinbar ist sie ein hohes Tier in der Politik. Es sähe also nicht allzu gut aus, wenn es herauskäme.«

»Also lügt sie.«

»Oder Adrian lügt.«

Billie schüttelte den Kopf, als sie sich an Adrians schmerzverzerrten Gesichtsausdruck erinnerte, während er nur wenige Meter von dem Ort, an dem Lucien sich in den Tod gestürzt hatte, von seinem Freund sprach. »Er würde nicht lügen. Er mochte Lucien sehr. Er hätte niemals …« Sie unterbrach sich, als ihr klar wurde, dass Nora sie aus verengten Augen beobachtete.

»Adrian hat mit dir über Lucien gesprochen?«

»Ja, ganz kurz.« Sie zuckte die Achseln und bemühte sich, leichthin zu sprechen. »Ich habe ihn über die anderen Avalon-Begleiter befragt. Er erwähnte, dass Lucien sein engster Freund im Club sei. Er hatte keinen Grund, den Kerl umzubringen.«

»Zumindest keinen, den du kennst«, sagte Nora. »Sei nicht so naiv, Billie. Und um Himmels willen, lass nicht zu, dass du deinen gesunden Menschenverstand verlierst, nur weil du von diesem Mann so fasziniert bist. Adrian ist ein hervorragender Schauspieler, der dir genau die richtige Information zugespielt hat, um einen Leumundszeugen auf seiner Seite zu haben.«

Billie wurde übel. Sie war mehr als nur ein Leumund. Sie wollte glauben, dass Adrian in der Nacht, in der Lucien sich von seinem Balkon gestürzt hatte, weit, weit weg war, auch wenn das bedeutete, dass er in den Armen irgendeiner Kundin gelegen hatte, wie er behauptet hatte. Aber wenn er den Behörden nicht beweisen konnte, dass er in jenen entscheidenden Stunden mit der Politikerin zusammen gewesen war … Gott stehe ihm bei. Gott stehe ihr bei, denn ihr Herz würde dieses Trauma kaum verkraften können.

Adrian rief um kurz vor Mitternacht an. Billie war kaum mit einem Michael-Crichton-Roman auf der Brust eingenickt, als das Telefon schrillte und jeden Nerv in ihrem Körper aufschreckte.

»Ich habe dich geweckt«, sagte er.

»Kaum.« Sie erschauerte beim Klang seiner Stimme, heiser und warm umfing sie ihre Sinne. »Aber wenn wir schon beim Thema sind, warum rufst du so spät noch an?«

Sie hielt den Atem an, fragte sich, ob er erwähnen würde, dass sein Alibi nicht standhielt. Sie wollte die Wahrheit nicht wissen. Sie wollte weiterhin im Dunkeln tappen, geblendet von Lust und Verliebtheit, verstrickt in Adrians Schatten. Nur noch eine Weile. Die Wonne, die er in ihr Leben gebracht hatte, war zu übermächtig, um sie jetzt schon aufzugeben.

»Hast du heute etwas über uns geschrieben?«, fragte er.

Sie zögerte. »Ich feile noch daran, aber ja, ich habe gewisse … Insiderinformationen … über einen ungenannten Begleiter in einem ungenannten Club.«

»Lies es mir vor.«

In der Regel gestattete Billie es niemandem, ihre ersten Textentwürfe zu lesen, bevor sie sie Nora unterbreitete. Aber in der letzten Zeit schienen sämtliche Grundsätze auf ihrer Liste mit Leichtigkeit von Adrian Antoli über den Haufen geworfen zu werden.

Hier war es nicht anders. Und so tappte sie unwillkürlich über den Teppich zu ihrem Computer, wo ein erster, unvollendeter Entwurf des Artikels über ihn immer noch im Drucker steckte. »Es ist wirklich nur eine Rohfassung«, sagte sie zu ihm und hockte sich auf den Drehstuhl. »Ich schreibe erst, dann feile ich daran herum.«

»Ich höre.«

Sie räusperte sich, überflog die erste Seite, befand sie als vorzeigbar und begann vorzulesen.

Adrian hörte schweigend zu. Als sie fertig war, sagte er: »Das ist sehr provokativ.«

»Du bist ein provokatives Thema.«

»Und du eine talentierte Journalistin. Sehr wahrhaftig.«

»Ja«, sagte sie ironisch. »Und das ist nicht immer das Beste.«

»Du hast darüber geschrieben, was letzte Woche in den Wäldern passiert ist.«

»Indirekt.«

»Direkt genug, um mich gleich wieder anzumachen.«

Sie holte zitternd Luft. »Die Leser wollen sicher wissen, wie es ist, mit dir zusammen zu sein, und ich glaube, dass ich diese Frage auf taktvolle Weise beantwortet habe. Findest du nicht auch?«

»Taktvoll, ja. Und ich freue mich zu hören, dass du es genauso genossen hast wie ich.«

Sie holte nochmals tief Luft, um ihr rasendes Herz zu beruhigen. »Also bin ich jetzt wahrscheinlich dir etwas schuldig.«

»Ich habe hier gelegen und darüber nachgedacht, was ich im Gegenzug von dir haben will.«

Eine Woge der Erregung durchspülte sie. »Und?«

»Zuerst möchte ich, dass du mir etwas erzählst. Ein Geheimnis.«

»Gut«, sagte Billie mit fester Stimme. »Und dann erzählst du mir auch eines. Spiel fair, Adrian.«

Er hielt inne. »Und wenn mir nicht gefällt, was du mich fragst?«

»Das gilt umgekehrt genauso.«

»Du musst ja nicht antworten. Du kannst einfach auflegen.«

Jetzt, da sie ihn in der Leitung hatte, seine leise Stimme liebkosend an ihrem Ohr, dachte sie nicht im Traum daran aufzulegen. Es sei denn natürlich, er machte sie wütend, was er sicherlich konnte. »Ich sage einfach Nein. Etwas, das du sicher niemals hörst.«

»Hm«, sagte er, und die Belustigung in seiner Stimme sagte ihr, dass er ihre patzige Antwort zu schätzen wusste. »Was ist in deinem Leben passiert, dass du so verletzlich und sprunghaft bist?«

Vor Überraschung runzelte sie die Stirn. »Was meinst du?«

»Du hattest eine längere feste Beziehung. Ich möchte mehr von ihm wissen.«

Ted. Der letzte Mensch, an den Billie in ihrer benebelten Wonne denken wollte. Sie seufzte und sagte dem langsamen sexuellen Brennen, das Adrian in ihr hervorgerufen hatte, Lebewohl. »Jetzt?«

»Jetzt. Aber mach es dir erst mal bequem. Liegst du im Bett?«

»Ja, Dr. Freud.« Sie kletterte unter ihre Decke und stopfte sich ein zusätzliches Kissen hinter den Kopf. »Da gibt es nichts zu erzählen. Ich hatte eine Beziehung, die fünf Jahre dauerte. Und dann war sie vorbei.« Ein bitterer Unterton hatte sich in ihre Stimme geschlichen. »Sie endete ziemlich abrupt, als Ted Chadwick, der größte Scheißkerl des Universums, jemand anders heiratete.«

»Verstehe.« Seine ausdruckslose Stimme gab keine Gefühle preis. »Wolltest du ihn heiraten?«

»Keine Ahnung. Immer wenn das Thema zur Sprache kam, haben wir es verschoben. Wir waren beide so sehr mit unserem eigenen Leben beschäftigt. Er hatte diese Stelle als Jura-Dozent und ich die Schreiberei. Ich dachte, wir wären glücklich miteinander, aber anscheinend war ich da die Einzige. Eines Morgens, als er auf Geschäftsreise war, schlug ich die Zeitung auf und las von seiner Verlobung mit Vickie St. Claire of Potomac.«

Adrians Schweigen animierte sie zum Weiterreden. »Als ich

ihn darauf ansprach, beichtete er mir sofort alles. Er hatte sich hinter meinem Rücken schon monatelang mit ihr getroffen und versuchte herauszufinden, welche Frau er mehr wollte. Die mustergültige Billie oder die wohlhabende, aus altem Geldadel stammende Vickie St. Claire.«

»Wusste sie von dir?«

»Nein. Erst war ich versucht, mich als Rachegöttin aufzuspielen, sie aufzusuchen und ihr alles zu sagen, aber das hätte mir seine Liebe auch nicht zurückgebracht.«

»Und heute, Billie? Willst du seine Liebe immer noch?«

Diese Frage hatte sie sich in den vergangenen sechs Monaten schon Millionen Mal gestellt, und die Antwort war immer ein vorhersagbares, unbestreitbares Ja gewesen. Bis heute. Nun, da Adrian sie zwang, in ihrem Herzen nach der Wahrheit zu forschen, hatte sie den Mut, das zuzugeben, was ihr die ganze Zeit über Angst gemacht hatte.

»Ich glaube«, sagte sie langsam, »wenn ich Teds Liebe tatsächlich hätte haben wollen, dann wäre ich jetzt mit ihm verheiratet.« Tief in ihrem Inneren löste sich etwas und trieb davon. Andauernde Trauer. Ein Hauch von Zorn. Sie fühlte sich auf wundersame Weise befreit. Ein Lachen stieg in ihr empor. »Ich kann nicht glauben, dass ich das gerade zugegeben habe. Machst du das mit all deinen Kundinnen?«

»Wenn sie es verdient haben. Aber du bist keine Kundin.«

»Was genau bin ich denn, Adrian?« Das Spiel mit der Wahrheit hatte sie erst verängstigt, sie dann aber gestärkt. Und jetzt war er an der Reihe und wand sich.

Es war so still in der Leitung, dass sie sich fragte, ob er aufgelegt hatte. »Du bist in meinen Träumen«, sagte er schließlich. »Ich habe diese Nacht von dir geträumt. Davon bin ich aufgewacht.«

Ihr Herz machte einen Satz. »Und dann hast du angerufen.«

»Ja.«

Sie hielt das Telefon umklammert und näher ans Ohr. Dann rollte sie sich auf die Seite, die seidige Bettwäsche glitt an ihren bloßen Beinen entlang, zwischen denen sich die Hitze sammelte. »Was hast du geträumt?«

»Dass dein Mund auf mir ist.« Seine Stimme träufelte über sie hinweg wie warmer, vollmundiger Likör. »Dass deine Zunge mich streichelt. Ich dein weiches Haar in meinen Händen spüre. Ich bin mit einem Ständer aufgewacht.«

Billies Kehle wurde ganz trocken.

»Ich kann deine Hände immer noch spüren, Billie. Die Hitze deiner Lippen, wie es sich anfühlte, in deinem Mund zu kommen. Sogar jetzt noch.«

Unter der Decke glitt ihre Hand an die Brust, deren Nippel ganz hart war. »Ich spüre deine Hände ebenfalls, Adrian. Deinen Mund.«

»Wo?« Es klang atemlos.

»Auf meinen Brüsten. Meinem Bauch. Meinen Schenkeln. Dazwischen.« Ein verbotener Kitzel durchströmte sie. Das war ein Vorspiel, kurz vor Telefonsex. Ein Zeitvertreib, der sie immer schon gereizt hatte. So viel erstes Mal mit diesem Mann. Er schälte ihre Hemmungen herunter wie die Haut von einem Pfirsich, sodass sie weich, feucht und reif dalag.

»Billie«, sagte er so leise, dass sie das Telefon ganz dicht ans Ohr halten musste, »was trägst du im Bett?«

Sie blickte auf ihr leuchtend pinkes Hello-Kitty-Nachthemd herunter und war versucht zu lügen. Ein hauchdünnes Negligé und sonst nichts. »Ein T-Shirt«, sagte sie in Abwandlung der Wahrheit. »Und du?«

»Wenn ich schlafe? Nichts.«

»Natürlich. Was für eine dumme Frage von mir.«

Beim seltenen Klang seines Lachens musste sie lachen. Er hatte ein wundervolles Lachen, warm und sanft.

»Du liegst also jetzt im Bett? Nackt?«, forschte sie nach, erregt von der Vorstellung.

»Würde dir das gefallen?«

»Natürlich.«

»Schon erledigt.« Ein schwaches Geraschel zeigte, dass er seine Kleidung ausgezogen hatte, und bebende Erregung wand sich Billies Wirbelsäule entlang.

Einen Moment später fuhr er fort. »Trägst du ein Höschen?«

»Ja.« Weiße Baumwolle mit blauen Blümchen. Ted hatte den Slip verabscheut. Adrian war er wahrscheinlich egal. Er würde ihn ihr vom Leib reißen, ohne ihn auch nur eines Blickes zu würdigen. Sie schloss die Augen ganz fest, denn sie wusste, was als Nächstes kam.

»Schieb deine Hand in dein Höschen, Billie.«

Sie zögerte nur eine Millisekunde lang, bevor sie tat, was er befohlen hatte. Sie war bereits feucht und erregt. Ihr Körper erschauerte, als sie daran dachte, wie seine Zunge in jener Nacht in seiner Wohnung mit ihr gespielt hatte. »Wie weit gehen wir?«

»So weit, wie wir müssen, um dir Lust zu bereiten.«

»Dir aber auch«, sagte sie unverblümt. »Ich mach das hier nicht allein.«

Seine Stimme klang schleppend vor Verlangen. »Ich bin bei dir.«

Sie schloss die Augen und stellte sich vor, wie seine Hand sich auf seinem Fleisch bewegte, auf und ab … wie um einen Kolben.

Ihr stockte der Atem, und ihre Finger hielten auf dem eigenen sehnsuchtsvoll schmerzenden Fleisch inne. Sie schämte sich fast, wie feucht sie war. Wie sehr sie danach verlangte. »Tust du das sehr oft, Adrian?«

»Telefonsex?«

»Dich berühren.«

»Nicht allzu häufig.«

»Ich dachte, das brauchst du nicht.« Verlegenheit rötete ihre Wangen.

»Jeder braucht das, Billie.«

»Aber in deiner Branche – na ja, wenn du wolltest, könntest du doch wahrscheinlich – du weißt schon, mit deinen Kundinnen, mindestens drei Orgasmen täglich haben.«

»Aber die hab ich nicht.«

»Trotzdem: Das letzte Mal, als du dich selbst berührt hast, nur um dich zu erleichtern, war doch sicher, als du noch ein Teenager warst.«

»Woher willst du das wissen?« Wieder klang seine Stimme belustigt.

Billie schwieg, zog schuldbewusst die Finger zurück, um mit ihrem Höschengummi zu spielen. »Sag mir, wann du es zum letzten Mal getan hast.«

»Nach unserem Interview im Avalon.«

Er verstand es wirklich, ihr den Atem zu rauben. »Lügner«, sagte sie geschmeichelt. »Warum solltest du das tun, wo du doch wusstest, welche Arbeitseinsätze noch vor dir lagen?«

»Weil du mich abgewiesen hast. Du bist beleidigt abgezogen, noch bevor ich dich überhaupt küssen konnte. Ich bekam dich einfach nicht mehr aus dem Sinn.«

»Okay, ich glaube dir.« Sie schloss die Augen. Sie hatte Masturbation nie für besonders sexy gehalten, aber wie üblich veränderte Adrian auch hier ihre Sichtweise.

Sie verlagerte die Hüften, versuchte, die immer heftiger werdende Spannung in ihrem Schoß zu lindern. »Okay, jetzt musst du mir auf eine Frage antworten.«

»Ich würde eigentlich lieber nicht reden.«

»Du kannst immer auflegen«, sagte sie gerissen.

Sein Lächeln lag in der Leitung. »Ich würde nie auflegen, wenn ich mit dir telefoniere, Billie.«

»Gut.« Sie schluckte, zwang sich, sich zu entspannen, ließ die Knie zwischen den Decken locker auseinanderfallen. Jeder Muskel in ihrem Körper wartete angespannt auf die Lust, die kommen sollte. »Fühlst du dich jemals einsam, Adrian?«

»Manchmal«, antwortete er, und sie fragte sich, ob ihm klar war, was für ein einsames Bild er abgab, trotz seines guten Aussehens, seines sexuellen Geschicks und seiner Ausstrahlung. Dieser Mann fiel einem sofort ins Auge. Aber es war seine menschliche Seite, die sie sich am anderen Ende der Leitung vorstellte, die sie so faszinierte.

»Ich will nicht, dass du einsam bist.« Sie schob sich wieder gegen die Kissen, und ihre Hand glitt wie von selbst wieder in ihr Höschen. Mit den Fingern liebkoste sie sich selbst. Sie reizte sich so, wie er es getan hätte, wenn er hier gewesen wäre.

»Ich wünschte, du wärst hier, bei mir.« Alles an ihr schmerzte. Ihre Brüste. Ihre leeren Arme. Die hohle Stelle zwischen ihren Beinen. Das Blut, das ihre Adern zu versengen drohte. »Wenn ich dir die Nummer meiner Wohnung sagen würde, würdest du dann kommen?«

»Nicht heute Abend.«

»Dürfte ich denn zu dir kommen?«

»Nein«, sagte er sanft.

Sofort geriet sie in Rage. »Warum nicht?«

»Weil mir der Gedanke gefällt zu hören, wie du am Telefon zum Höhepunkt kommst.«

Da verstummte sie. Als sie sich wieder erholt hatte, sagte sie: »Aber ich will, dass du mich berührst.«

»Das tue ich, Billie. Meine Hand berührt dich. Sag mir, wie sich das anfühlt. Ich will alles wissen.«

In ihrem Höschen erwachten ihre Finger zum Leben. Zuerst vorsichtig, dann rhythmisch beschrieben sie winzige, immer fester werdende und schnellere Kreise, als sie in ihrem überhitzten Hirn fieberhaft nach Bildern von der Nacht im Park heraufbeschwor, daran, wie er geklungen hatte, als er in ihren Händen und ihrem Mund gekommen war, oder daran, wie sie sich ihm auf seinem Sofa im Wohnzimmer geöffnet hatte, während sein Mund sie zärtlich zwischen den Beinen liebkoste.

Ihre Erregung steigerte sich zu einem fieberhaften Rausch. Mutig durch den Abstand von zehn Meilen, der zwischen ihnen lag, sagte sie ihm in kurzen, heiseren Worten, was er wissen wollte, bis ihr Atem zu schnell ging, um vollständige Sätze herausbringen zu können, bis ihre Wimpern sich flatternd schlossen, ihre Muskeln sich anspannten, jeder Nerv erregt war, bis das Blut auf den Höhepunkt zurauschte, der sich unaufhaltsam Bahn brach …

»Oh«, stöhnte sie, halb verlegen, halb ekstatisch, als sie einmal, zweimal, dreimal unter ihren eigenen Fingern erschauerte, die er mit seiner leisen, monotonen Stimme bewegte wie ein Puppenspieler die Fäden einer Marionette.

»Sag mir«, sagte er jetzt heiser, »wie war es.«

»Beschämend schön.« Es hatte keinen Sinn zu lügen. Winzige Nachbeben der Lust ließen ihren Körper erschauern. »Und bei dir?«

»Ich bin fast so weit. Rede mit mir, Billie. Lass mich kommen.«

Sie setzte sich auf, wollte seine Stimme hören, war wild vor Verlangen nach ihm. »Ich wäre wieder gern im Wald mit dir, Adrian. Vor dir kniend. Ich will dich in den Mund nehmen. Du schmeckst so gut, du bist so hart und so heiß. Du erfüllst meinen Mund ganz und gar.«

»Oh …«, stöhnte er.

Die Worte, die für Billie so erotisch und fremdartig waren, strömten atemlos und fieberhaft aus ihrem Mund. »Ich spüre deinen Puls, dein Herz rast, ich lecke dich, beiße dich, sauge an dir, bis es sich so gut anfühlt und du einfach nicht mehr an dich halten kannst …«

»Ja.«

»Jetzt?«, flüsterte sie.

»Oh, jetzt …« Er stieß heftig den Atem aus, und sie hielt das Telefon dicht ans Ohr, ihre Lippen strichen über das Mundstück, als sie sich vorstellte, wie sein Orgasmus ihr Innerstes zum Erbeben brachte, ihren Körper durchströmte, Muskeln berührte, die schon erschöpft waren, Nerven, die – erst zum Zerreißen gespannt – nun schlaff und satt waren.

Einen langen, stummen Augenblick lauschten sie, wie der jeweilig andere die Selbstbeherrschung wieder erlangte. Die Herzschläge verlangsamten sich, die Atmung wurde gleichmäßiger. Dann ließ sich Billie wieder in die Kissen sinken, und Adrian seufzte.

»Billie.«

»Adrian.« Sie lächelte, nur ein ganz klein wenig verblüfft über die Dinge, die sie zu ihm gesagt hatte. Sie wollte ihn nicht loslassen. Sie wollte ihn fragen, wann sie sich wiedersahen.

Und als ob er ihre Gedanken erraten hätte, räusperte er sich und sagte: »Bist du bereit, über den zweiten Gefallen zu reden?«

»Du meinst, das war er gar nicht?«

Er lachte, sanft und entspannt. »Am Freitagabend findet eine Dinnerparty statt. Ich brauche eine Begleiterin. Jemanden, der diskret ist.«

Billie verdrehte die Augen. »Aber eigentlich gelte ich als knallharte Ich-tue-alles-um-die-Story-zu-kriegen-Reporterin.«

»Ich lege die Hand für deine Diskretion ins Feuer, Billie.«

Sie zögerte, seltsam berührt von seinem feierlichen Bekenntnis. Er vertraute ihr anscheinend. Und etwas sagte ihr, dass es ihm nicht leichtfiel, das zuzugeben.

»Diese Party findet nicht im Avalon statt«, sagte er, »sondern in der Vorstadt, mit Menschen, die nicht wissen, wie ich meinen Lebensunterhalt verdiene. Du musst also sehr vorsichtig sein, und ich vertraue keiner anderen Frau mehr als dir.«

Er machte keine Witze. Sie wurde nüchtern und setzte sich auf. »Und du willst, dass ich dich begleite?«

»Du bist mir immer noch etwas schuldig, nicht wahr?«

Das war zu leicht. »Eine Dinnerparty in der Vorstadt? Das klingt verdächtig solide, Adrian.«

»Oh, aber es warten endlose Möglichkeiten auf uns.« Seine Stimme klang belustigt. »Ich sorge dafür, dass es deine Mühe wert ist.«

Sie verengte die Augen, während sie seine möglichen Motive überdachte. Was für eine seltsame Bitte. »Und es knüpfen sich keine weiteren Bedingungen daran? Ich muss keinen Striptease hinlegen und irgendwo nackt herumturnen oder so etwas?«

»Ich halte mir gern sämtliche Möglichkeiten offen«, antwortete er trocken, »aber nein. Ich verlange nichts weiter von dir als deine Gesellschaft.«

Sie brachte unerklärlicherweise kaum einen Ton heraus. Je häufiger sie ihn sah, umso mehr beherrschte er ihre Gedanken, ihre Träume, ihr ganzes Leben. Zum ersten Mal war sie sich der beunruhigenden, geradezu elektrisierenden Empfindungen bewusst, die er in ihr hervorrief. Das Ganze hatte Potenzial. Sie könnte sich neu verlieben, allerdings in einen Mann, der sich mit Haut und Haaren gegen solch ein Gefühl wehrte.

»Gut …« Sie spielte wieder mit dem elastischen Bund ihres Höschens, dachte darüber nach, sich ein Seidenhöschen anzuziehen. »Okay.«

»Ich hole dich am Freitag um sechs ab. Zieh Jeans an.«

»Müssen wir arbeiten?«, fragte sie, weil sie mehr wissen wollte.

»Nein. Ich will deinen vollkommenen kleinen Arsch nur in einer Levi's sehen.«

Jetzt war Billie mit Lachen an der Reihe, und die Lust erhitzte ihre Wangen, ein trügerisches Wohlbefinden breitete sich in ihr aus. »Hm. Du gehst ja ganz schön ran, aber na gut.«

Er seufzte, vollkommen zufrieden. »Und jetzt geh schlafen, Billie.«

Das war leichter gesagt als getan. Nachdem sie aufgelegt hatten, fand sie keinen Schlaf. Sie betrachtete die Schatten an der Decke, bis das Grauen des Morgens sich in ihrer Wohnung ausbreitete und die wilden Szenarien und Warnungen aus ihren Gedanken vertrieb.

11

Sie trug tatsächlich Jeans, wie er es gesagt hatte. Ihre Levi's waren bequem, an allen richtigen Stellen verwaschen und brachten ihren knackigen Po zur Geltung.

Adrian lehnte an seinem Auto und ließ den Blick ihre langen Beine hinaufwandern, als sie aus dem Gebäude kam und auf ihn zuging. Ein Lächeln reiner Freude lag auf seinen Lippen, als er ihr ins Gesicht sah und feststellte, dass sie vor Verlegenheit feuerrot geworden war. Für eine Reporterin war sie selbst im Vergleich zu seinen Erstkundinnen ungewöhnlich schüchtern.

Und das berauschte ihn.

»Ich sehe, Sie befolgen meine Anweisungen, Ms. Cort«, sagte er und verbarg seine Freude hinter einer gleichmütigen Maske, als er ihr die Beifahrertür des BMW öffnete.

Billie warf ihm ein blitzendes Lächeln zu und setzte sich. »Ihre Vorgaben waren schließlich eindeutig.«

Er reichte ihr den Gurt und nutzte die höfliche Geste als Vorwand, um stehen zu bleiben und zuzusehen, wie sie ihn über ihre hohen, festen Brüste spannte, die durch ihr langärmeliges, blau gestreiftes T-Shirt noch betont wurden.

Eine Welle ihres üppigen braunen Haares fiel auf ihre Wange, als sie sich nach vorn beugte, um den Gurt in die Metallschließe zu stecken. Eigentlich wollte Adrian ihr die Strähne nur zurückstreichen, aber als seine Finger ihre Wange berührten, wandte sie den Kopf und sah ihn an, und etwas in ihm schmolz, sickerte wie süßer Sirup durch seine Adern und sammelte sich tief in seinem Bauch.

»Tut mir leid«, sagte er, stützte eine Hand auf die Motorhaube des Autos und beugte sich zu ihr hin, »aber das muss ich jetzt tun.«

Sein Mund berührte den ihren, sanft, keusch, doch dann teilten sich ihre Lippen, und ihre Zunge berührte die seine, und er unterdrückte ein Stöhnen, das aus seinem tiefsten Inneren zu kommen schien. Wenn die Lust, die in ihm pulsierte, ein Vorbote war, würde es eine lange Nacht werden.

Er schloss die Beifahrertür, ging zum Fahrersitz hinüber, und einen Augenblick später verließen sie die Auffahrt zu ihrem Wohnhaus. Er hatte sich selbst das Versprechen gegeben, diese Dinnerparty zu überstehen, ohne sich noch intensiver auf Billie einzulassen. Sie war vollkommen für das Bild, das er heute Abend abgeben sollte, um die beharrlichen Sorgen seiner Familie endlich zu beschwichtigen. Sie wirkte bodenständig und arglos genug, um jeden davon zu überzeugen, dass er sein Leben im Griff hatte, dass es ihm einfach gut ging. Das musste so sein, wenn er eine Frau wie sie am Arm hatte.

»Wo fahren wir hin?«, fragte Billie, als er den BMW auf die Massachusetts Avenue lenkte.

»Nach Bethesda.« Er blickte in den Rückspiegel und entdeckte einen Stretch-Rolls-Royce, der in das Tor eines Privatgrundstücks einbog, an dem sie gerade vorbeigefahren waren. Dann richtete er die Aufmerksamkeit wieder auf die Straße. Er kannte diese Limousine, kannte die Stimme und den Körper und den Duft der Frau auf dem Rücksitz.

Es war Margery Cabot, die Frau eines Diplomaten.

Er runzelte die Stirn. Er konnte nirgends hingehen, ohne an die Entscheidungen erinnert zu werden, die er in seinem Leben getroffen hatte. Entscheidungen, die der Anständigkeit und Verletzlichkeit der Frau neben ihm nicht gerecht wurden.

»Adrian?« Billie beugte sich vor und sah ihn an.

Er rang sich ein Lächeln ab und streckte den Arm über der Mittelkonsole aus, um ihre Hand zu drücken.

Sie schwieg. Dann fragte sie: »Wie gehen die Ermittlungen voran?«

Sofort wurde er misstrauisch, und mit den sinnlosen Träumen, an die er sich in der vergangenen Nacht geklammert hatte, war es schlagartig vorbei. Er zog seine Hand zurück. »Warum willst du das wissen? Ist das für den Artikel wichtig?«

»Nein, ich bin nur neugierig.«

»Du verdächtigst mich doch nicht etwa, oder?« Die Frage sollte eigentlich scherzhaft klingen, aber seine Stimme war verletzt und wütend.

»Natürlich nicht«, antwortete sie und wandte den Blick ab.

Es klang wie eine Lüge. Er verzog die Lippen zu einem höhnischen Lächeln und umklammerte das Steuer. »Heute Abend sollten wir ehrlich zueinander sein, Ms. Cort. Meinen Sie, dass wir das hinkriegen?«

Sie wandte sich zu ihm um, und die Ernsthaftigkeit ihres Blicks ließ ihn erröten. Auf magische, entwaffnende Weise konnte ihr aufmerksamer grünäugiger Blick sein Innerstes immer wieder aufs Neue bloßlegen.

»Ich weiß nicht.« Sie klang verletzt. »Ich habe dich nach den Ermittlungen gefragt, weil du geistesabwesend wirktest. Irgendetwas stimmt nicht mit dir. Ich habe nur gedacht …« Ungeduldig warf sie die Hände in die Höhe. »Ich weiß nicht, was ich dachte. Es geht mich ja auch gar nichts an.«

Sie war verletzt. Wie schnell er es geschafft hatte, ihnen beiden den Abend zu verderben! Er sah auf die Straße vor ihnen, und seine Finger trommelten auf das polierte Holz des Lenkrades. »Ich habe nichts zu verbergen. Die Detectives haben mich letzte Woche nochmals verhört, aber seitdem haben sie sich nicht mehr gemeldet.«

Wie ein Rudel Wölfe, das sich zurückzog, wenn ihr Opfer erst halb tot war, hätte er am liebsten hinzugefügt. Ganz schön krank, dieser Akt der Gnade. Er hatte in der Lobby des Avalon gesessen und ihre groben, spitzfindigen, von Anspielungen nur so strotzenden Fragen beantwortet, als ob er es einstudiert hätte. Kein einziges Mal war er zusammengezuckt, sein Gesicht hatte keinerlei Gefühl preisgegeben.

Aber nach dem Verhör hatte er sich gefühlt wie ein geprügelter Hund. Er hatte sich in seinem Privatquartier eingeschlossen und die darauffolgende Stunde in der Gesellschaft eines Wodkaglases und einer Flasche Whiskey verbracht, bis er nicht mehr klar sehen konnte, die Welt um ihn herum sich drehte und sich ihm aus lauter Protest der Magen umdrehte. Dann hatte er sich auf dem riesigen Bett ausgestreckt und geschlafen. In der Nacht hatte ihn mehrfach Lukes Bild heimgesucht – mit aufgeplatztem Kopf und frei liegendem Schädel. Wie rote Pailletten glitzerte das Blut auf seinen lädierten Zügen.

Das Bild hatte sich in Adrians Kopf eingebrannt, als der Detective das Tuch zurückgeschlagen und ihn gebeten hatte, das schlafende Gesicht seines Freundes zu identifizieren. Luke, der auf dem Bürgersteig lag, sein Kopf umgeben von einem Glorienschein aus geronnenem Blut. Er war immer noch schön, trotz des Aufpralls und den Verletzungen, die ihm die Fäuste eines anderen am Abend zuvor zugefügt hatten. Luke war genauso gestorben, wie er gelebt hatte – innerlich zerbrochen, äußerlich engelsgleich.

Adrians Hoffnungslosigkeit verkrampfte seine Schultermuskeln. »Ich will nicht über die Ermittlungen reden. Ich will nicht an das Avalon oder Luke oder die Detectives denken. Ich will mich heute Abend entspannen, mit dir. Ist das zu viel verlangt, Billie? Denn wenn es zu viel ist, dann mache ich kehrt und bringe dich nach Hause.« Seine Stimme zitterte, die Worte klangen hölzern. Mein Gott, er würde doch nicht ausgerechnet vor dem einzigen Menschen auf der Welt, dessen Meinung ihm etwas bedeutete, die Beherrschung verlieren.

»Es ist nicht zu viel verlangt«, sagte Billie mit leiser Stimme. »Ich habe nichts von den Ermittlungen geschrieben, und ich habe dir diese Frage nur gestellt, weil ich mir deinetwegen Sorgen mache. Offensichtlich war das ein Fehler.«

»Was – zu fragen oder sich Sorgen zu machen?« Er blickte in den Rückspiegel und wechselte die Spur. Auf einmal fühlte er sich vollkommen leer, konnte sich aber nicht erklären warum. »Willst du etwa behaupten, dass du dir um mich Sorgen machst?«

»Was glaubst du denn?« Er spürte, wie sie sich aufrichtete, das Kinn hob, den Blick nach vorn richtete. Ihre Stimme klang herrisch. »Du hattest deine Finger in meinem Körper«, sagte sie sanft. »Du hast mich geschmeckt. Ich bin nicht eine deiner Kundinnen – ich darf mir Sorgen machen.«

Adrian war gleichzeitig überrascht und beeindruckt, und ein höchst verstörendes warmes Gefühl stieg in seinem Innern auf, das er nicht genau identifizieren konnte – und es auch gar nicht wollte.

»Sagt wer?« Er warf ihr ein schnelles, reumütiges Lächeln zu, das die Spannung zwischen ihnen lindern sollte.

»Sage ich«, antwortete sie humorlos. »Es gehört nicht zu unserer Abmachung, mir zu sagen, was ich fühlen kann oder nicht fühlen kann, nicht wahr?«

»Nein, niemals.« Er sah Billie erneut an und bereute, dass sie seinetwegen angespannt, besorgt und ängstlich war.

An einer Ampel musste er bremsen und streckte die Hand nach ihr aus. Er ließ die Finger an ihrer seidigen Wange entlanggleiten, zog sie an sich und drückte ihr die Lippen auf die Stirn, um die Sorgenfalten zu vertreiben.

»Danke«, sagte er und holte die Worte aus einem tiefen, verborgenen Ort in seinem Innern herauf. Es war nur ein symbolischer Akt der Reue, aber ihr schien es auszureichen.

Dann wurde die Ampel grün, und sie fuhren in einvernehmlicher, wenn auch brüchiger Ruhe weiter. Adrian lenkte den BMW auf eine gewundene Straße, die durch eine Siedlung führte, und parkte ihn in der runden Auffahrt vor einem Backsteinbau im Split-Level-Stil, das etwa Mitte des vorigen Jahrhunderts erbaut worden war.

Zwei andere Autos parkten davor. Der Baseballschläger eines Kindes und ein buntes Buch waren durch das Heckfenster eines Honda Accord direkt vor ihnen zu sehen.

Adrian umrundete das Auto und öffnete die Beifahrertür für Billie. Mit einem kaum unterdrückten Lächeln quittierte er das Erstaunen und die Verwirrung auf ihrem Gesicht.

Sie sah ihn an, als sie den plattierten Bürgersteig hinabgingen.

»Was ist los?«, fragte er, obwohl er genau wusste, was sie dachte.

»Hier findet die Dinnerparty statt, von der du mir erzählt hast?«

»Ja, hier.« Sie blieben vor einer roten Doppeltür stehen, die ein handgefertigter Kranz mit Seidenmagnolien zierte. Rosalie übertrieb es manchmal mit ihrer kreativen Ader. In jedem Zimmer ihres Hauses gab es deshalb eine schlecht zusammenpassende Sammlung von selbst gefertigten eigenen oder kindlichen Kunstwerken.

»Noch etwas«, sagte Adrian, als er an der Haustür klingelte. »Nenn mich nicht Adrian. Diese Menschen wissen nicht, wer Adrian ist.«

Ihre grünen Augen weiteten sich. »Ich kann dich nicht mit deinem Namen ansprechen?«

»Du kannst mich nicht mit diesem Namen ansprechen.«

»Wie soll ich dich denn dann nennen?«

»Egal, nur nicht Adrian.« Er beugte sich vor, um ihr die Skepsis von den Lippen zu küssen. Sein Mund lag auf dem ihren, was sie beruhigte, bevor er sich aufrichtete und die Hände vor dem Körper faltete.

»Du wirst mir nicht sagen, wer hier wohnt?«, fragte sie mit heiserer Stimme, und das, wie er hoffte, nicht nur vor Entrüstung.

»Natürlich sage ich dir das.«

Die Tür wurde aufgestoßen, und eine pummelige, dunkelhaarige Frau in einem leuchtend roten T-Shirt und Caprihose warf sich Adrian in die Arme.

»Kinder!«, schrie sie. »Zio ist da!«

»Das«, sagte er Billie über die Schulter der Frau hinweg, »ist meine Schwester Rosalie.«

»Hat Zio Ihnen erzählt, dass dieses Haus jetzt schon seit fast fünfzig Jahren unserer Familie gehört?«, fragte Rosalie Billie und reichte ihr einen Brotkorb, um ihn auf den Küchentisch zu stellen.

»Das ist ja Wahnsinn!« Billie umging Rudy, den Hund, und setzte das Brot pflichtbewusst auf dem Tisch ab. Dann stellte sie sich neben Adrian, der das Besteck neben die Teller legte. »Nichts für ungut«, flüsterte sie, »aber mit dem Namen Zio aufzuwachsen – das ist wirklich Pech.«

»Eigentlich ist es ein Spitzname, den mir die Familie erst gegeben hat, als ich schon erwachsen war«, erklärte er. »Das verdanke ich Sophie, meiner ältesten Nichte. Es bedeutet Onkel.« Er sah seine Schwester an. »Und nein, Rosalie, ich habe Billie nichts von dem Haus oder von unserer Familie erzählt, weil ich hier sowieso nicht zu Wort komme.«

»Du solltest ihr mehr von dir erzählen«, sagte Rosalie entschlossen. »Mein Gott … sei doch nicht immer so ein Geheimniskrämer.« Dann wandte sie sich an ihren Mann, David. »Hast du das Bier unten in den Kühlschrank gepackt? Ich habe es nämlich vollkommen vergessen. Und nimm auch noch eine Flasche Wein mit, wenn du schon mal unten bist. Die Mahaffeys wollen ebenfalls vorbeikommen.«

David, ein ruhiger, gutmütiger, schlaksig wirkender Mann mit schütterem sandfarbenem Haar und warmem Lächeln, salutierte vor seiner resoluten Frau und ging davon, um die ihm zugewiesenen Aufgaben zu erfüllen.

»Weiß Billie eigentlich, dass das hier dein Elternhaus ist?«, soufflierte Rosalie ihrem Bruder, als ob die Unterhaltung nicht unterbrochen gewesen wäre.

Adrian, der sich niedergekniet hatte, um den rundlichen Labrador nach ihrer langen Trennung zu begrüßen, warf Billie ein trockenes Lächeln zu. »Billie, weißt du eigentlich, dass das hier mein Elternhaus ist?«

Sie sah ihn in gespieltem Erstaunen an.

»Als unsere Eltern sich zur Ruhe setzten und nach Miami

zogen, verkauften sie es David und mir.« Rosalie stieß ihn mit dem Fuß an und drückte ihm, als er aufstand, prompt einen Stapel Teller in die Hand. »Wenn du vernünftig gewesen wärst, hättest du dieses Haus gekauft und eine eigene Familie gegründet. Du wärst so ein guter Vater. Ich verstehe einfach nicht, warum du …«

»Rosalie.« Adrians leise Stimme klang warnend, und sofort glitt ein versöhnliches Lächeln über ihr pummeliges Gesicht.

»Das ist ein wundervolles Haus.« Billie blickte sich wehmütig in der bunt zusammengewürfelten Achtzigerjahre-Küche um. Trotz des unmodernen Blumenmusters war sie warm und behaglich und wirkte bewohnt. Häuser wie dieses hatte sie früher aus dem Autofenster ihrer Mutter heraus betrachtet und sich gefragt, was für Familien dort wohnten. Und jetzt wusste sie es. Die großen und lauten und liebevollen Familien wie die Antolis.

Sie ging zu dem großen Fenster über der Spüle hinüber und beobachtete Rosalies vier Kinder, die – nachdem sie pflichtschuldigst Adrian und Billie begrüßt hatten – nach draußen in den üppigen, weitläufigen Garten gestürmt waren, um dort herumzutollen. Alle hatten das dunkle Haar, die dunklen Augen und die olivenfarbene Haut ihrer Mutter. Und Adrians. »Was für ein wundervoller Garten. Hier haben sie so viel Platz zum Spielen.«

»Als Kinder haben wir immer auf der Wiese rumgetollt.« Adrian klang nachdenklich, während er die Hand an ihre Taille legte und über ihre Schulter hinweg nach draußen sah. »Es war wunderbar, hier aufzuwachsen.«

»Und wir alle sind die Straße rauf in die kleine staatliche Grundschule gegangen«, fügte Rosalie hinzu, während sie in einem duftenden, würzigen Gericht herumrührte. »Außer der Prinz, natürlich. Er besuchte die Pfarrschule.«

Adrian berührte Billies Ohr leicht mit den Lippen. »Meine Mutter befürchtete, dass meine Moral im staatlichen Erziehungssystem Schaden nehmen könnte.«

Billie biss sich auf die Lippe, um nicht laut loszulachen.

An der Tür klingelte es. Rudy schoss bellend in den Flur, und die Mahaffeys von gegenüber kamen herein, in der Hand einen Kuchen und im Schlepptau zwei blonde Zwillingsjungen.

»Die Kinder sind draußen im Garten«, sagte Rosalie, und die Jungs rannten gleich zur Küchentür. »Sagt ihnen, dass es in einer halben Stunde Essen gibt.«

Dann stellte sie Billie dem Paar als Zios Freundin vor, und Adrian widersprach nicht, sondern ließ die Fingerspitzen wie zur Bestätigung leicht auf Billies Rücken ruhen.

Billie wartete gespannt darauf, dass jemand ihn mit seinem richtigen Namen ansprach – dies war eines von Adrians Geheimnissen, das sie unbedingt lüften wollte –, doch alle nannten ihn immer nur Zio, sogar David. Sie konnte ja auch schlecht nach Adrians wirklichem Namen fragen. Man hätte sie für verrückt gehalten.

Und vielleicht war sie das ja auch. Ihre Beziehung zu Adrian war es ganz gewiss. Aber du lieber Gott, sie bekam einfach nicht genug von seinem Lächeln, seinem Lachen und seinen sanften, liebevollen Berührungen. Heute Abend konnte sie so tun, als sei sie Zios Freundin, konnte vorgeben, dass sie so willkommen war und geliebt wurde, wie sein dunkler Blick es ihr jedes Mal zu zeigen schien, wenn er auf ihrem Gesicht ruhte.

Als bescheidener und beflissener Gastgeber sorgte David dafür, dass die Weingläser der Gäste stets gefüllt waren, und sie standen in der Küche herum und schwatzten, während sie auf das Essen warteten.

Warmer Alkohol und noch wärmere Zufriedenheit durchströmten Billie, während sie das Gelächter und die ausgelassene Stimmung genoss. Doch ein Teil von ihr verspürte stets den Impuls, quasi einen Schritt zurückzutreten, um Adrian in dieser natürlichen, familiären Atmosphäre beobachten zu können. Hier kam er ihr so anders vor, umgeben von Menschen, die ihn kannten und offensichtlich liebten. Die Anspannung war aus seinem Gesicht gewichen, und sein Lächeln war aufrichtig, entspannt, faszinierend.

Sie erfuhr, dass er fließend Italienisch sprach, dass er die dominante Art seiner älteren Schwester mit der Geduld eines bewundernden Bruders ertrug, dass die Arbeit als Avalon-Begleiter seine Fähigkeit geschult hatte, bei allen möglichen Themen mitreden zu können, von Politik über Kindererziehung bis hin zur nächsten Spielsaison der Washington Redskins.

Durch die Unterhaltung mit Rosalies Mann entdeckte Billie, dass Adrian sich auch auf dem Gebiet der Mechanik auskannte. David restaurierte einen 68er Mustang und hatte unzählige Fragen, die Adrian alle bereitwillig beantwortete. Billie musste gute zehn Minuten auf ihn verzichten, als die Männer sich zum Fachsimpeln in die Garage zurückzogen.

Als Myra Mahaffey nach draußen ging, um nach einem schreienden Kind zu sehen, war Billie plötzlich mit Adrians Schwester allein.

»Wie habt ihr beiden euch kennengelernt?«, flüsterte Rosalie in verschwörerischem Ton und stützte die Ellbogen auf die Resopalfläche der Kücheninsel in der Mitte. »Er hat seit Jahren keine Freundin hierher mitgebracht.«

Billie tätschelte Rudys samtige Ohren, um Zeit zu gewinnen und dem durchdringenden Blick der anderen Frau zu entgehen. »Na ja, das war wirklich witzig. Ich arbeite als Reporterin für die Zeitschrift *Illicit* …«

»Oh mein Gott! Diese Zeitung habe ich vom ersten Tag an abonniert. Davon liegen ganze Stapel in der Garage – ich kann mich einfach nicht überwinden, auch nur eine einzige Ausgabe wegzuwerfen. Dann treffen Sie also viele Prominente bei Ihrer Arbeit, was?«

»Manchmal.«

Rosalie drehte sich um und warf einen Blick auf die Lasagne im Ofen. »Wie aufregend. Und wie haben Sie dann meinen Bruder kennengelernt?«

Denk nach, Billie. »Das ist eine seltsame Geschichte. Zufällig musste ich über diesen – diesen Selbstmord berichten, eine Tragödie, wirklich. Der Mann war ein Freund Ihres Bruders ...«

»Sie meinen Luke, nicht wahr?« Rosalies Neigung, sie zu unterbrechen, rettete Billie, sodass sie keine Lügengeschichten erzählen musste. »Und darüber haben Sie berichtet, ja? Aber was kann eine Frauenzeitschrift wie *Illicit* mit Luke DeChambeau anfangen?«

Billie zuckte leicht mit den Schultern, schämte sich, dass sie Luciens Unglück als Ausflucht benutzte. »Er ... er hat sich in gewissen Kreisen bewegt, soweit ich weiß. Washingtons gesellschaftlicher Elite. Normalerweise berichte ich nicht über so einen ...«

»Ganz sicher haben ihm Drogen und Alkohol den Rest gegeben. Ist doch immer die gleiche Geschichte. Und dabei war er so ein gut aussehender Kerl. Ach, die Sache mit Luke ist schon wirklich schrecklich.« Rosalies dunkle Augen blickten traurig drein, als sie ein Geschirrtuch auf der Küchenablage zusammenfaltete. »Wir kennen ihn seit Jahren, und er hatte einige Leichen im Keller. Ich bin nur froh, dass er meinen Bruder nicht in eins seiner krummen Dinger mit reingezogen hat.«

Billie atmete aus. Ihr war ganz übel von dem Lügengespinst, in das Adrian sich eingewoben hatte. Es war so umfassend, dass es sogar dieses warme Haus und die Menschen darin mit seinen hauchdünnen Fäden umgab.

»Und wie kommt er damit klar?«, fragte Rosalie weiter, und tiefe Furchen bildeten sich zwischen ihren dunklen Augenbrauen.

Billie schluckte. »Sie meinen, Adri…« *Mein Gott, Billie.* »Äh, Sie wollen wissen, wie Ihr Bruder …«

»Er ist ein solcher Geheimniskrämer. Er erzählt uns einfach gar nichts. Ich wusste noch nicht mal, dass Luke sich umgebracht hatte, bis mich vor ein paar Tagen meine Mutter anrief. Sie hatte es ausgerechnet von Lukes Familie erfahren. Zio hat kein Sterbenswort verraten. Wahrscheinlich denkt er immer noch, dass wir keine Ahnung haben.«

Billie musterte Rosalies rundes, lebhaftes Gesicht. Offensichtlich wusste sie nicht, dass Adrian unter Mordverdacht stand. Wie war es möglich, dass er in so einer wundervollen Familie aufgewachsen war und dennoch diesen eisigen Schutzschild aufrechterhielt, der ein wichtiger Teil seiner Persönlichkeit zu sein schien? Kam ihm überhaupt jemand jemals nahe?

»Ich glaube, das alles hat ihn tief getroffen«, antwortete sie schließlich. »Und es fällt ihm schwer, darüber zu reden. Aber wir kennen uns auch noch gar nicht so lang. Er erzählt mir auch nicht allzu viel.«

Rosalie kratzte geistesabwesend an einem Brandfleck auf der Arbeitsfläche herum. »Billie, wissen Sie, wie er seinen Lebensunterhalt verdient?«

Billies Herz machte einen Satz, und ihre Handflächen wurden feucht. »Oh … er ist im Verkauf tätig.«

Gott.

Die Augenbrauen der anderen Frau schossen nach oben. »Also Ihnen erzählt er das auch?«

»Das sagt er, ja.«

»Und Sie bohren nicht weiter nach?«

Sie zuckte die Achseln, Angst zog sich in ihrem Inneren zusammen wie eine aufgeregte Klapperschlange. »Ich habe keinen Grund, ihm nicht zu glauben.«

»Aber er war immer so vage. Ich mache mir Sorgen. Er ist einfach zu verschwiegen, das war er immer schon. Das macht meine Mutter und meine Schwestern verrückt. Mich macht es natürlich auch verrückt, besonders wenn mal wieder ein ganzer Monat ins Land geht und ich nichts von ihm höre. Manchmal denke ich, wir könnten genauso gut auf der anderen Seite des Kontinents wohnen, wissen Sie?«

Billie fiel eine vernünftige Antwort nicht leicht. »Er ist kein einfacher Mensch, Rosalie. Aber er genießt es, Zeit mit seiner Familie zu verbringen, das weiß ich, denn er hat mir erzählt, wie wichtig Sie ihm sind.«

Rosalie tätschelte Billies Hand. »Und jetzt hat er Sie, ja? Und er sieht so glücklich aus.«

Billie blinzelte. »Tut er das?«

»Glücklicher, als ich ihn seit Langem gesehen habe. Sie sind ein nettes, anständiges Mädchen, Billie. Sie tun ihm gut.«

Billie versuchte, nicht daran zu denken, wie eindeutig unanständig Adrians Hände ihren Körper berührt hatten, oder an die Art, wie er es schaffte, dass sie ganz weich und zittrig wurde, nur durch einen einzigen langsamen suchenden Blick.

Hier saß sie nun, in seinem Elternhaus, umgeben von Menschen, die ihn seit Jahren kannten, und doch wusste sie nichts von seinem Leben. Überall waren Hinweise, die zur Wahrheit führten. Und das verwirrte sie nur noch mehr.

Als sie aus ihren nachdenklichen Träumereien schreckte, ging Rosalie gerade zur Terrassentür hinüber.

»Kinder! Abendessen! Einer muss Daddy, Frank und Zio aus der Garage holen und sie zum Essen rufen.«

Das Abendessen war ein lärmendes, lebendiges Gewusel, bis die sechs Kinder – nachdem sie mühevoll Rosalie die Erlaubnis abgerungen hatten – vom Tisch aufsprangen, um weiter draußen zu spielen. Die Erwachsenen blieben sitzen und verfielen bei Kuchen und Rosalies aromatischem Espresso ins Plaudern.

Billie war nicht sicher, ob der beträchtliche Koffeinschub oder die Art, wie Adrian unter dem Tisch seine Finger mit ihr verschränkte, dafür sorgte, dass ihr Herz immer wieder einen Satz machte. Sein Daumen beschrieb langsame, gemächliche Kreise auf ihrer Handfläche, die einen fröhlichen Schmetterlingsflug in ihrem Magen auslösten. Unzählige Male spürte sie seinen stetigen Blick auf ihrem Profil und wusste irgendwie, dass sie gewogen und vermessen wurde. Im Gegenzug verglich sie das Gewicht seiner Geheimnisse mit dem warmherzigen, liebevollen Mann, der neben ihr saß, und beschloss, dass sie diesen einen Abend lang so tun konnte, als ob das Avalon für keinen von ihnen beiden existierte.

Als sie die Teller abräumten, war es beinahe acht Uhr. Gemächlich senkte sich die blaue Dämmerung herab, wie es für Sommerabende dieser Art typisch ist. Glühwürmchen kündigten die Dunkelheit an, erst nur ein paar, dann genug, um in der hereinbrechenden Nacht wie flackernde Sternschnuppen zu wirken.

Eine schwüle, nach Gras duftende Brise hauchte Billie das Haar aus dem Gesicht, während sie sich von Adrian den gewundenen Pfad hinab zu den Bäumen führen ließ. Sie ließen den Pulk Nichten und Neffen hinter sich, die sprangen und lachten, während sie ungehindert versuchten, die glühenden Insekten einzufangen.

»Wo gehen wir hin?«, fragte sie. Sie spürte die Zielstrebigkeit seines Schrittes, als das Gras leise unter ihren Füßen raschelte.

Er verlangsamte seinen Schritt und zog sie in seinen Arm. »Es gibt etwas, das ich dir zeigen will, bevor es zu dunkel wird.«

Er führte sie durch die vereinzelten grünenden Bäume, über einen Teppich faulender Blätter und hielt erst inne, als die Lichter des Hauses wie ferne Himmelskörper durch die Baumstämme funkelten.

»Es ist so ruhig hier«, sagte Billie mit gedämpfter Stimme.

»Ja. Das hier war meine geheime Welt, als ich noch ein Junge war.« Er ließ ihre Hand los, um ihr voranzugehen, und stieß mit der Spitze seines Lederschuhs sanft an die verfallenen Ruinen eines Kinderhauses. »Das hier war mal ein Fort. Mein Dad und ich haben es vor zwanzig Jahren gebaut, und seitdem blieb es hier stehen, bis ein Blizzard es im vergangenen Winter dem Boden gleichmachte. Auf der Highschool habe ich mich hier immer verkrochen, wenn ich mal meine Ruhe brauchte.«

Sie sah sich um, und ihr Blick fiel auf eine große, rechteckige Hängematte, die zwischen zwei großen Ahornbäumen aufgehängt war. Die geflochtenen Seile wirkten verwittert und einladend. »Dieser Ort hat den eindeutigen Charme einer Junggesellenbude. Bist du sicher, dass du nicht hergekommen bist, um mit Mädchen herumzumachen?«

Sein Lächeln blitzte in der Dunkelheit. »Manchmal schon.«

»Aha. Ich habe mir schon gedacht, dass du unanständige Absichten hegst, wenn du mich in die tiefen, dunklen Wälder entführst.« Sie ging zu der Hängematte hinüber und pflückte die Blätter und Zweige davon herunter. »Lass uns schaukeln.«

Sie streckte sich auf der schwingenden Fläche aus, dann rückte sie für ihn zur Seite, und Adrian kletterte neben sie. Er legte einen Arm erst über ihren Kopf und dann, als sie ihn hob und sich dichter an ihn schmiegte, darunter. Ihre Körper verschmolzen miteinander, und nachdem sie durch die Zweige über ihren Köpfen ein paar Sekunden in die Sterne geschaut hatten, schwang er ein jeansbekleidetes Bein über den Rand und schob sie sanft an, sodass sie in einen einschläfernden Rhythmus verfielen.

Billie war wie verzaubert. Zikaden und Grillen spielten ihre Maracas-Symphonie in den Bäumen, untermalt von den leisen Pauken der Frösche in der Nähe. Adrians Duft, Reste von Aftershave und Seife, erfüllte ihre Sinne, als sie die Augen schloss und auf der reinen Sinnenfreude dahintrieb. Eine samtige Brise hauchte über sie hinweg, und sein Arm umfing ihre Schulter fester, als wollte er sie wärmen. Diese unbewusste zärtliche Reaktion gab ihr ein Gefühl von Sicherheit und Geborgenheit.

»Danke, dass du gekommen bist.« Seine leisen Worte verwehten die Haarsträhnen auf ihrer Stirn. »Tut mir leid, dass ich dich im Auto so angeblafft habe.«

Überrascht von der leisen Entschuldigung, bemühte sie sich um eine gleichmütige Antwort und entschied sich dann für ein einfaches »Schon gut«. Ihre Hand streichelte das weiche Material seines weinroten Pullovers, erspürte die harten Muskeln seines Bauches darunter, und zwischen ihnen entzündete sich der Funke der Lust. »Ich bin froh, dass du mich hergebracht hast. Es ist wunderschön hier.«

»Du bist wunderschön. Dein Anblick hat mir heute die Sprache verschlagen.«

Billie wandte sich um und sah ihm ins Gesicht. Er sah ernst und wachsam drein. Unter der aalglatten Fassade des Edel-Callboys lag eine absolut aufregende Intensität und Verletzlichkeit. Seine Gefühle gingen tief, seine Sensibilität noch tiefer. So sehr unterschied er sich gar nicht von ihr selbst, erkannte sie überrascht. Etwas an dem Mann unter der Maske kam ihr verblüffend vertraut vor.

Sie überlegte fieberhaft, wie sie ihn etwas aufheitern konnte. »Sag es auf Italienisch, Zio.«

Die Andeutung eines Lächelns spielte um seinen Mund. »*Tu sei bella*«, flüsterte er und wickelte sich eine Haarsträhne um den Finger. »*Il mio amore.*«

Vor Erregung erschauerte sie, zitterte am ganzen Körper und küsste die Stelle, an der sein Herz so stetig unter seinem Hemd pochte. »Ich wette, das sagst du zu jeder.«

»Nur zu dir. Du bist schön, Billie.«

»Sogar in verwaschenen Jeans?«, fragte sie, insgeheim erfreut.

»Gerade in verwaschenen Jeans. Ungekünstelt. Real. Du bist das Einzige in meiner Umgebung, das noch real ist.«

Bevor sie die Größe dieses Bekenntnisses erfassen konnte, bevor sie seine Bedeutung innerhalb der ständig wechselnden Gestade ihrer seltsamen Beziehung ausloten konnte, spürte sie seinen Atem im Haar an ihrer Schläfe, gefolgt vom warmen Druck seiner Lippen auf ihrer Stirn.

Für einen Mann, dessen Leben von den groben, gefühllosen Aspekten menschlicher Grundtriebe bestimmt wurde, war er sehr sanft. Seine Zärtlichkeit, die innere Zerrissenheit, die er immer wieder unter Beweis stellte, raubte ihr jeden klaren

Gedanken, ließ ihren Atem stocken und erfüllte sie mit Verlangen. Ein Verlangen, das mehr war als nur ein sexuelles. Es kam aus dem tiefsten Inneren ihrer Seele.

Die Welt schien stillzustehen, als Adrian durch die Berührung seiner Lippen das sagte, was er nicht in Worte fassen konnte. Er bedeckte ihre Nase und ihre Wangen mit sanften, federleichten Küssen, wobei er ihren Mund mied, auch als sie den Kopf wandte und ihn zärtlich ansah.

Kühle Luft berührte ihre Haut, als er ihr T-Shirt aus der Jeans zog und seine Hand daruntergleiten ließ, die Handfläche auf der Höhlung ihres Bauches, und sie dort liegen ließ.

»Ich will dich schon den ganzen Abend berühren.« Seine Lippen ruhten nun an ihrem Ohr, während ihre Kehle vor Lust trocken wurde und andere Regionen ihres Körpers von flüssigem Verlangen durchdrungen waren. »Ich habe dich beim Abendessen beobachtet, habe gesehen, wie du dich mit meiner Familie unterhalten und mit ihr gelacht hast, und wollte dich spüren. Ich habe mir vorgestellt, wie meine Hände dich berühren, wenn ich allein mit dir bin. Wie ich dich schmecke. Deine Haut. Deine Wärme. Alles von dir.«

Sie schloss die Augen und hielt seinen Kopf in der Wölbung ihres Halses. Ihr Herz pochte wie wild, als ihr klar wurde, dass heute Abend etwas mit ihm geschehen war. Er hatte seine Maske fallen lassen und sich nicht länger gegen seine Gefühle gewehrt. Etwas, das möglicherweise mit ihrer Anwesenheit hier zu tun hatte, an diesem heiligen Ort, von dem niemand sonst wusste. Seine geheime Welt hatte er es genannt. Und Billie wusste, obwohl er es nicht gesagt hatte, dass auch sie sein Geheimnis war.

Er bewegte sich, hob seinen Fuß vom Boden und ließ die Hand weiter nach oben gleiten, zwischen ihre Brüste, ertastete den vorderen Verschluss ihres BHs und öffnete ihn.

»Wir sind im Freien«, sagte sie, halb verlegen, halb erregt von dem möglichen Risiko dessen, was er tat.

»Dann müssen wir ganz leise sein.« Seine Handfläche verschluckte ihre Brust, umkreiste ihren Nippel, bis er sich unter seiner Berührung in einen festen kleinen Knoten verwandelte.

»Aber deine Schwester …«

»Ich habe ihr gesagt, dass wir spazieren gehen.«

»Und kommen die Kinder nicht hierher?«

»Nein.« Er hauchte provozierende Küsse auf ihren Mund, an seinen Lippen ahnte man die warmen Reste des Kaffees. »Sie glauben, dass es hier spukt.«

Sie erschauerte und hob den Kopf, um seinen kaum fassbaren Mund zu umfangen, aber er zog sich zurück, die Augen fast noch dunkler als die hereinbrechende Nacht.

»Frag mich, was ich jetzt mit dir tue«, flüsterte er, »hier, in den spukenden Wäldern, unter den Bäumen.«

»Was tust du denn mit mir?« Ein schiefes Lächeln spielte um ihren Mund, aber sein Gesicht war ohne jeden Humor.

»Ich werde dich kommen lassen.«

Die Worte, halb Drohung, halb Versprechen, strichen über Billies Lippen und raubten ihr den Atem. »Das ist – das wäre …«

»Ich will dir hier in dieser Hängematte mehr Lust bereiten, als du je im Leben empfunden hast.«

Sie sah zu ihm auf, plötzlich machte sein Versprechen ihr Angst, denn sie befürchtete, unter seinen Händen einfach dahinzuschmelzen. Ihr gesunder Menschenverstand ließ nach. Sie klammerte sich daran, schauderte bei der plötzlichen Erkenntnis, dass sie sich nicht mehr daran erinnern konnte, wie ihr Leben vor ihm gewesen war, vor diesem zittrigen Gefühl. »Adrian …«

»Nicht, Billie.« Er sprach überraschend fieberhaft, sodass sie verstummte. »Spiel bei mir nicht die Schüchterne, nicht jetzt, da ich dich so sehr berühren will, dass es schmerzt. Nicht nach allem, was wir zusammen erlebt haben.« Unter ihrem Shirt schwebte die Hand über ihrer Brust, enthielt ihr die Berührung vor, die Finger so dicht an ihrem empfindlichen Fleisch, dass sie spürte, wie die Hitze Haut, Muskeln und Knochen durchdrang, bis hin zu ihrem wild rasenden Herzen.

Es war nicht Schüchternheit, die sie innehalten ließ, sondern vielmehr die seltsame Vorahnung, dass er sie ausziehen, entblößen, sie mit Leichtigkeit zerstören würde. Sie fiel. Verführt. Gebannt. Und weil sie keine Wahl hatte und so trunken war von Wollust und der lang unterdrückten Begierde, die er in ihr geweckt hatte, nickte sie.

»Sag es.« Er rieb seine Nase an ihrer Wange, fuhr mit einer Fingerspitze an der Wölbung ihrer Brust entlang, umkreiste ihre harte Brustwarze, sodass sie eine Gänsehaut bekam. »Sprich es aus.«

Das war bekanntes Terrain für ihn. Genaue Angaben. Schamlose Bitten, der offensichtliche Ausdruck des Begehrens. Das konnte sie ihm geben, das, was ihm in seiner Weltlichkeit vertraut war. Als Gegenleistung würde er ihr Ekstase geben, und winzige Einblicke in seine Verletzlichkeit, nach denen sie süchtig werden konnte.

»Ich will …« Sie leckte sich die Lippen, schloss die Augen, sprang. »Berühre mich, Adrian. Lass mich kommen. Genau hier. Wie nur du es kannst.«

12

Adrian neigte den Kopf und umfing ihren Mund, atmete ihren Atem ein und erfüllte sie mit dem seinen.

Instinktiv wollte Billie den süßen Hunger seines Kusses befriedigen, die sanfte und doch so entschlossene Liebkosung seiner Finger an ihren Nippeln, erst links, dann rechts, vor und zurück, wobei er jeder einzelnen harten, schmerzenden Knospe die gleiche Aufmerksamkeit widmete, bis sie stöhnte und sich seiner Berührung entgegenbäumte.

Ihre Hand, zunächst zwischen ihren Körpern eingezwängt, fand die Freiheit und umklammerte den Stoff seines Shirts – krampfartig, getrieben von Lust, während sie ihn gierig trank. Seine Leidenschaft, seine eindeutige Unsicherheit, die beidseitige Hingabe an die sublime und wortlose Unterhaltung ihrer bedürftigen Körper.

Ihr Becken bewegte sich ruhelos unter ihm, ein Bein über seinen Hüften, um seine Hitze und Härte näher zu sich heranzuziehen, bis der fordernde Schaft seiner Erektion sich an ihr rieb. Und es war eine Qual, eine Qual, weil so viel Jeansstoff zwischen ihnen war, während ihre Körper sich so dicht aneinanderdrängten, als ob sein Speer bereits in ihrem Innern wäre.

Er legte sich zwischen ihre Schenkel und brandete ihr entgegen, versuchte, das Verlangen seines Körpers zu lindern, stieß hart zu, erbarmungslos, keuchend, stöhnend, mit rasselndem Atem. Ihre Knie ritten seine Hüften, hielten ihn in einem rhythmischen Tanz fest. Die Hängematte wogte unter ihnen, die Welt drehte sich.

Zum ersten Mal in Billies Leben glaubte sie, einen Orgasmus zu bekommen nur vom Druck eines männlichen Körpers gegen den ihren. Die Farben explodierten hinter ihren Augenlidern, ihr Herzschlag war ein zügelloses, immer lauter werdendes Donnern in ihren Ohren.

Dann verlagerte Adrian das Gewicht und legte sich neben sie, was ihrer Kehle ein frustriertes Stöhnen entlockte, bis er ungeduldig an ihrem Hosenschlitz zerrte.

Diese Wendung belebte sie erneut. Ihre Wimpern flatterten, und sie sah in die Nacht und in die verzückten, im Schatten liegenden Züge über ihr. Etwas in seiner entschlossenen, seiner plötzlichen Stille sagte ihr, dass er mehr wollte, als sie ihm möglicherweise geben konnte, hier in der Öffentlichkeit, im Freien, in der Dunkelheit.

Aber sie hatte es versprochen. Sie hatte einen Schwur auf ihr Verlangen abgelegt, und jetzt gab es kein Zurück mehr.

»Was willst du tun?« Sie umfing sein Gesicht mit beiden Händen. Es war fiebrig heiß. »Adrian, wir können nicht …«

»Ich weiß, dass wir nicht können. Aber du kannst.« Er schlang sich um ihren Körper und beschirmte so die Bewegung seiner Hand in ihrer Jeans vor jedem zufälligen Zeugen.

Billie versuchte sich im dämmrigen, schwindenden Licht auf sein Gesicht zu konzentrieren. Seine Augen waren wie flüssiges Blei, wachsam, bis die Lust ihre Lider schwer machte und sie spürte, wie seine Finger die feuchten, sehnsüchtigen Falten ihrer Weiblichkeit durchpflügten.

Alles lief auf diese eine, elektrisierende Empfindung hinaus, und die Welt um sie herum verschwand. Er umkreiste ihr feuchtes Fleisch, reizte sie, ließ einen Finger in sie hineingleiten, tief, bog ihn nach oben, um einen ungeheuer empfindlichen Punkt in ihrem Innern, von dessen Existenz sie bislang gar nichts geahnt hatte, zu streicheln und mit ihm zu spielen … und er öffnete seinen Mund über dem ihren, um das Stöhnen zu verschlingen, das sich bebend in ihrer Kehle bildete.

Ihr Körper bäumte sich in überraschter Ekstase ihm entgegen.

»Gefällt dir das?«, flüsterte er, zog sich kurz zurück und gab ihr eine sekundenlange Pause von den sengenden Empfindungen.

»Oh mein Gott.« Sie klammerte sich an ihn, keuchte. Noch nie hatte sie so etwas Gutes gefühlt. Er hatte sie schon häufiger berührt, hatte sie hoch in die Lüfte orgiastischer Ekstase geführt, aber das jetzt … das … »Ich habe nie … was machst du?«

»Ich bereite dir Lust, und nicht annähernd so viel wie du mir.« Er tauchte den Finger wieder tief in sie hinein, und sie spürte, wie ihr Körper ihn einsog, immer tiefer, in einem Krampf, der ihre ganze Gestalt erbeben ließ.

»Du bist so weich.« Er verlagerte das Gewicht und drang noch tiefer in sie ein, bemerkte das heftige Keuchen, als sie scharf den Atem einsog, während seine Lippen ganz nah über den ihren schwebten. »So feucht, wie nasse Seide.«

In ihr tobte das Versprechen eines Orgasmus, und ihre Finger gruben sich krampfhaft in seinen Rücken. »Oh nein …«

Er hob den Kopf, sah sie an und verlangsamte das rhythmische Streichen seiner Finger, wobei der Druck auf jenen magischen Punkt tief in ihrem Innern, der so voller Verheißung und Nerven war, keine Sekunde lang nachließ. »Nein? Soll ich aufhören?«

Mühsam hob sie bei dieser neckischen Frage die Lider, versuchte, ihn anzusehen. »Nein! Oh Gott. Es ist zu viel. Adrian … ja«, seufzte sie, als er wieder in sie hinabtauchte.

Ein Lächeln spielte um seinen Mund, als er ihren rechten Augenwinkel küsste, dann ihre Nase, ihre Stirn. Züchtige Küsschen, so wenig passend zu dem geschickten Angriff zwischen ihren Schenkeln.

»Nimm sie«, flüsterte er und fuhr mit einem zweiten Finger zwischen ihr nachgiebiges, hungriges Fleisch. »Nimm dir deine Lust, Billie.«

Ihr Körper bäumte sich unter ihm auf, gefangen auf dem elastischen Geflecht aus verwitterten Seilen, die Beine weit gespreizt, die Hüften wogend zum Rhythmus seiner Penetration.

Der lichte, rationale Teil Billies hätte beinahe laut aufgelacht. Hier lag sie, in den Wäldern eines Mittelklasse-Vororts, die Finger eines Mannes in ihrem Höschen, in ihr, ein Höhepunkt unglaublicher Kraft bebend in greifbarer Nähe. Und der Mann, der mit ihr spielte, der sie liebkoste … ein Callboy. Ein Gigolo. Ein geliebter Bruder und Sohn und Onkel, und ein Mordverdächtiger mit zu vielen Geheimnissen und zu viel sexueller Geschicklichkeit.

Und sie war dabei, sich in ihn zu verlieben.

Diese unmögliche Situation, die verrückten, abwegigen Möglichkeiten überwältigten sie, dann verebbten sie, verloren sich in der Woge unglaublicher Lust, die unaufhaltsam in ihr wuchs wie Saiten, die zu straff über ein fein gestimmtes Instrument gespannt werden. Sie würde daran sterben, sterben und in Millionen kleine Stücke zerbrechen, die wie Staub vom Wind verweht wurden. Die wachsende Spannung verängstigte sie, sogar noch, als sie dem Höhepunkt entgegenstrebte.

Adrian strich ihr die feuchten Haarsträhnen zurück, die an ihrer Schläfe klebten, und liebkoste ihre Wangen, fand wieder ihren Mund mit seiner samtigen, geschmeidigen Zunge und ließ vorsichtig einen dritten Finger in ihren Körper gleiten, brachte sie der Ekstase, nach der sie sich sehnte … und die sie fürchtete, noch näher.

»Mach die Augen auf.«

Jemand sprach. Ein Phantom. Ein Satyr. Adrian.

»Billie.« Seine Lippen glitten über ihr Kinn, seine Worte träge vor Lust und Befriedigung. »Öffne die Augen, und sieh mich an.«

Als Billie seiner Anweisung folgte, küsste er sie, hauchte ihr sein Verlangen auf die Lippen. »Nein, nicht wieder schließen. Ich will dich sehen, wie du bist, bevor es zu dunkel wird.«

Er spürte die verräterische, bebende Zuckung der seidigen Muskeln um seine Finger, den immer lauter werdenden geräuschlosen Schrei unter seinem Mund und beschleunigte seine Liebkosungen, wobei er keinen Augenblick den Kontakt zu jenem Ort tief in ihrem Inneren verlor, der die Ekstase in greifbare Nähe brachte, für sie, eine Frau, der Freude so lange vorenthalten worden war, dass sich tiefe Narben in ihrem Herzen gebildet hatten.

Sie wickelte sein Shirt in ihre bebenden Fäuste, die Augen weit offen und unverwandt auf seine gerichtet, bis die Lust ihren Kopf von der Hängematte hob und sie ihr Gesicht an seinem Nacken vergrub, wo sie ihren Höhepunkt hinausschreien konnte und der Laut von seiner Haut gedämpft wurde.

Ihr Schaudern der Erleichterung nahm kein Ende, er spürte, wie unter ihm ein Krampf in den nächsten überging, sodass die Hängematte heftig erzitterte. Adrian musste einen Fuß auf den Boden stellen, damit sie nicht hinauskippten.

Er schloss die Augen und ließ sich mit ihr auf der Welle

davontreiben, jeder einzelne Nerv in seinem angespannten Körper sang, war elektrisiert vor Freude.

Seit wann war es solch eine wunderbare Erfahrung, eine Frau zu befriedigen? Wann hatte sich die ganze sinnliche Routine vom Produkt in einen Wertgegenstand verwandelt? Er hatte das Potenzial nicht erkannt, war sich der hauchzarten Fäden nicht bewusst gewesen, die fleischliche Erfüllung mit der Freude des Herzens verbanden.

Er war verängstigt. Bewegt. Es hatte seine Überzeugungen aus den Angeln gehoben wie ein großes Puzzle, das man umdreht, sodass es endgültig in Millionen Teile zerfällt, die sich nie wieder zusammensetzen lassen.

Allmählich entspannte sich Billies Körper auf der elastischen Unterlage der Hängematte, und Adrian hauchte einen Kuss auf ihre geöffneten Lippen, ein Gefühl, das aus Erstaunen und Freude entstand.

Sie schmeckte nach Kaffee, ein so sinnliches Aroma, dass er sie erneut leidenschaftlich mit den Lippen umfing und sie intensiver küsste, die Zunge über die ihre gleiten ließ und sich ihre Essenz ins Gedächtnis einbrannte. Eine befriedigte Frau. Das war der süßeste Geschmack, den es gab.

Als er sich vorsichtig zurückzog und ihre Jeans wieder schloss, schmiegte sich Billie an ihn, und er legte wieder den Arm unter ihren Kopf. Ihre Körper lagen friedlich dicht nebeneinander, als ob die Leidenschaft nicht zwischen ihnen explodiert wäre, als ob sie keinen Augenblick lang etwas anderes gewesen wären als zwei faule schaukelnde Menschen, die die Sommernacht genießen.

In diesem Moment erkannte er es, durchdrang die Erkenntnis seine zusammenhanglosen Gedanken. Billie lehrte ihn – *ihn* –, wie man liebte. Überrascht über die wahnsinnige Ironie, erkannte Adrian mit einem Mal, dass er bis heute niemals richtig gewusst hatte, wie man liebt. Er, der vollendete Liebhaber, der wegen seiner sexuellen Fähigkeiten berühmt war, der so sachkundig, kontrolliert und routiniert war, hatte nur so getan, als ob er liebte, während Billie ... *Gott.* Offensichtlich konnte sie gar nicht anders. Sie schien zur Falschheit einfach nicht fähig.

Ihr Atem ging leicht und gleichmäßig an seiner Kehle, die Fingerspitzen ruhten entspannt über seinem Herzen. Er legte ihr die Wange aufs Haar und glaubte zunächst, dass sie eingenickt war. Doch dann durchbrach ihre Stimme die Nacht, sie klang verträumt und gedämpft.

»Das war unglaublich.«

Ihre Worte brachten ihn zum Schmunzeln. »Tatsächlich?«

»Ja. Und du bist schrecklich.« Ihr ironischer Unterton vertrieb die Spannung, die die Luft erfüllte. Es war eine sanfte Ablenkung von dem unterschwelligen ständigen Verlangen, das sich beharrlich in Adrians Bauch regte. »Mein Gott, Adrian, ich kann dich nirgendwohin mitnehmen.«

Er bebte vor Lachen. Dann streichelte er ihr über das Haar, drückte die Lippen auf ihre feuchte Stirn und ergab sich in den subtilen Übergang von Lust in Zärtlichkeit.

Einen Augenblick später sagte sie: »Also wie viele andere Mädchen, sagtest du, hast du mit hierhergenommen?«

»Gar keins.«

»Hm.« Ihre Stimme vibrierte an seiner Brust.

»Keines, das so reizend war wie du.« Er packte ihr Kinn, schob es nach oben, um ihr in der Dunkelheit forschend in die Augen zu sehen, und verlor sich in der durchdringenden Hitze ihres Blicks. »Und seit zehn Jahren niemanden mehr außer dich.«

Die Verletzlichkeit seiner eigenen Worte brannte sich ihm

ins Gedächtnis, was ein flackerndes Warnsignal war, dass er zu weit gegangen war. Er begann, sich von ihr zu entfernen, aber sie zog ihn mit sanfter Geste an seinem Kinn zurück. »Ich bin dir etwas schuldig.«

Er zog die Augenbrauen in die Höhe. »Aha? Und wie werden Sie mir das zurückzahlen, Ms. Cort?«

Ihre Finger wanderten seinen Bauch hinab zu seinem Hosenstall, wo seine Erektion, immer noch starr und schmerzhaft, ihrer Hand sofort entgegenbrandete. Einen Moment lang ließ er es zu, schloss die Augen, ließ sich fallen und genoss ihre Liebkosung.

Dann umfing er ihre Hand und hob sie an die Lippen, und sie gab einen Protestlaut von sich. »Lässt du es eigentlich auch mal zu, dass man einen Gefallen erwidert, ohne gleich ein kleines Scharmützel daraus zu machen?«

Er küsste ihre Finger, einen nach dem anderen. »Ich will etwas anderes von dir.«

»Und das wäre?«

»Ich muss erst einmal darüber nachdenken.« Am liebsten hätte er ihr die Kleider vom Leib gerissen, seinen Schwanz befreit und ihn in die feuchte, köstliche Hitze hineingetrieben, bis er in ihrem Inneren explodiert und ihr primitiver Schrei über die Wipfel der Bäume hinweggeflogen wäre. Stattdessen zwang er sich, sich neben ihr zu entspannen, sich dem sanften Wiegen der Hängematte und der duftenden Wärme ihres Körpers hinzugeben.

Sie hätten ewig dort liegen können, eng umschlungen in träger, schläfriger Freude, bis die Nacht vorüber war und die Morgensonne die Baumkronen über ihnen durchdrang.

Aber Rosalies lautstarke Ermahnungen, mit denen sie die Kinder für die Nacht einsammelte, drangen durch die Bäume zu ihnen herüber und fingen auch Adrian wieder ein. Er befreite sich aus der Hängematte, half Billie auf die Füße und wartete, bis sie ihren BH wieder geschlossen und ihr T-Shirt in die Hose gestopft hatte und mit ihren Fingern durch ihr zerzaustes Haar gefahren war.

Gemeinsam kehrten sie mit langsamen Schritten ganz schläfrig zum Haus zurück, die Fingerspitzen lose ineinander verschränkt. Adrian verschob seine nicht erfolgte Befriedigung auf ein anderes Mal, eine Ausrede, Billie noch einmal zu sehen, sie zu berühren, sie zu schmecken.

Sie zu lieben.

Bei dem Gedanken runzelte er die Stirn. Nein. Nicht Billie. Sie würde ihn verschlingen, das Unmögliche möglich machen, ihn mit Liebe und Wärme und Fürsorge umhüllen. Und schließlich feststellen, dass sie sich auf einen Mann eingelassen hatte, dessen einziger Wert in seiner Fähigkeit lag, alles um sich herum auf Sex zu reduzieren.

Fieberhaft versuchte er sich ins Gedächtnis zu rufen, wie es war, bevor er sie kannte, bevor er sie begehrte, aber die Erinnerungen glitten ihm wie seidige Strähnen durch die Finger.

Die traurige Wirklichkeit spülte seinen gerade neu entdeckten Frieden davon. Er hielt sich selbst zum Narren, hatte sich in diesem kleinen Vorstadttraum verloren, in dem er einfach vom Avalon aus in ihr Leben treten konnte, mit weit geöffneten Armen, um die Fülle an Zuwendung und Geborgenheit aufzunehmen, die sie ihm bieten konnte.

In ihm gab es keinen Mann, der Billie Cort lieben konnte.

Ein hohles Gefühl breitete sich in Adrians Brust aus, als er ihre Hand losließ und unauffällig auf Abstand zu ihr ging. Für eine Weile hatte er vergessen, dass es eigentlich nichts mehr gab, das er ihr geben konnte.

Im Badezimmer wusch er sich ihren seidigen Duft von den Händen, klatschte sich kühles Wasser ins Gesicht, stützte die Handflächen auf das Waschbecken und ließ die Tropfen seinen Nasenrücken und sein Kinn hinabrinnen, ohne sich im Spiegel anzusehen. Billie war unten und verabschiedete sich von seiner Familie, war bereit, sich der Realität wieder zuzuwenden, hatte keine Ahnung, dass er sie zu Hause absetzen und dann die Brücke abreißen wollte, die ihre Welten miteinander verband.

Er hatte in seinem Leben schon so einige Fehler gemacht, aber bis zum heutigen Tag hatte er sich dafür niemals gehasst. Doch nach diesem Abend würde er sich für so viele Dinge hassen.

»Hier sind die Reste«, sagte Rosalie, als er wieder herunterkam, und drückte ihm eine Tupperdose in die Hand. »Gib sie deiner hübschen Freundin. Sie ist zu mager.«

Er beugte sich vor, um seine Schwester auf die rundliche Wange zu küssen. »Danke für die Einladung, Rosie. Und Rudy dankt dir auch.«

»Nein, Zio, nein! Du darfst ihn nicht mitnehmen!«, rief Adrians sechsjährige Nichte, Tina, entsetzt. Sie flitzte frisch gebadet in einem pinkfarbenen Barbie-Nachthemd durch das Wohnzimmer.

»Doch, das darf er«, sagte Rosalie mit fester Stimme. »In diesem Haus können wir keinen weiteren Esser brauchen, schon gar nicht einen, der so wählerisch ist wie Rudy.« Sie musterte Adrian aus verengten Augen. »Du weißt sehr wohl, dass er nur Rind und Hühnchen frisst. Mit normalem Hundefutter darf man ihm nicht kommen. Du hast ihn vollkommen verzogen.«

Adrian lächelte und kniete sich hin, um Tina ins Gesicht zu sehen. »Hast du gehört? Ich habe Rudy verzogen. Ich denke, das bedeutet, dass ich ihn nun wirklich mit nach Hause nehmen muss.«

Sie sah ihn mit weit aufgerissenen Augen an, sichtlich verwirrt. »Aber ich dachte, er würde ab jetzt immer bei uns wohnen.«

»Der Hund war nur zu Besuch bei uns, Tina«, sagte Rosalie jetzt in sanfterem Ton. »Sag deinem Onkel, er soll öfter zu Besuch kommen, damit wir auch Rudy häufiger sehen.«

»Bringst du ihn wieder her, Zio? Ich hab ihn doch so lieb.« Tinas Finger vergruben sich im weichen Fell des Hundes, und sie zuckte kaum zusammen, als Rudys Zunge eine feuchte Spur auf ihrem Gesicht hinterließ.

Adrian blickte sie mit ernstem Gesicht an. »Natürlich bringe ich ihn wieder mit. Aber sag mir, *bella nipote* – gibt es sonst noch jemanden, den du lieb hast, außer Rudy?« Er streckte den Arm aus und zog sie sanft am Haar. »Vielleicht, sagen wir, mich?«

Sie warf ihm einen nachdenklichen Blick zu, wog hinter ihren Augen, die so groß und braun wie Kastanien waren, die Möglichkeiten ab. »Du nimmst zwar deinen Hund wieder mit«, sagte sie schließlich, »aber ich glaube, ich hab dich trotzdem lieb.«

Pflichtschuldigst gab sie ihm einen Schmatzer auf die Wange, und sofort wischte er sich ihren Kuss mit gespielter Abscheu wieder ab. »Das war aber ganz schön nass.«

Sofort blickte sie wieder vergnügt drein und warf ihm die Arme um den Nacken.

Einen kurzen Augenblick lang hielt er den dünnen, kleinen Körper seiner Nichte fest und atmete den Duft nach Schaumbad und kindlicher Reinheit ein. Er sagte sich, dass er an diesen verlorenen Ort seiner Vergangenheit zurückkehren würde.

Und sei es nur, um sich schmerzlich daran erinnern zu lassen, wie das Leben eigentlich sein sollte.

Rosalie folgte ihm und Billie mit Rudy im Schlepptau zum plattierten Bürgersteig. »Komm bald wieder. Die Kinder haben gar nichts von dir. Und selbst ich vergesse manchmal, dass ich einen Bruder habe, schon gar nicht in der gleichen Stadt.« Sie hielt ihn am T-Shirt fest und küsste ihn auf beide Wangen. »*Ti amo*.«

»*Ti amo*. Ich rufe dich an.« Er umarmte sie und beobachtete dann amüsiert, wie seine gesellige Schwester Billie so fest und eifrig an sich drückte, dass sie ihr fast die Rippen brach. Rosalie wurde mit Fremden normalerweise nicht so schnell warm, aber wahrscheinlich schätzte sie an Billie das, was Adrian von Anfang an fasziniert hatte. Ihre Verletzlichkeit. Ihre Warmherzigkeit.

»Und Sie besuchen uns auch wieder, Billie Cort, nicht wahr?«

»Ja«, antwortete Billie lachend. »Sehr gern.«

»Ich werde in der nächsten Ausgabe von *Illicit* nach Ihren Artikeln suchen. Passt beide gut auf euch auf. Und auf Rudy, das große *bambino*«, fügte sie hinzu, als Adrian die Heckklappe des BMW öffnete und der Hund hineinsprang.

Sie stand in der Auffahrt und sah ihnen hinterher, winkte, bis sie um die Ecke auf die Massachusetts Avenue abbogen und ihre einsame Gestalt aus Adrians Rückspiegel verschwunden war.

Schweigend fuhren sie weiter, umwogt von Sades seidigen, sanften Liedern.

Hinter ihnen drehte sich Rudy dreimal um die eigene Achse und rollte sich dann auf dem Rücksitz zum Schlafen zusammen. Adrian versuchte nicht, sich zu unterhalten, und Billie schien damit zufrieden zu sein, nachdenklich aus dem Fenster zu schauen. Er bemühte sich, sie nicht anzusehen, aber trotzdem wurde sein Blick jedes Mal magisch von ihrem Profil angezogen, wenn sie an einer Ampel hielten.

Sie hatte keine Ahnung von seinen bedrückten Gedanken und von der gefährlichen Richtung, die sie genommen hatten. Die Ruhe auf ihrem Gesicht, der entspannte Ausdruck einer zufriedenen Frau, schrien ihm förmlich entgegen. Er würde ihn mit ein paar Wahrheiten fortwischen, egal wie sehr er sich wünschte, dass sie auch weiterhin zu seinem Leben gehörte. Ohne es zu wollen, ohne das Unweigerliche aufhalten zu können, würde er ihrem zarten Herzen ein paar weitere Narben hinzufügen, und er hasste sich selbst dafür, dass er es so weit hatte kommen lassen, dass sie jetzt einen Punkt erreicht hatten, wo sie beide verletzt wurden.

Als er in die Straße vor ihrem Wohnhaus fuhr, regte sie sich und warf ihm einen überraschten Blick zu, den er nur zu gut verstand. Nach diesem intimen Abend ergab es keinen Sinn, dass er sie hierher zurückbrachte und sie wieder in ihrer eigenen Welt absetzte, wo er sie doch leicht mit zu sich nach Hause hätte nehmen können, um ihre Beziehung zu besiegeln.

Aber Billie sagte nichts, und der sanfte Schrecken in ihrem Gesicht verwandelte sich in kühle Akzeptanz. Sie nahm ihre Tasche an sich und streckte die Hand nach hinten aus, um Rudy den Kopf zu tätscheln.

»Danke für heute Abend«, sagte sie und legte die Finger auf den Türgriff. »Es war wirklich schön.«

Adrian suchte in seinem Herzen nach der richtigen Antwort, nach etwas, das ihre Gefühle erhalten und gleichzeitig seinen Schutzwall niederreißen konnte, doch es gab nichts. »Danke, dass du gekommen bist.«

Er machte keine Anstalten, sie zu küssen, saß nur da, betrachtete sie, während seine Gefühle sich in seinem Innern wieder selbstständig machten: Empfindungen, Begierden, das wilde Sehnen, das sie in den vergangenen Stunden immer und immer wieder in ihm hervorgerufen hatte.

Schließlich beugte sie sich zögernd zu ihm hinüber und wartete darauf, dass er ihr auf halbem Wege entgegenkam. Adrian nahm es hin, hob die Hand und streichelte ihr Haar, ließ es durch die Finger gleiten, während seine Lippen die weiche, duftende Haut ihrer Wange berührten. Eine flüchtige Schwäche.

Zu einer anderen Zeit, an einem anderen Ort hätte er diese Frau lieben können. Er hätte ihre Liebe verdient gehabt. Aber das Gefühl war von ihm so weit entfernt, wie das Avalon von der Wirklichkeit entfernt war. Er hatte es verwirkt und gegen ein Leben in einem goldenen Käfig eingetauscht. Seine Beziehung zu Billie war schlicht und ergreifend ebenfalls ein Opfer dieser Entscheidung.

Der Ledersitz gab ein leises Quietschen von sich, als er sich zurücklehnte, und sie sahen einander an. Unzählige Fragen lagen in der Luft. Dann schenkte ihm Billie ein unsicheres Lächeln und stieg aus dem Auto, und alles, was Adrian denken konnte, war: *Danke, dass du dir um mich Sorgen machst.*

Das schrille Läuten des Telefons riss Billie aus ihrer düsteren Grübelei, und sie sah auf die leuchtende Uhr. Ein Uhr nachts. Zu so lächerlich später Stunde konnte es nur Adrian sein. Ein erleichtertes Zittern durchfuhr sie. Er war auf der Heimfahrt so still gewesen. Sein Gesicht war bedrückt gewesen, und seine Gedanken hatten die Überreste der Lust zwischen ihnen vertrieben.

»Hast du schon geschlafen?«, fragte er sie.

»Nein.« Sie schob sich unter die Decken und zog sie bis zum Kinn hinauf, ignorierte das leise Sieden der Begierde, das er tief in ihrem Bauch hervorrief. Er würde sie heute Abend nicht verführen, obwohl schon der Klang seiner Stimme die gleiche erregende Wirkung auf sie hatte wie seine Zärtlichkeit.

Die Spannung zwischen ihnen war förmlich greifbar, etwas, das sie nicht verstand, aber von ganzem Herzen fürchtete. »Ich habe nur nachgedacht«, sagte sie zu ihm.

»Ich auch.«

»Worüber?«

»Mochtest du meine Familie, Billie?«

Die Frage überraschte sie. Eigentlich hatte sie erwartet, dass er jetzt irgendeine Bombe platzen ließ. »Oh ja. Rosalie war wunderbar, so warmherzig und witzig. Und die Kids sind total süß. Und ganz schön schlau.«

»Sie mochten dich auch.«

»Werde ich sie irgendwann wiedersehen?« Die Frage war heraus, bevor sie ihre nervöse Unsicherheit in den Griff bekam.

Adrian schwieg. Scheinbar hatte ihn ihre Frage genauso unvorbereitet getroffen wie sie selbst. »Ich weiß nicht, wann ich wieder nach Bethesda komme.«

Ihre Wangen glühten. »Ich wollte mich nicht selbst einladen. Ich meinte nur … es sind großartige Menschen.«

Er schwieg. Dann sagte er: »Mein Gott, Billie. Was tun wir hier?«

Mit dieser Frage voller Verwirrung, Hoffnungslosigkeit und Angst hatte er eine Bombe hochgehen lassen. Ihr wurde das Herz schwer, getroffen von einer Woge der Verzweiflung.

»Nun …« Sie nestelte an der Kante ihrer Bettdecke herum,

fürchtete, ihren zerbrechlichen Seelenfrieden zu verlieren. »Wir sind zusammen, würde ich sagen.«

»Es sieht zumindest so aus.« Das Telefon raschelte, als ob er es ans andere Ohr hielt. Dann klang seine Stimme lauter, fest und entschlossen. »Ich hab dir doch gesagt, dass ich keine Beziehung will.«

Ihr Herz wurde noch schwerer.

»Weißt du noch, Billie?«

»Ja«, sagte sie angespannt und hätte sich am liebsten selbst geohrfeigt. Sie hatte doch gewusst, dass dieser Augenblick kommen würde. Wie dumm sie doch gewesen war! »Das weiß ich noch.«

»Du weißt, warum ich nicht … warum ich nicht kann. Aber bei dir belüge ich mich sogar selbst. Ich dachte, ich könnte dir heute Gute Nacht sagen und die Geschichte damit beenden. Wir sind erst ein paar Wochen bei der Sache. Das sollte doch nicht so schwierig sein. Das sage ich mir schon die ganze Zeit, dass ich es beenden kann. Dass es nichts Ernstes ist.«

Sie lauschte mit vor Verwirrung und Schmerz gerunzelter Stirn dem ungleichmäßigen Fluss seiner Worte. Er klang gar nicht wie der Adrian, den sie kannte. Er klang … ängstlich.

»… und ich muss mich bei dir entschuldigen«, beendete er seine Rede. »Es tut mir leid.«

»Wofür?« Sie rieb sich mit der Hand übers Gesicht, presste die Fingerspitzen auf die Augenlider, um das leichte Brennen der Tränen zurückzuhalten. Es war lächerlich, jetzt zu weinen, wirklich. Es gab nichts, worüber man hätte weinen müssen. Schließlich gab es zwischen ihnen nichts zu beenden. Sie hatten sich keinerlei Versprechungen gemacht, aber sich ja denken können, dass es zu einer Katastrophe führte, wenn man mit dem Feuer spielte. Nun mussten sie eben, so gut es ging, aus der Sache wieder rauskommen. Das war unausweichlich.

»Ich hätte dich nicht mit zu meiner Familie nehmen sollen.«

Sie öffnete die Augen. »Warum hast du es dann getan?«

»Ich brauchte ein Date. Um sie zu beruhigen und ihnen zu demonstrieren, dass ich ein normales Leben führe.«

Billie seufzte. Sie war wütend auf ihn, angewidert von sich selbst. »Quatsch. Können wir nicht mal eine Minute ehrlich miteinander sein, Adrian? Am Anfang war das ja vielleicht richtig, aber du hast mich mitgenommen, mich gewählt, weil du etwas für mich empfindest. Das kannst du jetzt natürlich leugnen, aber dann bist du wirklich ein Lügner.«

»Du traust mir zu viel Herzblut zu.« Er zog sich zurück, versuchte, seine Gefühle zu beherrschen und die Kontrolle wiederzuerlangen. »Ich empfinde für niemanden mehr als nur eine gewisse Neugier. Das gehört zu meinem Job, entspricht meinem Lifestyle … das ist meine Natur. Das war dir von Anfang an klar.«

Seine Stimme klang nun entfernter. Sie fragte sich, ob er von seiner Wohnung aus anrief, wo er seinen besten Freund verloren hatte, oder aus dem Avalon, wo er sich selbst verloren hatte. »Ich mag dich, Billie. Du bist ein netter Mensch. Eine gute Gesellschaft. Aber der heutige Abend war ein Fehler.«

Sie warf einen Arm über die Augen und schluckte die Tränen herunter. »Oh? Welcher Teil? Der Teil, bei dem du mich deiner Familie vorgestellt und getan hast, als ob du ein vollkommen durchschnittliches, normales Leben führst? Oder der Teil, bei dem du mich berührt hast, bei dem du mich vollkommen verändert hast – mir eine der heißesten sexuellen Erfahrungen meines Lebens verschafft hast? Welchen Teil davon bedauerst du, Adrian?«

»Alles. Ich kann das alles nicht mit dir haben. Du weißt doch, was ich bin.«

»Ja, Adrian, ich weiß, was du bist. Ein sanfter Mann, sympathisch. Klug. Kultiviert, Sexy. Ich weiß, was du bist.«

»Aber der andere Teil ...«

»Was ist mit dem anderen Teil? Du versteckst dich doch dahinter.« Sie zerrte das Kissen unter ihrem Kopf hervor und schleuderte es durch das Zimmer, plötzlich wütend. »Hast du angerufen, um mir zu sagen, dass ich dich nicht mehr treffen werde? Denn wenn das so ist, dann beeil dich und sag es. Und dann leg auf, und mach dich wieder an die Arbeit, und verschwende keinen einzigen Gedanken an mich. Ich bin schon seit Langem auf mich gestellt, und ich bin tougher, als du denkst. Ich klammere mich nicht an irgendeinen Mann, der lieber ein – ein ...« Sie stockte, verkniff sich die hässlichen Worte, die ihr über die Lippen kommen wollten.

»Ein was?«, konterte er leise. »Ein Callboy? Ein Gigolo? Mach schon, und sprich es aus, Billie. Wenn du deine Zeit mit Gefühlen für mich verschwendest, dann solltest du dich an diesen Gedanken besser gewöhnen, denn ich kann mich nicht ändern. Ich werde es nicht tun. Nicht für dich oder irgendjemanden sonst.«

Sie verkniff sich ein höhnisches Schnauben. »Und was ist mit dir? Wie wär's, wenn du für dich selbst wieder auf den richtigen Weg zurückkehren würdest?«

Er antwortete nicht. Das musste er auch nicht. Billie kannte die Antwort bereits. »Du hast Angst.« Sie setzte sich im Bett auf, als die grausame Erkenntnis sie durchfuhr. »Du hast Angst vor einem Leben ohne Frauen, die ganz scharf darauf sind,

Höchstpreise für dich zu bezahlen. All das Geld … darin bemisst sich dein Wert, nicht wahr? Deine Selbstachtung. Was würde passieren, wenn du mit Liebe statt mit Geld bezahlt würdest? Wäre das das Ende der Welt? Mein Gott, Adrian. Du bist ja richtig in Panik.«

Ihre beinahe geflüsterte Anklage schien seine Gefühllosigkeit zu durchdringen. »Vor dir ging es mir gut.« Seine Stimme klang leise und wütend. *Endlich, endlich.* Er zeigte seine Gefühle. »Verdammt, Billie. Ich will mein Leben wiederhaben.«

»Dann leg auf, und ruf mich nicht noch mal an, denn ich werde dich nicht für Sex bezahlen, Adrian. Was ich zu bieten habe, ist in deiner Welt eine wertlose Währung.«

Das Geräusch ihres Atems, schnell und wütend, drang im Gleichklang durch die Telefonleitung.

Doch er legte immer noch nicht auf. Er fluchte, eine unterdrückte Mischung aus italienischen und englischen Flüchen, die sie im Einzelnen nicht verstand, aber sie erfasste seine grundlegende Frustration. »Ich will nicht haben, was du mir bietest – du hast meine Absicht falsch verstanden. Ich habe nicht um eine Beziehung gebeten.«

»Was zum Teufel war denn dann deine Absicht? Ich glaube, das weißt du selbst gar nicht so richtig. Wenn du es nämlich wüsstest, würden wir diese Unterhaltung nicht führen.« Sie umklammerte die Decke mit ruhelosen Fingern. »Hier geht es nicht mehr darum, dass eine Hand die andere wäscht. Für deinen Geschmack ist es zu schwierig geworden, nicht wahr? Aber trotzdem lief es darauf hinaus, Adrian, ob du es jetzt wolltest oder nicht. So etwas passiert! Man hat nicht immer die Wahl. Das Leben klopft nicht als fest eingeplanter Termin an deine Tür wie im Avalon. So etwas geschieht eben. Man hat Gefühle. Fühlt sich elend oder glücklich, weil man sich …« Sie strauchelte, den Satz mit »verliebt hat« zu Ende zu führen, und biss sich auf die Unterlippe, um sich zum Schweigen zu bringen, zitternd vor einer wilden Mischung aus Rausch und Schmerz.

»Darauf kann und will ich mich nicht einlassen.« Verzweiflung verzerrte seine Stimme. Es klang, als ob er mit sich selbst spräche statt mit ihr. »Ich will einfach nur meinen inneren Frieden zurückhaben. Ich will Luke zurückhaben. Ich will, dass alles wieder so ist wie damals, bevor du das Avalon betreten hast, Billie. Das muss dir doch klar sein.«

Obwohl seine Erklärung sie wie ein Messer durchfuhr, erregte sein innerer Aufruhr ihr Mitgefühl, ihr Begehren. Nach wie vor wollte sie diesem Mann ihre Zuneigung schenken, der sie von sich stieß.

Nein. Eine neue Woge der Kälte durchdrang sie bis ins Mark. Sie konnte die Sache in gegenseitigem Einvernehmen beenden. Und das würde sie auch.

Entrüstung und seelentiefe Wunden sprachen für sie. »Wo wir schon so ehrlich miteinander sind …« Sie schluckte und schloss die Augen, denn sie wusste, dass ihre nächsten Worte die Intimität zwischen ihnen erheblich stärker schädigen würden als seine Frustration. »Was ist in der Nacht von Luciens Tod wirklich geschehen? Hast du bei seinem Sprung in die Tiefe nachgeholfen, Adrian?«

Eine ganze Weile sagte er gar nichts. Erstaunen knisterte zwischen ihnen. Billie konnte kaum glauben, dass sie so herzlos und grausam gewesen war. Sie konnte nicht glauben, dass er immer noch nicht aufgelegt hatte, und jetzt wünschte sie, er täte es endlich. Sie wollte, dass es vorbei war, sie wollte, dass der Schmerz aufhörte, bevor der Schaden irreparabel war.

Endlich gab er auf, und seine Antwort durchbrach die Stille. »Er war mein Freund, Billie. Mein Freund«, sagte er leise.

Die Wut schwand dahin, ließ sie leer und zitternd vor Scham zurück. Sie war ganz schön tief gesunken. Doch sie stieß noch einmal zu. Stieß ihn noch weiter in den Abgrund. Stieß ihn von ihrem Herzen fort. »Aber was ist mit deinem Alibi?«

»Wie meinst du das?«

»Ich habe gehört, dass die Dame abstreitet, mit dir zusammen gewesen zu sein.« Sie tat ihm weh. Vielleicht mehr, als er sie je verletzten würde, aber sie konnte nicht anders.

»Sie lügt.« Seine leisen Worte klangen messerscharf und eisern. »Sie hat die Polizei belogen, sie hat ihren Ehemann belogen ... sie hat sogar sich selbst belogen. Das tun sie alle. So sind die Spielregeln.«

»Und Azure? Was ist mit ihr?«

»Sie ist die größte Spielerin von allen. Sie hat auch gelogen, was mich betrifft. Sie weiß, dass ich im Avalon war. Sie hat den Beweis vernichtet, um meine Kundin zu schützen.«

Billie stieß scharf den Atem aus, die Hand auf ihr pochendes Herz gelegt.

Er war noch nicht fertig. »Du bist also doch nicht so gutgläubig und arglos. Es wurde auch Zeit, dass du mir diese Frage stellst. Du weißt nichts von mir außer dem, was ich dir sagen will. Aber denk mal über Folgendes nach, Billie.« Seine Stimme klang jetzt gleichmütig, alles Gefühl war daraus verschwunden: »Woher weißt du, dass ich dir keine Flausen in deinen hübschen Kopf setze?«

Sie schluckte. »Ich weiß es nicht.«

»Nein.« Jetzt war sein Ton verächtlich. »Du bist ein leichtes Ziel. Du bist so verloren wie ein Baby im Wald. Ich kann kaum glauben, dass du nicht schon längst mal reingefallen bist.«

Ihr wurde übel vor Bedauern. »Du irrst dich.«

»Und du bist töricht genug, um so schnell Vertrauen zu fassen. Aber hey, alles für ein bisschen Aufregung, stimmt's? Die Menschen verkaufen ihre Seele für ein wenig Aufregung. Sie sterben sogar dafür. Und du bist keinen Deut besser, wenn du die Gesellschaft eines Mannes suchst, der seinen Lebensunterhalt als Callboy verdient.«

Verzweiflung schnürte ihr die Kehle zu.

»Danke, Billie. Du hast uns beiden einen Riesengefallen getan.«

Die Verbindung wurde mit einem gedämpften Klick getrennt. Billie lag da, mit trockenen Augen, den Hörer an die Brust gepresst, und zwang ihre unlogische Trauer mit gesundem Menschenverstand nieder. Aber erst viel, viel später wurde ihr wirklich klar, was geschehen war … Sie hatten endlich Gleichstand erreicht. Lust um Lust. Wahrheit um Wahrheit. Verletzung um Verletzung. Gleichermaßen gegeben und empfangen. Keine Schuld band sie mehr aneinander. Kein Gefühl. Kein Vertrauen.

Er hatte geklungen, als ob er sie niemals mehr wiedersehen wollte, und das war in Ordnung für sie.

Aber sie weinte dennoch.

13

Azure starrte den gut aussehenden, blonden Angestellten an, der sich so lässig auf dem Sessel vor ihrem Schreibtisch fläzte, und stieß einen Seufzer aus.

»Ich hoffe, dass es wirklich wichtig ist, Joe.« Sie warf einen kurzen Blick auf die goldene Rolex an ihrem Handgelenk. »Ich habe einen langen Tag hinter mir.«

»Ich brauche nur eine Minute.« Seine blauen Augen funkelten vor Vorfreude. Er wollte auf irgendetwas hinaus, und sie war nicht in der Stimmung für Spielchen.

»Mach es bitte kurz.«

»Kurz und schmerzlos – ja, Ma'am.« Er schlug die überkreuzten Beine auseinander und fuhr in nüchternem Ton fort. »Als Catherine Barkley gestern zu ihrem Termin erschien, erzählte sie mir etwas, das du ganz sicher hören willst.«

»Ach ja?«

»Es geht um einen deiner Vorzeigebegleiter und irgendeine Frau, mit der er sich außerhalb des Avalon trifft.«

Die ganze Zeit über hatte Azure die seidigen Perlen um ihren Hals gestreichelt, doch nun hielt sie inne, was der einzige Hinweis darauf war, dass sein nachlässig dahingeworfener Kommentar ihr Interesse erregte. Verärgerung vertrieb ihre Müdigkeit auf der Stelle. »Wen meinst du?«

»Adrian.«

Sie lachte skeptisch. »Was könnte Catherine Barkley wohl

über Adrian wissen, außer dass sein Terminplan immer zu voll ist, um auch ihr zu Diensten sein zu können?«

Joes Lächeln erreichte seine von langen Wimpern umrahmten Augen nicht ganz. »Ich habe gehört, etwas Bitterkeit wirkt bei einigen Frauen Wunder. Sie behauptet, ihn neulich abends mit einer Freundin bei einem Konzert im Rock Creek Park gesehen zu haben. *Sie hatten nur Augen füreinander.* So hat sie es, glaube ich, formuliert.« Er schwieg und warf seiner Chefin einen vielsagenden Blick zu. »Ich bin weit davon entfernt, mich hier in das Liebesleben anderer einzumischen oder auch nur einen Pfifferling dafür zu geben, was die Jungs hier in ihrer Freizeit treiben, aber ich dachte, dass wir die strikte Anweisung haben, Privates nicht innerhalb der 30-Meilen-Zone des Avalon auszuleben.«

Azure lehnte die Fingerspitzen aneinander und stützte ihr Kinn darauf. Dann wirbelte sie ihren Stuhl herum, um Joes aufmerksamem Blick zu entgehen. »Catherine Barkley muss sich geirrt haben. Vielleicht sollte sie mal zum Augenarzt gehen.«

»Vielleicht erzählt sie ja auch die Wahrheit, die du nur nicht hören willst.«

»Adrian würde sich mir nie widersetzen«, blaffte Azure.

Der große, blonde Cowboy quittierte diese Antwort mit einem leisen, spöttischen Schnauben, und sie wandte sich um und sah ihm mit strengem Missfallen in die Augen. »Joe, mein Lieber, du willst Adrian doch nicht etwa verpetzen? Dich vielleicht sogar an ihm rächen, weil er so unehrenhaft auf deine Rolle bei Luciens moralischem Verfall hingewiesen hat? Denn wenn das deine Absicht ist, dann kannst du dich davonmachen und deine Unzufriedenheit für dich behalten. Ich habe keine Lust, die Vermittlerin zu spielen, wenn ihr Jungs mal wieder aufeinander einhackt. Und Hinterhältigkeit toleriere ich noch viel weniger. Wenn du ein Problem mit Adrian hast, dann benimm dich wie ein Mann. Auch er ist ein großer Junge. Ich bin sicher, dass ihr beiden eure Differenzen aus der Welt schaffen könnt.«

Seine blauen Augen verengten sich leicht. »Ich mag ihn durchaus, Azure. Ich bin aus Loyalität zu dir hier. Ich habe nicht vor, Probleme zu machen, aber ich drehe mich auch nicht um, wenn ich welche kommen sehe. Verstehst du?« Schnell wie der Wind, war die Anspannung in seinem geröteten Gesicht verschwunden und wurde durch sein übliches teuflisches Grinsen ersetzt.

Azure blinzelte und wandte den Blick von seinem Gesicht ab. Er war zu eingebildet, zu selbstsicher. Wie hatte sie diese unangenehme Eigenschaft bei ihm bislang übersehen können?

Sie kannte die Männer des Avalon, als wären es ihre eigenen Kinder, und auf vielerlei Weise waren sie das auch. Jeden einzelnen hatte sie wegen seiner einzigartigen Kombination aus Schönheit, Intelligenz, Liebenswürdigkeit und Anpassungsfähigkeit eingestellt. Sie hatten allesamt Seltenheitswert, waren Juwelen, hoben sich von der Norm ab, und wenn sie mit ihnen fertig war, hatte sie sie in unbezahlbare Schätze verwandelt, sie zu engelsgleichen Kreaturen aus weiblichen Träumen gemacht. Sie durften unter keinen Umständen unnachgiebig oder gar eigensinnig sein.

Also wie hatte Joe unter das Radar gelangen können? Seine Fähigkeiten mit der Zunge und den Fingern und andere beeindruckende Fertigkeiten waren ihm bisher sicher zugutegekommen, und er hatte sich in den zwei Jahren, die er als Begleiter hier arbeitete, eine begeisterte Fangemeinde aufbauen können. Aber sexuelle Geschicklichkeit bedeutete nichts, wenn er nicht bis in die Knochen mit dem Avalon zu einer Einheit verschmolz.

Das hatte er nie getan, nie so wie Adrian. Niemand konnte das. Aber wenn das, was Joe sagte, stimmte … Sie presste die Zeigefinger gegen die Schläfen, als ein Bild von Adrians seltenem Lächeln vor ihrem geistigen Auge auftauchte. Er war auf jede erdenkliche Weise der vollkommene Prinz des Avalon. Ihre Sternstunde. Niemand konnte die dunkle Note ersetzen, die er in den Gefilden ihres Clubs hinterlassen hatte.

Soweit sie wusste, war Adrian ihr vollkommen ergeben und führte kein nennenswertes Privatleben. Doch sie befürchtete, dass er sie und das Avalon eines Tages für eine andere verließ, nur weil die Betreffende es sich leisten konnte, sich den Anschein seiner Zuneigung zu erkaufen, denn Adrian gab sein wahres Ich nicht preis. Azure selbst wusste kaum etwas über seine Vergangenheit, kannte nur versteckte Andeutungen, die verführten und lockten, Fingerzeige, dass unter der geschliffenen Oberfläche ein höchst menschliches Wesen wohnte. Niemand war bis zu seinem Innern vorgedrungen, außer vielleicht Lucien, und selbst bei ihm hatte Adrians Neigung, seine Freunde auf Armeslänge von sich entfernt zu halten, dazu beigetragen, den anderen Mann in den Ruin zu treiben.

Azure hatte den Abschiedsbrief in ihrem Besitz, den Lucien vor seinem Tod geschrieben hatte, der dies bewies.

Während Joe weiter über das, was er für die Anstandsregeln des Avalon hielt, vor sich hin schwadronierte, zog sie eine Schublade ihres Schreibtisches auf und betrachtete den Umschlag, der am Tag nach Luciens Tod im Club angekommen war.

Azure hatte ihn nicht sofort geöffnet. Sie hatte ihn eine geschlagene Woche in ihrer Schublade aufbewahrt, hatte sie immer wieder geöffnet und geschlossen, den Brief betrachtet, während sich ihr die Nackenhaare aufstellten und sie danach verlangte, die Wahrheit zu enthüllen. Schließlich war sie auch nur ein Mensch.

Warum Lucien sie als Empfängerin seines Schwanengesangs ausgewählt hatte, ging über ihre Vorstellungskraft hinaus, aber es befriedigte sie trotzdem. Fast einen Monat nach dem Tod ihres Mitarbeiters war dies der seidene Faden, der Adrian noch an sie band. Der Brief war der Schlüssel zu Adrians Seelenfrieden, ihre letzte Chance, ihn zu erreichen.

Obwohl sie Detective Rich Hales in der vergangenen Woche angerufen hatte, um Adrian zu rehabilitieren – indem sie behauptete, dass der Brief in dem Papierwust auf Marias oder ihrem eigenen Schreibtisch verloren gegangen sei –, hatte sie dem Detective eine Menge Schweigegeld bezahlt, um den Beweis für Adrians Unschuld offiziell noch etwas länger zurückhalten zu dürfen. Sie hatte ein gutes Verhältnis zu den Behörden, und keine der beiden Seiten würde dieses Gleichgewicht gefährden wollen, da sie beide davon profitierten.

Leise schloss sie die Schublade wieder und nickte zerstreut, während Joe weiterplapperte. Sie war einfach noch nicht bereit, den Abschiedsbrief an die Behörden zu übergeben und Adrian im Hinblick auf den Tod seines Freundes auch offiziell zu entlasten.

Denn dann würde sie ihn verlieren. Und mit ihm einen makellosen Mitarbeiter und eine beachtliche Erfolgsbilanz. Ein eigens von ihr eingesetzter Privatdetektiv überzeugte sich alljährlich einmal davon, dass ihre hochgelobten Begleiter auch außerhalb des Clubs einen guten Ruf hatten, was ihr für ein paar Tausend Dollar jährlich ihren Seelenfrieden erkaufte.

Den Berichten zufolge hatte Adrian nie die Regeln gebrochen … und doch regte sich eine vorsichtige Stimme in ihrem Innern, der Instinkt der Geschäftsfrau, die Gefahr witterte. Dieser Instinkt riet ihr, bei Joe nachzuhaken und mehr Informationen über dieses ungehörige Gerücht zu verlangen.

Sie neigte den Kopf und schenkte ihm ein kurzes, kühles Lächeln. »Ich denke nach, Darling. Versuche mir klar zu werden, ob ich mehr wissen will.«

Er zog die Augenbrauen in die Höhe und lehnte sich auf seinem Stuhl zurück. Seine Selbstzufriedenheit war abartig. »Du kannst jederzeit Catherine anrufen und sie fragen, was sie gesehen hat, aber ich bezweifle, dass sie wiederholen wird, was sie mir gesagt hat. Wir stehen uns ziemlich nahe«, fügte er augenzwinkernd hinzu.

Azure riss langsam der Geduldsfaden. »Sie sagt also, dass sie Adrian bei einem Konzert mit einer Frau zusammen gesehen hat. Könnte das vielleicht eine Kundin gewesen sein?«

»Wenn ja, dann hat er für sie wohl sämtliche Register gezogen. Catherine sagt, dass sie vollkommen fasziniert voneinander waren.«

Azure richtete sich auf und nagelte Joe mit ihrem bohrenden Blick fest. »Konnte sie dir diese Frau beschreiben?«

»Ja, lass mich nachdenken.« Er streichelte sein Kinn, seine blauen Augen richteten sich himmelwärts. »Sie war dunkelhaarig, hübsch, unauffällig. In den Dreißigern. Catherine war nicht begeistert.«

»Verstehe.« Sie runzelte die Stirn. »Unauffällig, keine Kundin …« Ihr kam eine geradezu lächerliche Idee in den Sinn, und sie schob sie so schnell beiseite, wie sie gekommen war. Adrian war viel zu intelligent und wählerisch, um sich auf mehr als die makelloseste Partnerin einzulassen. Und warum sollte er überhaupt eine Geliebte wollen, wo er hier doch alles hatte, was ein Mann sich wünschen konnte?

Sie brüstete sich stets, die Warnzeichen zu erkennen, wenn ein Begleiter ruhelos wurde, und bei ihm hatte sie keine Warnzeichen wahrgenommen. Nur Trauer über Luciens Tod. Und die Trauer machte mit einem Mann seltsame Dinge. Vielleicht war die Frau, die Catherine gesehen hatte, einfach nur eine Spielerei für Adrian gewesen, ein rebellisches und schlecht getimtes Abweichen vom richtigen Weg.

Azure würde ihn schon wieder auf den rechten Weg bringen. Und wenn sie das nicht konnte, würde sie ihre Trumpfkarte ausspielen, Luciens Abschiedsbrief. Ein bemitleidenswertes Schreiben, eine Hommage an seine Zuneigung für einen Mann, der sich unter allen Umständen weigerte, Liebe zu akzeptieren – von Frauen, von Lucien, von Azure selbst.

Sie schenkte Joe ein kühles Lächeln und erhob sich, um anzuzeigen, dass er entlassen war. »Danke, dass du mir deine Sorgen geschildert hast, Joe. Ich zähle natürlich auf deine Diskretion bei diesem Thema.«

»Natürlich«, versprach er und erhob sich. Azure fiel auf, wie breitschultrig und kraftstrotzend er doch war. Ein wunderschönes Exemplar, dachte sie. Vielleicht sollte sie ihn doch noch etwas länger behalten. An seiner Integrität arbeiten.

»Und, Joe«, warnte sie ihn zuckersüß, »du hältst dich auch aus anderen Geschichten raus, in Ordnung?«

Seine Selbstzufriedenheit verflog. »Wenn du auf Adrians Bemerkung, dass ich mit Lucien Drogen genommen habe, anspielst, das war eine verdammte Lüge. Ich hab mit dem Zeug nichts zu schaffen. Kannst dir ja die Ergebnisse meiner letzten Untersuchung ansehen, Azure.«

»Vielleicht wäre es Zeit für eine neue Untersuchung, mit

einem neuen Arzt«, sagte sie nachdenklich. »Vielleicht sollten wir mal überraschende Drogentests durchführen. Immerhin wollen wir nicht noch einen weiteren Lucien hier haben, nicht wahr?«

Joes Kinn verhärtete sich, aber er antwortete nur: »Danke, dass du mich angehört hast, Azure.«

»Aber natürlich, mein Schatz.«

Als er gegangen war, setzte sie sich und rief Maria über die Gegensprechanlage in ihr Büro. »Ist Adrian heute Abend hier?«

»Ja«, sagte die Sekretärin von der Türschwelle aus und sah ihre Chefin mit großen, dunklen Augen an. »Heute arbeitet er mit der Restaurantbesitzerin, die extra aus London anreist, um ihn zu besuchen.«

»Natürlich.« Azure lehnte sich zurück und tippte sich mit einem silbernen Fingernagel an die Lippe. »Eine Übernachtungskundin?«

»Ich glaube nicht. Ich sehe mal nach.«

»Finde es heraus«, sagte Azure angespannt. »Und sobald er fertig ist, schick ihn zu mir.«

Adrian saß in einem Ohrensessel und starrte die Ornamente an, die auf dem türkischen Teppich zu seinen Füßen wirbelten, zählte die Minuten, während seine Kundin sich im Badezimmer auf eine Ekstase vorbereitete, von der er nicht wusste, ob er sie ihr verschaffen konnte.

Es war falsch, hier zu sein, aber er hatte es einfach nicht über sich gebracht, sich der einfachen, schmerzhaften Tatsache zu stellen, dass er Billie verletzt hatte und dass die Reue ihn förmlich zerriss.

Sie hatte mit Zähnen und Klauen zurückgeschlagen, wobei

sie, ohne zu zögern, auf seine Schwachstellen losgegangen war. Und schließlich hatte sie das getan, was er nicht geschafft hatte – sie hatte die Verbindung zwischen ihnen gekappt, indem sie die eine Waffe benutzte, die ihn in Stücke riss: indem sie seine Rolle bei Lukes Tod infrage stellte.

Es war mehr als wahrscheinlich, dass er mehr Schmerz und Verwirrung als Billie empfunden hatte, als er aufgelegt hatte. Aber mittlerweile war ihm klar geworden, dass sie ihn nur hatte treffen wollen, um sich zu schützen, und die Reue wuchs in seinem Inneren wie ein Geschwür.

Er hatte versehentlich schon früher die Gefühle anderer verletzt. Es ließ sich kaum vermeiden, dass manche Kundinnen sich in ihre Avalon-Begleiter verliebten. Sobald er Gefahr witterte, hatte er in den vergangenen Jahren die Betreffenden von seinem Terminkalender gestrichen. Er hatte ihre Gefühle mit Füßen getreten. Das gehörte zu diesem Geschäft dazu.

Aber er wusste instinktiv, dass er eine Frau noch nie so tief getroffen hatte. So tief, dass er es in seinem eigenen Herzen spürte, als ob er von den unbedachten Worten, Handlungen und der Zurückweisung selbst zerrissen würde.

Natürlich gab es noch Noelle, sein einziger Versuch, sich auf eine Beziehung einzulassen, nachdem er seine Tätigkeit bei Azure aufgenommen hatte. Noelle mit ihren mandelförmigen Augen, ihrem strahlenden Lächeln und der unbändigen Lust auf Kultur und Reisen. Auch sie hatte er nicht verletzen wollen. Sie hatte die Welt bereisen wollen – mit ihm an ihrer Seite. Sie hatte die schier unerschöpflichen Geldvorräte ihres Vaters geplündert, um Adrian besser auszustaffieren als ein kostbares Accessoire. Er hatte sich an ihrer Seite noch viel mehr wie ein Callboy gefühlt als jemals im Avalon.

Er hatte Noelle auf wilde, törichte Weise geliebt, aber nicht genug, um die entehrende Stellung zu ertragen, die sie ihm zugewiesen hatte. Als sie das mit dem Avalon erfuhr, war er kaltherzig, wie er war, beim Höchstbietenden geblieben, und das Einzige, was er bedauerte, war, dass sie am Ende geweint hatte. Als sie ihm Lebewohl sagte, klang ihre Stimme angespannt, erstickt vor Gefühl, von Tränen, die sie kaum zurückhalten konnte – genau wie Billies Stimme gestern Abend, bevor sie auflegten.

Er wurde den Gedanken daran einfach nicht los.

Scharf zog Adrian den Atem ein, fuhr sich mit der Hand durchs Haar und schloss die Augen. Mein Gott, was hatte er sich nur dabei gedacht, Billie in sein Elternhaus mitzunehmen? Welches kranke, unbewusste Motiv hatte er gehabt, sie in seine private, geheiligte Welt zu lassen, nur um ihr die Tür vor der Nase zuzuschlagen, als sie zu nahe kam?

Zu nahe woran?

Hinter ihm tauchte Nina Weston aus dem Badezimmer auf, ihre Schritte waren leise auf dem dicken Teppich zu hören. Nur der flüchtige Blumenduft, der zu ihm herüberwehte, zeugte von ihrer Ankunft. Neben seinem Sessel blieb sie stehen, schamlos nackt. Ihre pinkfarbenen Fingernägel fuhren über seine Brust, massierten ihn durch sein weißes Baumwollhemd hindurch, wanderten dann zu seinem Schoß.

Als er ihre Hand umfing und sie sanfter in sicherere Gefilde geleitete, kniete sie sich neben seinem Sessel nieder und sah ihn aus verengten Augen an. »Wie viel Uhr haben wir?«

»Halb zehn.« Er unterdrückte einen unruhigen Seufzer. »Wir haben viel Zeit im Restaurant verloren, fürchte ich.«

»Ich habe unsere Unterhaltung genossen«, sagte sie achselzuckend.

Er versuchte, seinem Repertoire aus bedeutungslosen Gefühlen ein Lächeln zu entlocken, und scheiterte. »Du hast noch eine ganze Stunde Zeit«, sagte er in dem leisen, geschliffenen Ton, der jeder Verführung voranging. Dann beugte er sich zu ihr vor und küsste sie mit sanft forschender Zunge. Es war der sterilste und verlogenste Kuss, den er seit Langem jemandem gegeben hatte.

Als sie nicht reagierte, zog er sich zurück und neigte den Kopf, um ihr direkt in die Augen zu sehen. »Was ist los?«

»Keine Ahnung. Sag du es mir.« Ihre Stimme verlor das tiefe, erotische Timbre. Sie stand auf, und er musterte sie eingehend. Sie hatte ein hübsches Gesicht und eine gute Figur und bewegte sich geschmeidig, aber sie war nicht attraktiv genug, um Adrian zu erregen. Er fühlte sich innerlich tot.

»Lächelst du denn gar nicht mehr, Adrian?«

Er war leicht überrascht, sodass ihm keine glattzüngige Antwort über die Lippen kam. Er erhob sich und versuchte sich in einem schwachen Witz: »Warum? Lächele ich nicht genug für deinen Geschmack?«

»Nicht annähernd genug.« Sie grinste. »Denk dran, Schatz, ich bin den ganzen Weg aus London angereist für diese kostbaren vier Stunden. Da erwarte ich schon, dass alles perfekt ist.«

Er zog die Augenbrauen in die Höhe, während er in seinem Gedächtnis nach Erinnerungen an die paar Besuche kramte, die sie ihm zuvor abgestattet hatte. Nina hatte sich nie beklagt. Er hatte ihr bis jetzt auch nie einen Grund dazu gegeben. »Du glaubst also nicht, dass ich dich heute Abend befriedigen kann?«

»Oh doch, das kannst du sicher. Aber sagen wir doch einfach …« Ihre Finger wanderten zu seinem Bauch hinab und spielten mit der Schnalle an seinem geflochtenen Gürtel, dann noch tiefer. Als keine Reaktion erfolgte, zog sie sie wieder zurück. »Dass du nicht mit dem Herzen bei der Sache bist.«

Aufgewühlt erhob er sich und ging zur Bar hinüber, um sich einen Drink einzuschenken. Seine bedrückten Gedanken kehrten mit atemberaubender Wucht zurück. »Und was macht dich da so sicher?«

»Ich weiß es nicht. Aber ich kann mir denken, dass du nicht bei mir bist. Vielleicht«, sagte sie säuerlich, »vielleicht bei jemand ganz anderem. Sieh mich an. Ich stehe hier nackt mitten im Zimmer, habe mich selbst ausgezogen, wo du doch sonst immer derjenige warst, der mich entkleidet hat, und zwar Stück für Stück, quälend langsam, wobei du jede entblößte Stelle geküsst hast.«

Er kippte einen bitteren Schluck Whiskey herunter und stellte das Glas beiseite, dann ging er auf sie zu, aber sie streckte die Hand aus. »Irgendetwas sagt mir, dass du – egal was für ein vollendeter Schauspieler du bist – den Sex mit mir heute Abend nicht genießen wirst.«

Er blieb stehen, achtete auf ein ausdrucksloses Gesicht. »Ob das nun stimmt oder nicht, technisch gesehen sollte das doch eigentlich keinen Unterschied machen.«

»Aber für mich tut es das.« Sie verschränkte die Arme über den Brüsten, als ob ihre Nacktheit sie plötzlich aus dem Konzept gebracht hätte. »Ich genieße meine Zeit mit dir immer, Adrian, aber heute Abend bist du anders. Du kommst mir geistesabwesend vor, nachdenklich. Ich habe das Gefühl, viertausend Dollar für das Zusammensein mit einem Mann bezahlt zu haben, der noch nicht mal weiß, dass ich existiere.«

Er dachte fieberhaft über eine beschwichtigende Antwort nach, doch das Einzige, was er wahrnahm, war die Verzweiflung, die ihm zusammen mit dem Whiskey in der Kehle brannte. Wenn sie ihn nicht gezwungen hätte, Farbe zu bekennen, hätte er sich zusammengerissen, er wäre mit ihr ins Bett gegangen und hätte sein Bestes getan, um Billie Cort aus seinem Organismus zu vertreiben. Er funktionierte immer perfekt, solange er nicht nachdachte.

Ein reumütiges Grinsen spielte um seinen Mund. Ironischerweise konnte er seinen Körper zwar bis zum bitteren Ende der eigenen Kontrolle unterwerfen, aber seine Gedanken bekam er einfach nicht in den Griff, sodass immer wieder die Bilder einer Frau vor ihm auftauchten, immer der gleichen, wie in einer nicht enden wollenden Kinonacht.

Er zwang seinen Körper, sich zu entspannen, trat näher zu Nina heran und umfing ihre Taille. »Tut mir leid. Wie kann ich es wiedergutmachen?«

Sie musterte ihn, die blassblauen Augen schläfrig und verschleiert. Mein Gott, dachte er. Sie war von so weit her gekommen, und das alles für nichts.

»Du hättest auch mit mir Befriedigung finden können, genau jetzt. Hättest dich wie ein Mann verhalten können und nicht wie eine gut funktionierende Maschine.«

Er schüttelte den Kopf. »Du weißt doch, ich mache nie …«

»Aber du könntest. An einmal kann ich mich noch gut erinnern, Adrian« – sie legte die Hände um seinen Nacken, und der blumige Duft irgendeines teuren Parfüms stieg ihm in die Nase –, »an unseren einen unglaublichen, beidseitigen Orgasmus. Es geschah, als ich das letzte Mal in den Staaten war. Und das war auch der Grund für meinen jetzigen Ausflug über den großen Teich. Ich dachte, wenn es einmal passiert ist …«

Er versuchte, eine nichtssagende, aalglatte Antwort zu finden, aber ihm kam kein Wort über die Lippen. Gott, er konnte einfach nicht. Nicht heute Abend. Nicht jetzt, da Billie jede seiner Bewegungen, jeden Atemzug beherrschte.

Er löste sich von ihr, rieb sich das Gesicht mit den Händen und suchte nach Worten. Das Rettungsboot fuhr an ihm vorbei, während er darüber nachdachte, stillschweigend zu ertrinken, wo es doch eigentlich so einfach gewesen wäre einzusteigen und seiner Kundin zu sagen: *Komm her, ich will dich berühren, ich will dir zeigen, wie gut ich bin …*

»Ich ziehe mich an«, sagte Nina leise.

Er wandte sich zu ihr um und beobachtete, wie sie im Bad verschwand, während ein lächerlicher Gedanke in seinem Kopf herumgeisterte. Ninas Hals war nicht so graziös wie Billies. Ihre Schultern waren nicht so fein geschwungen, ihre Haut nicht so seidig. Noch nie hatte er Ninas Mund an seinem Schwanz gespürt, hatte niemals seine Finger in ihrem Haar vergraben oder sich zwischen ihren Lippen süß und heiß verloren.

Er hatte eine Schwäche für Billie. Und jetzt hatte er deshalb eine Kundin nicht zufriedengestellt. Seine ganze Welt war in Gefahr durch das, was als gedankenlose Ablenkung begonnen hatte, als kleiner Spaß. Und er konnte niemandem einen Vorwurf daraus machen außer sich selbst.

Ein paar Minuten später erschien seine Kundin, vollständig bekleidet, auf dem Gesicht ein Ausdruck schweigsamer Ernüchterung.

Adrian zwang sich zur Konzentration. »Tut mir leid, dass du so weit gereist bist und enttäuscht wurdest, Nina. Ich spreche mit Maria und sage ihr, dass dieser Abend nicht so war, wie du …«

»Allein deine Gesellschaft war mir ein Vergnügen, Adrian.« Sie machte ein paar vorsichtige Schritte auf ihn zu und streckte die Hand aus, um seine Wange zu berühren. »Wenigstens dafür werde ich zahlen. Aber ich will auch eine Antwort. Unter uns. Irgendetwas stimmt doch nicht, oder? In deinem Privatleben?«

Er schloss die Augen und wünschte ihre scharfsichtige Berührung fort, ihre forschenden Fragen, verfluchte seine zerstörerischen Gedanken und Gefühle. »Ja, du hast recht. Mich beschäftigt eine Privatangelegenheit, die nichts mit dem Avalon zu tun hat. Mein Verhalten ist vollkommen unangemessen.«

Sie schenkte ihm ein mitfühlendes Lächeln. »Ich hatte gehofft, dass du menschlich bist. Ich war mir dessen nicht immer sicher – bis jetzt.«

Die Worte schwebten in der Luft, verspotteten ihn. Sie irrte sich. Irgendwann war ihm seine Menschlichkeit abhandengekommen. Und sie wieder zum Leben zu erwecken war, als ob man in einem Ozean aus zähflüssiger schwarzer Materie wieder an die Oberfläche zu gelangen versuchte.

Er sah sie an, sein Herz donnerte – kündete von seinem Elend. »Tut mir leid«, sagte er und war zum ersten Mal seit Tagen aufrichtig. »Bis zu diesem Zeitpunkt war es mir nicht klar – es ist ernster, als ich dachte. Und ich komme nicht klar damit.«

Unten sprach Adrian leise mit Maria über eine Entschädigung für seine Kundin. Dann verabschiedete er sich von Nina Weston, einer treuen und langjährigen Kundin, zum letzten Mal. Er wusste es, als er mit den Lippen ihre Wange berührte und die Tür hinter ihr schloss. Das schlimme Gefühl des Scheiterns, das er empfand, war nur ein kleiner Vorgeschmack auf das, was noch vor ihm lag, wenn er diesen inneren Aufruhr nicht in den Griff bekam, diese unbändige Unzufriedenheit, die sein Leben zu durchdringen schien.

Er kehrte zur Treppe zurück, wo Azure wie ein durchsichtiger Geist im Schatten auf ihn wartete. »Adrian.«

Er blieb stehen, dann setzte er seinen Weg fort und ging auf sie zu. Jeder Muskel seines Körpers war angespannt.

»Deine Kundin ist früher gegangen«, sagte sie.

Adrian wartete, denn er wusste, was als Nächstes kam.

»Warum ist sie früher gegangen, Adrian?«

»Ich konnte sie nicht zufriedenstellen«, antwortete er. Das würde die Diskussion beenden, bevor sie unerfreulich wurde.

»Warum nicht?« Sie ging auf ihn zu, ihre Schritte waren auf den Fliesen kaum zu hören.

»Du achtest doch auf dich, oder?«

»Natürlich.«

»Du hast also andere Sorgen.«

Er neigte zustimmend den Kopf.

»Ich hab dir doch gesagt, dass du dir nach Luciens Tod alle Zeit der Welt gönnen kannst.«

»Ich wollte arbeiten. Ich musste arbeiten. Und hier geht es nicht um Lucien.«

Bevor er noch mehr sagen konnte, kamen ein anderer Begleiter und seine Kundin die Treppe hinunter, und Azure bedeutete Adrian, ihr ins Büro zu folgen.

Dort schloss sie die Tür. Ihr exotisches Parfüm, würzig und blumig zugleich, durchdrang das Zimmer. »Setz dich, Schatz.«

Er aber verschränkte nur die Arme vor der Brust und wartete, bis sie um den Tisch herumgegangen war und sich gesetzt hatte.

»Du setzt dich nicht zu mir, um dich mit mir zu unterhalten?«

»Ich bin schon seit den frühen Nachmittagsstunden hier.« Er wählte seine Worte mit Bedacht. Seine Gefühle waren dicht an der Oberfläche. Azure konnte seine Abwehr jederzeit erspüren und sie einreißen. »Ist das hier ein offizielles Meeting?«

»Ein inoffizielles.« Sie zog die Brauen gerade genug in die Höhe, um ihm Gefahr zu signalisieren. »Nennen wir es doch ein Zusammentreffen in freundschaftlicher Sorge.«

»Azure …«

»Wer war die Frau, die du letzte Woche zum Konzert in den Rock Creek Park mitgenommen hast?«

Adrian starrte sie an. Während er nach einer Antwort suchte, nach irgendetwas außer verblüfftem Entsetzen, fuhr sie fort.

»Ist sie verantwortlich für deine Unfähigkeit, diese Kundin zufriedenzustellen? Verausgabst du dich bei ihr, Adrian?«

»Nein.« Er sog die Luft ein und sah sie aus verengten Augen an. »Ich verausgabe mich bei niemandem.«

»Vielleicht noch nicht. Ist das eine ganz neue Liebe? Bemühst du dich um sie? Spielst du ein Spiel, das du seit Jahren nicht mehr gespielt hast?«

»Nein.« Er zwang sich weiterhin zu einer versteinerten, teilnahmslosen Miene.

»Hm.« Sie trommelte mit den Fingernägeln auf die glatte Oberfläche des Chippendale-Schreibtisches und musterte aufmerksam sein Gesicht wie ein Schachspieler, der sich seinen nächsten Zug überlegt. »Nun, wer immer sie auch ist, mach dich wieder frei von ihr. Sie lenkt dich offensichtlich ab, und sie beeinträchtigt deine Arbeit.«

Er widersprach nicht, sondern stand nur in stummem Erstaunen da. Sein Kopf dröhnte. Sein Schweigen zeugte viel heftiger von seiner Schuld, als hastiges Abstreiten es hätte tun können.

»Mein Gott …« Sie erhob sich und stützte die Hände auf den Schreibtisch, ließ ihre Maske fallen, als sie ihn näher ansah. »Du bist besessen von ihr! Wer ist sie?«

»Das spielt keine Rolle.«

»Natürlich tut es das.« Angst und Wut zeichneten das sonst so glatte und für sie typische ausdruckslose Gesicht. »Sie stiehlt dich mir – sie stiehlt dich dem Avalon. Und sie ist es nicht wert, Ad. Das kann ich dir versprechen.«

Er wandte den Blick ab, denn er war zu erschöpft zum Streiten. »Wieso, Azure? Wie kannst du mir das versprechen? Woher willst du wissen, was sie mir wert ist?«

»Alles, was du brauchst, hast du hier.« Sie senkte die Stimme, die vor Wut bebte. »Es wäre ein Fehler, das für eine oberflächliche Tändelei aufs Spiel zu setzen, die irgendwann sowieso keine Bedeutung mehr hat, sodass du vor dem Nichts stehst! Du wirst es ganz furchtbar bereuen, und wenn ein Begleiter einmal gegangen ist, dann war es das. Das verstehst du doch.«

»Ja, ich verstehe.« Er biss die Zähne zusammen und zwang sich, ihr erneut in die Augen zu sehen. Sie hatte kalte Augen. Unnachgiebige und schlangenartige. Wie hatte er jemals glauben können, dass sie nur das Beste für ihn wollte? »Sonst noch etwas, Azure?«

Ihr Gesicht nahm einen sanft bittenden Ausdruck an, was eine raffinierte Maske war. »Ich bitte dich, dich von ihr zu trennen, wer immer sie auch ist. Und wenn ich noch einmal höre, dass du mit ihr in der Stadt gesehen worden bist, trennen sich unsere Wege. Egal wie sehr es mich bekümmern würde, dich zu entlassen.«

Adrian traute seiner Stimme nicht. Er ging zur Tür.

»Adrian.«

»Was?«, stieß er hinter zusammengebissenen Zähnen hervor, ohne sich umzudrehen.

»Ist es die Reporterin?« Die Frage klang verzweifelt, bebte förmlich vor ungläubiger Trauer.

Seine Hand umklammerte den Türknauf. Mein Gott, woher konnte sie das nur wissen?

Mit einem Mal fühlte er sich, als ob er dem Teufel seine Seele verkauft hätte, seine Identität, seine Tugend, und sie stand hinter ihm, brannte ihm mit ihren wissenden blauen Augen zwei Löcher in den Rücken.

Er würde ihr nicht die Befriedigung verschaffen, ihr sein Gesicht zu zeigen. Ohne zu antworten, trat er in den Flur hinaus und schloss die Tür hinter sich, sein Herz wild pochend in einem kranken Rhythmus aus Rausch und Angst.

»Wie geht es mit dem Romantikbericht voran?« Nora steckte den Kopf zur Bürotür hinein, in der Hand eine halb gegessene Laugenstange.

»Langsam, aber sicher.« Billie lehnte sich zurück und minimierte beiläufig das gerade geöffnete Fenster auf ihrem Computer, für den Fall, dass die Redakteurin ihr über die Schulter blickte. Eigentlich sollte sie einen Entwurf für ihren nächsten Artikel machen, der sich mit den Dating-Gewohnheiten der Leute um die dreißig in Washington beschäftigte, ein Thema, von dem sie so gar keine Ahnung hatte. Stattdessen hatte sie sich noch einmal ihr Werk über Adrian durchgelesen, denn sie war zu unruhig, um auch nur ein einziges Wort zu Papier zu bringen.

Nora wusste nicht, dass sie diesen Artikel über ihn noch nicht aufgegeben hatte, aber Billie war auch noch nicht bereit, ihn ihr vorzulegen, sodass die Wahrheit über ihr Innerstes ans

Licht kam ... und etwas von der Wahrheit über Adrians Innerstes ebenfalls.

Sie stieß sich vom Schreibtisch ab und sah die große Frau in der Tür an. »Ich habe immer noch Fragen, die beantwortet werden müssen.«

»Worüber?«

»Über ... Erfahrungen beim ersten Date.« Adrian hatte recht. Sie war eine schreckliche Lügnerin, und sofort machte Nora ein misstrauisches Gesicht.

Die Redakteurin kaute und schluckte, dann deutete sie mit der Laugenstange auf Billie. »Du hast die Interviews doch schon gemacht. Mit dreißig Frauen. Wie viele Fragen willst du über Erst-Dates denn noch stellen? Die meisten davon sind doch gar nicht so aufregend.«

Billie lächelte harmlos.

»Übrigens ist das hier gerade für dich abgegeben worden.« Nora betrat das Büro und zog einen cremefarbenen Umschlag hervor, der in schwungvoller Schönschrift adressiert war. »Ein Leinenumschlag. Wen kennen wir, der einen Brief auf leinenem Briefpapier verfasst?«

»Kein Absender«, sagte Billie, nachdem sie ihn sich genau angesehen hatte. Der Poststempel kam aus Washington. Eine leise Alarmglocke tönte in ihrem Kopf, und ihr Puls ging schneller.

»Öffne ihn«, sagte Nora und aß den Rest ihrer Laugenstange auf.

»Mache ich später.« Lässig legte sie ihn beiseite und wandte die Aufmerksamkeit wieder dem Monitor zu. »Lass mich jetzt allein, damit ich wieder arbeiten kann.«

Nora runzelte die Stirn. »Warum kannst du den Umschlag nicht sofort öffnen?«

»Weil ich gerade an etwas ganz anderem sitze.«

»Als deine Redakteurin könnte ich dir befehlen, ihn zu öffnen.«

»Als anständiger Mensch wärst du niemals so neugierig.«

Sie tauschten ein spöttisches Grinsen, und Nora ließ das Papier ihrer Laugenstange in den Bugs-Bunny-Mülleimer neben dem Schreibtisch fallen. »Na gut. Aber vielleicht erzählst du es mir ja später. Könnte ja auch ein Schmähbrief sein.«

»Wann habe ich jemals einen Artikel geschrieben, der genug Sprengstoff enthielt, um mir Schmähbriefe einzubringen?«, sagte Billie. »Den Adrian-Artikel hast du mir ja schließlich weggenommen.«

»Und ich habe versucht, ihn dir zurückzugeben.«

»Nein, du hast versucht, mich während der Ermittlungen im Avalon als Spionin einzuschleusen. Aber der Artikel betraf nur Adrian selbst. Er war über ihn, nicht über das Avalon. Ich schreibe kein Exposé für dich. Ich bin dafür nicht die Richtige.«

Der energische Ton, in dem sie das sagte, vertrieb Nora aus ihrem Büro. »Schreib den Bericht zu Ende«, blaffte sie noch und verschwand.

Auf zitternden Beinen ging Billie zur Tür hinüber und sah den Flur hinab, ob Nora wirklich verschwunden war, dann schloss sie die Tür und sperrte ab.

Sie hockte sich auf die Kante ihres Schreibtisches und nahm den Umschlag in die Hand, betrachtete die elegante Schrift. Seit sie das letzte Mal von Adrian gehört hatte, war eine Woche vergangen, und Nora hatte sich auch nicht mit Rich getroffen, dem widerlichen Detective. Es hatte den Anschein, dass die Ermittlungen ohne Abschiedsbrief oder weitere Beweise, um Adrian weiterzuquälen, in eine Sackgasse geraten waren.

Gott sei Dank.

Sie saß da, starrte den Umschlag an und hätte Adrian gern gesagt, dass sie seine Unschuld niemals wirklich bezweifelt hatte, dass sie ihn einfach nur glücklich sehen wollte und sich verzweifelt wünschte, dass er das bei ihr sein könnte. Sie wollte ihn fragen, ob er sie überhaupt vermisste, denn ihr Leben war wie im Schwebezustand, seit er letztes Mal aufgelegt hatte.

Ihr Verstand wusste, dass Adrian mit dem ganzen Chaos abgeschlossen hatte, dass er nicht den Wunsch hatte, mit ihr zu reden. Offensichtlich verfügte er über erheblich mehr gesunden Menschenverstand als sie und wollte keinen Kontakt mehr mit ihr aufnehmen und die unmögliche Beziehung nähren, die zwischen ihnen aufgekeimt war. Der unverletzte, vernünftige Teil ihrer Seele war erleichtert.

Aber es blieb noch ein letztes Band. Der Artikel war fast fertig, doch ein melancholisches Widerstreben hielt sie davon ab, die letzten Abschnitte zu schreiben, mit denen sie die Tür hinter Adrian Antoli für immer schließen würde. Und wenn sie fertig war und das Schriftstück einreichte, konnte sie das den Kopf kosten. Vielleicht wurde der Artikel nicht einmal gedruckt.

Aber das spielte keine Rolle. Die wahre Aufgabe bestand schon seit Langem nicht mehr in der Veröffentlichung des Textes, sondern in der Suche nach dem Mann, der sich so geschickt hinter Schichten aus Schmerz, Verleugnung und Rätseln verbarg.

Und bei dieser Suche erforschte sie gleichzeitig die fremdartigen, unbehaglichen und berauschenden Gefühle, die er in ihr hervorrief.

Sie hielt den Umschlag gegen das Licht, betrachtete ihn mit verengten Augen, aber der Leinenumschlag gab nichts preis.

Sie ließ den zitternden Daumen unter die Lasche gleiten, öffnete ihn vorsichtig und zog eine Karte hervor.

Liebe Ms. Cort,
bitte nehmen Sie diese informelle Einladung zu einer intimen Zusammenkunft im Avalon am Freitag, dem 1. September um 20 Uhr an. Es werden sogar Kundinnen von auswärts anwesend sein. Betrachten Sie es also als geselliges Beisammensein oder einfach nur als zusätzliche Gelegenheit zur Recherche für Ihren Artikel, dessen Veröffentlichung sich auf so bedauerliche Weise verzögert hat.
Ihre Diskretion weiß ich wie immer sehr zu schätzen.
Mit freundlichen Grüßen
Azure Elan

Mit zitternden Fingern schob Billie die Karte wieder in den Umschlag und steckte ihn in ihre Handtasche. Azure lud sie wohl kaum aus reiner Herzensgüte noch einmal ins Avalon ein. Billie bezweifelte sogar, dass die Clubbesitzerin überhaupt ein Herz besaß. Aber sie hatte sicher einen Grund für die Einladung, die unzweifelhaft dem Wohl des Avalon dienen sollte.

Vor Angst wurde ihr flau im Magen. Sie wusste, dass sie eigentlich keinen Fuß mehr in diesen Club setzen sollte. Ihre Vernunft schrie ihr zu, sich von dort fernzuhalten. Aber wenn es bedeutete, dass sie Adrian wiedersah, und wenn auch nur am anderen Ende des Zimmers, während er seine gespielte Aufmerksamkeit auf eine gut bezahlende Kundin richtete, würde sie es tun.

Ihr Herz ließ ihr keine Wahl.

14

Ein junger Diener näherte sich Billies Taxi und half ihr aus dem Wagen, ohne ihr in die Augen zu sehen. Sie fragte sich, ob die schweigsamen, rot livrierten Parkwächter wussten, was hinter dem goldenen Schein der Fenster des Avalon vor sich ging. Selbst ihr kam das Ganze nicht real vor.

Sie erklomm die Backsteintreppe, die zu der glänzend lackierten roten Tür des Clubs führte. Auf der Türschwelle hielt sie inne, nahm einen tiefen, kräftigenden Atemzug und klingelte. Die gedämpfte Melodie der Glocken von Westminster erklang im Innern.

»Willkommen.« Der gut aussehende Butler mit rabenschwarzem Haar und schwarzem Frack überflog zunächst die Einladung. Dann musterte er sie aufmerksam, wobei sein verführerischer Blick bis hin zu ihren Zehen hinabwanderte und dann wieder hinauf – wie eine sichtbare Liebkosung. »Ms. Cort«, sagte er, und sein Lächeln wurde breiter, »wollen Sie nicht hereinkommen?«

In der eleganten Lobby schimmerten tausend Kerzen, wobei die Flammen sich in Gold und im mahagonifarbenen Holz, in Diamantschmuck und gepflegtem Lächeln widerspiegelten. Im Hintergrund erklang leise Chopin. Frauen in Cocktailkleidern – jede einzelne in Begleitung eines Avalon-Mitarbeiters – bevölkerten den intimen Raum. An der Seite stand – in einem bodenlangen weißen Kleid, das so hauchzart wie Spinnweben wirkte – Azure Elan mit einem zufriedenen Lächeln auf den Lippen und betrachtete ihr Werk.

Sie entdeckte Billie am Eingang fast sofort und ging mit graziösen, fließenden Schritten auf sie zu. »Meine liebe Ms. Cort, nochmals herzlich willkommen.«

»Danke«, sagte Billie mit einem ebenso kühlen Lächeln wie die Gastgeberin. »Welchen Grund Sie für diese Einladung auch gehabt haben mögen, ich bin so froh, dass Sie sie ausgesprochen haben.«

»Nehmen Sie Ms. Cort die Stola ab«, sagte Azure dem Butler, doch Billie schüttelte den Kopf und umfasste den seidigen Stoff fester.

»Das wird nicht nötig sein.«

»Aber Sie bleiben doch lang genug, um unsere feine Küche zu genießen, nicht wahr?« Azure fasste Billie am Arm und nahm ihr sanft die Seidenstola ab, die sie dem Butler reichte. »Sehen Sie sich um, Ms. Cort. Sie müssen einfach ein wenig länger bleiben. Es gibt hier Sinnenfreuden in Hülle und Fülle.«

Das war keine Übertreibung. In jeder Ecke saßen Paare in inniger Umarmung, liebkosten einander, küssten sich. Es war eine öffentliche Zurschaustellung von Zuneigung, wie Billie sie noch nie gesehen hatte. Sie sah sich bedächtig um, nahm die sinnliche Szenerie fasziniert in sich auf.

»Ich möchte, dass Sie jemanden kennenlernen«, sagte Azure ganz dicht an ihrem Ohr.

Billie ließ sich durch den Raum ziehen, wo ein einsamer Mann an einer Marmorsäule lehnte, seine glutheißen blauen Augen auf die Gäste gerichtet.

»Billie Cort«, verkündete Azure stolz, »das ist Joe.«

Sofort richtete Joe sich auf, der gelangweilte Ausdruck wich aus seinem gut aussehenden Gesicht. Er musterte Billie – in schulterfreiem kupferfarbenem Cocktailkleid und provozierenden High Heels – von oben bis unten.

»Es ist mir ein Vergnügen«, sagte er gerade so gedehnt, dass jeder Südstaatenschönheit Schauer der Wonne über den Rücken gelaufen wären.

Azure legte Billies Hände in die seinen. »Joe wird jede Ihrer Fragen beantworten. Ich möchte, dass Sie Ihren Artikel beenden, und er ist mehr als bereit, Ihnen zu erzählen, was Sie wissen müssen.« Ihre funkelnden Augen forderten Billie heraus, die Frage zu formulieren, die ihr auf den Lippen lag.

Wo ist Adrian?

Wenn sie Glück hatte, würde Joe ihr das vielleicht sagen. »Ich bin so froh, Sie kennenzulernen, Joe«, gurrte sie, wobei sie seinen Charme gekonnt imitierte, ohne dass man es für Spott hielt. »Nennen Sie mich Billie.«

Azure blickte zwischen ihnen hin und her und schien zufrieden zu sein. »Essen und trinken Sie, und nehmen Sie auf jeden Fall sämtliche Vergünstigungen unserer Gastfreundschaft in Anspruch.« Dann glitt sie davon und fügte hinzu: »Und nur keine Bescheidenheit, Ms. Cort. Heute Abend sind Sie ein Ehrengast des Avalon.«

Billie stieß einen erleichterten Seufzer aus, als die Frau gegangen war, und blickte sich in der überfüllten Lobby um. Von Adrian war keine Spur zu sehen. Sie sah den blonden Begleiter neben sich an. »Nun, Joe, ich vermute, jetzt sind wir quasi auf uns gestellt.«

»Ich freue mich schon den ganzen Tag darauf.« Seine Begeisterung klang so bodenständig, dass Billie sich fragte, ob die Cowboy-Fassade tatsächlich gespielt war. »Azure hat mir schon gesagt, dass Sie ein echter Knaller sind, aber mm-mm.«

Dieses Spiel konnten auch zwei spielen. Sie schlug kurz die Wimpern nieder. »Was hattest du denn erwartet, Cowboy?«

»Keine Ahnung, Süße. Aber ich würde dich gerne wie einen Lollie auswickeln, um herauszufinden, was darunter ist.«

Billie lachte und schüttelte den Kopf. Die Avalon-Begleiter waren hervorragende Schauspieler und Liebhaber, aber dieser hier hätte genauso gut einer Fernsehserie aus den Siebzigern entsprungen sein können, so unmodern war sein bäuerlicher Charme.

»Wo kommst du her?«, fragte sie, als sie in dem überfüllten Zimmer umhergingen.

»Woher du willst, Süße. Dallas, Atlanta, New Orleans ... sag du es mir.« Er blinzelte ihr zu, und sie widerstand dem Drang, die Augen zu verdrehen.

Sich mit Joe zu unterhalten entpuppte sich eher wie eine Aufzählung der schlimmsten sexuellen Anspielungen der Welt. Aber auf seine kitschige, ländliche Art war er unterhaltsam, und eine Weile gelang es Billie sogar, ihre Aufmerksamkeit auf den großen, blonden Cowboy zu richten und nicht in die weiter entfernten Ecken des Raumes zu spähen, in denen Adrian sich vielleicht aufhielt.

Sie blieben an einem weiß gedeckten Tisch stehen, auf denen sich Etageren mit Obst und köstlichen Kanapees türmten. Eine Eisskulptur in Form eines Schwans dominierte das Buffet und glitzerte wie nasses Glas im flackernden Kerzenlicht.

»Hast du Hunger?«, fragte Joe und griff nach einem Teller, ohne ihre Antwort abzuwarten.

Billie drehte sich aus Protest der Magen um. Doch sie blieb stumm neben ihm stehen und sah zu, wie er drei oder vier Kanapees auf den Kristallteller legte. Mit einem verführerischen Lächeln reichte er ihn ihr. Sie nahm ihn und ließ den Blick erneut über die üppig geschmückte Halle wandern.

Wohin sie ihre Aufmerksamkeit auch richtete, überall standen riesige Blumensträuße in kostbarsten Vasen. Tausende von Dollar waren hier für die äußere Behaglichkeit ausgegeben worden. Und Tausende für die Lust. »Erzählen Sie mir etwas von den Frauen, die heute Abend hier sind, Joe.«

Er sah sich mit einem gelangweilten Seufzer um. »Die meisten dieser Frauen sind Tagungsgäste. Jedes Jahr die gleichen Gesichter.«

»Sind denn momentan alle Begleiter hier?«, fragte sie und achtete auf eine ausdruckslose Miene.

»Dazu sind sie verpflichtet. Das hier ist einer der wichtigsten Abende des Jahres für das Avalon.«

Sie biss in eine Pastete, die mit in Sherry eingelegten Pilzen gefüllt war, und ließ ihren Blick über gut aussehende Gesichter, breite Schultern und Frauen mit gierigen Augen, die sich an sie schmiegten, schweifen. Mit seinem guten Aussehen wäre Adrian auch hier gleich ins Auge gefallen. Aber sie entdeckte ihn nicht. »Darf ich ganz offen sprechen, Joe?«

»Natürlich.«

»Es scheint, als ob jede Frau einen eigenen Begleiter hätte. Wie viele Kundinnen haben sich heute Abend hier angemeldet?«

Von dem Silbertablett eines vorbeigehenden Kellners nahm er zwei Champagnergläser. Eines davon gab er ihr. »Sie kommen nacheinander. Die erste Gruppe von sechs bis neun, die zweite von neun bis Mitternacht. Heute Abend ist mein Terminkalender voll.« Er legte ihr die Hand ins Kreuz. »Aber eine Frau könnte ich sicher noch einschieben, wenn sie wollte.«

Sie wollte nichts weiter, als sich einzureden, dass Adrian

Antoli nicht zu dieser Party erschien. Sie stellte ihren Teller auf ein Tablett in der Nähe, dann führte sie den Champagner an die Lippen und kippte den Inhalt der Flöte in einem Zug herunter.

Als ihre Kehle nicht mehr brannte, warf sie ihrem Begleiter einen weiteren Blick zu. Er hatte den starken, bulligen Körperbau eines Footballspielers. Man konnte sich ihn leicht in einer Scheune vorstellen, splitternackt, einen Strohhalm zwischen den Zähnen drehend. Er spielte den rotwangigen Cowboy bis zur Perfektion. Zweifellos war sein Terminplan auch sonst immer voll.

Aber Billie wollte keinen rotgesichtigen, blonden Cowboy. Sie wollte das, was sie nicht haben konnte …

Und das Objekt ihrer Begierden stieg jetzt gerade die Wendeltreppe hinab.

Die Welt schien stillzustehen, ein schwindelerregender Adrenalinschub raubte ihr den Atem. Ungläubig sah sie ihn ein zweites, dann ein drittes Mal an. Zuerst war sie nicht ganz sicher gewesen, ob die dunkle Gestalt mit der ausdruckslosen Miene tatsächlich Adrian war. Gott, was war mit ihm geschehen in den Tagen, in denen sie sich nicht gesehen hatten? Er kam ihr so ernst und unnahbar vor. Er trug ein schwarzes Jackett mit einem kragenlosen, blendend weißen Hemd darunter. Das Haar hatte er zurückgekämmt, was seine aristokratischen Züge zur Geltung brachte. Seine Augen waren halb geschlossen.

Das auffälligste Accessoire jedoch war der Rotschopf mit der elfenbeinfarbenen Haut an seinem linken Arm.

»Das ist Adrian, den du da gerade ins Auge gefasst hast«, murmelte Joe ihr zu. »Du kannst so viel schauen, wie du willst, aber seine Tanzkarte ist voll.«

»Ich verstehe.« Billie blinzelte endlich. *Einatmen. Ausatmen.* »Und die Frau an seiner Seite?«

»Sie ist bei dieser Tagung immer dabei, aber niemand hat sie je bedient außer Adrian. Sie reserviert ihn sich jedes Mal.« Er wippte auf den Fersen zurück und verengte die Augen. »Wirklich eine Schande. Ich hatte immer schon eine Schwäche für Rotschöpfe.«

Ihre Kehle war so eng, dass sie kaum mehr Luft bekam. Sosehr sie es sich auch eingeredet hatte, nichts hatte sie auf den Anblick Adrians mit einer anderen Frau vorbereitet. Und das wurde auch nicht dadurch besser, dass Joe seine übergroße Pranke in ihr Kreuz gelegt hatte, viel zu nah an ihrem Hintern, um angenehm zu sein.

»Ich hätte gern noch ein Glas Champagner«, sagte sie mit süßlichem Lächeln zu ihm.

»Für dich doch immer, Süße«, antwortete er und verschwand im Meer der Leiber an der Bar.

Sofort blickte sie sich wieder um, suchte nach Adrian und seiner Freundin mit dem rostroten Haar. Sie waren nicht schwer zu finden; er glänzte wie eine einsame schwarze Perle auf einem gepflegten weißen Strand. Sie standen in der Nähe der Eisskulptur und unterhielten sich mit Azure, die die Frau wie eine lang verloren geglaubte Schwester umarmte.

Als die Clubbesitzerin sich schließlich von ihnen entfernte, beugte sich Adrian vor, um dem Rotschopf etwas ins Ohr zu flüstern. Was immer er sagte, brachte sie zum Lachen, und das unerwartete Aufblitzen seines Lächelns stach Billie ins Herz wie ein glühender Schürhaken. Er sprach mit dieser Frau genauso wie mit ihr. Innig, verführerisch, mit einer Maske aus warmer Freude. Seine Hand verschwand im Rücken der Kundin. Wahrscheinlich auf ihrem mageren Arsch, dachte Billie bitter. Daraufhin stupste die Frau ihn gegen die nächste Wand, legte seine Arme um ihre Taille und erhob sich auf die Zehenspitzen, um ihn zu küssen.

In der letzten Sekunde wandte Adrian gewandt den Kopf, und ihre Lippen landeten auf seiner Wange. Während Billie in verblüffter Verzweiflung dastand, hob er den Blick und entdeckte sie am anderen Ende des Zimmers.

Er zuckte zusammen und starrte sie an.

Billie bekam keine Luft mehr.

Sogar aus dieser Entfernung konnte sie sehen, wie Adrians Wangen sich röteten, und ihr eigenes Gesicht brannte, eine Art fehlgeleitete mitfühlende Reaktion auf sein offensichtliches Unbehagen.

Sekunden vergingen, während sie einander beobachteten. Erstaunen wandelte sich in Sehnen und dann in die hoffnungslose Erkenntnis.

Joe tauchte wieder an ihrer Seite auf, ein Champagnerglas in der Hand, und wählte ausgerechnet diesen einmaligen schmerzvollen Augenblick, um einen Kuss auf ihre Schläfe zu hauchen. »Du siehst so verdammt sexy aus, wie du so allein dastehst. Bist du sicher, dass ich dich nicht überreden kann, heute Abend zu bleiben, Süße?«

Adrians Blick bohrte sich durch den ganzen Raum in sie hinein. Er sah, wie Joes muskulöser Arm um ihre Taille glitt, wie sein Mund an ihrem Ohr lag, allzu intim. Billie wich vor Joes kühner Berührung zurück, aber Adrian sah nicht aus, als ob er verstanden hätte. Er wandte seine Aufmerksamkeit wieder dem Rotschopf in seinem Arm zu, und jene aalglatte, gefühllose Fassade glitt wieder herab. Das Gesicht jenes Mannes, der sie damals hier begrüßt hatte, als sie den Fuß vor Wochen zum ersten Mal in das Haus des Avalon gesetzt hatte. Ein Fremder.

Seine Hände glitten den Rücken seiner Kundin hinauf, den ihr dürftiges schwarzes Kleid frei ließ, und er küsste sie hart, wobei er mit den Händen ihren bleichen Nacken unter ihrem Haar umfasste. Als ob er wollte, dass Billie das sah. Als ob er sagen wollte: *Sieh her, wie sehr ich dich verletzen kann. Sieh her, was ich bin.*

Nun konnte auch sie es nicht länger verleugnen. Adrian war ein Callboy. Und Billie eine Närrin.

»Ich muss gehen«, sagte sie abrupt zu Joe und löste sich aus seiner wenig willkommenen Umarmung. »Danke, dass du mir deine Zeit geschenkt hast.«

»Was ist denn mit deinem Artikel?« Verwirrung rötete sein Gesicht, und er vergaß seinen Landei-Akzent. »Du hast mir noch fast keine Fragen gestellt. Ich kann dir über diesen Ort alles sagen, was du wissen willst.«

»Ich habe sämtliche Informationen, die ich brauche.« Alle Informationen, die sie je brauchen würde, wenn es um Herzschmerz und falsche Entscheidungen ging. »Auf Wiedersehen, Joe. Und bestelle Azure meinen Dank. Ich komme nicht wieder.«

Sie eilte durch die Menge auf den Ausgang zu, wo sie mit pochendem Herzen wartete, bis der gut aussehende Butler ihre Seidenstola geholt hatte und schwungvoll die Tür für sie öffnete.

»Billie.« Eine auf ärgerliche Weise vertraute männliche Stimme übertönte das stetige Stimmengewirr hinter ihr, aber sie blieb nicht stehen. »Billie, warte.«

»Fahr zur Hölle«, murmelte sie, und das harte Stakkato ihrer Absätze auf der Treppe zeugte von ihrer Wut.

Sie scheuchte einen Diener davon und lief den Bürgersteig entlang, wusste nicht, in welche Richtung, wusste nur, dass sie vom Avalon fortwollte. Adrians Stimme kam näher. Verdammt sollten seine langen Beine sein. Verdammt ihre viel zu hohen Riemchensandalen. Sie blieb stehen, hüpfte auf einem Fuß, um sich erst den einen Schuh auszuziehen, dann den anderen. Dann rannte sie los, ungeachtet des schmerzhaften Betons, schlängelte sich durch Fußgänger hindurch, und der warme Wind löste ihren sorgfältig frisierten Knoten.

Trotz ihres verrückten Sprints holte Adrian sie eine Straße weiter ein. Er packte sie am Arm und wirbelte sie herum, sah in ihr erhitztes Gesicht.

»Rühr mich nicht an.« Sie keuchte, schüttelte seine Hand ab, aber er umfing ihr Handgelenk. Sie wusste nicht, dass sie weinte, bis sie ihre eigene tränenerstickte Stimme hörte. »Ich dachte, ich käme damit klar. Azure schickte – sie sagte – verdammt! Ich dachte, ich könnte immer noch die Antworten bekommen, die du mir nicht geben wolltest, über das Avalon, über dich, aber das war töricht. Lass mich los, Adrian. Du hast keine Beziehungen, erinnerst du dich? Du vögelst lieber vollkommen Fremde und willst nicht, dass sich jemand einen Dreck um dich schert, um deine Bedürfnisse, deine Lust … du willst keine Liebe. Du willst einen Sparringspartner, und ich bin das Spiel gründlich leid.«

Statt sie loszulassen, zog er sie in den dunklen Eingang eines frei stehenden Ladenlokals und presste sie an die Backsteinwand. Sie keuchten beide, zwei Läufer auf der Flucht vor der Wahrheit. Sein Körper strahlte eine ungeheure Hitze aus, durch seine Kleidung hindurch und durch ihre. Sie glaubte, bei lebendigem Leib zu verbrennen.

»Ich habe das Gefühl, den Verstand zu verlieren«, flüsterte er in ihr Haar. »Und wahrscheinlich verliere ich auch meinen Job.«

Etwas in seinen Worten veranlasste sie, ihn von sich zu

schieben, um ihm besser ins Gesicht sehen zu können. »Wovon sprichst du?«

»Ich habe eben deinen Namen durch den ganzen Saal gerufen.« Ein reumütiges Lächeln spielte um seinen Mund. Ich habe eine treue Kundin einfach auf einem der wichtigsten Events des Jahres stehen lassen, um dir hinterherzujagen. Was zum Teufel hattest du dort zu suchen?«

Eine bittersüße Woge wusch ihren Zorn davon. »Vielleicht solltest du das Azure fragen. Die Frau hat es faustdick hinter den Ohren. Sie hat mich eingeladen.« Ihre Stimme zitterte. Sie war kurz davor, wieder in Tränen auszubrechen. »Zuerst wusste ich nicht, warum, aber jetzt weiß ich, was sie vorhatte. Sie weiß über uns Bescheid, Adrian, nicht wahr? Ich wette, sie hat dich gewarnt, dich von mir fernzuhalten.«

Er zögerte, seine Augen verengten sich, als er erkannte, dass sie recht hatte. »Sie hat das mit dem Konzert herausgefunden. Sie weiß, dass wir uns getroffen haben.«

»Woher? Woher weiß sie das?« Sie funkelte ihn an. »Hast du ihr das erzählt?«

Erschöpft ließ er die Schultern hängen und schloss die Augen. »Eine Kundin hat uns im Park gesehen. Keine von meinen Kundinnen«, fügte er hinzu, als Billie ein höhnisches Schnauben von sich gab. »Aber eine Stammkundin im Club. Ich habe es dir doch schon gesagt – dort ist nichts heilig. Noch nicht einmal mein Privatleben.«

Vor Verzweiflung bildete sich ein dicker Kloß in ihrem Hals. »Es wird nicht funktionieren. Ich werde verletzt. Ich bin schon verletzt.« Sie versuchte erfolglos, sich aus seinem Griff zu befreien. »Lass mich los, verdammt.«

»Gott, steh mir bei – das will ich doch. Weißt du das denn nicht?«

In diesem Moment wurde ihr klar, was er vorhatte: Sie durfte diesen Kuss nicht zulassen, denn wenn sie ihn schmeckte, war sie hoffnungslos verloren.

Aber es war zu spät. Sie konnte sich nicht bewegen. Sein Gesicht versperrte ihr den Blick auf die Nacht, als sein gieriger Mund den ihren verschlang. Er küsste sie, bis sie aufhörte, sich gegen ihn zu wehren, bis ihre Glieder vor Verlangen schwer wurden, bis die Knie unter ihr nachgaben. Da hielt er sie fest, zwischen dem Türrahmen und seinem harten Körper, eine Hand flach auf die Backsteine neben ihrem Kopf gestützt, die andere um ihre Hüften gelegt. Er küsste sie, bis sie nicht mehr atmen konnte, bis sie sich nur noch ihren Gefühlen hingab.

Dann bemerkte sie, dass sein ganzer Körper bebte, und die Erkenntnis brachte sie wieder zur Besinnung. Er zitterte. Seine Gefühle waren grenzenlos, seine Leidenschaft entfesselt … ihretwegen.

Die Sandalen, die sie immer noch in Händen hielt, fielen zu Boden.

»Nicht«, sagte sie schwach, als sein Mund an ihrem Hals entlangglitt. Das feuchte Flimmern seiner Zunge an ihrer empfindlichen Haut ließ sie erschauern. »Mach es nicht schwerer für mich, als es sowieso schon ist.«

Er hob den Kopf, sein Atem ging stoßweise. »Du willst, dass ich dich loslasse, Billie?«

Nein. »Ja. Und versuche ja nicht, mit mir zu feilschen. Ich schulde dir gar nichts.«

»Aber doch, das tust du.« Seine Hand glitt nach unten, und er umfing ihre Brust durch das dünne seidige Mieder ihres Kleides. »Alles hat seinen Preis.«

Billie stöhnte, aber er verschluckte ihren Protest, indem er den Kopf herabsenkte und sie erneut küsste, diesmal sanfter.

Seine Zunge schlüpfte zwischen ihre Zähne, um die ihre zu liebkosen und zu verführen. Sie schmolz ihm entgegen, aber der gesunde Menschenverstand setzte sofort wieder ein, als er sich aufrichtete, um Luft zu holen.

»Ich kann nicht, Adrian, ich will nicht.«

»Warum nicht, wenn es das Problem vielleicht löst?« Er ging leicht in die Knie, richtete seine Hüften an ihrer aus und stellte sich langsam hin, wobei er seine Erektion auf eine Weise an ihr entlanggleiten ließ, die sie wieder aufstöhnen ließ, diesmal vor Verlangen. »Eine Hand wäscht die andere. Komm noch einmal ins Avalon. Als Kundin. Meine Kundin.«

Bei seinen Worten wurde ihr eiskalt, sodass sie in seiner Umarmung erstarrte. »Warum? Damit du Azure beweisen kannst, dass sie im Unrecht ist?«

»Das hier hat nichts mit Azure zu tun.«

»Es hat alles mit Azure zu tun«, sagte Billie bitter. »Sie will nicht, dass du dich mit mir einlässt, und das weißt du. Du bist ihr Kronjuwel. Sie hat mich eingeladen, damit ich dich bei der Arbeit sehe – mit einer anderen Frau. Um mir zu zeigen …« *Was du in Wahrheit bist. Verloren in einer Welt, zu der ich nicht gehöre.*

»Gott – ich hätte nie zu dieser Party gehen dürfen.« Sie schüttelte den Kopf und entwand sich seinen Armen, brauchte Platz zum Atmen. Sie konnte seine Haut riechen, er schmeckte nach Zedernholz. Der Duft vernebelte ihre Sinne, sodass sie kaum denken konnte. »Diese Frau, mit der du zusammen warst … hattest du heute Abend Sex mit ihr?«

»Nein.«

»Aber du hattest es vor.«

Er sah sie an, unbeirrt. »Nicht ganz. Sie ist ein Voyeur.«

»Bitte.« Billie ließ sich gegen die Wand fallen. »Erspare mir die Details.«

»Warum? Du willst doch wissen, was ich mit ihr getrieben habe. Kennst du dich mit Voyeuren aus, Billie?«

»Ich weiß genug, um beunruhigt zu sein.«

»Aber das hier ist anders.« Er trat einen Schritt näher und legte ihr die Hände in den Nacken, während sich seine Daumen den Weg über ihr Schlüsselbein bahnten. »Ein Voyeur schaut gern zu, wie andere Menschen sich befriedigen. Die Frau, mit der ich heute Abend zusammen war, schaut ihrem Begleiter gern dabei zu, wie er sich selbst befriedigt.«

»Das klingt demütigend«, murmelte sie.

»Das kann es sein.« Er beugte sich vor, und seine Lippen fuhren federleicht über ihre Augenbraue. »Jeder Aspekt meiner Arbeit kann das sein. Aber ich benutze meine Fantasie, um mich nicht gedemütigt zu fühlen.« Seine Wimpern berührten ihre Wangen wie Schmetterlingsflügel. »Frag mich, an wen ich heute Nacht denken wollte, wenn ich mir für eine Fremde einen runterhole. Frag mich, an wen ich denken wollte, um das Entwürdigende zu ertragen und mir stattdessen unglaubliche Lust zu bereiten.«

»Hör auf.« Sie schob die provokativen Möglichkeiten weit von sich und sah ihn mit verengten Augen an. »Lass uns aufrichtig miteinander sein, ja?«

Er seufzte und trat erschöpft einen Schritt zurück, das Gewicht auf einem Fuß. »Na gut.«

»Es scheint so, als ob du mich willst.«

»Ja.«

»Und du weißt, wie ich für dich empfinde.«

Die harten Züge in seinem Gesicht wurden unmerklich weicher. »Ja.«

»Was ich nicht verstehe ist, warum ich ins Avalon mit dir kommen muss, um dich körperlich zu lieben, wo du mich doch jetzt mit zu dir nach Hause nehmen könntest.«

Die Worte standen zwischen ihnen, die Wahrheit, die nur einer von ihnen aussprechen konnte.

Als er nicht antwortete, sah sie ihn wütend und anklagend an. »Du willst mich zu deiner Kundin machen, weil du dich nur so wohlfühlen kannst, wenn du mit mir intim wirst. Du erträgst den Gedanken an eine richtige Beziehung außerhalb des Avalon nicht. Er macht dir Angst.«

Sein Gesicht verfinsterte sich. »Sei vorsichtig, Billie. Du kennst mich nicht so gut, wie du glaubst.«

»Ich kenne dich gut genug, um von dir verletzt worden zu sein«, gab sie zurück. »Ich kenne dich gut genug, um zu sehen, dass ich dich verwirre und dass du vielleicht etwas mehr von mir willst, als du von deinen Kundinnen bekommst.«

»Ach tatsächlich?« Sein Arm schlang sich um ihre Hüfte und zog sie an sich. »Ich weiß aber auch ein paar Dinge über dich, Billie. Du glaubst, dass du dir zu schade bist, um ins Avalon als Kundin zu kommen. Du sitzt auf dem hohen Ross. Die Frauen, die für Sex bezahlen, sind verzweifelt, stimmt's? Einsam. Unzufrieden mit der wirklichen Welt. Und du glaubst, dass du das nicht bist?«

»Ich bin es nicht.« Sie schob ihn von sich, aber er nahm sie nur noch fester in den Arm, griff unter den kurzen Saum ihres Kleides und glitt unter ihr Höschen, bis seine Finger den feuchten, heißen Beweis erspürten, dass sie ihn nicht hassen konnte, egal wie sehr sie es versuchte.

»Du bist die einsamste und verzweifeltste Frau, die ich kenne, Billie Cort. Wenn ich deinen Namen in meinen Terminkalender eintragen würde, könntest du nicht fernbleiben.«

»Versuch es doch, du egoistischer Scheißkerl.«

Sie starrten einander an, beide atemlos, während seine Finger Zutritt in ihr Innerstes suchten, forschten, fanden und sie mit einem einzigen gezielten Strich in Erregung versetzten. Dann neigte er den Kopf und umfing ihren Mund, wütend, gewaltsam.

Als sie sich beunruhigt versteifte, veränderte sich der Kuss auf der Stelle. Wurde langsam. Zerfloss zu lässiger Sanftheit, während seine Finger rhythmisch in sie hineinstießen. Veränderte seine Taktik.

Besiegt vom Verlangen, lehnte sich Billie wieder gegen die Mauer. Ihre Hände wanderten seine Schultern entlang, über den weichen Stoff seines Jacketts, lasen die Bewegung der darunterliegenden Muskeln. Auch er schwitzte nach ihrer Verfolgungsjagd und vor stürmischen Gefühlen. Sie hätte ihm am liebsten die Kleider vom Leib gerissen, seine feuchte Haut gespürt, die das Ergebnis der körperlichen Anstrengung war, der Beweis, dass er sie nicht entkommen lassen wollte.

Sie bewegten sich langsam in die Schatten, die Leidenschaft zwischen ihnen wuchs, wurde von dem Aufruhr der Gefühle und dem geschickten Stoßen seiner Finger in ihrem Innern genährt. Sie würde kommen. Hier, in aller Öffentlichkeit, mitten auf der Straße, gegen eine kalte Steinmauer gepresst, mit der Hand eines Mannes zwischen ihren Beinen. Nichts war jemals entwürdigender – oder aufregender – gewesen. Sie presste die geöffneten Lippen an seine Schultern, um ihren Schrei zu ersticken, als der Höhepunkt sie mit heftigsten Schauern folterte.

Irgendwo hinter dem Türeingang, in dem sie standen, näherten sich Leute auf dem Bürgersteig, lachend, schwatzend brachen sie den Zauber und beendeten abrupt Billies unaufgeforderten Ritt in die Ekstase.

Sie wurde mit aller Macht in die merkwürdige Wirklichkeit zurückgeworfen.

Adrians Hand lag reglos an ihrem erhitzten Fleisch, und er schirmte sie mit seinem Körper vor den Blicken ab, bis die Fußgänger vorbeigegangen waren. Als die Stimmen verebbten, glitt er sanft aus ihr heraus, glättete ihr Kleid und trat einen Schritt zurück. Er richtete sich auf, und Billie sah, dass er sich jetzt wieder völlig zurückzog, nicht nur physisch, sondern auch emotional.

In einem plötzlichen Wutanfall stieß sie ihn gegen die gegenüberliegende Wand. Das war ein ungezähmter Angriff, der sie beide überraschte. Es tat gut zurückzuschlagen, und Billie war noch nicht fertig. Sie baute sich drohend vor ihm auf, die Hände zu Fäusten geballt.

Adrian stieß sie nicht von sich. Er verbarg die Hände hinter dem Rücken und musterte sie schweigend, als ob er sie herausfordern wollte.

Sie stellte sich der Herausforderung, überwand den Zorn mit einer Selbstkontrolle, die aus dem Nichts zu kommen schien. »Bislang haben wir also die Dinge herausgearbeitet, die deine Kundinnen mögen und dass ich zu den wenigen Elitekundinnen gehöre, nicht wahr, Adrian?«

Ihre Fäuste lösten sich, und sie ließ die Hände zwischen dem Revers und dem feuchten Leinenhemd hinabgleiten. Sein Bauch war felsenhart unter ihren Händen, als sie ihm das Hemd aus der Hose riss und daruntergIitt, um die feuchte nackte Haut zu berühren. »Aber ich sage dir, was ich von dir will. Ich will die Zügel in der Hand halten. Ich will die Kontrolle.«

Seine Bauchmuskeln arbeiteten unter ihren Fingern. Zitternd stieß er die Luft zwischen den Zähnen hervor und bebte heftig, aber er sagte nichts.

»Kannst du mir das geben, Adrian? Kannst du mir deine kostbare Kontrolle geben? Ich bezahle dich auch. Tausend Dollar die Stunde – was sagst du dazu? Überlass mir die Kontrolle.« Ihre Zähne umfingen sein Ohrläppchen, die Zunge schnellte hinein. »Oder hast du zu viel Angst, dass du sie nie wiederbekommst?«

Seine Antwort war entschlossenes Schweigen.

Sie ließ die Hand weiter hinabgleiten und presste sie auf den granitharten Beweis seiner Begierde. Ihre Hand wand sich um seine Erektion, strich mit genug Druck, dass sie das immer schneller werdende Pulsieren des Blutes durch den Stoff seiner Jeans spüren konnte. »Könnten wir so tun, nur für eine Nacht, während ich dir mein hart verdientes Geld zahle, dass du in Bezug auf mich keinen eigenen Willen hast? Ich bin sicher, dieses Spiel hast du auch schon mit anderen Kundinnen gespielt.«

»Billie«, stieß er schließlich hervor, ein zischender Laut der Wut und der Lust. Seine Handflächen lagen nun auf der Wand hinter ihm, die Hüften stießen in ihre erbarmungslose Liebkosung. Seine gespielte Teilnahmslosigkeit fiel von ihm ab, enthüllte den Mann darunter als hungrig, bedürftig und genauso verzweifelt wie sie selbst.

Billie war noch nicht fertig. »Erlaubst du mir, dich zu fesseln? Dich zu berühren, dich zu reizen und zu schmecken, bis du mich bittest, damit aufzuhören? In Sachen Demütigung kann ich deine rothaarige Voyeurin locker toppen. Und solange die Bezahlung stimmt, würdest du mich ganz sicher gewähren lassen. Jeder hat doch seinen Preis, nicht wahr, Adrian? Wie viel Geld ist notwendig, damit du zugibst, dass du mir verfällst? Denn ich weiß …«

Tränen erstickten ihre Worte, und sie schüttelte den Kopf,

rang um Fassung. »Ich weiß, was für ein talentierter Schauspieler du bist, und ich glaube, für den richtigen Preis würdest du sogar zugeben, dass du dabei bist, dich in mich zu verlieben. Du würdest die ganze wunderbare Kontrolle aufgeben, die du in unserer kurzen, aber wunderschönen Beziehung immer ausgeübt hast.«

»Verdammt soll das Geld sein«, stieß er hinter zusammengebissenen Zähnen hervor. »Du weißt doch, dass es nicht darum geht.«

»Nur darum geht es. Dafür hast du schließlich schon unzählige Male deine Seele verkauft.«

Er widersprach nicht.

Einen schwülen, schweigsamen Augenblick lang rieb sie ihn mit festen Strichen, genoss sie den stahlharten Speer in ihrer Hand, die abgehackten, ungleichmäßigen Atemzüge, die sich seiner Brust entrangen. Irgendein weiblicher Instinkt sagte ihr, wenn sie weitermachte, wenn sie ihn mit provozierenden Worten reizte, ihn weiter an diesem halb öffentlichen Ort rieb, während ihrer beider Abwehr in Scherben zu ihren Füßen lag, würde sie ihn zum Orgasmus führen.

Und was dann?

Sie hätte aufgehört, aber er kam ihr zuvor und schob ihre Hand beiseite.

»Hier«, sagte er heiser und zerrte an seiner Hose, um seine Erektion daraus zu befreien. »Wenn du es mir schon in aller Öffentlichkeit besorgen willst, dann richtig.«

»Wie ist das?«, blaffte sie und nahm seine Erektion in die Hand. Sie hasste ihn dafür, ebenso wie sie sich selbst hasste. »Besser?«

Er antwortete nicht, sondern schloss nur die Augen. Die Muskeln an seinem Kinn arbeiteten.

Von Zorn getrieben, beschleunigte Billie den Rhythmus ihrer Bewegungen, beobachtete sein Gesicht, während ihr Herz wild pochte, ganz feierlich, ein Schlag zu jedem fieberhaften Pulsieren in ihrer Hand.

Mehr Fußgänger passierten den überschatteten Eingang. Billie hatte keine Ahnung, ob jemand ihr schreckliches Schauspiel erkennen konnte, und Adrian schien es nicht zu kümmern. Er spreizte die Beine und ließ den Kopf gegen die Wand sinken. Die Schatten schienen sein Gesicht zu zerschlitzen wie die Streifen einer Maske.

Als er kam, verkniff er sich einen Schrei und verbarg die Augen hinter seinen Fäusten, verbarg seine Verletzlichkeit, schloss sie aus, sogar als er sich in ihre Finger ergoss.

Der Duft seiner Erleichterung erfüllte die Luft zwischen ihnen, und statt Triumph empfand Billie nur Scham. Es war keine Zärtlichkeit in dem, was sie getan hatten. Sie hatten einander beschämt.

Der Zorn verebbte, wurde durch ein Gefühl der Niederlage ersetzt. Sie ließ ihn los, richtete sich auf und trat einen Schritt zurück, lehnte sich an die Mauer hinter ihr, zwang ihren rasenden Puls, ruhiger zu werden.

Adrian bewegte sich sehr, sehr lange überhaupt nicht. Dann räusperte er sich, holte ein Taschentuch aus der Innentasche seiner Jacke und reichte es ihr. »Ich habe all das und mehr verdient«, sagte er leise und schloss den Reißverschluss seiner Hose. »Ich bin in jeder Hinsicht der Scheißkerl, für den du mich hältst – aber du bist nicht nur auf mich wütend. Du bist auch auf dich selbst wütend, weil du töricht genug warst, deine Gefühle in einen Mann zu investieren, der den Vorstellungen einer Nutte vom vollkommenen Liebhaber entsprungen ist, stimmt's?«

Sie öffnete den Mund, wollte protestieren, aber er schüttelte den Kopf.

»Ich bin mindestens genauso schuld. Das wolltest du doch in Wahrheit von mir hören, und ich gebe es zu. Ich habe dir nichts Wertvolles zu geben. Ich habe kein Herz, kein Gramm Liebe in mir. Alles weggevögelt.«

»Halt den Mund«, flüsterte sie und lehnte den Kopf gegen die harte Mauer, um ihn nicht ansehen zu müssen. »Halt den Mund, Adrian. Du lügst.«

»Auch das stimmt. Alles Schlechte, Niederträchtige und Abartige ist hier.« Und zu ihrer großen Überraschung streckte er die Hand aus und umfing die ihre, presste sie auf sein donnerndes Herz. »Ich empfinde nichts für dich. Ich liebe dich nicht. Ich will dich nicht. Du willst doch, dass ich das sage. Und für dich kann ich das tun.«

Anstelle des brennenden Zorns fühlte sie jetzt nur noch tiefe, alles verschlingende Traurigkeit.

»Lass mich los, Adrian.«

Er tat es nicht.

Als sie den Kopf hob, um ihn anzusehen, waren seine Augen geschlossen, die Wimpern wie tintenschwarze Pinselstriche auf seinen Wangen. Er umfing ihren Nacken mit beiden Händen und lehnte mit einem zitternden Seufzer seine Stirn an die ihre.

»Ich lasse dich los, Billie.« Seine Worte strömten über ihre Lippen, heiser, wund. »Ich halte mich immer an eine Vereinbarung. Als Gegenleistung kommst du als Kundin ins Avalon. Morgen. Diese Woche. Geh durch die Tür, und lass mich rufen. Ich werde sein, was immer du willst. Ich werde dich mit mir in mein Zimmer nehmen und dich für immer verändern. Ich werde dich schmecken und berühren und ficken, bis du schreist. Und wenn du die Kontrolle haben willst, dann sollst du sie haben. Eine Hand wäscht die andere.«

Sie klammerte sich an ihn, um nicht zusammenzubrechen, denn sie wusste nicht, ob sie weinen oder lachen sollte. Das Szenario war unwirklich. Und das einzige Argument, das ihr in den Sinn kam, war schwach und ließ sich leicht widerlegen: »Azure würde nie erlauben …«

»Mach dir darüber keine Gedanken. Ich werde dich selbst in den Kalender eintragen. Maria wird dich wegen des Termins anrufen, und ich werde mich bis dahin von dir fernhalten.« Seine Lippen berührten ihr Ohr. »Bitte, Billie. Lass uns das hier beenden, bevor wir beide daran zugrunde gehen. Sag Ja.«

Sie konnte die Wahrheit nicht länger ignorieren. *Du bist hoffnungslos in diesen Mann verliebt, nicht wahr, Billie Cort?*

»Ja«, sagte Billie und schloss die Augen ganz fest. »Gott steh mir bei, ja.«

15

Adrian begleitete Billie zurück in den Club und wartete mit ihr zusammen darauf, dass der Diener ein Taxi rief. Keiner von beiden sagte ein Wort. Sie umklammerte ihre Stola, den Blick auf den Bürgersteig gerichtet, aber sie wirkte unglücklich, auch wenn er nur ihr Profil sehen konnte.

Er allein war dafür verantwortlich. Er hatte so viel Leid über die Menschen in seiner Umgebung gebracht. Er hatte Lucien verletzt. Und seine eigene Familie – mein Gott. Ohne dass sie es ahnten, hatte er ihren Glauben an ihn, ihre Ehre besudelt, hatte die lange Reihe ehrenwerter, aufrechter Vorfahren der Antolis in den Schmutz gezogen. Wenn seine Eltern je die Wahrheit erführen, würden sie daran zerbrechen.

Wen würde er noch alles verletzen, bis alles vorbei war? Sich selbst ganz sicher. Das war bereits geschehen. Er fühlte sich von dem aalglatten Schauspieler, der aus ihm geworden war, betrogen. Das Bollwerk war nicht stark genug gewesen, und jetzt brach es um ihn herum zusammen, ließ ihn wund zurück, sich selbst entfremdet.

Und jetzt das … dieses tiefe, allumfassende Leid, das er empfand, während er in ernstem Schweigen neben Billie stand. Es entsprang der Erkenntnis, dass eine Nacht mit ihr nicht genug sein würde. Doch mehr durfte er sich nicht nehmen, denn er hatte sie nicht verdient.

Ganz sicher hatte sie die Sinnlosigkeit nicht verdient, die er ihr bieten konnte – leere Versprechen, Pfade, die in einer Sackgasse endeten … alles, was er geben konnte, alles war unvollständig. Er war unvollständig. Acht Jahre im Avalon waren einfach hinweggewirbelt, waren in einer Art Seifenblase zerplatzt, in der das Leben ihn nicht berührt hatte und in der er niemanden berührt hatte, jedenfalls nicht so richtig, bis zu dem Tag, als Lucien starb. Bis er Billie traf.

Das knirschende Geräusch nassen Asphalts unter Autorädern brachte ihn wieder zurück in die feuchte, regennasse Nacht, und automatisch ergriff er Billies Ellbogen, als der Diener die Tür zum Rücksitz des Taxis öffnete.

Sie sah ihn für den Bruchteil einer Sekunde an, und er las die Vorbehalte in ihrem Gesicht. »Adrian …«

Sie wollte flüchten, weglaufen.

Er würde sie lassen. Bald.

»Maria wird dich wegen des Termins anrufen«, sagte er mit leiser, fester Stimme. »Denk an unsere Vereinbarung, Billie. Ich warte auf dich.«

»Mein Gott, Adrian, ich bin schlicht und ergreifend sprachlos.« Azure schritt hinter ihrem Schreibtisch auf und ab, die Fingerspitzen zusammengelegt und an ihre Stirn gedrückt, als ob sie tief ins Gebet versunken wäre, während Adrian ihr gegenübersaß und sie mit kühler Faszination betrachtete.

»Was hat dich nur zu so einer leichtfertigen Aktion veranlasst? Finola Casselberry hat in diesem Haus ein Vermögen gelassen – und du hast sie auf dem wichtigsten Ereignis dieses Sommers einfach schamlos stehen lassen. Und warum?« Ihre Stimme klang jetzt schrill vor Wut. »Um irgendeinem lächerlichen unbedeutenden Mädchen hinterherzurennen? Die Kleine ist dir doch gar nicht wichtig, Adrian!«

Er hob den Kopf und starrte die Frau mit der seidigen rabenschwarzen Mähne an, der elfenbeinfarbenen Haut, den seelenlosen blauen Augen, die ihn auszogen und ihm nur eine einzige Waffe ließen: die Wahrheit. »Du irrst dich, Azure. Sie ist mein Ein und Alles. Aber woher sollst du das wissen? Du würdest Liebe ja nicht mal erkennen, wenn sie sich dir in den Weg wirft und deinen Namen schreit.«

Zorn blitzte aus ihren Augen. »Also jetzt ist es schon Liebe, wie? Du glaubst also tatsächlich, dass du diese Frau liebst?«

»Ich glaube es nicht«, sagte er müde. »Ich weiß es.«

Azure lachte und sackte gegen den Schreibtisch, die Hände auf das Herz gepresst, als ob sie sich vor Belustigung kaum halten könnte. »Oh Gott, Adrian, das ist ja der Knaller. Sprich weiter. Du bist also verliebt in diese dumme, kleine Lokalreporterin, und – lass mich raten – sie wird dich mit ihrer unschuldigen und gewöhnlichen Art vor dir selbst retten. Du wirst das Avalon verlassen, heiraten, kaufst dir ein Haus in Cape Cod mit einem Palisadenzaun und bekommst zwei Komma fünf Kinder. Lässt all diese Ausschweifungen und den Frevel hinter dir, ohne dass die Jahre, in denen du dich für Geld durch die Gegend gevögelt hast, Spuren hinterlassen hätten.«

Adrian zwang die geballten Fäuste, sich zu entspannen, und verschränkte die Hände in seinem Schoß, stellte ein gelassenes Äußeres zur Schau. »So weit habe ich noch gar nicht gedacht, aber du hast eine Art, sogar das Unwahrscheinliche attraktiv erscheinen zu lassen.«

Die Heiterkeit fiel von ihr ab wie eine Maske, die man vom Gesicht nimmt. »Denk doch mal nach, Adrian. Du bist nicht der Mann, der du warst, als du vor acht Jahren durch diese Tür gekommen bist, und ein Mann wie du kehrt niemals in sein altes Leben zurück. Ich weiß das. Ich habe das in diesem

Geschäft schon so oft erlebt. Du verdienst deinen Lebensunterhalt, indem du die Fantasien anderer Menschen erfüllst, und dabei hast du den Frauen in die Seele geschaut. Eines kannst du mir glauben: Wenn du ihr nicht das Herz brichst, dann wird sie dir deines brechen. Denn wenn sie wirklich so rein und unschuldig ist, wie du glaubst, wird sie niemals mit der Tatsache leben können, dass du jede Nacht mit unzähligen gesichtslosen Frauen herumgevögelt und dich dafür hast bezahlen lassen.«

Eine Welle bösartigsten Hasses drohte ihn zu verschlingen. Adrian biss die Zähne zusammen und wandte den Blick von ihren bleichen, harten Zügen ab. Unter der makellosen Tünche wohnte ein Monster – das eine Wahrheit aussprach, die er nicht ertragen konnte.

Er holte tief Luft, atmete wieder aus, zwang seinen rasenden Puls zur Ruhe und seine Gefühle zur Gelassenheit. Als er wieder reden konnte, stand er auf und glättete seine Hemdärmel im Jackett, um seine zitternden Finger zu beschäftigen. »Du sagst mir nichts Neues, Azure, aber danke für die Einblicke, die du mir gewährst. Ob du es glaubst oder nicht, ich weiß sehr wohl, dass die Beziehung zwischen Ms. Cort und mir keine Zukunft hat, und ich weiß, was zu tun ist, um sie zu beenden.«

Azure zögerte und verengte die Augen. »Was?«

»Ich habe Arrangements getroffen, um sie hier als Kundin zu begrüßen.«

Erstaunt und ungläubig starrte sie ihn an. »Du willst sie zur Kundin machen – und sie hat eingewilligt?«

Gelassen schweigend sah er sie an.

Ein bedächtiges Lächeln erschien auf ihren roten Lippen. »Ach, Ad. Du hast deine kostbare Ms. Cort noch nicht himmelwärts und zurück gebracht? Nicht wahr? Und du glaubst … du glaubst …«

Sie schüttelte den Kopf und brach wieder in Gelächter aus, ein grausames, durchdringendes Lachen, das ihn herabsetzen und verletzen sollte. »Adrian – mein Gott, ich hätte wirklich nicht gedacht, dass du so naiv bist, aber ich habe mich gründlich geirrt! Glaubst du wirklich, wenn du die Nacht mit dieser Frau im Avalon verbringst, wo du dich sicher fühlst, wo du dir die ganze Verwirrung und Leidenschaft aus dem Körper ficken kannst – dass du dann dein Leben wiederbekommst und sie loswirst?«

»Ich will eine Nacht mit dieser Frau verbringen können, um zu entscheiden, ob mein Wunsch, das Avalon zu verlassen, so echt ist, wie er mir jetzt vorkommt«, sagte er langsam und präzise.

Das musste sie erst einmal verarbeiten. Ihre Züge waren abwechselnd düster und heiter, als ob sie nicht genau wüsste, welche Maske sie gerade aufsetzen sollte.

Das Duell dauerte an.

»Ob Kundin oder nicht. Wenn sie dieses Haus noch einmal betritt, ist deine Tätigkeit hier ohnehin in Gefahr.«

»Wenn du mich entlassen willst, Azure, dann tu es jetzt, denn sie steht schon für Dienstagabend in Marias Terminkalender.«

»Sag den Termin ab«, blaffte sie.

»Nein.«

»Ich kann nur hoffen, dass sie es auch wert ist. Gut möglich, dass du hinterher ein arbeitsloser Callboy bist.«

Adrian seufzte und ging zur Tür. »Mein Gott, du bist wirklich abscheulich. Eine großartige Gegnerin. Irgendein kranker Teil in meinem Innern wird dich vermissen, das muss ich zugeben.«

»Adrian!«

Der durchdringende Schrei veranlasste ihn, an der Türschwelle stehen zu bleiben. »Was?«, sagte er, ohne sich umzudrehen.

Die Luft vibrierte von ihrer Verzweiflung. »Damit mutest du mir einiges zu, Schatz.«

»Ihr Geld lässt sich genauso leicht ausgeben wie das von Finola Casselberry, Azure.«

»Dann zahlt sie eben das Doppelte.«

Er wartete, den Blick auf den Original-Manet gerichtet, der an der gegenüberliegenden Wand in einem goldenen Rahmen ausgestellt war. »Sonst noch was?«

»Wenn du Dienstagabend Billie Cort als Kundin bedienst, dann ist dies dein letztes Mal.«

»Ja«, sagte er, und die Doppeldeutigkeit ihrer Worte entging ihm nicht. »Ich weiß.« Damit verließ er das Büro und schloss leise die Tür hinter sich.

Es ist nur Sex, sagte Billie sich, als sie vor dem Avalon stehen blieb und die rote Tür betrachtete. Du warst doch schon mal intim mit ihm. So dramatisch wird sich diese Erfahrung davon nicht unterscheiden. Sie runzelte die Stirn, denn das Ganze rational zu sehen war doch denkwürdig. Sie konnte sich einfach nicht selbst zum Narren halten, auch nicht, um ihren Stolz zu wahren. Natürlich würde es vollkommen anders sein. Sie liebte ihn, hatte sich das selbst eingestanden, und selbst wenn sie sich hätte abwenden wollen, wäre sie nicht dazu in der Lage gewesen.

Sie holte tief Luft und streckte die Hand nach dem Messing-Klingelknopf aus, dann überlegte sie es sich zum dritten Mal anders und blickte nervös die Straße hinab. Eine ältere

Frau, die mit ihrem winzigen Terrier einen Abendspaziergang im Regen machte, betrachtete sie abschätzig und beschleunigte dann ihren Schritt, als sie vorbeieilte.

Billie erstarrte. Dann fiel es ihr wieder ein. Das Avalon sah aus wie jede x-beliebige Villa in Washington D.C. Nichts wies darauf hin, dass hier bestimmte Geschäfte abgewickelt wurden, obwohl die Nachbarn hinter vorgehaltener Hand sicher darüber tuschelten. Adrian hatte recht. Nichts auf der Welt war wirklich heilig.

Sie widerstand dem Drang, der alten Frau eine obszöne Geste hinterherzuschicken, und klingelte.

Der Butler, ein anderer als der, der bei der Party Dienst gehabt hatte, begrüßte sie mit freundlichem Lächeln. »Ja?«

»Ich bin Billie Cort«, sagte sie zu ihm, richtete sich hoch auf und straffte die Schultern. »Ich habe einen Termin.«

»Kommen Sie herein.« Er trat einen Schritt zurück und ließ sie ein in die kühlen Gefilde des Frauenclubs. »Darf ich Ihnen den Mantel abnehmen?«

»Das wird nicht nötig sein.« Sie klammerte sich daran fest, brauchte seinen Schutz. Wie eine Hülle lastete Stille auf der verlassenen Lobby. Draußen versprach ein fernes Donnergrollen nach zweiundsiebzig Stunden spätsommerlichen Nieselwetters noch mehr Regen.

»Sie haben sich also doch entschlossen, Ihren Termin wahrzunehmen.« Azures körperloses Schnurren schwebte durch den Raum. Billie konnte sie nicht auf Anhieb sehen, dann aber sah sie zur Wendeltreppe hinüber und entdeckte dort die Clubbesitzerin, die die Stufen hinunterglitt. Ihr charakteristisches weißes Kleid bauschte sich hinter ihr wie Rauchschwaden.

»Adrian wird sehr erfreut sein.« Azure grinste wie ein Honigkuchenpferd, als sie auf Billie zukam. »Er war sehr beharrlich in Bezug auf Ihren Termin.«

»Er hat es Ihnen gesagt?«, fragte Billie unsicher.

»Das hat er. Und was er nicht gesagt hatte, wusste ich bereits.«

»Ich hätte schwören können, dass Sie es ihm verbieten würden.«

Azures Lächeln wirkte plötzlich weniger selbstzufrieden. »Ich habe es ihm verboten, aber in Bezug auf Sie ist er ziemlich halsstarrig, sogar wenn er Gefahr läuft, seine Stellung hier zu verlieren.«

Billie war außer sich vor Wut. »Sie würden ihn deshalb entlassen? Ist es für Ihre Angestellten also vollkommen tabu, Beziehungen zu führen?«

Azures Gelächter klang sanft und zauberhaft, wie das Klingeln eines Glöckchens. »Das also glauben Sie? Dass Sie eine Beziehung mit Adrian haben?«

Billie erwiderte ihren Blick, ohne zu blinzeln. »Ich weiß, dass wir eine haben.«

Wütend starrten sie einander an. Doch zu Billies Überraschung wandte die andere Frau schließlich den Blick ab. Sie ging zu einem kleinen Tisch in der Ruhezone hinüber. Ihre anmutigen Hände berührten die Bronzestatue, die Billie schon bei ihrem ersten Besuch bemerkt hatte.

»Sie sind schön, intelligent und sexy, Ms. Cort. Eine angenehme Abwechslung für Adrian, das steht außer Frage. Die erste seit vielen Jahren. Die letzte war ein spießbürgerliches Mädchen aus neureicher Familie, die gleich wieder nach Hause floh, als sie die Wahrheit herausfand. Seitdem genießt er die Gesellschaft der wohlhabendsten, kultiviertesten und gebildetsten Frauen der Welt. Ich bin ziemlich sicher, dass seine

Definition von Beziehung sich von der ihren beträchtlich unterscheidet. Wenn ich Sie wäre, würde ich mir das immer vor Augen führen.«

Billie verengte die Augen. »Ist das eine Warnung?«

Azure zuckte die Achseln, liebkoste die Skulptur, als ob sie lebendig wäre. »Ihr Vertrauen erstaunt mich. Sie sind schrecklich entschlossen, die Gesellschaft eines Mannes zu genießen, der immer noch unter Mordverdacht steht.«

»Er steht nicht unter Anklage.«

»Gott sei Dank nicht, nein.«

»Er sagt, dass er Lucien nicht getötet hat. Ich glaube ihm.«

Azure löste sich von der Statue und umkreiste sie langsam, wie ein Panther, der sein potenzielles Opfer in Augenschein nimmt. »Glauben Sie ihm auch, wenn er Ihnen sagt, dass er Sie liebt?«

Billies Vorrat an schlagfertigen Antworten löste sich in Wohlgefallen auf. »Sollte ich ihm glauben, wenn er so etwas sagt?«

»Er wird es sagen, bevor die Nacht vorüber ist. Er glaubt es. Er ist sogar vollkommen davon überzeugt.« Azure blieb vor ihr stehen und nahm Billies Hand in ihre kühlen manikürten Finger. »Aber ich kenne Adrian, Ms. Cort. Ich kenne ihn besser als er sich selbst. Wenn Sie so intelligent sind, wie ich glaube, halten Sie sich zurück und geben ihm Zeit, seine eigenen Wünsche zu erforschen. Er ist so sehr damit beschäftigt, die Wünsche anderer zu erfüllen, dass er keine Ahnung hat, was er selbst will.«

»Ich hatte den Eindruck, dass er mich wollte«, sagte Billie kalt, »sonst wäre ich nicht hier.«

»Heute Abend steht das sicherlich außer Frage.« Azure tätschelte nachsichtig ihre Hand, dann schwebte sie wieder zur

Rezeption und drückte einen Knopf neben dem Telefon. »Er kommt jetzt herunter, um sie zu holen. Sind Sie bereit?«

Billie sog langsam und zitternd den Atem ein. Wer war jemals wirklich auf die erste Nacht im Avalon vorbereitet? »Absolut.«

Azure lächelte nur und wandte ihr das anmutige Profil zu, um mit ihr Adrians Ankunft am Kopf der Treppe zu erwarten.

Als er am Geländer stehen blieb, vergaß Billie die Welt um sie herum. Azure, das Avalon, der sinnliche Kokosduft, der in der Luft lag, das erotische Flackern des Kerzenlichts, das Adrians feierliche Züge vergoldete. Sie nahm nur noch diesen Mann wahr. Seine dunklen Augen waren aus dieser Entfernung kaum zu sehen, und dennoch spürte Billie die Hitze seines Blickes auf der Haut.

Er ging die Treppe hinab. Innerhalb eines Atemzuges stand er vor ihr, streckte die Hand aus, bereit, sie von hier fortzuführen. Sie sah auf diese Finger hinab. Das schwüle Versprechen der Ekstase lag in der Luft zwischen ihnen, und plötzlich hatte sie Angst vor seinen Händen. Hände, die mit ein paar wohldosierten Zärtlichkeiten die quälendsten Reaktionen hervorrufen konnten. Hände, die ihr das Herz brechen konnten.

»Willkommen im Avalon, Billie«, sagte Adrian, leise genug, dass die Luft sich kaum bewegte. »Kommst du mit mir?«

* * *

Oben blieb er stehen und ließ Billie zuerst eintreten, dann folgte er ihr hinein und schloss leise die Tür. Kerzen flackerten auf jedem Tisch. Ihre Flammen warfen Schatten, die wie wilde Geister an den Wänden und an der Decke tanzten.

Er blieb hinter ihr stehen, dicht genug, dass sie den sanften Kuss seines Atems an ihrem Nacken spürte. Dann schoben seine Hände ihr den feuchten Regenmantel von den Schultern.

Billie schloss die Augen, als die kühle Luft ihre nackten Arme berührte. Sie hätte doch Ärmel anziehen sollen, aber das tiefgrüne Kleid ließ die warmen Lichter in ihrem Haar heller strahlen und ihre grünen Augen noch etwas grüner wirken. Heute hatte sie sich für ihn so gekleidet. Sie sehnte sich nach dem Gefühl seines wohlwollenden Blickes auf ihrem Körper. Sie hatte schon immer gerne Luftschlösser gebaut, aber nun würde sie eine letzte Nacht mit ihm verbringen und ihm dann Lebewohl sagen.

Sie lauschte den Geräuschen seiner Bewegungen, als er eine Schranktür öffnete, ihren Mantel aufhängte und sie mit einem leisen Klick wieder schloss.

»Was ist dein größtes Vergnügen?«, fragte er von der anderen Seite des Raumes.

Sie sah ihm in die Augen und beugte sich vor, um erst den einen Pumps auszuziehen, dann den anderen. »Du.«

Er beobachtete sie, die Hitze seines Blicks verwandelte die einfache Aufgabe, die Schuhe auszuziehen, sofort in etwas unerklärlich Erotisches. Erst als sie die Pumps neben das Bett gestellt und sich wieder aufgerichtet hatte, ging er zu der Sitzgruppe hinüber, wo ein kristallener Eiskübel eine Flasche Champagner beherbergte.

Billie rückte näher heran, ihre Aufmerksamkeit auf seine Hände gerichtet, als er die Flasche herausholte und sie mit einem Handtuch abwischte. Geschickt entkorkte er sie mit einem leisen Plopp und beugte sich über die Kristallflöten, die auf dem Beistelltisch standen.

Er trug eine seriöse schwarze Hose und einen schwarzen Rollkragenpullover. Seine Schultern waren breit, sein kürzlich geschnittenes Haar dunkel und dicht, so schwarz wie seine Kleidung. Er sah sie an, und sein Blick schien das Licht zu verschlucken. Dann wandte er seine Aufmerksamkeit wieder den Gläsern zu, und sie spürte das Geräusch des Champagners als Prickeln auf ihrer Haut.

»Ich nehme doch an, du magst Champagner«, sagte er und streckte ihr ein langstieliges Glas entgegen.

Sie nickte und nahm es ihm aus der Hand, war sich schmerzlich bewusst, dass er sie beobachtete, als sie das Glas an die Lippen führte. Das Getränk schäumte auf ihrer Zunge wie eine blubbernde, kalte Liebkosung, dann schluckte sie es hinunter und blinzelte erleichtert. Ihre Kehle war staubtrocken, aber ansonsten war sie überall feucht. Ihre Nerven waren zum Zerreißen gespannt. Aus reiner Vorfreude.

»Was jetzt?«, fragte sie, als das Glas leer war.

Adrian nahm es ihr aus der Hand und füllte es erneut. »Ich lasse dich lang genug allein, damit du dich wieder sammeln kannst.« Er gab ihr die Sektflöte wieder in die Hand, strich mit einem einzelnen brennenden Finger über ihren bloßen Arm und durchquerte das Zimmer in Richtung Bad.

Sie folgte ihm ein paar Schritte. »Komme ich dir nervös vor?«

»Ja.«

»Wohin gehst du?«

»Ich lasse ein Bad ein.« Seine Stimme verklang, als er um die Ecke verschwand.

»Ein Bad«, murmelte sie fassungslos. Dann riss sie die Augen auf. Ein Bad. *Oh Gott.* Die Kouros-Statue. Die Spezialdüsen.

Gute fünf Minuten vergingen, in denen sie vor der Badezimmertür stand und auf das Plätschern des Wassers und das leise Summen des Whirlpoolmotors lauschte. Der Champagner sickerte durch ihren Körper, gefolgt von einem Rausch aus schwindelerregender Wärme. Sie warf einen Blick auf die auf dem Tisch stehende Flasche und las das Etikett. Der beste Champagner. Der beste Liebhaber. Die teuerste Nacht ihres Lebens, denn sie würde sie mit ihrer Seele bezahlen.

Im Badezimmer hörte das rhythmische Rauschen des Wassers plötzlich auf.

Als Adrian im Türrahmen erschien, stellte sie ihr Glas ab und sah ihn an. »Du setzt mich jetzt also in diese besondere Badewanne und zeigst mir mehr Wonne und Lust, als ich je in meinem Leben kennengelernt habe, nicht wahr?«

»Für den Anfang.«

»Und dann?«

»Dann bringe ich dich ins Bett und lasse dich so oft kommen, dass du mich anflehst aufzuhören. Und dann lasse ich dich noch einmal kommen.«

Sie neigte den Kopf und betrachtete ihn nachdenklich. »Und werden wir uns lieben? Oder ficken?«

Sein Schweigen war Antwort genug.

»Darf ich ganz ehrlich zu dir sein, Adrian?«

»Wann warst du das denn mal nicht?« Er machte ein paar Schritte auf sie zu, dann blieb er stehen. »Was ist los?«

»Ich habe Angst.«

Sein Gesicht blieb unbewegt – bis auf ein leichtes Runzeln zwischen den Augenbrauen. »Verstehe.«

Verlegen fuhr sie fort. »Ich wollte das hier, dachte ich, mehr als alles. Ich weiß, dass es das, was zwischen uns steht, zur Ruhe bringt. Ich habe mir sogar gesagt, dass ich diese Erfahrung nutzen kann, um meinen Artikel zu beenden, um ihm einen Akzent zu geben, den kein *Illicit*-Artikel je hatte. Aber jetzt stehe ich vor dir, und ich kenne mich einfach zu gut.« Sie versuchte den Kloß herunterzuschlucken, der sich in ihrem Hals gebildet hatte – erfolglos. »Ich weiß, dass ich über diese Nacht niemals schreiben kann. Ich könnte ihr nie gerecht werden. Schlimmer noch – ich fürchte, ich werde die kostbaren Details sehr schnell wieder vergessen. Fragmente werden sich davonstehlen, und mir entgeht …«

»Billie«, sagte er leise. Ein Gefühl flackerte über sein Gesicht. Vielleicht Belustigung. Zärtlichkeit. Verwirrung.

»Menschen wie ich machen so etwas nicht, Adrian.«

»Menschen wie du tun es jeden Tag. Sie tun es mit mir.«

Ihr wurde das Herz ganz schwer. »Ich wollte, dass es bei uns anders ist.«

»Das war es doch schon.« Er ging auf sie zu und zog sie in die Arme, schob die dunklen Strähnen zurück, die sich aus ihrem Knoten gelöst hatten. Sein Duft hüllte ihre Sinne ein: die Hitze seines Körpers, Seife, Moschus und ein Hauch Champagner. Er hielt ihr Gesicht und musterte sie mit quälender Sorgfalt. Sie umklammerte seine Handgelenke, schloss die Augen und wartete auf die Berührung seines Mundes.

Sie kam, aber er küsste nicht ihre Lippen, sondern ihre Augenbrauen. Erst links, dann rechts. Sanfte, geduldige, hauchzarte Flügelschläge auf ihren Wimpern, ihrer Nase, ihren Wangen.

Benommen sagte sie: »Azure sagte mir etwas, als ich heute Abend hier ankam. Sie sagte …«

»Azure sagt eine Menge«, murmelte er und knabberte an ihrem Kinn.

Ihre Finger klammerten sich an seine Schultern. »Willst du damit sagen, dass ich nicht glauben sollte, was sie mir über dich sagt?«

Er zog sich zurück und sah ihr in die Augen. »Was hat sie denn gesagt?«

»Sie sagte … du glaubst, dass du mich liebst, aber das sei ein Irrtum.«

Er gab es nicht zu und stritt es auch nicht ab. Er löste sich nur von ihr und schnappte sich seinen Champagner von einer kleinen Kommode unter einem impressionistischen Gemälde. Die kaum wahrnehmbare Anspannung seines Körpers zeigte ihr seine Empörung. Er verzog die Lippen hinter dem Glas zu einem ironischen Lächeln, als er es an die Lippen führte und in einem Zug leer trank.

Billie stand verlassen da, fühlte sich schutzlos, töricht, unsicher in Bezug auf den Mann, der dort vor ihr stand.

»Wie lautet dein richtiger Vorname?«, fragte sie auf der verzweifelten Suche nach etwas, irgendetwas, das sie daran erinnerte, dass er lebte, atmete, etwas für sie empfand.

»Das spielt keine Rolle.«

Ihr wurde das Herz schwer. »Für mich schon. Ich will wissen, wem ich mich mit Haut und Haaren hingebe.«

Er stellte das Glas ab und kehrte zu ihr zurück. Seine Schritte waren auf dem dicken elfenbeinfarbenen Teppich nicht zu hören. »Das glaubst du, und vielleicht fühlst du dich dadurch etwas anständiger. Aber in Wahrheit kennst du von mir nur das, was ich dir zeige. Namen zählen nicht. Nur die Lust zählt. Das hier.«

Er streckte die Hand aus und berührte ihre Brust, strich ganz sanft über die Brustwarze, bis sie hart wurde und sie erschauerte. »Sex mit einem Fremden. Du kannst ihn weder rationalisieren noch rechtfertigen, aber du kannst ihn genießen. Und ich verspreche dir, das wirst du.«

Auch wenn seine Worte wie einstudiert und aus einem

Drehbuch klangen, waren sie die leere, schmerzhafte Wahrheit – seine Wahrheit, nicht ihre.

Diese Tatsache würde er ihr in den nächsten paar Stunden unmissverständlich klarmachen, immer und immer wieder. Er würde ihre körperliche Liebe entwerten, indem er einen Preis dafür festsetzte. Er würde es ihr leicht machen loszulassen, genau wie er es versprochen hatte.

In diesem Augenblick bewertete Billie den wahren Wert ihrer Gefühle für Adrian … und änderte ihre Meinung.

Sie trat einen Schritt zurück und umgab sich mit Mut wie mit Backsteinen, die eine hastig errichtete, schiefe Mauer zwischen ihnen bildete. »Danke«, sagte sie und hielt seinem verwirrten Blick stand. »Aber ich glaube, ich kann das doch nicht tun.«

Die einzig erkennbare Gefühlsregung auf seinem Gesicht war eine winzige Aufwärtsbewegung der Augenbrauen. »Ach ja?«

»Ja.«

»Warum nicht?«

»Weil …« Sie rang die Hände, ein blindes Gebet um Stärke. »Wegen meiner Gefühle für dich. Ich werde sie nicht entwerten, indem ich das kaufe, was du Fremden verkaufst. Ich bin keine Fremde. Ich bin eine Frau, die sich in dich verliebt hat.«

Die Zeit schien stillzustehen, als sie ausgesprochen hatte, was sie für ihn empfand.

Sie hielt inne, verfluchte das verräterische Zittern, das ihre Worte begleitete. »Dich mit gebrochenem Herzen zu verlassen ist leichter zu verdauen, als meine Seele zu verkaufen, um mit dir zu schlafen. Tut mir leid, Adrian. Ich bin vielleicht einsam und naiv und auch sonst alles, was du von mir denkst. Aber ich bin mir selbst auch immer treu, und ich werde meine Gefühle für dich nicht verunglimpfen. Sie sind viel zu kostbar in einer Welt, die so wenig Liebe bietet.«

Ohne seine Antwort abzuwarten, wandte sie sich um und hob ihre Schuhe auf, ließ sie über ihre Füße gleiten und ging erhobenen Hauptes zum Schrank, aus dem sie ihren Mantel holte, um ihn überzuziehen.

»Meine Tasche«, sagte sie mit leiser, monotoner Stimme.

Er hatte sich immer noch nicht von der Stelle gerührt. Wortlos deutete er auf eine Konsole neben dem Kamin. Sie ging hinüber, um ihre Lederhandtasche zu holen, dann sah sie ihn wieder an.

Sein Gesicht war ausdruckslos. Er war ganz anders als der Mann, der ihren Körper, ihre Seele und ihr Herz berührt hatte, während sie mitten im Wald in der Hängematte geschaukelt hatten.

Er sagte: »Eines möchte ich noch wissen.«

»Was?«

»Warum du ausgerechnet mich liebst. Warum? Wie kannst du meiner so sicher sein?«

Sie schluckte. »Es gibt nichts, dessen ich sicher bin. Aber mein Herz hört nun mal nicht auf meinen Verstand. Und das wusstest du von Anfang an, denn immerhin kennst du mich ja so gut.«

Er antwortete nicht. Seine dunklen Augen beobachteten sie, verrieten nichts als ein seltsames Funkeln, das sie nicht verstand. Triumph vielleicht? Er hatte sie besiegt. Er hatte das Katz-und-Maus-Spiel gewonnen.

Billie wandte sich zur Tür um, und genauso plötzlich bewegte sich auch Adrian. Es erschreckte sie. Sie umklammerte ihre Tasche, der einzige Schutz gegen seine dunkle, mesmerisierende Kraft. Er kam näher, sein Blick ruhte heiß auf ihrem Gesicht.

»Und was schulde ich Ihnen im Gegenzug dazu, dass Sie mir Ihre Liebe schenken, Ms. Cort?«

»Nichts«, sagte sie mit tränenerstickter Stimme. »Du schuldest mir nichts. Es war mein Fehler.«

»Einer, von dem ich profitiert habe.« Er streckte die Hand aus und befühlte die Aufschläge ihres Mantels. Er berührte nicht ihre Haut, aber Billie erschauerte, als hätte er es getan. »Wertvolle Gaben müssen zurückgezahlt werden, Billie. Ich bestehe darauf. Eine Hand wäscht die andere. Was willst du dafür haben?«

Sie wandte den Blick ab, Tränen hafteten an ihren Wimpern, die nur noch nicht schwer genug waren, um ihr die Wangen hinabzurinnen. »Keine Ahnung, Adrian. Nichts.«

»Sag etwas.«

Sie sah ihm in die Augen. *Bekenne dich zu deinen Gefühlen für mich.*

Er wartete, als wüsste er, worum sie bitten würde.

Schließlich sog sie zitternd den Atem ein und sagte: »Deinen Namen.«

Er runzelte die Stirn. »Das ist alles? Bist du sicher?«

Sie nickte. »Ich will einfach nur wissen, wer du bist.«

Er berührte ihr Gesicht mit den Fingerspitzen und ließ sie an ihrer Wange entlangwandern. Sein Blick folgte dem Pfad seiner Liebkosung. »Christopher«, sagte er in jenem sanften Ton, der die angespannte Stille kaum durchdrang.

Christopher.

»Christopher Antoli?«

»Ja.«

Billies Gesicht verzog sich. Beinahe wäre sie in Tränen ausgebrochen, doch sehr schnell fasste sie sich wieder, nahm einen tiefen, heilsamen Atemzug, obwohl sie einen Schritt von seiner zärtlichen Berührung zurück machte. »Na gut. Jetzt herrscht wieder Gleichstand. Mehr wollte ich nicht.« Sie wandte sich um und fasste nach dem Türknauf. Ihr Herz raste so sehr, dass ihre Beine schwach wurden.

»Ich weiß nicht, ob es dir etwas bedeutet«, erklang seine Stimme leise hinter ihr, »aber ich hätte dich nie für diese Nacht bezahlen lassen, Billie. Ich habe mit Maria schon alles vereinbart.«

Ein trauriges Lächeln spielte um ihren Mund. Tief in ihrem Innern hatte sie das gewusst, aber ihn diese Worte aussprechen zu hören war wie ein bittersüßer Abschied.

»Ich hoffe, dass du deinen Platz in der Welt findest, Christopher«, sagte sie, ohne sich umzudrehen. »Ich glaube nicht, dass es das Avalon ist.« Und bevor sie in Tränen ausbrechen konnte, schlüpfte sie zur Tür hinaus – sie hatte sich ihre Würde bewahrt.

16

Lange Zeit, nachdem sich die Tür hinter Billie geschlossen hatte, stand Christopher Antoli mitten im Zimmer und lauschte dem Pochen seines eigenen Herzens.

Dort begann sich ein quälender Schmerz einzunisten, ein Gefühl der Leere, das jegliches Bollwerk, das er in Vorbereitung auf diese Nacht um sich herum errichtet hatte, einzureißen drohte.

Die Stille um ihn war durchdringend, unerträglich. Er bewegte sich, nur weil er sie durchschneiden wollte, hob systematisch eine Champagnerflöte auf und stellte sie ins Spülbecken der Bar, glättete eine bereits glatte Decke, stellte die Ordnung in einem sterilen und ordentlichen Raum wieder her.

Im Badezimmer löste er den Stöpsel aus der Wanne und sah zu, wie das duftende, warme Wasser in den Abfluss sickerte, wartete auf das Klopfen an der Tür, das ihm Azures Ankunft ankündigen würde, und damit die Ankunft der subtilen Qual unter ihrem selbstgefälligen Blick.

Und sie kam ... ein sanftes, unaufdringliches Geräusch.

Er wischte sich die Hände an den Oberschenkeln ab, ging zur Tür und öffnete sie, dann trat er einen Schritt zurück, um ihr Einlass zu gewähren.

Sie hatte sich umgezogen. Das charakteristische weiße Kleid war einem maßgeschneiderten schwarzen Hosenanzug gewichen. Sie hüllte sich in Dunkelheit, wenn sie die Stadt durchstreifte auf der Suche nach einem neuen Avalon-Begleiter.

Ihr Haar trug sie offen, und auf ihren Lippen lag ein höhnisches Grinsen, als ob sie mit ihrem Triumph nicht mehr länger hinterm Berg halten könnte, um ihn feierlich abzukanzeln, wie er es eigentlich erwartet hatte.

»Deine Kundin ist früh gegangen. Sag mir, Ad, konntest du auch sie nicht zufriedenstellen?«

»Ja.« Seine Stimme war ausdruckslos. Er ging im Zimmer umher, um seine persönlichen Gegenstände einzusammeln. Sein Leben im Avalon war vorbei. Er hatte das in dem Moment gewusst, als Azure sich einverstanden erklärt hatte, Billie in den Terminkalender eintragen zu lassen. Er öffnete den Schrank im Badezimmer, holte eine lederne Reisetasche heraus und stellte sie im Schlafzimmer aufs Bett. In diesem Zimmer gehörte ihm nichts, außer der Inhalt der beiden Schubladen, in denen sich frische Wäsche befand, und ein paar Kleidungsstücke im Schrank.

Hinter ihm beobachtete Azure ihn, ihr Blick durchbohrte ihn voller Schadenfreude.

»Ich fürchte, das sind zwei unzufriedene Kundinnen in einer Woche. Eigentlich sogar drei, wenn man Finola Casselberry bei der Party hinzuzählt, als du sie unverfroren stehen ließest, um deiner teuren Ms. Cort hinterherzujagen.« Ihre Stimme wurde schärfer. »Ich hoffe, die Reporterin ist es wert, Adrian. Dir ist doch hoffentlich klar, dass sie dich deine Stellung hier im Avalon gekostet hat.«

Er fuhr mit dem Packen fort, ohne zu antworten, als ob sie nicht mit entblößten Reißzähnen hinter ihm lauerte.

»Hast du mich gehört?« Ihre Stimme klang wutverzerrt. »Ich lasse dich frei.«

»Ich habe dich gehört, Azure.«

Er kehrte ins Bad zurück, nahm ein paar Toilettenartikel und verstaute auch diese in der Reisetasche. Dann schloss er den Reißverschluss, ging um sie herum und holte sich seine Schuhe, all das in quälendem Schweigen, das mit Azures wachsendem Zorn durch das Zimmer vibrierte.

Als er sich in den Ohrensessel setzte, um sie anzuziehen, kam sie näher, und ihr exotischer Duft umwehte ihn wie eine heiße Wolke. Er erinnerte ihn an Sex und Demütigung.

Ein länglicher weißer Umschlag, den sie zwischen ihren langen, manikürten Fingern hielt, kam ihm ins Blickfeld, und er zögerte. Seine Augen ruhten einen Moment lang auf der vertrauten Handschrift, bevor ihm alles klar wurde. Er richtete sich langsam auf und sah ihr in die Augen.

Er wusste es. Auf einmal.

»Das hier ist vor Kurzem hier angekommen«, sagte Azure und musterte sein Gesicht mit verengten Augen. »Ich fürchte, es ist in der Post verloren gegangen. Du weißt, wie unzuverlässig die Post hier in unserer Gegend nun mal ist.«

Er schluckte den Kloß in seinem Hals herunter, nahm ihr den Umschlag aus der Hand und betrachtete die Briefmarke. Der Poststempel war auf einen Tag nach Lukes Tod datiert.

Falsche Schlange.

Er sah ihr direkt in die Augen. »Danke.«

Er wusste Bescheid. Eisig und wortlos entließ er sie aus seinem Leben. Sie blickte nicht mehr ganz so vergnügt drein.

»Mehr hast du dazu nicht zu sagen?«

»Ich werde den Brief im stillen Kämmerlein lesen.«

»Wie du willst.« Sie zuckte achtlos mit den Achseln und ging zur Tür. »Willst du nicht wissen, ob ich die Polizei angerufen und ihnen den Inhalt des Briefes mitgeteilt habe?«

Seine Finger krampften sich um den Umschlag. »Sag mir, Azure, hast du die Polizei angerufen und ihnen den Inhalt des Briefes mitgeteilt?«

»Natürlich, Schatz. Andernfalls hätte ich ja Beweismittel unterschlagen.« Nun setzte sie die Maske wohlwollender Zärtlichkeit auf. »Du bist also vollkommen aus dem Schneider.«

Die Lippen vor Wut ganz schmal, gelang ihm ein kurzes Nicken, und er stand auf, um den Brief in der Reisetasche zu verstauen. Dann hielt er inne und warf ihr einen Blick gänzlicher Verachtung zu. »Sonst noch etwas?«

»Du kannst diesen Brief nicht behalten, Ad, obwohl er ein monumentaler Beweis für deine beeindruckende Fähigkeit, jeden in deiner Umgebung zu zerstören, ist. Aber das ist das Original. Lass ihn auf dem Nachttisch liegen, damit ich ihn den Behörden übergeben kann. Wenn du als Andenken eine Fotokopie willst, dann sag Maria Bescheid, bevor du gehst.« Sie öffnete die Tür, ihre Hand ruhte auf dem Türknauf. »Es tut mir leid, dass es so enden musste, Adrian. Das solltest du wissen.«

»Ich heiße Christopher«, antwortete er und schlüpfte in sein Jackett. Als er wieder aufblickte, war sie verschwunden, nur noch ein flüchtiger Schatten einer schlechten Erfahrung.

Christopher wartete, bis er sicher war, dass er vollkommen allein war, ehe er wieder zu atmen wagte. Dann holte er mit zitternden Fingern den Umschlag wieder hervor, zog Luciens Brief heraus und begann zu lesen.

»Immer mit der Ruhe!«, murmelte Billie, die gerade zwei volle Einkaufstüten balancierte und nun blind nach ihrem Handy suchte.

Irgendwo in den Tiefen ihrer Handtasche klingelte es mit

fröhlicher Beharrlichkeit, und sie verfluchte es, während sie ihre vollen Taschen durchwühlte. Schließlich bekam sie das Handy zu fassen, aber da rutschte ihr der Riemen ihrer Handtasche von der Schulter und in die Armbeuge, und eine ihrer Einkaufstaschen fiel zu Boden.

Fluchend stellte sie die restlichen Einkäufe im Flur ab, holte den Schlüsselbund hervor und steckte den richtigen ins Schloss. Ihre Stimmung, die vorher schon so düster wie die grauen Regenwolken gewesen war, die den nachmittäglichen Himmel draußen erstickten, wurde noch drei Grad dunkler. Sie nahm die Einkaufstaschen wieder auf und drängte sich mit den Schultern zur Tür hinein. Das schrille, erbarmungslose Klingeln des Handys nährte die beharrliche Hoffnung, die in ihrem Herzen einfach nicht sterben wollte. Niemand war so wichtig, dass sie sich ein Bein ausreißen musste, um ans Telefon zu gehen, noch nicht mal …

Eben niemand war so wichtig.

Sie zwang sich zur Ruhe, als sie mit dem Fuß die Tür zustieß und die Taschen in der kleinen Küche abstellte. Sie würde sich kein Bein ausreißen, um das verdammte Handy zu finden. Es gab keinen Grund zur Eile.

Es war bestimmt nicht Adrian. Christopher. Oder wer immer zur Hölle er sein mochte.

Bewusst bedächtig stellte sie die Tasche auf die Arbeitsfläche, fand das verdammte Ding und betrachtete die Nummer auf dem Display. Der Anruf kam aus Maryland. »Hallo?«

»Ich hätte gern Billie Cort gesprochen«, sagte eine kurz angebundene weibliche Stimme. »Ist das die richtige Nummer?«

Stets misstrauisch, dass ihr irgendein Anwalt eine Falle stellen könnte, zögerte Billie. »Wer ist dran?«

»Rosalie Baxter.«

Billie hatte zunächst keine Ahnung, wer das war. Dann dämmerte es ihr, und ihr Herz pochte wie wild in ihrer Brust. Sie setzte sich auf die Polsterbank neben dem Telefon. Es war nicht Adrian.

Aber seine Schwester!

»Ja, hallo, Rosalie«, sagte sie schließlich, atemlos von der körperlichen Anstrengung und der Überraschung. »Sie haben die richtige Nummer gewählt.«

»Wie geht es Ihnen?« In dieser Frage schwangen Gefühle mit, die Billie nicht identifizieren konnte.

»Es geht mir gut, Rosalie. Was ist mit Ihnen?«

»Na ja, auch gut. Ich habe mir Ihre Nummer von Chris' Handy abgeschrieben, als ich ihn das letzte Mal sah, denn ich wusste, dass ich über Sie erfahren kann, wie es ihm geht. Sie wissen schon, wenn er sich mal wieder lange nicht gemeldet hat.«

»Verstehe«, sagte Billie und wusste nicht, was sie als Nächstes sagen sollte. Bevor sie eine höfliche Unterhaltung beginnen oder überhaupt darüber nachdenken konnte, warum Adrians Schwester anrief, preschte Rosalie vor.

»Tut mir leid, Sie so zu belästigen, Billie, aber haben Sie Chris in der letzten Zeit mal gesehen? Wir haben seit dem Abend, an dem Sie bei uns zu Abend gegessen haben, nichts mehr von ihm gehört, und so langsam mache ich mir Sorgen.«

Chris Antoli. Chris Antoli. Der Name hörte sich wie ein Abzählreim an. Sie richtete sich auf, schob sich das Haar aus dem Gesicht und runzelte die Stirn. »Ehrlich gesagt habe ich … Chris, äh – schon ein paar Wochen nicht gesehen. Er und ich … wir …«

»Sie haben sich doch nicht getrennt?« Sofort klang Rosalies Stimme nicht mehr besorgt, sondern kühl und missbilligend.

»Haben Sie sich getrennt? Was ist passiert? Warum haben Sie sich getrennt? Von wem ging es aus? Von Ihnen oder von ihm?«

»Es hat einfach nicht funktioniert.«

Die andere Frau machte eine abfällige Bemerkung auf Italienisch. »Also von ihm.«

Billie schloss die Augen und versuchte, den Kloß in ihrem Hals herunterzuschlucken. »Sie wissen doch, wie so was läuft.«

»Bei meinem Bruder ja, nur zu gut.« Rosalie seufzte. »Tut mir leid, Billie. Ich dachte, Sie seien gut für ihn, wissen Sie? Er schien glücklich mit Ihnen zu sein.«

»Das war er aber nicht.« Die Worte kamen schärfer heraus als beabsichtigt, deshalb fügte sie schnell hinzu: »Und ehrlich, Rosalie, ich glaube auch nicht, dass es etwas mit mir zu tun hatte.«

»Ja, ich weiß. Er ist allzu verschlossen, ein richtiger Geheimniskrämer. Aber irgendetwas stimmt nicht in seinem Leben, und wir wissen es alle. Er glaubt, er kann das vor uns verbergen, aber wir sind seine Familie – wir wissen es.«

Nur nicht genau. Billie rieb sich die linke Schläfe, wo sich ein Schmerz in wirbelnden Kreisen festsetzte. »Er hat Glück, dass er so eine Familie hat.«

»Ja, na ja, verdammter Kerl. Ich habe unzählige Nachrichten auf seinem Anrufbeantworter und seiner Mailbox hinterlassen, und er hat kein einziges Mal zurückgerufen. Aber wenn Sie beide Probleme haben … könnte das natürlich die Erklärung sein. Vielleicht ist er ja Ihretwegen kreuzunglücklich.«

»Das bezweifele ich«, sagte Billie trocken. »Aber netter Versuch.«

Rosalie lachte freudlos auf. »Ich könnte ihn erwürgen. Aber trotzdem sieht es ihm nicht ähnlich, so lange nichts von sich hören zu lassen. Vielleicht fahre ich heute Abend mal hin und sehe nach ihm.« Sie schwieg, dann stöhnte sie. »*Dio* – Sophie hat Cheerleader-Training, und David arbeitet gerade außerhalb.«

Billie wappnete sich. Sie wusste instinktiv, was als Nächstes kam.

»Billie, wie stehen Sie und Chris seit der Trennung zueinander?«

»Ich habe mit ihm schon eine ganze Weile nicht mehr gesprochen und ihn auch nicht mehr gesehen«, antwortete sie, und eine böse Vorahnung setzte sich in ihrer Brust fest. »Ich muss morgen früh einen Artikel abgeben, deshalb habe ich wirklich jede Menge zu tun, und ich bin sicher, es geht ihm ähnlich. Vielleicht ist er ja auch nicht in der Stadt.«

»Das wäre natürlich möglich, nur dass er immer Rudy bei uns lässt, wenn er verreist.« Rosalie holte tief Luft. »Sie sagen also, dass Sie sich im Guten getrennt haben?«

»Im Höflichen«, gestand Billie ihr zu und schloss die Augen.

»Also wenn Sie beispielsweise an seine Tür klopften …«

»Würde er sie mir nicht vor der Nase zuschlagen.« Sie unterdrückte einen tiefen, erschöpften Seufzer. »Sie wollen also, dass ich in seine Wohnung fahre und nachsehe, ob es ihm gut geht.«

Anscheinend klang das mehr nach einem Angebot als nach einer Beobachtung, denn Rosalie rief aus: »Oh, Süße – danke Billie! Sie sind so eine Liebe. Und mein Bruder ist ein Idiot, was? Wenn Sie zu ihm kommen, sehen Sie ihm in die Augen, und geben Sie ihm zwei schallende Ohrfeigen. Eine für mich, weil er seiner armen Schwester so viele Sorgen macht, und eine für Sie, weil er Gott ins Gesicht gespuckt hat, obwohl er ein so hübsches Mädchen diesem unwürdigen … *sciocco* … geschickt hat! Sie sind ein Goldstück, und Zio sollte das eigentlich wissen.«

Billie musste unwillkürlich lachen. »Danke für die Blumen, Rosalie. Ich werde ihm Ihre Botschaft überbringen, und ich bin sicher, dass er Sie sofort anrufen wird.«

Als sie aufgelegt hatte, saß sie da und starrte das Handy an, während ihr Herz in einem fieberhaften Rhythmus pochte. Sie hatte gerade zugestimmt, Adrian noch einmal zu sehen, seine Stimme zu hören, den Fuß – wenn auch nur kurz – noch einmal in seine Welt zu setzen, wo sie nicht willkommen war und in die sie nicht hineingehörte.

»Sciocco«, flüsterte sie und schloss die Augen, als sie Rosalies energischen Ausruf wiederholte.

Das hieß Narr.

Zunächst rief sie auf seinem Handy an, ohne Erfolg, dann wählte sie die Nummer seiner Privaträume im Avalon. Ihr Puls jagte, während sie es klingeln ließ, einmal, zweimal, dreimal.

Eine heisere, männliche Stimme hob ab. »Jean-Pierre.«

Billie hielt inne. »Tut mir leid – ich wollte Adrians Nummer wählen.«

»Sie haben sich nicht verwählt«, berichtete Jean-Pierre in abgehacktem Pariser Akzent. »Adrian ist hier nicht mehr zu erreichen.« Er schwieg kurz. »Woher haben Sie diese Nummer?«

Sie richtete sich auf ihrer Bank auf und hielt das Handy dicht an die Wange. »Er hat sie mir gegeben. Ist er … hat er das Avalon verlassen?«

»Ich fürchte, das kann ich Ihnen nicht beantworten. Gibt es sonst noch etwas?«

»Nein. *Merci*«, fügte sie in giftigem Ton hinzu und legte auf.

Als sie an Adrians Wohnhaus auf der Connecticut Avenue anlangte, war es bereits dunkel. Sie umrundete das Hochhaus auf der Suche nach einem Parkplatz an der von Autos gesäumten Straße und stellte erleichtert fest, dass Adrians marineblauer BMW hinter dem Gebäude parkte. Das war zwar keine Garantie dafür, dass er zu Hause war, aber etwas in ihr klammerte sich an die Hoffnung, dass er sich in seiner Luxuswohnung verschanzt hatte. Vielleicht stellte er sich gerade zum ersten Mal seit acht Jahren der realen Welt.

Ein seltsames Ziehen in der Herzgegend sagte ihr, dass er litt, sogar mehr als sie selbst es in den vergangenen beiden Wochen getan hatte.

Sie musste niemanden beschwatzen oder bestechen, um ins Gebäude zu gelangen. Der füllige, rot gewandete Türsteher, den sie vor vielen Wochen hier angetroffen hatte, war nicht da. Eine gut gekleidete Frau, die gerade herauskam, hielt Billie die Glastür auf, als sie näher kam, wobei sie ihr Tanktop und ihre kakifarbenen Shorts flüchtig musterte. Billie dankte ihr und betrat den Gebäudekomplex.

Die Lobby lag verlassen da. Sie ging direkt zu den Aufzügen, drückte den Knopf und wartete mit klopfendem Herzen. Mit allen Sinnen nahm sie die luxuriöse Umgebung in sich auf. Klassische Musik drang aus dem von Kronleuchtern erhellten Gang zu ihr hinüber. Das Gelächter einer Frau erklang hinter einer Wand, und der schwache Duft von Weihrauch umgab sie.

Einen Augenblick später öffneten sich die Messingtüren, und sie betrat den leeren Aufzug. Ihre Hände zitterten, als sie den Knopf zum vierzehnten Stockwerk drückte.

Was würde sie zu Adrian sagen, wenn er tatsächlich auf ihr Klopfen hin öffnete? Sie stellte sich vor, wie sie Rosalies knappe

Botschaft wiederholte, sich dann auf dem Absatz umdrehte und ohne ein weiteres Wort erhobenen Hauptes davonging.

Wahrscheinlich würde er sie nicht aufhalten. Sie lächelte schief. Es würde ihm so ähnlich sehen, etwas ganz Unerwartetes und nicht unbedingt das Höflichste zu tun.

Und was würde sie tun, wenn er die Tür aufriss, sie am Arm packte und sie an sich zog, ihre Worte mit einem Kuss verschlang, bevor sie sie aussprechen konnte?

»Hör auf, Billie!« Der scharfe Klang ihrer eigenen Stimme wurde von den verspiegelten Wänden zurückgeworfen und riss sie aus ihren romantischen Überlegungen. Verdammt – der Mann war nicht gut für sie, und sie war total falsch für ihn. Trotz der wunderbaren Möglichkeiten, die scheinbar an jeder Ecke ihrer kurzen Beziehung gelauert hatten, hatten sie einander nichts zu bieten. Wenn doch … wenn es die Chance auf Liebe wirklich gegeben hätte, dann wäre sie jetzt bei ihm und nicht in diesem Aufzug, die Kehle trocken vor Furcht und Anspannung. Das Schicksal würde doch nicht so grausam sein, diesen Mann wie einen Köder vor ihrer Nase baumeln zu lassen – diesen unmöglichen Mann – als ihre eine und einzige Chance, die wahre Liebe zu erleben … oder doch?

Die Türen öffneten sich, und der Flur lag leer und schweigsam da. Sie holte tief Luft, dann trat sie hinaus, die Arme fest über der Brust gekreuzt, und ging auf Adrians Apartment zu. Ein üppiger Farn stand nun anstelle des kunstvollen Blumenarrangements vom letzten Mal da. Selbst eine einfache Pflanze sah in diesem exklusiven Haus teuer aus.

Wie Billie befürchtet hatte, öffnete Adrian nicht die Tür. Quälende Sorge zerrte an ihrem Gewissen, und sie klopfte noch einmal.

Keine Antwort.

Ihre Finger wanderten zu dem Messingknauf, zögerten, bis sie schließlich zupackten und drehten.

Mit einem Klicken öffnete sich die Tür.

Sie hielt den Atem an, schob sie einen Spaltbreit auf, gerade genug, um um die Ecke zu sehen. Im Flur herrschte Dämmerlicht, die Küchenbeleuchtung brannte nicht. Sie stieß die Tür noch weiter auf und betrat leise die Wohnung. Dann machte sie ein paar weitere vorsichtige Schritte und spähte ins Wohnzimmer.

Der elegante Raum versank im Chaos. Zeitungen lagen auf dem Sofa und dem Beistelltisch verstreut. Kleidung – ein wirres Durcheinander von T-Shirts, Laufshorts, Jeans und Socken – quoll aus einem Wäschekorb auf dem Boden vor der Standuhr. Ein Paar Tennisschuhe lagen auf dem Teppich achtlos fortgeschleudert, ohne dass die Schnürsenkel aufgebunden waren. Eine offene Pizzaschachtel lag auf dem Ledersessel, der Inhalt war kaum angerührt worden und vergilbte bereits, weil das Essen schon so lange herumstand.

In einer seltsam akkuraten Reihe standen sechs Dosen Importbier auf dem nächstbesten Beistelltisch, außerdem sechs Budweiser-Dosen, eine halb leere Flasche Bourbon und eine Anzahl benutzter, aber leerer Schnapsgläser.

Sie zog unwillkürlich die Augenbrauen in die Höhe. Es sah aus, als ob sich Adrian kürzlich ein einsames Besäufnis gegönnt hätte.

Langsam durchquerte sie das Zimmer, die Aufmerksamkeit auf das sanfte Flattern der durchsichtigen Vorhänge vor der Balkontür gerichtet. Eine Stoffbahn wurde von der Abendbrise zur Seite geweht, sodass sie schließlich einen Blick auf den Mann erhaschte, nach dem sie suchte. Er saß rittlings auf der Balustrade, die Augen in die Tiefe gerichtet.

Billie war starr vor Schreck. »Adrian …«, würgte sie mühsam hervor. »Nicht!«

Sein Kopf wirbelte herum, aber sie konnte den Ausdruck in seinen dunklen Augen nicht erkennen. Da erschien Rudy, der sich hinter den Vorhängen verborgen hatte, und stürzte sich mit wildem Bellen auf sie.

Verzweifelt wich Billie zurück und streckte dem quirligen Labrador die Hände entgegen, der sie jetzt erkannte und mit ihr spielen wollte.

»Hi, Rudy«, sagte sie mit zitternder Stimme, und er fuhr mit seiner feuchten Zunge über ihre Hand. Dann trottete er wieder zurück zum Balkon, warf einen letzten wehmütigen Blick in ihre Richtung, als wolle er sie überreden, ihm zu folgen.

Zitternd ging Billie erneut auf die Vorhänge zu, strich sie zur Seite und trat in die milde Nacht hinaus.

Adrian drehte sich um und sah sie an, ohne seine gefährliche Position aufzugeben. Der Wind zerzauste sein dunkles Haar und sorgte dafür, dass sein langärmeliges T-Shirt ihm am Körper klebte. Er trug eine verwaschene graue Jogginghose und war barfuß. Sein unrasiertes Gesicht war bleich, und er hatte tiefe Augenringe.

Und doch spielte ein eigenwilliges Lächeln um seinen Mund, diese alte, vertraute Belustigung, die sich immer in seine Züge schlich, wenn er sie ansah. »Tut mir leid, dass ich dich zur Begrüßung so erschreckt habe. Alles in Ordnung?«

»Mir geht es gut.« Sie reckte das Kinn. Ihre Wangen glühten. »Und dir?«

Seine Lippen zuckten. »Bist du gekommen, um mir gut zuzureden und mich vor dem Abgrund zu bewahren?« Das leise Lallen seiner Worte zeigte ihr, dass er zumindest ein wenig betrunken war.

»Adrian …«

»Chris«, unterbrach er sie, und jeder humorvolle Zug war verschwunden. »Mein Name ist Chris.«

»Okay.« Sie machte einen weiteren Schritt auf ihn zu, behielt dabei aber Rudy im Auge, der sie mit hängender Zunge beobachtete. »Chris, was tust du hier oben?«

»Ich sehe mir die Welt mit Lukes Augen an.« Er wandte sich wieder dem glitzernden Lichtermeer zu, das sich unter dem Balkon ausbreitete. »Und halte, wo ich schon mal dabei bin, nach Rudys Banane Ausschau.«

Billie schluckte schwer, ihr Herz schlug langsamer. »Nach seiner Banane?«

»Ein ausgestopftes Spielzeug. Er wirft sie gern vom Balkon runter, und dann muss ich unweigerlich danach suchen.« Er sah zu dem Hund hinüber. »Irgendwas daran ist falsch, Rudy.«

Der Hund hechelte und leckte die Lefzen.

»Könntest du bitte da runterkommen?«, fragte Billie. »Du machst mich nervös.«

Statt ihrer Bitte zu folgen, winkte er sie zu sich. »Komm her.«

Mit langsamen, vorsichtigen Schritten näherte sie sich der Balustrade und spähte über den Rand hinweg, eine Hand an seiner Hüfte, bereit zuzupacken, falls er abrutschte.

»Sieh mal«, murmelte er.

Eine Million funkelnder Lichter trieben auf der Oberfläche der Stadt, ein trügerisch glanzvoller Auftritt, der Lucien DeChambeau so viel Schmerz bereitet hatte. Der Anblick war wunderschön, seine Bedeutung eindringlich. Es war das Letzte, was Lucien vor seinem Tod noch gesehen hatte.

Billie betrachtete Adrians Profil. »Wonach suche ich?«

»Nach Rudys Banane.«

Seine tonlose Stimme sagte Billie, dass seine Aufmerksamkeit nicht unbedingt auf dem Hundespielzeug ruhte. Einen Moment schwiegen sie und starrten auf den Asphalt hinunter, auf die Stelle, an der Lucien gestorben war. Dann wurde Billies Angst langsam von ihrer Wut verdrängt, und sie warf Adrian aus verengten Augen einen tadelnden Blick zu.

»Als ich dich hier oben sah, dachte ich, dass du springen wolltest.«

Er lächelte. »Und Lukes dramatischem Abgang die Show stehle? Niemals.« Er hob den Kopf und blinzelte, als ob er sich konzentrieren müsste, scharf zu sehen. »Enttäuscht?«

Sie antwortete nicht. Die Brise verwehte ein paar kleine Haarsträhnen, die sich aus ihrem Pferdeschwanz gelöst hatten, und ließ sie wie federleichte Liebkosungen über ihre Lippen gleiten.

»Ich sehe das Spielzeug nicht«, sagte Adrian schließlich. »Du?«

»Nein, ich suche aber auch gar nicht nach der verdammten Banane. Ich bin hier, um nach dir zu sehen.«

»Ich bin vollkommen fit.« Plötzlich bewegte er sich, schwang das Bein in den sicheren Bereich des Balkons und landete mit unglaublicher Grazie auf dem Boden, wobei er eine Hand auf das Geländer stützte, um das Gleichgewicht zu halten und nicht zu schwanken. »*Sono libero*. Ich bin frei.«

Der Alkoholgeruch drang Billie in die Nase, und sie straffte sich. Sie hatte Adrian jetzt schon in vielen Stimmungen erlebt: wie er aalglatt, manipulativ, zornig, leidenschaftlich, zärtlich war … aber betrunken und Italienisch sprechend gehörte nicht zum Repertoire, und die Art, wie er sie musterte, von Kopf bis Fuß und wieder zurück, brachte sie völlig aus der Fassung.

»Also erzähl mir, warum du wirklich hier bist.« Er kam auf sie zu wie ein schlanker, wenn auch etwas berauschter Panther. »Willst du noch mehr Staub aufwirbeln für deinen brillanten Artikel über das Leben eines Gigolos?«

»Nein. Ich …«

»Dann bist du hier ganz falsch«, sagte er bitter und wich ihr aus, um ins Wohnzimmer zu gelangen – Rudy immer auf den Fersen.

Sie folgte ihm, blieb stehen und sah, wie er die Sammlung leerer Bierflaschen und -dosen auf dem Tisch musterte. Er nahm eine Dose in die Hand und schüttelte sie. »Azure hat mich gefeuert.«

»Warum?«, fragte Billie.

Er stieß ein freudloses, höhnisches Lachen aus. »Ich konnte meine Kundinnen nicht mehr zufriedenstellen. Jetzt bin ich also ein arbeitsloser Callboy, wenn auch kein mittelloser. Ich habe nie zu denen gehört, die das Geld mit vollen Händen zum Fenster hinauswerfen.«

Sie wusste nicht, was sie sagen sollte. Sie schloss die Doppeltüren hinter sich, arrangierte die Vorhangstores neu und sah ihn dann an. Adrian war auf einem karierten Sessel zusammengesunken. Er lümmelte sich so darin, dass sein Nacken die Rückenlehne berührte, und mit dem Arm bedeckte er die Augen.

»Hast du mich gehört? Du kannst den Artikel zu Ende schreiben, Billie. Schreib einfach nur, dass ich mich selbst kaputtgemacht habe.« Seine Kehle bewegte sich, als er in dem offensichtlichen Versuch, seine Gefühle zu kontrollieren, schluckte. »Geschichten wie meine haben niemals ein Happy End.«

Sie sagte nichts, sah ihn nur an. Unzählige Gedanken schossen ihr durch den Kopf. Ein Teil von ihr wäre am liebsten geflüchtet, hätte den Mann am liebsten verlassen, den sie weder verstehen noch erreichen konnte. Der andere Teil stürzte sich noch weiter in die Liebe hinein und wollte ihn berühren, ihn halten, die Dämonen seiner Vergangenheit verscheuchen – obwohl das eigentlich nur er selbst tun konnte.

Im Augenblick jedoch sah es so aus, als gewännen die Dämonen den Krieg.

Sie rang um Stärke und Gelassenheit und atmete tief ein. Dann sagte sie: »Wann hast du zum letzten Mal etwas gegessen?«

»Ich habe keinen Hunger.« Unter seinem Arm klang seine Stimme gedämpft. Das allzu kantige Kinn zierte ein Dreitagebart.

»Du hast getrunken.«

Seine Lippen zuckten. »Was hat mich verraten?«

»Du musst etwas essen, damit der ganze Schnaps in deinem Blut neutralisiert wird.« Sie ging in die Küche. »Erst mal mache ich dir etwas zu essen.«

Als sie an ihm vorüberging, schoss seine Hand hervor und umfing ihr Handgelenk. Sein Griff war rücksichtslos, und Billie schreckte zurück, als er sie zu sich zog, sodass sie vor ihm stand.

Seine Augen verengten sich zu schwarzen Schlitzen, als er zu ihr aufblickte. Er hob weder den Kopf, noch veränderte er seine lässige Position, aber dennoch ging Gefahr von ihm aus. Die Verzweiflung machte ihn vollkommen unberechenbar. Und doch wollte sie ihn immer noch, mit einem wilden, grimmigen Hunger, der auf allen Ebenen mit ihrem gesunden Menschenverstand im Clinch lag.

»Du willst etwas für mich tun, Billie? Ich kann mir ein paar

Dinge denken, bei denen ich mich jetzt besser fühlen würde, und etwas zu essen gehört nicht dazu.«

»Fahr zur Hölle.«

Er ließ sie nicht los. Durch seine grausame schweigende Führung sank sie vor ihm auf die Knie, versuchte vergeblich, seine Hand loszuwerden, die gewaltsam ihr Handgelenk umklammerte. »Verdammt, Adrian – du tust mir weh!«

»Aber das erwartest du doch, nicht wahr? Warum kommst du sonst immer wieder und willst mehr?« Sein Griff lockerte sich, doch immer noch war sie nicht frei, und die Finger um ihr Handgelenk zitterten. »Du weißt, was ich bin, was ich dir bieten kann. Nichts als Schmerz. Was ist los mit dir? Hast du Angst davor zuzugeben, dass du die gleichen dunklen, seltsamen Begierden hast wie jeder andere auch?«

»Gar nichts ist mit mir los, du Scheißkerl.« Ihre Stimme klang erstickt vor Wut, auch als sie das beängstigende Gefühl beschlich, dass er damit über etwas Geheimes gestolpert war, dessen sie sich selbst nicht bewusst war. Seltsame Begierden – ja. Nach ihm. Seltsam, weil er es nicht wollte, und sie konnte einfach nicht verhindern, dass das Gefühl in ihrem Innern beharrlich stärker wurde, obwohl sie sich dagegen wehrte.

»Ich bin nicht hier, weil ich es will«, stieß sie hinter zusammengebissenen Zähnen hervor. »Deine Schwester ist krank vor Sorge um dich, und sie hat mich angerufen, um mich zu fragen, ob ich wüsste, wo du bist.«

Adrian ließ sie los und setzte sich auf. »Rosalie hat dich angerufen?«

»Ja.« Sie rieb sich das Handgelenk und kam mit so viel Grazie, wie ihre zitternden Beine zuließen, wieder auf die Füße. »Sie versucht seit Tagen, dich zu erreichen. Sie konnte nicht weg und in die Stadt fahren, um nach dir zu sehen, deshalb hat sie mich gebeten, das für sie zu tun. Und ich habe mich törichterweise dazu bereit erklärt.«

Jetzt wich auch noch die restliche Farbe aus seinem Gesicht.

»Ich bin nur deiner Schwester wegen gekommen«, wiederholte sie in dem schwachen Versuch, sich das auch selbst einzureden. »Und jetzt sehe ich, dass es dir gut geht. Gut genug jedenfalls, um grausam und gemein zu sein.« Ihr Atem ging stoßweise. Sie kämpfte gegen den Drang zu weinen an, während sie aufs Foyer zuging. »Ich gehe jetzt. Ruf sie bitte an, und sag ihr, dass mit dir alles in Ordnung ist.«

Billie schaffte es bis zur Tür und öffnete sie, bevor Adrians Hand hinter ihr hervorschoss und sie wieder zuschlug. Sie hätte nie gedacht, dass ein alkoholisierter Mann sich so schnell bewegen könnte.

Seine elektrisierende Präsenz hinter ihr sandte einen flirrenden Schauer über ihren Rücken. Sie war sich seiner Anwesenheit mehr als bewusst. Sie holte tief Luft, wappnete sich und drehte sich langsam zu ihm um. Seine Augen waren schwarz. Er sah aus, als hätte er nächtelang nicht mehr geschlafen, und sie versuchte, sich darum nicht zu scheren. Sie versuchte, sich nicht zu fragen, was zum Teufel passiert war, um diesen Geist zu erschaffen, die leere Hülle jener vibrierend männlichen Kraft, die er noch vor wenigen Wochen gewesen war.

»Ich bin so ein Schwein«, sagte er leise.

»Ja, das bist du. Ich gehe jetzt.«

Er kapitulierte und machte einen Schritt nach hinten. Billie wollte sich wieder abwenden, aber dann sagte er: »Warte …«

»Was?«, blaffte sie, war sich seiner traurigen Liebkosung, die nur wenige Zentimeter vor ihrem Ellbogen auf sie wartete, nur allzu bewusst. Wenn er sie mit dem Verlangen, das jetzt schon in seinem Gesicht stand, berührte, würde sie nachgeben. »Du bist betrunken und widerspenstig, und ich habe Besseres zu tun, als mit dir zu streiten.«

Er richtete sich auf, seine Züge verdunkelten sich. »Was zum Beispiel?«

»Zum Beispiel müsste ich arbeiten, um meine morgige Deadline einhalten zu können. Ob du es glaubst oder nicht, ich habe nämlich auch noch ein eigenes Leben. Mein Leben geht weiter, auch wenn du kein Teil davon bist.«

Er musterte sie so intensiv und konzentriert, dass Billie sich am liebsten unter seinem Blick gewunden hätte. Aber sie hob das Kinn und sah ihm direkt in die suchenden Augen, wartete auf seine Erwiderung, während unangebrachte Erregung ein feuchtes Brennen zwischen ihren Beinen hinterließ.

Nach ein paar Sekunden quälenden Schweigens griff Adrian an ihrer Schulter vorbei und drehte das Bolzenschloss der Tür. Er hatte sie eingesperrt.

Das laute Klicken erschütterte sie bis ins Mark, genau wie die Entschlossenheit in seinem Gesicht.

»Du kannst mich hier nicht festhalten.«

»Nein, das kann ich nicht.«

»Was willst du?«

Er kam noch näher, und der warme, vertraute Duft seiner Haut, vermischt mit dem Hauch von Alkohol, benebelte ihre Sinne.

»Dich«, sagte er schonungslos. »Und dich zwei Wochen lang nicht zu sehen macht dich in meinen Augen noch unerreichbarer und begehrenswerter. Ich kann nicht essen, ich kann nicht schlafen. Ich kann mich nicht erinnern, wie es war, bevor du in mein Leben getreten bist.« Seine Stimme wurde leiser, seine Worte klangen zutiefst mutlos. »Ich kann mich nicht daran erinnern, wie es war, bevor ich mich von allem und jedem entfremdet habe, was sich richtig und gut anfühlte und mir etwas bedeutete.«

Sie schüttelte den Kopf, wollte das Gefühl, das seine Worte in ihr hervorriefen, abschütteln, wollte entschlossen auftreten und stellte fest, dass sie es nicht konnte und am liebsten in Tränen ausgebrochen wäre. »Aber du wirst mir das Herz brechen, Adrian. Das hast du sogar schon.«

»Ich weiß.« Er wandte den Blick ab, als ob er ihre Reaktion nicht ertragen konnte. »Ich habe alle verletzt, die mich lieben. Dich. Luke. Meine Familie, auch wenn sie nicht wissen, dass ich ihre Ehre in den Schmutz gezogen habe. Es würde sie vernichten.« Er ließ den Kopf sinken und rieb sich die Augen. »Ich verletze jeden, der mir zu nahe kommt, und ich weiß nicht mehr, wer ich bin. Der Mann, zu dem ich erzogen wurde, würde niemals den Menschen schaden, die ihn lieben. Er hätte niemals seine Seele verkauft …« Er hielt inne und presste die Lippen aufeinander, als wollte er den Fluss der Verzweiflung aufhalten, der hindurchströmte.

Billie schluckte. »Dann bist du ein Monster. Unmenschlich. Niederträchtig. Welchen Grund sollte ich also deiner Meinung nach haben, um hier bei dir zu bleiben, und sei es auch nur für ein paar Stunden?«

»Mitleid.« Er lachte, aber es war ein Laut der Verzweiflung, der deplatzierte Humor eines Mannes, für den eine Welt zusammenbrach, der das aber mit allen Mitteln zu verhindern versuchte. Tränen rannen seine Wangen hinab, und er wischte sie fort, starrte seine Handfläche an, als ob er gar nicht wüsste, woher die Feuchtigkeit kam. Als er sie wieder ansah, war von der alten Fassade kaum mehr etwas übrig, das Gesicht dahinter war umso nackter vor Schmerz.

»Bitte, Billie. Üb Nachsicht mit mir. Bleibe noch ein paar Stunden, und lass mich so tun, als hätte ich unsere Beziehung nicht unwiderruflich zerstört.«

Billie vertraute ihrer Stimme nicht und verzichtete auf eine Antwort. In verblüfftem Schweigen stand sie da und verfluchte ihn wegen seiner schamlosen Qual und dafür, dass er ausgerechnet diesen Moment gewählt hatte, um sie hinter die Fassade blicken zu lassen. Sie verfluchte sich selbst, weil sie sich in solch einen gebrochenen Mann verliebt hatte.

Aber als er zurückwich, streckten sich ihre Hände wie von selbst aus und berührten sein T-Shirt, verwaschene Baumwolle, warm von der Hitze seines Körpers, und sie vergrub ihre Finger in dem weichen Stoff und zog ihn an sich.

Er kam, ohne zu zögern, machte erst einen Schritt, dann zwei, und als er so nah stand, dass ihre Nase seine Kehle berührte, glitt seine Hand zwischen ihre Körper und legte sich sanft um ihr Handgelenk und streichelte es.

»Ich war zu grob. Ich habe dir wehgetan.«

»Das hast du. Immer und immer wieder.«

»Es tut mir so leid, Billie«, flüsterte er. »Bitte glaub mir. Alles tut mir leid.« Er vergrub sein Gesicht in ihrem Haar, und seine Hände liebkosten die losen Strähnen, klammerten sich an sie – voller Verlangen und voller Qual.

Nun reagierte auch sie mit Zärtlichkeiten, denn sie verstand ihn und fühlte mit ihm mit. Sie umfasste seine Taille, ihre Hände glitten über seine Schultern, spürten das Erschauern seines schlanken Körpers, ohne die Tiefe seiner Verletzung voll verstehen zu können. Sie wusste nur, dass er sie sich selbst zugefügt hatte und dass sie zu schwerwiegend war, um sie zu ignorieren. »Was ist mit dir geschehen, Adrian?«

»Christopher«, flüsterte er an ihrer Halskuhle.

Sie seufzte. »Ich brauche wohl eine Weile, um mich daran zu gewöhnen. Ich kenne Christopher nicht. Ich bin ihm nie begegnet.«

»Dann wird es vielleicht Zeit«, sagte er.

17

Er kämpfte sich durch den vom Bourbon verursachten Nebel und erzählte ihr die Geschichte seines dunklen Abstiegs ins Avalon; seine Stimme zitterte vor Trauer und Erschöpfung. Bei der Erinnerung an die Vergangenheit, die er bisher tief unter der Erde vergraben hatte, begann er zu frieren.

Aber immer wenn er ins Stocken geriet, ermutigte Billie ihn aufs Neue, bis er alles erzählt hatte. Er saß in züchtigem Abstand von ihr auf dem Sofa und berichtete, wie er direkt nach der Highschool ein Fußball-Stipendium an der St. Michael University ergattert hatte und wie sehr sich der damals Achtzehnjährige, der sich seiner Bestimmung so unsicher war, dem Stolz seiner Eltern verpflichtet fühlte. Weder Franco Antoli noch seine Frau Sophia besaß einen akademischen Abschluss, und ihren jüngsten und einzigen Sohn hatten sie immer besonders gefördert.

Ursprünglich schienen der Druck und die Nachhilfestunden sich bezahlt zu machen. Christopher konnte zwischen verschiedenen Colleges wählen, und er entschied sich für das St. Michael, weil er in der Nähe seines Elternhauses bleiben wollte. Zuerst war die Situation geradezu idyllisch.

»Aber in meinem ersten Studienjahr verletzte ich mich während eines Turniers am Knie, musste mich operieren lassen und verlor das Stipendium«, berichtete er Billie. »Meine Eltern gehörten zu jener unklaren Einkommensgruppe, die sich zwar meine Studiengebühren nicht leisten konnten, aber dennoch zu viel Geld verdienten, um die finanzielle Unterstützung zu bekommen, die sie benötigten. Ich konnte bei ihnen wohnen, aber sie konnten mein Studium nicht finanzieren. Ich begann also, mich nach einem Job umzusehen. Luke war zu dieser Zeit mein Zimmergenosse, und er arbeitete bereits als Barkeeper im Avalon. Der gute alte Luke war quasi mein Retter. Er hatte für alles eine Lösung.«

Als er sah, wie Billie vor lauter Anspannung die Stirn runzelte, lächelte er und schüttelte den Kopf. »Er und Azure hatten nicht allzu viel Mühe, mich an Bord zu holen. Die Vorstellung, für Sex mit den schönsten Frauen der Welt bezahlt zu werden, war für einen Jungen von kaum zwanzig geradezu ein Wunder. Ich glaubte, im Himmel zu sein. Manchmal verdiente ich tausend Dollar pro Nacht. Das war wie ein Vermögen für mich. Ich spürte so viel Lust. Es war eine Droge.«

Mit einem Seufzer griff Billie nach seiner Hand, die auf dem Sofa zwischen ihnen lag. Schon lange sahen ihre Augen nicht mehr misstrauisch, sondern zärtlich und besorgt drein. »Du hast also in Azures Club deinen Weg gemacht und deinen Eltern nichts davon gesagt.«

»Ich habe es ihnen nie erzählt. Es hätte sie umgebracht.«

»Es hat dich beinahe umgebracht«, betonte sie. »Sieh dich doch an. Warum hast du nicht gleich nach dem Examen gekündigt? Bist einfach gegangen?«

»Ich hatte nie Grund dazu.« Seine Finger umfingen die ihren, der Daumen fuhr ruhelos über ihre Knöchel. »Dann habe ich dich kennengelernt, und Luke ist gestorben. An dem Abend, als du mich im Avalon verlassen hast, fand ich heraus, dass er einen Abschiedsbrief geschrieben hatte, den er allerdings Azure per Post geschickt hatte. Warum er sie als Empfänger wählte und nicht mich, weiß ich nicht. Ich werde es nie erfahren. Und sie hat mir diesen Brief wochenlang verschwiegen. Ich wusste noch nicht mal, dass er existierte.«

Billie wurde blass. »Wie grausam! Warum hat sie das getan?«

»Kontrollzwang. Als ihr klar wurde, dass ich das Avalon verlassen würde, zeigte sie ihn mir – als letzten Trumpf.«

Billie setzte sich auf. »Sie könnte dafür jede Menge Ärger bekommen, Christopher. Weiß die Polizei Bescheid?«

»Die wusste davon. Sie wollte ja nur mich schmoren lassen. Deshalb hat sie die Polizei nach ein paar Tagen zwar informiert, sie aber gleichzeitig bestochen, hat sich zweifellos etwas Zeit erkauft. Deshalb hat man auch ohne jede Erklärung aufgehört, mich zu verhören.«

»Und was stand in dem Brief? Willst du mir das sagen?«

Er musterte ihr Gesicht mit trübem Blick. Sie war der einzige Mensch, dem er trauen konnte, dem er trauen wollte. Niemand konnte ihn stärker verletzen, als er selbst es getan hatte, nicht einmal diese Frau, die dafür gesorgt hatte, dass sein Leben jetzt auseinanderbrach.

Abwesend streichelte er ihre schlanken Finger und sagte: »Luke konnte so nicht mehr weiterleben. Er gab sich die Schuld dafür, dass er mich ins Avalon geholt und damit unser beider Leben ruiniert hat. Dabei hat er einfach nicht verstanden, dass ich bereitwillig mitgegangen bin. Ich war ein erwachsener Mann, ich traf meine eigenen Entscheidungen, bin für die Fehler in meinem Leben selbst verantwortlich. Ihn trifft keine Schuld, aber er war fest davon überzeugt, und ich hatte keine Ahnung vom Ausmaß seiner Schuldgefühle, bis ich diesen Brief las.«

Wieder sah er ihr in die Augen. Sein Blick brannte, weil er

eine schlimme Wahrheit enthüllt hatte. »Aber das ist noch immer nicht alles. Ich habe dir ja schon gesagt, dass er glaubte, mich zu lieben, und zwar auf eine Weise, die mich verstörte und unsere Freundschaft belastete. Und er hatte recht, wenn er glaubte, dass ich nicht geblieben wäre und mich damit auseinandergesetzt hätte. Ich fand Zuneigung dieser Art abstoßend, ebenso wie seinen Drogenkonsum und seine schäbigen kleinen Vorlieben – ich, der ich genauso ein Callboy war wie er.«

Er lachte, kurz und humorlos. Sonst hätte er geweint, und etwas in ihm fürchtete, dass er niemals würde aufhören können. »Ich habe ihn abgewiesen und ausgeschlossen, und zwar genau in dem Augenblick, da ich der Einzige war, der ihm geblieben war. Perfektes Timing. Er verbrachte die letzten Stunden seines Lebens in meiner Wohnung, ohne Freunde, ohne Liebe, ohne Sinn. Das, was ihm das Avalon eingeflüstert hatte, war alles falsch, Billie. In gewisser Weise habe ich ihm beim Sturz von meinem Balkon doch geholfen.«

Sie rückte näher an ihn heran und streckte die Hand aus, um seine Wange zu streicheln. »Nein, Chris. Niemand hat ihm geholfen. Schau doch, was diese ganzen Schuldgefühle mit dir machen. Ich bin sicher, dass Luke das nicht wollte. Er hätte nicht gewollt, dass auch du zusammenbrichst. Du und er, ihr seid beide im Irrtum: Luke, weil er die alleinige Verantwortung dafür zu tragen glaubte, dass du im Avalon gelandet bist, und du, weil du glaubst, an seinem Tod schuld zu sein. In dieser Geschichte gibt es nicht nur Schwarz und Weiß, sondern auch viele Grautöne, und niemand trägt die alleinige Schuld.«

Er wandte den Blick von ihr ab, konnte das Verständnis in ihren grünen Augen kaum ertragen. »Du glaubst von ganzem Herzen an das Gute im Menschen, nicht wahr, Billie? Das ist einer der Gründe, warum ich dich vom ersten Moment an begehrt habe. Ich wünschte, ich hätte das, was dir von Natur aus gegeben ist. Arglosigkeit. Aber ich habe meine verwirkt, und zwar für immer.«

Sie wollte antworten, auf ihre liebevolle, hoffnungsvolle Weise, wollte ihn beruhigen. Doch er fand, dass er das nicht verdient hatte, und er schüttelte den Kopf, um sie am Reden zu hindern.

»Bitte, lass mich zu Ende sprechen. Es gibt so viel – ich – mein Gott, Billie. In den vergangenen paar Wochen war meine Beziehung zu dir das einzig Wertvolle, das ich auf der Welt hatte. Ich weiß, dass ich dich verletzt habe und du nur aus Mitgefühl immer noch hier bist.« Seine Lider schlossen sich, und er seufzte. »Ich hasse mich dafür. Ich habe das, was wir hatten, zerstört.«

»Na ja«, sagte sie leise, »du hast sicher dein Bestes gegeben. Aber im Augenblick kann ich den Schaden nicht abschätzen. Ich habe dich in den letzten zwei Wochen allzu sehr vermisst, und ich war froh, dass Rosalie mir eine Ausrede gab, um dich wiederzusehen. Ich bin nicht aus Mitleid hier, Chris. Ich habe vielleicht ein weiches Herz, aber glaub mir, so weich ist es jetzt auch wieder nicht.«

Er öffnete die Augen und musterte ihr Gesicht. Dort fand er Reste ihrer Wut, die mit ihrem Mitgefühl im Widerstreit standen. Doch sie umfing seine Hand.

»Du bist ein Mann, der mir niemals leidtun wird, noch nicht einmal jetzt, da du dir dein Leben so gründlich verpfuscht hast und an den Konsequenzen zu zerbrechen drohst. Ich kann dich hassen, dich beschimpfen, deinetwegen verwirrt und zornig auf dich sein, und all das bin ich auch. Aber ich bemitleide dich nicht.«

»Warum bist du dann nicht gegangen?«, flüsterte er und beobachtete sie – vollkommen verwirrt und mit einem Funken Hoffnung.

»Hast du nicht zugehört?« Sie ließ ihn los und nahm sein Gesicht zwischen die Hände. »Ich warte darauf, dass du es zwischen uns wiedergutmachst. Mach es wieder gut, Christopher. Gib mir einen Grund zum Bleiben.«

Billie musterte sein Gesicht, die unergründlichen Augen, die von Qual und Unsicherheit noch dunkler wurden, die plötzliche Erkenntnis, die seine Wangen mit einer feinen Röte überzog, und sie wusste, dass sie die letzte Grenze überquert hatte, die sie beide trennte … und dass dies möglicherweise der größte Fehler ihres Lebens war.

Offenbar hatte es ihm die Sprache verschlagen. Die gleichen heftigen Gefühle, die ihr die Kehle zuschnürten, waren auch bei ihm am Werk. Er war endlich auch verletzlich, und als seine Hände sich auf die ihren legten und sie an sein fieberheißes Gesicht hielten, war er ebenfalls bedürftig und hungerte genauso sehr nach ihrer Berührung wie sie danach, ihn zu berühren.

Er zog sie mit sich in die Kissen zurück, die gleichen Kissen, auf denen er vor wenigen Wochen sämtliche Vorstellungen, die sie von Lust, Sex und Verlangen gehabt hatte, auf den Kopf gestellt hatte. Sie wollte das Gleiche für ihn tun, aber das fühlte sich falsch an. Nichts zwischen ihnen war garantiert, genauso wenig wie damals in jener Nacht. Es bestand nur die Gefahr, dass ihr das Herz gebrochen wurde.

Also tat Billie das, was jede verwirrte, leidenschaftliche Frau getan hätte. Sie küsste ihn. Federleicht küsste sie seine Lippen, einmal, zweimal, spürte, wie sein Mund unter dem ihren weicher wurde. Sehr lange war das die einzige Bewegung zwischen ihnen: lange, langsame, sanfte Küsse, unter denen sich erbarmungsloses Verlangen aufbaute, teilweise Lust, teilweise Zärtlichkeit, genährt durch den Hunger auf den jeweils anderen.

Doch obwohl die Erregung immer heftiger wurde, wusste sie, dass es heute Nacht keinen leidenschaftlichen Paarungsakt geben würde. Er war erschöpfter, als er zugeben würde, und immer noch betrunken. Was er jetzt wirklich brauchte, war Schlaf. Sie würde gerade lang genug bleiben, bis er eingeschlafen war. Sie würde voller Freude neben ihm liegen und seinen warmen, harten Körper neben sich spüren … und dann würde sie ihn verlassen, damit seine Seele allein weiter gesund werden konnte.

Vorsichtig zog er ihr das Tanktop aus den Shorts und ließ seine Hand daruntergleiten. Dann ließ er sie mit sanftem, leichtem Druck auf ihrer nackten Haut ruhen. Wartete darauf, dass sie den nächsten Schritt unternahm.

»Billie«, flüsterte er an ihren Lippen, »hilf mir, diese Nacht zu überstehen.«

»Das will ich.« Sie zog sich etwas zurück, um ihm in die Augen zu sehen. »Sag mir, wie.«

»Ich kenne nur eine einzige Methode«, sagte er rau. »Mit deinen Händen. Deinem Mund. Deiner Zunge. Leg dich auf mich, und fick mich.«

Die Worte durchschnitten die Luft zwischen ihnen, so roh und beschämend, dass sie einen Augenblick lang gar nicht antworten konnte. In der schweren, erwartungsvollen Stille errötete er leicht. Vor Scham. Billie erkannte das sofort und umfasste sein Gesicht, küsste ihn auf die Lippen, aufs Kinn, linderte seine Erniedrigung.

Christopher sagte nichts, er schluckte nur und bedeckte ihre Hände mit den seinen, hielt sie an seinen Wangen fest.

Dann stand er auf und nahm ihre Hand, um ihr aufzuhelfen. Hand in Hand mit ihr blieb er vor der Standuhr stehen und sprach mit Rudy, der mit feierlichen braunen Augen seinen Herrn betrachtete.

»*Soggiorno*«, sagte er zu dem Hund, und Rudys Schwanz klopfte auf den Teppich.

»Rudy spricht Italienisch?«

»Und ein wenig Spanisch.«

Billie lächelte in sich hinein, als Christopher sie den Flur entlangführte. »Schläft er in deinem Zimmer?«

»Heute Nacht nicht.« Sie gingen um die Ecke und hielten an, sodass er eine Doppeltür aufstoßen konnte. Dann trat er beiseite und gewährte ihr den Vortritt in sein Schlafzimmer.

Schweigend betrachtete Billie das riesige Bett aus Kirschbaumholz und die dazugehörigen Möbel. Am Fuße des ungemachten Bettes befanden sich in einem verwitterten Reisekoffer ein Stapel Hardcover-Bücher und eine zusammengefaltete Chenille-Decke. Dahinter flankierten zwei große Fenster einen Sitzbereich mit einem kleinen karierten Sofa und einem ledernen Clubsessel. Überall lagen Bücher herum, auf dem Nachttisch, dem Sofa, auf dem Hocker vor dem Sessel. Offenbar war er ein unersättlicher Leser, was sie nicht überraschte.

Sanftes Licht ergoss sich von einer Bodenlampe aus Messing zu ihrer Linken und zwei Tischlampen hinter ihr ins Zimmer. Der Schein beleuchtete Christophers Züge und vergoldete seine Haut, während er sie vom Eingang aus betrachtete.

Der Mann passte zu seinen Möbeln, dachte Billie, als sie ihre Fingerspitzen über eine Ausgabe von Henry James' *Damen in Boston* gleiten ließ, die offen und mit der Innenseite nach unten auf dem Nachttisch lag.

Ihre Augen wanderten über die zerwühlten Decken auf

dem Bett, als sie ihre Tennisschuhe von sich stieß. Ihr ungeduldiges Verlangen wurde von Entschlossenheit verdrängt. Die ganze Zeit über war sie sich seines durchdringenden Blicks bewusst, ebenso wie der Hitze, in die er sie förmlich einhüllte. Sie knöpfte ihre Shorts auf, ließ sie die Beine hinabgleiten und warf sie auf den Hocker. Dann winkte sie ihn mit dem Finger heran. »Komm her.«

Christopher löste sich vom Türpfosten, richtete sich auf und kam zu ihr hinüber. Schweigend blieb er vor ihr stehen. Einziges Anzeichen seiner Verwirrung war die leichte Furche zwischen seinen Augenbrauen.

»Halt die Arme hoch«, befahl sie, und als er es tat, nahm sie den Saum seines T-Shirts und zog es ihm in einer energischen Bewegung über den Kopf. Sein rabenschwarzes Haar war zerzaust, seine schlanken Wangen gerötet.

Er griff nach ihr, aber sie mied seine Berührung.

»Jetzt deine Jogginghose.« Quälend langsam ließ sie die Finger zwischen den Bund seiner Jogginghose und seinen harten, flachen Bauch gleiten. Der weiche Pfad aus Haaren dort kitzelte sie an den Knöcheln, als sie das Zugband fand und löste. Seine Hose sackte auf seine Hüften, und er sagte nichts, als sie sie bis zu seinen Knöcheln nach unten zog. Mit einem einzigen Schritt befreite er sich aus dem Kleidungsstück und stieß es mit dem Fuß beiseite.

Billie wünschte sich nichts mehr, als den Anblick seiner weichen, muskulös-harten Gestalt in sich aufzunehmen, die nun nur noch mit weißen Boxershorts bekleidet war, aber sie wandte den Blick ab und führte ihn an der Hand zum Bett, wo sie die Decke für ihn zurückschlug.

Zum ersten Mal zuckten seine Lippen wirklich belustigt. »Bringst du mich in die Heia?«, fragte er.

»Und mich mit dir, zumindest für eine Weile.«

Er zögerte überrascht, dann kletterte er unter die Decke und rückte zur Seite, und sie folgte ihm, wartete, bis er sich ein Kissen unter den Kopf gestopft hatte, bevor sie sich neben ihm auf der Matratze ausstreckte.

»Näher«, murmelte er.

Sie schmiegte sich an ihn, und ihre Wange fand seine Brust, jenen Ort, wo die Haut warm war und sich glatt und fest über den straffen Muskel spannte, unter dem sein Herz fest und stetig schlug. Ihren Arm schlang sie um seine Taille, und als sie bequem lag, gab sie einen tiefen, zufriedenen Seufzer von sich.

»Ich weiß nicht, wie ich mich verhalten soll«, sprach er in ihr Haar hinein und streichelte ihren – dank ärmellosem Tanktop – nackten Arm.

»Kann jedem mal passieren«, sagte sie schläfrig.

Unter der Decke schlangen sie die Beine ineinander, nackte Haut an nackter Haut, die eine glatt und seidig, die andere hart und behaart.

Seine Finger legten sich in die Kuhle in ihrem Kreuz, seine Berührung war warm durch die dünne Seide ihres Höschens. Über ihr wandte er den Kopf und sah sie an. »Und was passiert jetzt?«

»Jetzt schläfst du«, flüsterte sie.

Seine Lippen zuckten. »Ich nehme an, dass ich das verdient habe, dass die Frau, die ich begehre, mich ins Bett bringt, damit ich … schlafe.«

»Du bist betrunken.« Sie ertastete seine Wange und fuhr dann mit den Fingern durch sein zerzaustes Haar. »Mach die Augen zu.«

Seine Brust hob und senkte sich unter ihrer Schläfe, als er einatmete und dann einen langen, schweren Seufzer von sich gab. Er senkte die Wimpern, öffnete sie noch einmal und schloss die Augen dann ganz.

Nach und nach spürte Billie, wie die Spannung seinen Körper verließ, und bald ging sein Atem tief und gleichmäßig.

Sie schmiegte ihre Wange an die seine, genoss den sexy Duft seiner Haut: Er roch nach zarter Seife, Waschmittel und etwas anderem Köstlichen, zutiefst Männlichen. Verlangen pulsierte so machtvoll durch ihre Adern wie das Blut, in dem es rauschte.

Sie würde ihm ein oder zwei Dinge über die Liebe beibringen, fraglos. Würde ihm den Unterschied zeigen zwischen Sex aus Liebe und bloßer Kopulation.

Aber nicht jetzt. Jetzt schlief er, und einen Augenblick später – ohne es zu wollen – entschlummerte sie ebenfalls.

Mitten in der Nacht schreckte Christopher auf. Ein blendendes Licht durchbohrte seine Augenlider. Er hielt die Hand in die Höhe, um es fernzuhalten, und merkte, dass es nur das gedämpfte Licht aus dem Bad war.

Allmächtiger! Seinen pochenden Augen war der Schein so hell und erbarmungslos wie ein Scheinwerfer vorgekommen, und er wandte den Kopf, um das Gesicht in den Kissen zu vergraben, und fragte sich, wie er es überhaupt geschafft hatte, bis jetzt zu schlafen.

Ach ja, Bier, dann Bier und noch mehr Bier. Dann Whiskey.

Dann Billie.

Der Duft des weichen, warmen weiblichen Fleisches erfüllte seine Sinne, und er wandte den Kopf, blinzelte gegen den Rumba-Rhythmus in seinem Kopf an, um die Frau zu betrachten, die neben ihm schlief.

Sie hatte das Gesicht leicht abgewandt, das dunkle Haar umgab sie auf dem Kissen wie ein Glorienschein. Er konnte nur die Linie ihrer Wange erkennen, ihre Wimpern, denen der Lichtschein aus dem Bad goldene Spitzen verlieh.

Eine Haarsträhne hatte sich in dem kleinen Silberreifen in ihrem Ohrläppchen verfangen und ringelte sich auf ihrer Wange. Ihre Brüste hoben und senkten sich fast unmerklich unter dem dünnen weißen Tanktop. Sie schlief so still und regungslos, dass sie wie verzaubert wirkte.

Er stützte sich auf den Ellbogen, um sie besser betrachten zu können, und hielt den Atem an, vergaß für einen Moment den Schmerz hinter seinen Augen. Eine Frau beim Schlafen zu beobachten, besonders diese Frau, hatte etwas quälend Intimes. Denn selbst angesichts des heftigen Katers, der in seinem Kopf tobte, konnte er sie nur anstarren, verlangend und bedürftig, während die Begierde in seinem Blut rauschte.

Sie war geblieben und hatte ihn im Sturm festgehalten, hatte ihn mit ihrer Wärme und ihrem Trost umgeben … und dafür allein schätzte er sie, aber es gab noch so viele Gründe mehr, warum er sich in sie verliebt hatte.

Als ob sie seinen Blick auf sich spürte, regte Billie sich und wandte ihm ihr Gesicht zu. Ihre Lider flatterten. Ihre Lippen teilten sich, sie seufzte. Mit der Hand strich sie sich über die Nase, dann ließ sie sie wieder auf das Kissen neben sich fallen, die Handfläche nach oben, und war wieder still.

Christopher ließ seinen Blick zu ihren Lippen hinabwandern und stellte sich vor, wie sie belustigt lächelte. Es hatte ihm einen unerwarteten Schlag in die Magengrube versetzt, als er sie zum ersten Mal lachen hörte … und seitdem hatte sie kaum mehr gelächelt, geschweige denn gelacht. Seit sie sich kannten, war ihr Gesicht häufig unglücklich und verwirrt gewesen. Er wollte die Vergangenheit hinter sich lassen und sie endlich glücklich machen.

Mach es wieder gut, Christopher, hatte sie gesagt. *Gib mir einen Grund zu bleiben.*

Er liebte sie. Er hätte sie gern geweckt und es ihr gesagt, es ihr auf die einzige Art und Weise gezeigt, die er kannte.

Aber seine entsetzlichen Kopfschmerzen sagten ihm, dass es vernünftiger war weiterzuschlafen. Er legte sich wieder zurück in die Kissen, immer noch halb betrunken vom Schnaps und dem Duft ihrer Haut, legte seine Hand in die ihre, schloss die Augen … und lächelte, als sie den Druck seiner Hand erwiderte.

Voller Schreck fuhr Billie aus dem Schlaf hoch. Sie war sofort hellwach. Die Morgensonne schien strahlend hinter Christophers Schlafzimmerfenster.

Oh Gott, was hatte sie bloß getan?

Sie hatte die Augen eigentlich nur für einen Moment schließen wollen, aber stattdessen hatte sie die Nacht durchgeschlafen, und die drei Artikel, die sie Nora für die bevorstehende Ausgabe von *Illicit* schuldete, mussten noch einmal überarbeitet werden. Nora würde sie umbringen, wenn sie die heutige Deadline nicht einhielt.

Neben ihr lag Christopher immer noch auf dem Rücken, die Decke über dem nackten Bauch, ein gebräunter Arm über dem Kopf, als ob er sich die ganze Nacht nicht gerührt hätte.

Er schlief wie ein Toter – oder ein Betrunkener. Eine neue Welle der Fassungslosigkeit ergriff von ihr Besitz, wenn sie daran dachte, was in der vergangenen Nacht passiert war, und sie schob die Decke vorsichtig beiseite, achtete sorgsam darauf, ihn nicht zu wecken.

Als sie ihre Shorts anzog und zuknöpfte, wanderte ihr Blick wieder zu ihm hinüber. Ihre Kehle war trocken vor Verlangen. Sie wollte nur eines: *Illicit* vergessen, ihre Verpflichtungen vergessen, wieder zu ihm ins Bett steigen, mit den Händen über seine nackte Brust streichen, seinen köstlichen Mund küssen … und er würde sie nicht von sich stoßen. Tief in ihrem Inneren wusste sie, wie sehr er sie in der vergangenen Nacht begehrt und gebraucht hatte und dass nichts, nicht einmal die nachlassende Wirkung des Alkohols, das jetzt noch ändern konnte.

Weck ihn auf.

Kurz verschwand jeder Gedanke daran, dass sie eine Deadline hatte und nach Hause wollte, um sich für die Arbeit umzuziehen. Ihr Herz pochte unentschlossen. Leise trat Billie ans Bett und blickte auf sein Gesicht hinunter.

Wenn er schlief, sah er aus wie ein Engel. Seine Wimpern lagen wie aschgraue Schatten auf seinen Wangen; der unsägliche Stress der letzten Tage hatte sein Gesicht gezeichnet. Selbst jetzt im Schlaf hatten sich zwischen seinen Augenbrauen zwei leichte Falten gebildet. Seine Finger lagen immer noch auf seinem Bauch, hoben sich sonnengebräunt von der blütenweißen Bettdecke ab; einmal zuckten sie, und sein dunkler Kopf bewegte sich leicht auf dem Kissen.

Sie fragte sich, was er wohl träumte.

Sie setzte sich auf die Matratze und betrachtete seine Hand, die langen Finger, die ihren Körper so geschickt liebkost hatten, das breite Handgelenk und die zarte Haut. Die Adern hoben sich wie deutliche Straßen auf einer Landkarte von seinem Unterarm ab. Das Innere seines Bizeps war etwas heller als die restliche Haut.

Es gab so vieles, das sie noch nicht von ihm wusste … zum

Beispiel, wie er dort schmecken würde, an jenem verletzlichen Ort mit den hellen Härchen, wo sie ihn gern geküsst hätte.

Ein sanftes Ticken lenkte ihren berauschten Blick von seinem Körper ab, und sie sah auf den Wecker, der auf der Granitplatte des Nachttisches stand. Gott, jetzt war sie wirklich spät dran.

Sie stand auf, um den Wecker abzustellen, und Christopher rührte sich und rollte sich zur Seite, griff nach ihrer Hand. »Wo gehst du hin?«, murmelte er mit heiserer, belegter Stimme.

»Ich muss nach Hause und mich für die Arbeit fertig machen«, flüsterte sie. »Schlaf weiter.«

Seine Augen blieben geschlossen. Mit einem tiefen Seufzer kuschelte er sich wieder in die Kissen, und sofort machte der Schlaf seine Züge wieder weich.

Unwillkürlich beugte sich Billie vor und küsste ihn auf den Mund, ließ ihre Lippen für einen erhabenen, süßen, atemlosen Augenblick auf den seinen ruhen.

Christopher Antoli zu lieben, sagte sie sich, war wie Walzer zu tanzen auf Treibsand.

Auf Zehenspitzen verließ sie das Schlafzimmer mit den Tennisschuhen in der Hand. Sie blickte zu der schlafenden Gestalt zurück und seufzte bedauernd. Wegen der Fehler, die sie gemacht hatte. Wegen der Fehler, die er gemacht hatte. Sie mussten die Vergangenheit hinter sich lassen. Aber sosehr sie es sich auch wünschte, bezweifelte sie, dass sie eine reelle Chance hatten, miteinander glücklich zu werden.

18

Er war verschwunden.

Der USB-Stick mit Adrians Interview war verschwunden!

Verzweifelt wühlte sich Billie durch lose Blätter und Dokumente auf ihrem Schreibtisch, suchte in Schubladen, riss Ordner, Notizbücher und Papierfächer heraus. Ein limonengrünes Stück Plastik fiel ihr ins Auge, und ihr Puls jagte. Sie nahm eine Akte mit Interviewnotizen zur Hand, dann griff sie nach dem USB-Stick. Als sie ihn in den Computer steckte, lautete der Titel »Frauen über dreißig – Dating-Interviews«.

Es war der falsche USB-Stick.

Ihr wurde das Herz schwer … und ein ebenso schlimmer wie begründeter Verdacht kam ihr.

Mit rasendem Puls nahm sie das Telefon zur Hand und rief im Büro ihrer Redakteurin an.

»Nora Richmond.«

»Kannst du mir mit gutem Gewissen versichern, dass du nichts über das Verschwinden eines USB-Sticks von meinem Schreibtisch weißt, Nora?«

Schweigen. »Komm in mein Büro«, sagte Nora schließlich. »Wir müssen reden.«

Der Weg von Billies Schreibtisch zur Bürotür der Redakteurin kam ihr endlos vor und erforderte jedes bisschen Kraft, das sie aufbieten konnte. Auf diesem kleinen Stück Plastik waren ihre dunkelsten Begierden verzeichnet. Sie hatte das

Gefühl, auf eine Bühne getreten zu sein und dort ausgezogen zu werden.

Sie betrat das schnittige, moderne Büro und schloss vorsichtig die Tür hinter sich. Mit vor Panik geweiteten Augen versuchte sie, in Noras Gesicht die Wahrheit zu lesen. »Hast du meinen Artikel über Adrian an dich genommen?«

Nora sah sie über eine Tasse dampfenden Kräutertees hinweg mit verengten Augen an. Sie versuchte seit einer Woche ihren Koffeinkonsum in den Griff zu bekommen und war missmutiger als ein Junkie auf Entzug. Nach kurzem Zögern fuhr sie mit ihrem Stuhl ein Stück zurück, öffnete eine Schreibtischschublade und schob das belastende Beweisstück über den Tisch hinweg zu Billie. »Ich hatte so ein Gefühl, dass du wütend sein würdest.«

In Billies Kehle stieg hysterisches und gleichzeitig erleichtertes Gelächter hoch, als sie nach dem USB-Stick griff. »Das ist ein erheblicher Eingriff in meine Privatsphäre.«

»Ein unbeabsichtigter, und ich will dir das gern erklären. Zuerst aber musst du mir erklären, warum du gelogen und behauptet hast, dass der Artikel noch nicht fertig ist und dass du kein Interesse daran hast, ihn zu beenden.«

»Er war einzig und allein für meine eigenen Augen bestimmt. Von meiner Festplatte habe ich ihn schon gelöscht. Im Grunde gab es ihn gar nicht mehr, außer auf diesem verdammten Stick.« Ihre Nackenmuskeln verspannten sich, und ein erbarmungsloses Pochen begann hinter ihrer linken Schläfe. »Du hast ihn gelesen?«

»Natürlich habe ich ihn gelesen. Er ist brillant.« Nora erhob sich und stützte die Fingerspitzen mit den abgekauten Nägeln auf die Schreibtischunterlage. »Normalerweise schnüffele ich nicht in deinen Unterlagen herum, Billie, aber wie so oft bist du heute Morgen zu spät gekommen, und ich hatte eine Deadline einzuhalten! Ich habe eine Praktikantin in dein Büro geschickt, um nach den Artikeln zu suchen, die du eigentlich bis neun Uhr bei mir abgegeben haben solltest. Auf deiner Festplatte war nur der Dating-Artikel, aber schließlich kam sie mit drei USB-Sticks zurück. Und siehe da, ich stolperte über den besten, provokativsten Artikel, den du je hervorgebracht hast.« Sie blickte noch grimmiger drein. »Und ich habe natürlich auch ein paar ganz persönliche Schlussfolgerungen aus dieser Lektüre gezogen.«

Billie schluckte ihren Ärger herunter und kreuzte die Arme über der Brust, wobei sie das Stück Plastik zwischen den Fingern schnippen ließ. »Du weißt also jetzt Bescheid.«

Es war egal. Sie musste sich nicht dafür schämen, dass sie Christopher liebte. Scham war nur angebracht, wenn man ihn benutzt – ihn für seine Dienste bezahlt hatte und ihn dennoch herabsetzte –, wie Nora es getan hatte.

»Triffst du dich immer noch mit ihm?«, fragte die Redakteurin.

»Ja. Nein. Ich weiß nicht.« Billie warf ihr einen wütenden Blick zu. Sie war ruhelos und aufgebracht. »Das geht dich eigentlich gar nichts an.«

»Was soll das denn heißen?« Nora sah sich nach ihrem Stuhl um und setzte sich wieder. Ihr Raubvogelgesicht wirkte gleichzeitig beleidigt und verwirrt. »Warum ist das denn so ein Geheimnis, Billie? Offensichtlich liebst du diesen Mann. Du erzählst mir doch sonst immer alles. Ich dachte, wir sind Freundinnen. Was habe ich verbrochen, dass du glaubst, mit mir nicht mehr reden zu können?«

Billie konnte ihr kaum mehr in die Augen sehen. »Oh, komm schon, Nora! Denk doch mal nach. Warum sollte ich mit dir darüber reden, dass ich mich in Adrian verliebt habe? Ich weiß, dass du ihn für seine Dienste bezahlt hast, und zwar lange bevor ich ihn kennengelernt habe.«

Nora lehnte sich mit offenem Mund zurück. »Wie zum Teufel hast du denn das herausgefunden?«

Billie dachte scharf nach, konnte sich an die genaue Quelle aber nicht mehr erinnern. »Du hast mal so eine Andeutung gemacht.«

»Himmelherrgott!« Die Redakteurin trank noch einen Schluck von ihrem Kräutertee, kippte ihn herunter wie Whiskey und stellte die Tasse heftig genug ab, dass der Rest auf dem Tassenboden fast herausgeschwappt wäre. »Ich war genau zweimal im Avalon. Immer auf Partys, wo mich jemand mitgenommen hatte. Ich war da nur Zuschauer. Hatte keinen Sex. Hatte keinerlei Spaß und hab auch keine Spielchen mitgespielt. Du glaubst, dass ich Azures Preise bezahle? Ganz sicher nicht. Schließlich ist sie nichts weiter als eine Edelpuffmutter.«

»Aber du hast gesagt … du hast mir doch selbst erzählt …«

»Vielleicht habe ich ja mal irgendeinen Namen fallen lassen, aber ich habe nicht gesagt, dass ich mit einem von diesen Männern geschlafen habe. Um Himmels willen, Billie, nur die wohlhabendsten Frauen können da mitreden. Obwohl ich glaube, dass du dieses ungeschriebene Gesetz eigenmächtig für null und nichtig erklärt hast.«

Billie bedeckte ihr Gesicht mit den Händen. Sie wusste, wie krank die Erleichterung war, die sie empfand, und ihre Wangen brannten. »Oh, Nora. Ich dachte … ich meine, du hast über Adrian gesprochen, als ob du und er …«

»Es ist ja auch natürlich nicht so, als ob ich es nicht versucht hätte. Aber selbst wenn ich das Geld gehabt hätte, wäre es unmöglich gewesen, einen Termin bei ihm zu bekommen. Wie du jetzt weißt, wurde er geradezu abgöttisch verehrt. Als ich auf die Idee kam, Azure um ein Interview mit ihren Jungs zu bitten, dachte ich, wer, wenn nicht der Beste?« Nora grinste. »Ich wette, sie könnte sich gerade in den Hintern beißen, weil sie ihn sich durch die Lappen hat gehen lassen.«

»Er ist nicht gegangen«, sagte Billie mit einem erschöpften Seufzer. »Sie hat ihn gefeuert, bevor er Gelegenheit dazu hatte.«

»Das hättest du in dem Artikel erwähnen müssen. Er hinterlässt viel zu viele offene Fragen.«

»Was spielt das für eine Rolle?«

»Die Leserinnen wollen das wissen.«

»Dieser Artikel ist nicht zur Veröffentlichung gedacht, Nora«, sagte Billie streng, und ihre Finger krampften sich um den USB-Stick, als ob sie seine Geheimnisse wieder in die sichere Verwahrung zurückdrängen könnte.

Noras fein gezeichnete Augenbrauen fuhren in die Höhe. »Zu spät.«

Sogar die Luftmoleküle schienen stillzustehen. Billie geriet in Panik, aber sie zwang sich, ruhig zu atmen. Sie schloss die Augen. »Bitte sag mir, dass du diesen Artikel nicht gedruckt hast.«

»Mach dich nicht lächerlich! Warum auch nicht? Er ist unglaublich! Ich kann es kaum abwarten, was für ein Aufschrei durch die Stadt gehen wird. Du wirst damit noch berühmt, Billie Cort«, fügte sie mit breitem Lächeln hinzu.

Dann stand also sogar ihr Name unter dem Artikel. *Wie man den Mann verrät, den man liebt – von Billie Cort.* »Hast du wenigstens die Privatsphäre der Erwähnten gewahrt?«

»Ich habe alles herausgenommen, was Adrians Identität preisgeben könnte.«

Zitternd führte Billie ihre schweißnasse Hand an ihre pulsierende Kehle. »Du hast alle Namen rausgenommen?«

»Alle, nur nicht den von Luke DeChambeau. Sein Selbstmord ist natürlich aktenkundig und damit der Beweis, dass dieser Artikel kein Märchen aus der Klatschpresse ist, mit dem wir die Verkaufszahlen ankurbeln wollen. Wahrheit ist häufig doch verdammt brisanter als Dichtung, stimmt's?«

Billies Beine zitterten; sogar ihr Innerstes schien sich zu verflüssigen und aufzulösen. »Aber du kannst Lukes Name doch nicht veröffentlichen. Du kannst nicht …«

»Und ob ich das kann. Das Layout hat die Grafikabteilung bereits verlassen.«

Ein schwaches Rumpeln in Billies Unterbewusstsein signalisierte ihr, dass die Welt um sie herum bald zusammenbrechen würde. »Es ist bereits – in der Druckerei?«

Nora sah auf die Uhr. »Die ersten Seiten kommen in diesen Minuten aus der Presse. Aber warum bist du denn so verzweifelt? Keiner wird wissen, dass es Adrian ist. Ich weiß, wie man die in solchen Artikeln beschriebenen Leute vor Schaden bewahrt, Billie. Ich bin seit Jahren im Geschäft. Wer sollte denn eine Verbindung zwischen Lucien DeChambeau und …«

»Die Antolis.« Billie wich zur Tür zurück. »Sie kannten Luke DeChambeau. Sie kennen meinen Namen. Wenn Rosalie diesen Artikel liest, weiß sie Bescheid. Ich muss Chris warnen.«

»Die Antolis? Rosalie? Wer ist Chris?«, schrie Nora hinter ihr her, als Billie die Tür aufstieß und den Flur entlangstürmte.

Aber Billie blieb nicht für weitere Erklärungen. Sie sah nicht die erstaunten Gesichter ihrer Kollegen, die sie beiseiteschob, und spürte auch nicht den Schweiß an ihrem Haaransatz oder zwischen ihren Brüsten. Das Rauschen in ihren

Ohren hatte jede sinnliche Empfindung der Welt um sie herum erstickt. Der einzig für sie sichtbare Weg vor ihr führte direkt zu Christopher Antolis Tür.

Als die Wohnungstür geöffnet wurde, war Billie erst recht wie elektrisiert.

Bei seinem Anblick vergaß sie kurzfristig, warum sie hier war, und ihr wurde vor Freude ganz heiß, und sie vibrierte geradezu. Sie starrte ihn an – das hungrige Weibchen in ihr konnte es nicht verhindern.

Verschwunden war der verzweifelte, zerzauste Mann der vergangenen Nacht. Er war frisch geduscht, hatte das feuchte Haar aus dem Gesicht gekämmt und trug ein frisches weißes T-Shirt und verwaschene Jeans. Er wirkte entspannt. Ausgeruht. Er hieß sie willkommen. Sogar der Anblick seiner nackten Füße wirkte wie ein Aphrodisiakum auf ihre erregten Sinne.

Ein Lächeln erhellte Christophers Züge, als er sie vor der Tür stehen sah, er freute sich und wirkte sogar ein wenig erleichtert. Er machte ihr Platz und ließ sie herein, die funkelnden dunklen Augen unverwandt auf ihr Gesicht gerichtet. »Guten Morgen.«

Billie wollte antworten, aber sein Duft nach Seife und waldigem Aftershave raubte ihr den Atem.

Oh Gott. Was für eine furchtbare Situation.

»Du bist schön«, fügte er hinzu, als sie nichts sagte. »Das Kleid gefällt mir. Sehr professionell.« Er machte einen Schritt auf sie zu, wollte nach ihr greifen, aber dann sah er ihr in die Augen und hielt inne.

»Ich kann nicht bleiben«, platzte sie heraus, eine Woge des Selbsthasses verschluckte die letzten Worte.

Ihre Verzweiflung wuchs, als die Freude aus seinen Zügen wich. Christopher mochte das Avalon hinter sich gelassen haben, aber er kannte sich immer noch mit Frauen aus, und Billie spürte, dass er die Schwierigkeiten kommen sah – in ihrem Gesicht, ihrer Haltung, ihrer Körpersprache –, die Arme fest um ihre Taille geschlungen, eine Barriere, die sie vor ihm schützte.

Verwirrung dämpfte die Wärme in seinen Augen. Die gleiche Verletzlichkeit wie vergangene Nacht, der gleiche Schmerz, die gleiche Verwirrung. Nur für den Bruchteil einer Sekunde. Dann war es verschwunden.

Seinen Enthusiasmus nun kühl unter Kontrolle haltend, umrundete er sie und schloss die Tür. »Ich habe mich gewundert, als ich aufwachte. Ich habe nach einer Nachricht gesucht, aber du hast keine hinterlassen.«

»Ich war spät dran und musste zur Arbeit. Ich wollte ja gar nicht die ganze Nacht bei dir verbringen, aber dann bin ich wohl eingeschlafen …« Billie schluckte und versuchte, die etwas blassere Haut an seinem frisch rasierten Kinn nicht zu beachten. »Wie fühlst du dich?«

»Viel besser, danke.« Die Worte hatten eine erheblich tiefere Bedeutung als die übliche, oberflächliche Antwort. Er deutete mit einem Kopfnicken auf die Küche. »Hast du genug Zeit für eine Tasse Kaffee?«

Sie brauchte etwas, hinter dem sie sich verstecken konnte, wenn sie seine Welt zum Einsturz brachte. »Okay.«

Keiner von beiden bewegte sich sofort. Ihre Blicke waren ineinander verschlungen, sie führten eine stumme Unterhaltung, bestehend aus Fragen, die zu schmerzhaft waren, um sie zu beantworten.

Billie konnte ihre Schuldgefühle keine Sekunde länger

mehr ertragen. Sie schluckte den Kloß in ihrem Hals herunter und fasste nach seiner Hand. Seine Finger schlangen sich um die ihren, und nach kurzem Zögern zog Christopher sie näher zu sich heran und beugte sich vor, um einen sanften, vorsichtigen Kuss auf ihre Lippen zu hauchen.

Es reichte nicht. Mit einem Hunger, der aus lange unterdrücktem Verlangen entstanden war, aus zerstörten Hoffnungen und dem unausweichlich auf sie zukommenden Kummer, brandete Billie ihm entgegen, schlang die Arme um seinen Oberkörper, sodass sie sich an seinem langen Rücken trafen, und ließ zu, dass ihre Lippen sich unter dem warmen, süßen Druck der seinen öffneten.

»Du bist zurückgekommen«, flüsterte er, und voller bebender Verzweiflung erkannte sie, dass er auf sie gewartet hatte, unruhig wegen des nach wie vor zwischen ihnen schwebenden Versprechens von letzter Nacht und der Unsicherheit des vor ihnen liegenden heutigen Tages.

Und so standen sie eng umschlungen im Flur, bis Rudy keuchend zu ihren Füßen auftauchte und seinen Neunzig-Pfund-Körper zwischen sie drängte.

Christopher lachte unsicher. »Ach, der Kaffee«, sagte er, als ob es ihm plötzlich wieder eingefallen wäre. »Wenn du noch einen willst.«

»Ja.« Sie sog tief den Atem ein und wandte den Blick ab. »Wir müssen uns unterhalten, Chris.«

In der Küche setzte sie sich an den kleinen Kaffeetisch und beobachtete mit gequält pochendem Herzen, wie er zwei Tassen aus dem Schrank nahm und die heiße, duftende Flüssigkeit hineingoss, die in einer Espressomaschine neben dem Herd gekocht hatte.

Er war schmerzlich blind für den heraufziehenden Sturm,

dieser Mann, den sie liebte. Es war wirklich nicht ihr Fehler, dass Nora den Artikel veröffentlicht hatte – das wusste sie, aber trotzdem fühlte sich Billie, als ob sie allein die Waffe geschwungen hatte, die die seidenen Fäden seines Wohlergehens kappen würde … feine Fäden, an die er sich in der letzten Nacht noch geklammert hatte. Fäden seiner Würde, aus denen er mit ihrer Hilfe eigentlich wieder ein tragfähiges Gewebe hatte herstellen wollen.

Er stellte eine dampfende Tasse vor ihr auf den Tisch, hielt neben ihr inne und legte ihr sanft die Hand auf den Scheitel. »Woran denkst du?«

Billie schluckte, bevor sie mit der Wahrheit herausrückte. »Zunächst einmal an vergangene Nacht.«

»Ah, an vergangene Nacht.« Er schien sich der Erinnerung hinzugeben, als er sich ihr gegenüber hinsetzte, die Hände um die Kaffeetasse geschlungen. Der Dampf ringelte sich in einer sanften Liebkosung um sein Kinn, während er sie besorgt und nachdenklich musterte. »Ich war vielleicht nicht nüchtern, aber ich erinnere mich daran – glaube ich zumindest.«

»Du weißt, dass ich geblieben bin«, brachte sie erstickt hervor, in ihrem Schoß die Hände zu Fäusten geballt. »Die ganze Nacht. Ich habe neben dir geschlafen.«

»Ja.« Sein Blick wanderte zu ihren Lippen. Dann schlug er die Augen nieder, um seine Gefühle zu verbergen. »Danke, anscheinend konnte ich es brauchen.«

Sie biss sich auf die Unterlippe und starrte in ihren Kaffee.

»Billie.« Er schob die Tasse beiseite. »Was ist los?«

In diesem Augenblick wurde es ihr klar: Sie brachte es nicht fertig. Sie konnte es ihm jetzt nicht erzählen, nicht wenn er so geduldig und aufmerksam ihr gegenübersaß und sich auf ihre Gefühle konzentrierte.

Billie kämpfte gegen die Tränen an. Seine eigenen Gefühle würden in Schutt und Asche liegen, wenn sie fertig war.

Aber es konnte warten, nicht wahr? Die Oktober-Ausgabe von *Illicit* würde erst in einer Woche herauskommen. Sie konnte ihm auch erst in ein paar Tagen von dem Artikel erzählen, wenn sie sich seinen Duft von der Haut geschrubbt und die Erinnerung an seine Wärme und Zärtlichkeit aus ihrem Geist vertrieben hatte.

Doch sie würde wohl nie akzeptieren können, dass sie, Billie Cort, es gewesen war, die Adrian aus dem Avalon in Chris Antoli verwandelt hatte, einen wunderschönen, verletzlichen, und – *mein Gott!* – vielleicht sogar verliebten Mann. Durch sie fühlte er sich wieder sicher. Sicher genug, um etwas für sie zu empfinden. Er glaubte, dass sie die Hürden hinter sich gelassen hatten, doch der schwarze Berg, der vor ihnen aufragte, war unüberwindlich.

Als sie sein Stirnrunzeln sah, war es ihr mit einem Mal unmöglich, ihm die Wahrheit zu sagen.

»Gar nichts. Ich habe nur meinen Job vernachlässigt. Ich habe Deadlines, die ich heute Morgen verpasst habe, weil ich hier war und in deinem Bett geschlafen habe. Ich …« Sie holte tief Atem, denn sie war sich bewusst, dass sie sich bemühte, keine Gefühle zu zeigen, ihr aber geradezu ins Gesicht geschrieben stand, dass sie log. »Ich weiß eigentlich gar nicht, warum ich überhaupt hier bin.« Unsicher wandte sie den Blick ab. »Ich wollte einfach nur nachsehen, ob es dir gut geht.«

»Mir geht es gut«, sagte er, und seine dunklen Augen musterten sie aufmerksam.

»Das freut mich.« Sie schob den Stuhl zurück und stand auf. »Danke für den Kaffee. Ich muss jetzt gehen.«

Christopher bewegte sich nicht. »Bitte geh nicht.«

»Aber ich muss noch einiges erledigen und auch noch in der Redaktion kurz vorbeischauen.«

»Das schiebst du doch nur vor«, sagte er und fügte dann leise hinzu: »Feigling.«

Die Luft um sie herum schien zu knistern und zu zischen, wie ein einzelner Wassertropfen, der leise aus der Kaffeemaschine tropft und auf der heißen Platte verdampft.

Störrisch schlang Billie die Arme um sich selbst und rieb sich geistesabwesend die nackten Arme, die in dem ärmellosen kastanienbraunen Kleid kalt geworden waren. Sie wusste, wie man einen Liebenden abwies. Sie hatte es schon einmal getan, schnell und erbarmungslos, um die Schuldgefühle hinter sich zu lassen. Egal wie sehr es schmerzte, sie wusste, wie man die Bande zu einem Mann löste, und zwar ohne zu zögern.

Nur nicht bei diesem.

»Die letzte Nacht war ein Fehler«, sagte sie mit deprimierter Stimme. »Gott sei Dank ist nichts zwischen uns passiert.«

»Oh, das würde ich so nicht unterschreiben.« Seine Lippen verzogen sich zu jenem bekannten provozierenden Lächeln. Billie merkte, dass ihr die Situation bereits entglitten war. »Ich habe im Laufe dieser Nacht ein paar sehr wichtige Schlussfolgerungen gezogen.«

Sie hob die Hand, um ihn am Weitersprechen zu hindern. »Bitte – ich hätte – ich hätte nicht bleiben sollen. Ich hatte nie die Absicht …«

»Warum bist du dann geblieben?«

»Ich hatte Angst, dass du dir etwas antust.«

»Lügnerin. Du bist geblieben, weil du nicht anders konntest. Du bist geblieben, weil du mich liebst.«

»Das ist – ich …«

»Billie.«

Sie schloss die Augen, vollkommen am Boden zerstört. Bevor sie sich bewegen, nachdenken oder auf diesen elektrisierenden Moment reagieren konnte, streckte er die Hand aus und umfing ihr Handgelenk, zog sie neben sich an den Tisch. »Komm her.«

Wie betäubt folgte sie ihm, dann setzte sie sich auf seinen Schoß, seine drängenden, großen Augen unverwandt auf ihr Gesicht gerichtet.

Er nahm eine ihrer Haarsträhnen, die sich in ihrem Nacken aus dem Knoten gelöst hatten, und strich sie ihr hinters Ohr, eine federleichte Berührung, die ihr eine Gänsehaut auf die Arme trieb. »Du bist geblieben, weil du weißt, dass ich dich liebe, auch wenn ich bisher ein abscheulicher Mistkerl war.«

Billie ging das Herz auf. Die hell erleuchtete Küche verschwand, die harte Hitze seiner muskulösen Schenkel unter ihrem Hintern, der Duft nach Kaffee und köstlichem Mann – und all das lief nur auf eines hinaus: auf Christophers durchdringenden, aufmerksamen Blick.

Er liebte sie.

Mit trockener Kehle biss sie die Zähne zusammen und wandte den Blick von seinem schönen Gesicht ab. »Was soll ich darauf antworten?«

»Keine Ahnung. Versuchen wir es doch noch einmal, und warten wir, ob dir irgendetwas einfällt.« Sein Daumen strich über ihr Kinn, dann über ihre Unterlippe, eine flüchtige Liebkosung, die sie ganz und gar in ihren Bann zog. »Ich liebe dich, Billie.«

Die Wiederholung traf sie wie ein Schlag in die Magengrube. Sie sprang von seinem Schoß auf und wandte sich ab, ungläubig und verzweifelt. Sie hatte so lange auf diese Worte gewartet. Sie hatte sich seine Liebe so verzweifelt gewünscht –

und jetzt … jetzt … jetzt war ihr sein Geständnis einfach zu viel. Tränen traten ihr in die Augen – die sie zu lange zurückgehalten hatte.

Hinter ihr rutschten die eisernen Beine von Christophers Stuhl über den Fliesenboden. Er legte ihr die Hand ins Kreuz, dann hörte sie seine Stimme, leise und direkt. »Hast du immer noch keine Antwort für mich? Dann sag mir eines. Was will eine Frau von dem Mann hören, der sie liebt? Bring es mir bei, Billie. Ich kenne nur die Lügen aus dem Drehbuch.«

Ein Schluchzen, plötzlich und ungebeten, entrang sich ihrer Kehle. »Hast du mich jemals belogen?«

Er zögerte nicht. »Ja.«

»Und jetzt fragst du mich, was ich von dir hören will? Du erwartest von mir, dass ich glaube, was du sagst?« Ihre Wut auf sich selbst explodierte in ihrer Brust. Sie wirbelte herum, sah ihn an und blaffte: »Zum Teufel, ich weiß es nicht. Nimm irgendetwas aus deinem großen Repertoire. Beeindrucke mich. Und dann muss ich wirklich gehen.«

Er zuckte bei ihrem heftigen Ausbruch noch nicht einmal zusammen. »Warum tust du das?«

Seine Verwirrung war echt. Seine Inbrunst auch. Und oh, Billie hasste ihn deswegen. Hasste ihn, weil er sich erst so spät zu seinen Gefühlen bekannte, hasste ihn fast genauso sehr, wie sie sich selbst verabscheute.

Erzähl ihm einfach von dem Artikel, und mach der Geschichte ein Ende. Der Adrian von früher hätte ihr, ohne zu zögern und schonungslos, alles erzählt. Aber Christopher war jemand anders. Ein liebevoller, betörender Fremder.

Wochenlange Frustration und Herzschmerz – und sanfte, sich windende Erregung, die zu tödlich war, um sie sich einzugestehen – wallten in ihr auf, stießen ihren unangebrachten

Zorn beiseite, und Tränen traten ihr in die Augen, rannen ihr die Wangen hinab. »Aber wenn ich bleibe, dann weiß ich, was passiert.«

Er schien zu spüren, dass ihre Streitlust etwas nachgelassen hatte, und sofort ergriff er ihre Hand. Er wandte den Blick keine Minute von ihrem Gesicht ab und führte sie von der Küche fort. Seine Bewegungen waren ruhig und überlegt. »Sag mir, was deiner Meinung nach passieren wird, Billie.«

»Wir landen im Bett.«

»Diese Hürde haben wir doch längst genommen«, sagte er und beugte sich vor, um eine Wohnzimmerlampe einzuschalten.

Sie gelangten zum Sofa, doch sie weigerte sich, sich hinzusetzen. Die Tränen drohten sie zu ersticken. »Aber diesmal wäre es anders. Wir hätten Sex miteinander.«

»Ja«, sagte er und wischte mit dem Daumen die Tränen fort, die über ihre Wangen liefen. »Das machen Menschen nun einmal, wenn sie einander lieben.«

Billie schüttelte den Kopf, schluckte, versuchte, etwas zu sagen. Ein Schluchzer entrang sich ihrer Brust, noch einer, noch einer. Die Tränen kamen aus den Tiefen ihrer Seele, bis ihre Schultern bebten und ihr Kopf unter der Last der Verzweiflung auf die Brust sank.

Und während sie weinte, zog Christopher sie an sich, nahm ihren Kopf in die Hände, drückte ihre Wange an seine Brust, wo sie seinen stetigen Herzschlag hörte. Sein zerbrechliches Herz – genauso unsicher wie ihr eigenes. Er würde sich so verraten fühlen, wenn alles vorüber war. Er würde versuchen, sie nicht zu hassen, aber es würde ihm nicht gelingen.

Sie weinte, bis ihr Innerstes sich heiß und leer anfühlte, bis ihre Füße schmerzten, weil sie die ganze Zeit in den schicken

Pumps gestanden hatte und sein T-Shirt unter ihrer Wange durchsichtig von ihren Tränen war.

»Ich b-brauche ein T-taschentuch«, brachte sie schließlich heraus, immer wieder erschüttert von dem nicht enden wollenden Kummer, als sie sich auf das Sofa sinken ließ.

»Geh nicht weg.« Er ließ sie dort sitzen und verschwand im Flur, um kurze Zeit darauf mit einer Kleenex-Schachtel zurückzukehren. Er kniete vor ihr nieder, zog ihr fürsorglich und vorsichtig die Schuhe aus und stellte sie ordentlich beiseite. Dann wartete er, bis sie sich die Nase geputzt und die verschmierte Wimperntusche aus dem Gesicht gewischt hatte.

Als sie fertig war, setzte er sich neben sie auf das Sofa und legte den Finger unter ihr Kinn, neigte ihren Kopf nach oben, um ihr in die geschwollenen Augen zu blicken. »Ich weiß nicht, warum du weinst, ich weiß nur, dass es mit mir zu tun hat. Normalerweise weiß ich sehr genau, wen ich wann und wodurch verletzt habe, aber in diesem Fall verstehe ich deine Tränen nicht. Klär mich auf.«

Sie schüttelte den Kopf, verschloss ihre Augen vor einer weiteren Gelegenheit zu einem Geständnis.

Christopher seufzte, wartete, und als sie immer noch nichts sagte, zog er sie dichter zu sich heran und drückte seine Lippen auf ihr Haar. Der warme Trost seines Körpers durchdrang jede Faser ihres Seins. »Wenn du wirklich glaubst, gehen zu müssen, werde ich dich nicht aufhalten. Aber zuerst … sag mir, dass du weißt, dass ich dich liebe, dass du mir glaubst, wenn ich dir sage, dass keine Frau mich je so berührt hat wie du. Sag mir, dass ich auf diesem einen Gebiet nicht gescheitert bin. Auch wenn mir nur noch das bleibt und nicht mehr.«

Billie konnte den Schrei in ihrer Kehle genauso wenig aufhalten wie den Lauf der Zeit, den das sanfte Ticktack der

Standuhr deutlich anzeigte. Ihre Arme flogen um seinen Hals, sie klammerte sich an ihm fest, ihre Lider hoben sich, sie suchte seinen Blick, der so voller Unsicherheit und Verlangen war. Oh, was für eine Qual. Wie konnte einem einzigen Moment solch wilde Verwirrung und gleichzeitig solche Freude innewohnen?

»Ich glaube dir«, flüsterte sie und schmiegte ihre Wange in die sanfte Liebkosung seiner Hand. »Ich glaube dir, dass du mich liebst.«

»Billie …« Bevor sie sich bewegen konnte, Atem schöpfen konnte, bedeckte sein Mund den ihren, und sie war sofort und vollkommen verloren.

19

Verlangen explodierte in jeder Zelle ihres Körpers und setzte ihren gesunden Menschenverstand außer Kraft, als sie mit ihm verschmolz. Ihre zitternden Lippen teilten sich unter den seinen, hungrig und flehend zugleich. Der Kuss, mit dem Restgeschmack des Kaffees und dem Salz ihrer Tränen, war gleichzeitig Ambrosia und Aphrodisiakum, ein quälender Vorbote der Freuden, die nur darauf warteten, von ihnen erforscht zu werden.

»Chris«, flüsterte sie, »ich will dich so sehr.«

»Dann nimm dir, was du willst.« Sein Lächeln erblühte an ihren Lippen, ein flüchtiger Ausdruck der Freude, und dann ließ er einen Arm unter ihre Knie wandern und hob sie auf seinen Schoß, ungeheuer nah und doch nicht nah genug.

Der schwache Duft nach Waschmittel und sinnlichheißer Haut überflutete ihre Sinne. Erregt von der Barriere, die ihre Kleider zwischen ihnen bildeten, schlang sie sich um ihn und rieb ihre Schläfe an seinem weichen Haar. Ihre Finger führten seine ruhelosen Hände zu ihren Brüsten, damit er sie umfasste und sich daran erfreute, und glitten dann in die weiche Wölbung seines Nackens, tauchten in seinen T-Shirt-Kragen hinab, suchten nach der Härte seiner Muskeln und der seidigen Glätte seiner Haut.

Mit einem Stöhnen umarmte Christopher sie und vergrub sein Gesicht an ihren Brüsten. Sein warmer, feuchter Atem badete sie förmlich durch den Stoff ihres Kleides hindurch. »Du fühlst dich so gut an, Billie. Ich brauche dich so sehr.«

Sie knabberte an der zarten Haut an seiner Kehle, schmeckte eine Spur Salz und verflogenes Aftershave, bevor sie den Kopf hob und sein Ohrläppchen zwischen die Lippen nahm. Sie nahm es in den Mund, saugte daran, bis er erschauerte und sich seine Finger hilflos in ihrem Rücken vergruben.

»Gott ...« Das einzelne Wort zerriss die Stille, Gebet und Schwur zugleich und absolut authentisch. Es fachte Billies Erregung nur noch mehr an. Sie wollte sich mit diesem wunderschönen Mann vereinen, der ihr Folterknecht, ihr Geliebter und nun – endlich – die Erfüllung ihrer Herzenswünsche war.

»Küss mich«, stieß er hervor und umfasste ihr Gesicht. Und weil er so verzweifelt klang, wie sie sich fühlte, gab sie sich ihm, ohne zu zögern, hin und stöhnte in seinen Mund, als er sich heiß unter dem ihren öffnete.

Oh, die süße Qual des jahrhundertealten Rituals, das nun zwischen ihnen vollzogen wurde – das blinde Suchen der Lippen, der keuchende Atem, die wogenden Bewegungen des Mannes –, all das war ein Vorspiel zu jenem elementaren Akt, nach dem Billie sich verzehrte.

Dunkelheit und Furcht fielen von ihr ab. Nichts spielte mehr eine Rolle außer Christophers ruhelosen Muskeln unter ihren Händen und der wachsenden Leidenschaft ihres Kusses, bis es ihr so vorkam, als ob sie nur noch vom Atem des anderen und von der Begierde lebten.

»Ich habe mir das schon so lange gewünscht«, flüsterte er. »Von Anfang an. Ich habe so viel Zeit verschwendet ...«

»Scht.« Beruhigend legte sie ihre Hand auf seine Brust. »Dein Herz pocht wie wild.« Ihre Fingerspitzen fuhren an der weichen braunen Höhlung seiner Kehle entlang. »Und hier … hier spüre ich es auch, als ob es dir gleich bis zum Hals schlägt.«

»Und hier.« Er schob ihre Hand nach unten, zwischen ihre Körper und umschloss mit ihren Fingern seine Erektion unter der Jeans. Obwohl der dicke Denim dazwischenlag, konnte Billie das Pulsieren des Blutes spüren, die immer größer werdende Schwellung, und sie schloss die Augen. Es war ein zutiefst sinnlicher Moment.

Danach hörte man nur noch das Geräusch ihres Atmens. Ihrer ging stoßweise, er keuchte heftig. Christopher hob Billie hoch, als ob sie nichts wöge, und setzte sie rittlings auf seinen Schoß, zog den Saum ihres Kleides über ihre Hüften, wo es ihre Bewegungen behinderte.

Ihre Knie umklammerten seine Schenkel, ihre Hände vergruben sich in seinem T-Shirt, klammerten sich an ihm fest, bereiteten sich auf den geschmeidigen Ritt vor. Sofort stießen seine Hüften nach oben, und ihre sanken nach unten, immer wieder. Sie hatte die Kontrolle verloren, wogte, rieb sich an seiner immer größer werdenden Erektion, als ob keine Kleider zwischen ihnen lägen, als ob er durch seine Jeans und die Spitze ihres Höschens hindurchstoßen und sich seinen Weg geradewegs in ihr Herz bohren könnte.

Gehauchte Laute der Lust und Verzweiflung entrangen sich ihren Kehlen. Der Druck war unerträglich, und doch wollten sie mehr. Sie verschmolzen vollends miteinander, und doch war es nicht genug.

»Billie.« Er umfing ihre Taille, um ihre Bewegung zu stoppen. »Warte.«

Sie verstand. Das heftige Beben seines Körpers zeigte ihr, dass das rhythmische Reiben von Geschlecht an Geschlecht der nackten Vereinigung, nach der sie sich beide sehnten, ein vorzeitiges Ende bereiten konnte.

Sie trennten sich, sahen einander in die heißen, verhangenen Augen, betrachteten die geröteten Wangen und geschwollenen Lippen des jeweils anderen und tauschten ein Lächeln, wie es nur die Freude und Unsicherheit Erst-Liebender hervorbringt.

Dann lagen Christophers Lippen wieder auf den ihren, sein Griff an ihrem Oberkörper lockerte sich, und er streichelte ihre Brüste, Arme, Schultern, formte ihre weiche, sinnliche Gestalt. Wie ein Künstler sein Werk.

Billie protestierte nicht gegen diesen langsameren Rhythmus. Er war der beste Liebhaber, aber nicht seine Fähigkeiten versetzten sie in höchste Ekstase. Vielmehr waren es sein Kontrollverlust und die Erkenntnis, dass auch er wie jeder Mensch verletzlich war, wenn er die Frau in den Armen hielt, die er liebte.

Ob Mann oder Fata Morgana, er verstand sie ganz und gar, ihre Begierden, ihr Verlangen und ihre tiefsten, geheimsten Wünsche. So war es immer gewesen, als ob der Blick aus seinen dunklen Augen den Kern ihrer weiblichen Seele durchdrang und las, was dort brodelte. Wildes Begehren … und das verzweifelte Verlangen, so geliebt zu werden, wie sie war: als Billie Cort, das Mädchen, die Frau, mit allen Facetten, mit allen unzähligen, deplatzierten Puzzleteilen, die nur die Liebe richtig einordnen konnte.

»Du bist mein Ein und Alles«, murmelte er und liebkoste mit der Nase die empfindliche Haut hinter ihrem Ohr. »Dich zu lieben reicht nicht aus, Billie. Ich will mehr. Ich will alles.«

»Wir haben alle Zeit der Welt«, antwortete sie und vergrub ihr Gesicht an seiner Schulter, während die dunkle Wahrheit mit ihrem kalten, knochigen Finger an die Tür ihres Bewusstseins klopfte.

Aber diesen Augenblick hatten sie zumindest, verdammt. Vielleicht war das alles, was ihr blieb. Und gerade deshalb wollte sie ihm den eigentlichen Sinn körperlicher Liebe zeigen – damit keiner von ihnen das hier jemals vergaß.

Christopher legte sich nun ganz auf das Sofa. Er nahm sie mit sich, ließ sich von ihrem Körpergewicht leiten, bis sie ausgestreckt dalagen, Billie obenauf, die Brüste gegen die harte Mauer seiner Brust geschmiegt.

Seine Finger schoben ihr Kleid Zentimeter um Zentimeter nach oben, bis es ihr um die Taille lag, sodass nur noch ihr Höschen sie beschützte. Instinktiv ließ sie wieder die Hüften kreisen, suchte seine Härte – eine sinnliche Einladung. Christopher spreizte die Knie, und sie glitt dazwischen und spürte erneut den harten Speer aus Fleisch, der sich unter seiner Jeans erhob.

Es fühlte sich so richtig an, sich in ihn fallen zu lassen, sich seiner Schönheit, seinem Verlangen und seiner Leidenschaft vollkommen hinzugeben, dem Schmerz der Wirklichkeit zu entfliehen.

»Ich will dich in mir spüren«, flüsterte Billie an seinem Ohr. »Lass mich nicht warten.« Ihre Zunge wirbelte um ihre heißen Worte herum, bis er erschauerte und sein Atem schnell und flach ging.

Ungeduldig glitten seine Hände in den elastischen Bund ihres Höschens und umfingen ihren Hintern. Seine Finger hielten den angespannten, flexiblen Muskel fest und wanderten dann weiter, um den weiblichen Abgrund zu berühren, der feucht und begierig auf sein Eindringen wartete.

Bei dieser hauchzarten Liebkosung bäumte Billie sich auf.

»Ah, Billie«, sagte er mit halb geschlossenen Lidern, als er zu ihr aufblickte. »Ich habe das Gefühl, dich zum ersten Mal zu berühren. Als ob die Vergangenheit ausgelöscht wäre, als ob ich die weichen, harten und begierigen Stellen eines weiblichen Körpers erst jetzt kennenlernte. Noch nie habe ich eine Frau so begehrt. Ich werde noch verrückt.«

Sie schluckte schwer, ihre Erregung wuchs mit jedem Kreisen seiner Fingerspitzen. Er streichelte sie, drang aber kein einziges Mal in sie ein. »Ich liebe dich, Christopher.«

»Dann liebe mich auch körperlich.« Er verlagerte seinen Kopf auf dem Kissen, die Hände wieder an ihren Hüften, um sie bequemer dicht an sich pressen zu können. »Zeig mir, wie.«

Vor Glück konnte sie nicht antworten. Sie presste ihre Lippen mit ungezügelter Leidenschaft auf die seinen, vergrub die Hände in seinem Haar, um ihn zu halten, und besiegelte damit ihr Schicksal.

Als sie sich voneinander lösten, um wieder Atem zu schöpfen, stand sie auf und streckte die Hand aus. Er nahm sie und ließ sich von ihr führen, vorbei an dem von der blendenden Sonne beleuchteten Balkon, vorbei an Rudy, der nur träge den Kopf hob, hinein in das kühle, dämmrige Schlafzimmer, wo die mintgrünen Wände sie schweigend verschluckten.

Sie blieben mitten im Zimmer stehen, und als Christopher sie an den Schultern packte und sie zum Schrank drehte, entdeckte Billie in den verspiegelten Doppeltüren das Abbild zweier Liebender inmitten eines Wirbelsturms.

Christophers Spiegelbild starrte ihr entgegen, dunkel, feierlich, wartend. Und sie: mit riesigen Augen. Bleich. Voller Begehren. Das Bild sollte sich ihr für immer ins Gedächtnis einbrennen.

»Ich will dich sehen.« Ihre Stimme zitterte. »Ohne dass irgendetwas zwischen uns ist. Zieh deine Kleider aus.«

Als Antwort griff er hinter seinen Kopf, packte eine Handvoll von seinem T-Shirt und zog es mit einer einzigen fließenden Handbewegung aus.

Seine Hände wanderten zu seinem Hosenschlitz, seine Wimpern beschirmten das Feuer in seinem Blick, als er nach unten sah und die Knöpfe geschickt öffnete. Die Jeans rutschte von seinen Hüften, und er schob sie nach unten, nahm die Boxershorts gleich mit, stieg darüber hinweg und trat die Hose beiseite.

Billie hielt den Atem an, das einzige Geräusch im Zimmer war ihr hämmernder Puls. Sie hatte seinen Mund, seine Haut und seine Männlichkeit geschmeckt, seine Essenz geschluckt, seinen Kopf gehalten, während er an ihren nackten Brüsten saugte, seine Finger und seine Zunge in sich aufgenommen … und doch war nichts so vielsagend und intim gewesen wie dieser Augenblick.

Er war schlank und sehnig, ohne wuchtig zu wirken. Jeder Muskel gemeißelt von himmlischer Hand. Der Inbegriff männlicher Schönheit … und er wollte sie. Das sagte ihr sein Körper. Seine Augen brannten sich in ihre Seele.

»Oh«, sagte sie schließlich, während ihr Blick zwischen seinem Körper und seinem Spiegelbild hin und her flog, um jedes köstliche Detail seiner Erscheinung in sich aufzunehmen. »Ich bin sprachlos.«

Sein strenges Gesicht wirkte plötzlich amüsiert. »Dreh dich um.«

Sie tat wie befohlen und spürte seine Hände auf ihren Schultern, seine Lippen strichen sanft über ihren Nacken. Die Haarnadeln glitten aus ihrem Haar. Ihr Knoten löste und entfaltete sich, bis ihre Locken sich ganz und gar befreit hatten. Sein nackter Körper strahlte eine ungeheure Hitze hinter ihr aus. Sie starrte weiterhin auf ihr Spiegelbild, beobachtete ihn, die feine Wölbung ihrer Augenbrauen, die dunklen Wimpern und den sinnlichen Mund, den Schwung seiner nackten Schultern hinter ihr, die Art, wie seine flachen Fingerspitzen sich um ihre Hüfte schlossen. Seine Hand glitt zu ihrem Bauch, rieb ihn in langsamen, gewundenen Kreisen. Dann neigte er den Kopf und umfing ihr rechtes Ohrläppchen mit den Zähnen.

Billie neigte den Kopf nach links, um ihm besseren Zugang zu gewähren, erbebte, als sein warmer Atem kalte Schauer über ihre empfindsame Haut sandte.

Sein Mund weidete sich an der Sehne an ihrem Nacken. Das Kreisen seiner Hand wanderte tiefer, bis es am Scheitel ihrer Schenkel angelangt war. Reibend, reibend, vom Verlangen feuchte Seide über ihr sehnsuchtsvolles Fleisch, während hinter ihr seine Erektion brannte und sich in ihren Rücken trieb.

Geräuschlos glitt ihr Reißverschluss auf, und die Hitze seines Körpers traf ihren nackten Rücken. Als Christopher das Kleid von ihren Schultern gleiten ließ, ihren BH öffnete und ihre Brüste enthüllte, bekam sie erneut eine Gänsehaut, und ihre Brustwarzen zogen sich so fest zusammen, dass es schmerzte.

Er betrachtete ihr Spiegelbild, umfing ihre Handgelenke und hielt sie mit einer Hand hinter dem Rücken fest, sodass ihre Brüste weit nach vorn ragten. »Du bist schön.«

»Danke.« Ihre Stimme zitterte. »Aber du solltest mich nicht mit den Frauen vergleichen, die du in deiner Vergangenheit gesehen hat.«

»Du bist unvergleichlich.« Mit der freien Hand fasste er ihr Kinn und zwang sie, in den Spiegel zu sehen. »Wenn ich dich betrachte«, sagte er an ihrer Wange, »sehe ich die Schönheit eines Lebens, das ich niemals hätte hinter mir lassen dürfen.«

Sofort schwang die Wirklichkeit wieder ihre Peitsche, aber sie wehrte den Schlag ab. *Nicht nachdenken, Billie. Nur fühlen. Fühlen.*

Hinter ihr strich seine Erektion an ihren gefangenen Handflächen vorbei. Ihre Finger umfassten ihn, ertasteten seine Schwellung, aber dann trat er zur Seite, sodass sie ihn nicht berühren konnte, und nahm sanft ihre Brüste in die Hand. Er nahm ihren Nippel zwischen Daumen und Zeigefinger, zog und schnippte daran, reizte sie wie mit den weichen, wogenden Bewegungen eines Mundes, bis sie vor göttlicher Frustration laut aufschrie. Er ließ ihre Handgelenke los und schob das zerknitterte Kleid zu Boden, dann tauchte er in ihr Höschen hinein, erspürte die Feuchtigkeit, während seine verhangenen dunklen Augen ihr Spiegelbild betrachteten.

Lust sammelte sich in Billies Muskeln, sodass sie alle Hemmungen verlor. Sie betrachtete nicht gern ihr nacktes Spiegelbild. Der Spiegel zu Hause zeigte ihr immer ein einsames Mädchen, das in einem dreiunddreißigjährigen, weniger als vollkommenen Körper gefangen war. Aber die Frau in diesem Spiegel war seltsam schön, errötet, bebend, umwogt von wildem schwarzem Haar. Christophers Anbetung hatte eine Flamme in ihr entzündet, und sie glühte von innen – wie eine geliebte Frau.

Auch er sah sie an, fasziniert, seine Fingerspitzen drehten sich unaufhörlich, schlüpfrig feucht und unbeirrbar suchten sie den Eingang ihres Körpers. Er ließ einen Finger in sie hineingleiten, dann zwei, ganz vorsichtig. *Wie viel kannst du in dich aufnehmen?*

Bis ihr Kopf nach hinten fiel und sie einen nur halb menschlichen Schrei ausstieß. *Genug.*

Und dann war es doch nicht genug. Sie wollte ihn in sich spüren. Mehr als seine Finger. Mehr als die langsamen, gemessenen Stöße, die er ihr bot, bei denen er mit dem Handballen ihr geschwollenes Fleisch berührte.

Vor Lust hätte sie am liebsten die Augen geschlossen. Mühsam hielt sie sie offen und konzentrierte sich auf die dunkle Hand, die in ihrem Höschen vergraben war. Er zog die Spitzenunterwäsche ihre Schenkel hinab, entblößte sie ihren Blicken.

Ihr Keuchen verwandelte sich in ein Stöhnen. Scharf wandte sie den Kopf zur Seite, ritt auf dem Scheitelpunkt zum Orgasmus, jeder Muskel angespannt und zitternd.

»Ich komme«, flüsterte sie, vergrub die Finger in seinen Unterarm, der sich mit jedem Stoß seiner Hand bewegte.

»Öffne die Augen.« Christophers Stimme war rau und wild. »Sieh dir selbst zu, Billie.« Seine Finger wirbelten in ihr wie Magie, tanzten unaufhörlich an jenem vibrierenden, elektrisierten Ort tief in ihrem Inneren. In ihrem ungestümen Geiste sah Billie die Explosion, bevor sie sie spürte. Mit großen Augen betrachtete sie ihr Spiegelbild und beobachtete die Fremde dort, als das Beben begann. Erst wenig, dann immer stärker ausschlagend, wie die Kreise, die ein Kieselstein hinterlässt, der ins Wasser fällt, hinübergleitend in ihren Schrei, der sich in ihrer Kehle bildete und Bahn brach.

»Oh, oh, oh!« Die Flutwelle der Lust spülte ihr Bewusstsein in die See hinaus, wo die heftige Strömung sie erfasste, sie hinabzog, bis sie darin ertrank. Sie hatte keine Kraft mehr in den

Knien, und Christopher stützte sie, sein Mund an ihrem Ohr, flüsternd, seine Hand in stetigem Rhythmus. Er spielte erbarmungslos mit ihrem Körper, bis sie nur noch feuchte, heiße, pulsierende Ekstase kannte.

Als die Woge verebbte, drehte er sie, schlaff und erschöpft in seinen Armen, und schleuderte das Höschen zu Boden. Seine Erektion streifte ihren Bauch, so heiß und hart, dass sie sie aus ihrer hypnoseartigen Erstarrung riss. Sofort wanderten ihre Finger dorthin, liebkosten seine Eichel, glitten um den Tropfen Feuchtigkeit, der sich dort gesammelt hatte. Während sie ihn mit immer noch zitternden Händen berührte, küsste er ihren Mund, lockte ihre Zunge hervor und saugte daran, raubte ihr den Atem. Dann schien er von der Lust überwältigt zu werden, und er neigte den Kopf zur Seite, schloss die Augen. Er war in ihren rhythmischen Bewegungen gefangen.

»Ah, Billie. Das ist so gut …« Plötzlich gab er ein lautes, kehliges Geräusch von sich und löste ihre Finger von ihrem Fleisch. »Ich war zu schnell«, sagte er atemlos. »Wo ist bloß meine Selbstkontrolle?«

Ermutigt glitt ihre Hand wieder hinab und suchte ihn, ihre Wangen wurden heiß, als sie spürte, dass er tatsächlich noch härter geworden war, wie mit Satin überzogener Stein. Es pulsierte in ihren Fingern, ein warnender Rhythmus. »Du fühlst dich an, als würdest du gleich explodieren.«

»Das tue ich auch, wenn du so weitermachst.« Er wich zurück, umfing ihre Hand und führte sie zum Himmelbett. »Das ist mein Bett«, sagte er, die Stimme leise und seltsam hohl. »Du bist die einzige Frau, die ich darin haben will« – er legte ihre Hand auf sein Herz – »und hierin.«

Sie war sprachlos vor lauter Freude. Sie hielt seine Hand fest, stieg ins Bett, wo das weiche Leinen sich kühl an ihrer fieberheißen Haut anfühlte. Christopher hielt lang genug inne, um ein Kondom aus der Nachttischschublade zu holen, dann folgte er ihr, graziös, sehnig, auserlesen. Er war ihr Mann.

Er kniete vor ihr nieder, umfasste ihr Kinn, streichelte ihre Unterlippe mit dem Daumen, glitt dann hinein und stieß gegen ihre Zähne.

»Billie«, sagte er, und seine Stimme klang schwer vor Verlangen, »nimm mich wieder in die Hand.«

Aber das wilde Streben nach sexueller Vereinigung war leiser in ihr geworden, hatte sich in sinnliches Begehren verwandelt, das von süßem, quälendem Aufschub genährt wurde. Sie schloss die Lippen um seinen Daumen und sog ihn in ihren Mund, ließ ihre Zunge über den kurzen, glatten Nagel schnellen, so wie sie seine Erektion in den Wäldern des Rock Creek Park liebkost hatte. Als sie seinen Daumen losließ, sah sie zu ihm auf. »Ich will mehr.«

Wortlos antwortend, bot er ihr die Handfläche dar, und sie küsste die Mitte, wo die Haut rau war, schmeckte Salz und spürte die Hitze. Ihre Lippen wanderten zu seinem Handgelenk, und ihre Zunge fuhr die dicken Adern entlang, in denen sein wilder Puls pochte. Dort fühlte sich seine Haut weich unter ihren Lippen an, verletzlich. Weiter oben waren seine Muskeln hart, und sie vergrub ihre Zähne sanft in seinem Bizeps, während sie mit den Fingern über das weiche Haar unter seinem Arm strich.

Als sie seine Schulter erreicht hatte, beschrieb sie einen Pfad langsamer Küsse bis zu seiner Kehle, die sich auf und ab bewegte, als er schluckte und »Mein Gott« sagte.

Billie zog sich leicht zurück und sah in seine heißen, durchdringenden Augen. »Wo sonst noch?«

Er ließ sich neben ihr auf dem Ellbogen nieder, eine Hand

unter das schwere Haar an ihrem Nacken gleiten und zog sie dicht zu sich heran, sodass ihre Lippen sich berührten. Es war ein feuchter Kuss mit offenem Mund, die Zungen in wildem Tanz vereint. Ihr Atem vermischte sich.

Aber sie war noch nicht fertig. Sanft legte sie ihm eine Hand auf die Brust und drückte ihn in die Kissen zurück, wo er ruhig wurde, einen Arm unter den Kopf legte, um sie zu beobachten. Sie kniete neben ihm nieder.

Sie hielt den Atem an, als sie eine einzelne Fingerspitze über seine Kehle wandern ließ, dann über seinen durchtrainierten Oberkörper bis hin zu seinem straffen Bauch. Die Muskeln dort zogen sich zusammen, als sie den Finger in seinen Bauchnabel tauchte und schließlich dem schwachen Pfad aus Haaren folgte, der ihn umgab und bis zu seinem Schambein führte. Sein Schwanz ragte aus der schwarzen Mähne empor, brandete ihr mit jedem Schlag seines Herzens entgegen.

»Chris Antoli ist schön«, sagte sie sanft. »Ich bin so froh, ihn endlich kennengelernt zu haben.«

Sein Adamsapfel hüpfte auf und ab, aber er sagte nichts, beobachtete sie lediglich mit verdächtig leuchtenden Augen.

Sie schluckte den Kloß in ihrem Hals, der sich vor lauter Rührung gebildet hatte, herunter, schlang ihre Finger um seinen Schaft, streichelte ihn, zählte das rhythmische Pulsieren seines Herzens, als sie sich vorbeugte, um seine geschwollene Eichel zu küssen. Aber es gab noch weitere Teile seines Körpers, die sie noch nicht kannte, und sie wollte sie alle kennenlernen, bevor diese euphorischen flüchtigen Augenblicke sich in traurige Wirklichkeit verwandeln würden.

Also kniete sie zwischen seinen Beinen nieder, stieß sie weiter auf, glitt mit der Hand an den Innenseiten seiner muskulösen Schenkel entlang und nahm sanft seine Hoden in die

Hand. Auch sie schienen in ihrer Hand zu pulsieren, und sie musterte sie, ihre elastische Oberfläche, die so im Gegensatz zu der steinharten Beschaffenheit seines Penis zu stehen schien. Sie legte ihr Haar hinters Ohr, beugte sich vor und ließ ihre Lippen über die gespannte, behaarte Haut an der Innenseite seiner Schenkel wandern. Dann nahm sie die weichen Kugeln vorsichtig in den Mund, erst die eine, dann die andere. Saugte daran. Streichelte sie mit ihrer Zunge. Prüfte ihr Gewicht. Bewunderte die körperliche Schönheit eines Mannes. Seinen Geschmack. Seine Textur. Seine wachsende Leidenschaft.

Christopher sagte nichts, beobachtete sie aus verhangenen Augen. Sein Atem ging immer schneller, seine Lippen waren leicht geöffnet.

Während sie ihn mit der Zunge liebkoste, streckte sie die Hand nach oben aus und umschloss seine stählerne Erektion mit ihren Fingern. Sie war so heiß und hart, dass sie ihre Handfläche verbrannte. Mit der anderen Hand glitt sie unter sein Gesäß, prüfte seine feste Beschaffenheit, ertastete das rastlose Spiel seiner Muskeln, während seine Hüften hart und instinktiv in ihre Berührung stießen, in die saugende Hitze ihres Mundes. Sie hob den Kopf, berührte mit der Fingerspitze vorsichtig die zarte Haut unter seinen Hoden und lächelte, als sich schließlich doch ein leiser Laut seiner Kehle entrang und er den Kopf auf das Kissen sinken ließ.

»Bitte«, sagte er.

»Bitte was? Bitte hör auf?«

Er stöhnte, ein Knie fiel zur Seite, um ihr besseren Zugriff zu gewähren.

Noch nie hatte sie einen Mann so intim berührt. Ihr eigener Wagemut und die Macht, einem Mann so viel Lust bereiten zu können, verursachten ihr Herzklopfen.

Er brannte lichterloh, und doch bildete sich eine Gänsehaut auf seinem Oberkörper, und er erschauerte.

Ihr Atem ging stoßweise, als sie die rechte Hand fester um seine Erektion legte und sie langsam massierte, bis zum Ansatz und wieder hinauf zur Eichel, auf dem sich nun ein Lusttropfen zeigte. Gleichzeitig beugte sie sich herab und nahm seine Hoden wieder in den Mund, saugte und leckte und streichelte sie.

Mehrere heftige Schauer durchfuhren Christopher, die den bevorstehenden Orgasmus ankündigten. »Noch nicht«, flüsterte er, ein gequältes Flehen. »Bitte. Noch nicht.«

Schnell ließ sie ihn los, glitt seinen Körper hinauf und in seine verzweifelte Umarmung.

Er rollte sie unter sich, sein schweißnasser Körper brandete ihr entgegen, sein Mund hungrig und suchend, als er sich über dem ihren öffnete. »Was tust du nur mit mir?«, stöhnte er an ihren Lippen, seine Stimme fiebrig und heiser. »Was immer es ist, hör niemals damit auf. Hör niemals auf, mich zu berühren. Hör niemals auf, mich zu lieben …«

»Ich kann gar nicht aufhören«, antwortete sie mit zitternder Stimme, vergrub die Hände in seinem Haar und sah ihm in die Augen. »Ich wüsste gar nicht, wie.«

Blindlings tastete seine Hand nach dem Kondom auf dem Nachttisch, warf die Messinglampe mit lautem Knall zu Boden, aber keiner von ihnen verschwendete einen Blick darauf. Zitternd kniete Christopher inmitten des Bettes, riss das Paket auf, und gemeinsam rollten sie das Kondom über seine Erektion. Dann lehnte er sich in die Kissen zurück, zog Billie zu sich heran, bis sie rittlings auf ihm saß und ihre Knie in die weiche Oberfläche der Matratze sanken.

Verlangen wogte erneut zwischen ihnen, überzog ihre Haut

mit Schweiß. Sie hielt seinen Kopf an ihrem Herzen, und seine Lippen fanden ihren Nippel, zogen daran, saugten, sandten zuckende Blitze aus Lust an jenen schmerzhaften Ort, der seine Erektion ritt.

»Nimm mich ganz in dich auf.« Die Finger seiner Hand gruben sich in ihre Hüfte, während er mit der anderen die ihre packte und zu sich zog. Gemeinsam fanden sie das feuchte, heiße Tor, wo sich ihr Körper ihm öffnete. Scharf sog Christopher den Atem ein und stieß in sie.

Mit einem Mal war das mehr Lust, als Billie ertragen konnte. Der Gedanke, dass sie gerade erst begonnen hatten, machte ihr fast schon Angst. Ein Höhepunkt dieser Art – den nur Christopher ihr geben konnte – würde sie umbringen.

»Chris«, rief sie. »Oh bitte.« Er hielt ihre Taille und bewegte sie auf und ab, an seinem Schaft entlang. Ihre Worte waren wie ein schluchzender Gesang, so rhythmisch wie die Wogen seines Körpers unter ihr; es ging immer weiter, bis der zweite Orgasmus sie erschütterte, und dann der dritte. Ein Krampf ging in den nächsten über, bis Ekstase und Lust sich zu süßem Schmerz vereinten, nicht länger unterscheidbar waren.

Christopher richtete sich ruckartig auf und vergrub das Gesicht zwischen ihren Brüsten, sein Atem kam stoßweise und keuchend an ihrer Haut. Seine Armmuskulatur spannte sich unter ihren Fingern an mit jedem Mal, da er sie hochhob und wieder senkte, und Billie ließ den Kopf zurückfallen, ihr Körper ein Gefäß nur für ihn, über ihm dahintreibend, taumelnd vor Verzückung.

Sie schrie protestierend auf, als er sie plötzlich absetzte. »Warte«, keuchte er, hielt sie zitternd auf Armeslänge von sich entfernt. »Warte.«

Aber primitives Verlangen trieb sie wieder zusammen. Billie

legte keinen Wert auf seine Fähigkeiten, seine eiserne Beherrschung, seine Kontrolle, die er die ganze Nacht aufrechterhalten konnte. Sie nahm wieder ihre Position ein und schlang ihre Beine um seine Taille, so offen für ihn, dass er in sie hineinglitt, als ob sie nie getrennt gewesen wären.

»Los«, flüsterte sie. »Dieses eine Mal. Lass mich es tun. Lass mich alles tun.«

»Billie«, entrang es sich erstickt aus seiner Kehle, und er ergab sich. Er stützte sich hinter dem Kopf mit den Händen ab, umklammerte verzweifelt das Betttuch und bäumte sich auf und in sie hinein wie ein Wildpferd, das zugeritten wird.

Billie klammerte sich mit aller Macht, die sie aufbringen konnte, an seine Schultern. »Ich liebe dich«, flüsterte sie, als sie den unklaren Blick seiner dunklen Augen sah, der den Höhepunkt ankündigte. »Ich liebe dich, Chris.«

Die leidenschaftliche Erklärung schien ihn über den Rand des Vergessens hinwegzustoßen. Seine Züge spannten sich vor süßer unerträglicher Qual an.

Er erschauerte heftig, und sie bedeckte seinen offenen Mund mit dem ihren, ritt ihn durch den Orgasmus, nahm das gewaltige Beben seines Körpers in sich auf, die heiseren Laute der Ekstase, seine vollkommene Verletzlichkeit, als er sich mit sengendem Strahl in sie ergoss.

Und in diesem wunderschönen, unwirklichen Augenblick fühlte sich Billie Cort wie die mächtigste Frau der Welt, die einzige, die Christopher Antoli wirklich kannte, sein Herz, seinen Körper, seine Seele.

20

Mit dem Wiedererlangen des gesunden Menschenverstandes kehrten auch die listigen Schatten der Furcht zurück, die von der Leidenschaft in Schach gehalten worden waren. Dunkelheit schlängelte sich herein, stahl Billie den Seelenfrieden, während Christopher noch eine Weile glückselig und unwissend blieb.

Sie versuchte, die schleichende Wahrheit abzuschütteln, klammerte sich an noch ein paar Minuten des Friedens und der Euphorie, scheiterte aber. Sie musste ihm von diesem Artikel erzählen. Sie musste ihn warnen.

Irgendwo in der großen Wohnung sprang die Klimaanlage an und durchflutete das Zimmer mit einer kalten Brise. Billie erschauerte und schmiegte sich näher an Christophers immer noch feuchten Körper. Der Schmerz ging ihr durch und durch.

Es gibt da einen Artikel, Chris. Über dich. Neonpfeile, die auf deinen Kopf deuten, könnten deine Identität nicht besser preisgeben. Wenn deine Familie den Text liest, werden sie es wissen. Sie werden wissen, dass du deine Seele verkauft und deine Ehre und Würde all die Jahre verloren hast. Luciens Name wird es ihnen sagen … und die Worte stammen von mir.

Sie suchte nach seiner Hand und verschränkte ihre Finger mit den seinen, legte sie auf seinen flachen Bauch, liebte ihn, hasste sich selbst wegen ihrer Leichtfertigkeit. Christopher lag ganz entspannt da und schwieg, die Augen halb geschlossen. Im Wohnzimmer schlug die Standuhr leise ein Uhr. Rudys Pfoten tappten auf dem Holzboden in den Flur hinaus, aber er störte ihre Intimität nicht durch seine liebevolle, traurige Anwesenheit. Der Seufzer und ein Plumps zeigten an, dass er sich auf der Schwelle zum Schlafzimmer niedergelassen hatte.

Als Billie sich schließlich bewegte, um Christopher in die Augen zu sehen, hielt er sie fest. »Nicht … bewegen. Nicht weggehen. Bleib hier mit mir liegen. Ruh dich aus.«

Ein Seufzen entrang sich ihren Lippen, und sie versuchte, sich an seiner Brust zu entspannen. Sie konnte das Zittern, das sie durchfuhr, nicht kontrollieren und traute sich nicht zu sprechen.

Die Sekunden gingen vorüber. Furcht machte ihre Brust eng, schnürte ihr die Kehle zu, drang ihr bis ins Mark wie ein Krebsgeschwür.

Als ihr Herz schließlich laut genug pochte, dass er seinen Todesmarsch in seiner eigenen Brust spürte, rührte sich Christopher und sah auf sie hinunter. »Was ist los?«

Sie antwortete nicht. Er setzte sich auf und drückte sie in die Kissen, um sie aufmerksam zu mustern. »Was ist los?«

Sie blinzelte den heißen Strom der Tränen zurück. »Ich wollte es dir eigentlich schon längst sagen. Deshalb bin ich ja ursprünglich gekommen. Aber weißt du, ich liebe dich einfach zu sehr.« Es war ihr egal, wie verletzlich das klang und dass ihre Gefühle ihr deutlich ins Gesicht geschrieben waren. »Ich will nicht, dass das hier vorübergeht.«

Er beruhigte sie nicht, stellte ihr keine Fragen und wollte auch keinen Grund für ihren heftigen Gefühlsausbruch wissen. Er streichelte nur ihr Gesicht, seine Wimpern hoben und senkten sich, während er ihr Gesicht betrachtete.

Schließlich holte sie tief Atem und holte die Wahrheit unter den dicken Schichten der Reue hervor. »Ich habe heute Morgen mit dir verschlafen und dadurch meinen Abgabetermin bei *Illicit* verpasst. Ich hätte meiner Redakteurin um neun Uhr drei Artikel abliefern müssen, und natürlich war ich dafür viel zu spät im Büro.« Sie seufzte schwer und schloss die Augen. »Also ließ Nora meinen Schreibtisch heute Morgen nach den Artikeln absuchen und stieß auf einen USB-Stick, auf dem ich deinen Artikel abgespeichert hatte. Sie las ihn. Dann nahm sie noch einige meiner Notizen zur Hilfe, veränderte ihn ein wenig, redigierte den Artikel und schickte ihn unter meinem Namen zum Drucker. Und das alles, bevor ich in der Redaktion war und sie hätte aufhalten können.«

Seine Finger glitten von ihrem Kinn herunter, und er verlagerte sein Gesicht auf beide Ellbogen, den düsteren Blick auf seine Hände gerichtet. »Hast du in dem Artikel meinen richtigen Namen benutzt?«

»Nein. Du weißt doch, dass ich dein Vertrauen niemals missbrauchen würde.«

Die Spannung wich aus seinen Schultern, und sein dunkler Kopf fiel nach vorn.

»Aber Nora hat Lukes richtigen Namen in den Artikel eingesetzt«, fügte sie leise hinzu. »Sie fügte Details über Luke DeChambeaus Tod durch den Sprung von deinem Balkon hinzu. Von Adrians Balkon. Adrian mit den rabenschwarzen Haaren und den dunklen Augen, der aus einer großen liebevollen italienischen Familie stammt und in Bethesda aufwuchs.«

Christopher hob den Kopf und starrte sie an. Sein Gesichtsausdruck war unergründlich. Sie konnte den Schaden nicht einschätzen. Adrians Maske blickte sie an, unnahbar und eisern.

Die Decken raschelten, und eine kühle Brise brachte ihre nackte Haut zum Erschauern, als er sich aufsetzte. »Hast du den USB-Stick bei dir?«, fragte er mit leiser, monotoner Stimme. »Ich würde doch gern sehen, mit was für Wahrheiten Ms. Richmond da arbeiten musste.«

»Er ist in meiner Tasche.«

»Ich warte.«

Sie war sich ihrer Nacktheit schmerzhaft bewusst, als sie unter den Decken hervorkroch, sein T-Shirt vom Boden aufhob und es überzog, um ihre Brüste zu bedecken, während sie ins Wohnzimmer ging. Die Sofakissen waren immer noch zerwühlt von ihrem Liebesakt, und der Anblick ließ die Tränen, die sich in ihr angesammelt hatten, wieder fließen. Noch vor einer halben Stunde waren sie auf diesem Sofa vollkommen ineinander vertieft gewesen, umschlungen von Liebe und Lust und vielleicht zum ersten Mal von aufrichtigem Gefühl.

Und das war jetzt vorbei.

Als sie mit dem USB-Stick ins Schlafzimmer zurückkehrte, hatte Christopher seine Jeans übergezogen, ohne sich die Mühe zu machen, sie zuzuknöpfen. Wortlos streckte er ihr die Hand mit der Handfläche nach oben entgegen. Sie legte den kleinen Plastik-Stick hinein und mied seine Augen, als er an ihr vorbeiging, um in das Zimmer zu gelangen, in dem der Computer stand.

Am anderen Ende des Flurs wurde eine Tür geschlossen. Er wollte allein sein. Er wollte Abstand von ihr.

Sie fühlte sich allein und leer, schloss sich im Badezimmer ein und wusch sich, unfähig, ihr eigenes Spiegelbild zu betrachten. Seine Sachen waren über den ganzen granitenen Waschtisch verteilt: eine Mason-Pearson-Haarbürste, eine bernsteinfarbene Flasche mit einem teuren Aftershave, eine

Tube Zahnpasta neben einer noch feuchten elektrischen Zahnbürste. Es war ein unerträglich intimer Anblick seiner persönlichen Gegenstände. Mit dem weinroten Handtuch trocknete sie sich das Gesicht ab und atmete seinen Duft ein, der in dem dicken Frottee hing. Der Duft war auch auf ihrer Haut, der Duft seiner Leidenschaft.

Wieder im Schlafzimmer, suchte sie mit tränenverschleiertem Blick nach ihrem Höschen und zog es über. Der Kummer saß ihr wie ein Bleiklumpen in der Brust.

Ihr Kleid war zusammengeknüllt und verknittert. Sie hielt es in die Höhe, starrte es voller Verzweiflung an und fragte sich, was sie tun sollte. Verdammt, sie würde damit keinen spätpubertären Spießrutenlauf durch die Lobby machen.

Also holte sie ein Paar von Christophers Kakishorts heraus, die in einem Wäschekorb lagen, zog sie über die Hüften und zurrte den Gürtel eng, damit sie nicht zu Boden fielen. Sie würde barfuß gehen und ihre Pumps unterm Arm tragen müssen, das Kinn in die Höhe gereckt, jeden Augenkontakt mit Vorübergehenden vermeidend … wenn Christopher ihr befahl, seine Wohnung zu verlassen, nachdem er den Artikel gelesen hatte.

Was er ganz bestimmt würde.

Vorsichtig öffnete Billie die erste Tür auf der linken Seite und fand ihn in einem kleineren Schlafzimmer. Er saß an einem Ahornschreibtisch gegenüber der Tür, seine Aufmerksamkeit auf einen Computerbildschirm vor ihm gerichtet, dessen blauer Schein alles Leben aus seiner strengen Miene zu saugen schien.

Ihr gesunder Menschenverstand schrie ihr zu, dass er nicht gestört werden wollte, aber sie konnte einfach nicht gehen, ohne etwas zu sagen, ohne ihm noch einmal zu zeigen, wie sehr sie ihn liebte, wie sehr sie das alles bedauerte.

Eine quälende Ewigkeit stand sie im Türrahmen und sah, wie sein Gesicht immer düsterer wurde, während er auf den Monitor starrte, die Ellbogen auf den Schreibtisch gestützt, die Hände vor den Lippen zu Fäusten geballt.

Sie hatte ihn nie mehr geliebt als in diesem Augenblick, als er ihr entglitt, eine Meile für jedes verräterische Wort, das er las.

Schließlich atmete er tief ein und sah sie über den Monitor hinweg an. Seine Züge waren teilnahmslos, jene demonstrative Gelassenheit, die sie so gut wiedererkannte. »Darf ich den USB-Stick behalten?«

»Natürlich.« Sie ging auf ihn zu, die Arme eng um ihre Taille gelegt.

Er warf den USB-Stick aus, legte ihn beiseite, erhob sich und schob den Bürostuhl unter seinen Schreibtisch. Vollkommen beherrscht, wie ferngesteuert ... bis er seine Hand in den Nacken legte, als ob er ihn schmerzte. Als ob er verwundet sei.

Sie schluckte. »Ich weiß nicht, was ich sagen soll.«

»Es gibt nichts zu sagen.« Er verbarg sein Gesicht in den Händen, den Kopf gesenkt wie im Gebet. Sekunden gingen vorüber. Dann nahm er die Hände wieder herunter und sah sie an, das Gesicht gerötet, blinzelnd, wie ein Mann, der aus einem Albtraum erwacht. »Lukes Familie wird am Boden zerstört sein.«

»Oh Gott, ich weiß. Ich ...«

»Meine Schwester hat *Illicit* abonniert, Billie. Und weißt du, was die wirkliche Ironie dabei ist? Ich bin derjenige, der ihr das Abo geschenkt hat – letztes Jahr, zu Weihnachten. *Illicit* und *Cosmopolitan* und *People*. Sie liest so ein Zeug.«

»Chris.« Sie ging auf ihn zu, aber er hielt sie mit einem Kopfschütteln auf.

»Bitte … sag jetzt nichts.«

Stille breitete sich zwischen ihnen aus, so voller Beklommenheit, dass für Worte kein Raum mehr blieb. Dann sah er sie bekümmert an. »Ich sehe, du hast etwas gefunden, das du auf dem Nachhauseweg tragen kannst.«

Sie machte einen Schritt zurück, als er auf sie zukam. Unerklärliche Scham stieg in ihr auf, als er das so offen aussprach. »Mein Kleid …«

»Du kannst die Sachen natürlich behalten.« Er war so beherrscht. So höflich. »Toilettenartikel, Handtücher, was immer du brauchst, findest du im Waschtisch im Bad.«

»Ich habe sie schon benutzt.«

Er blieb vor ihr stehen. »Bist du selbst gefahren, oder willst du, dass ich dir ein Taxi rufe?«

»Ich bin gefahren.« Sie schluckte. »Danke.«

Sie verhielten sich wie zwei Fremde, höflich, aber distanziert, und das nur wenige Minuten nachdem sie die persönlichste aller Erfahrungen geteilt hatten. Es war eine peinliche Situation, mit der Christopher als Adrian des Avalon wohlvertraut war. Wenn er sie jetzt mit »Ms. Cort« angesprochen hätte, wäre sie nicht überrascht gewesen. Doch das tat er nicht. Er sprach sie überhaupt nicht an. Er sah einfach durch sie hindurch.

Ein hohles Sehnen regte sich tief in Billies Bauch. Jetzt lag ein ganzes Universum zwischen ihnen, und sie wusste, dass es ein Fehler gewesen wäre, die Hand nach ihm auszustrecken. Seine versteinerte Miene sagte ihr deutlich, dass er nicht berührt werden wollte – weder von ihren Händen noch von ihren Worten oder ihrem Mitgefühl.

»Hast du alles, was dir gehört?«, fragte er.

Alles, nur nicht dein Herz. Sie nickte todunglücklich.

»Dann wirst du wohl entschuldigen, wenn ich dich nicht im Aufzug nach unten begleite. Ich muss mich vorbereiten auf die Auswirkungen dieses – ich muss mir überlegen, wie ich mit den Menschen, die dieser Artikel verletzt, umgehe, ohne noch mehr kaputt zu machen.« Er hielt inne. »Ich glaube aber, es gibt keine Möglichkeit, nicht wahr?«

Beunruhigt zog sie den Kopf ein und sah ihm in die Augen. Ihre Liebesbeziehung konnte doch nicht so enden, so vollkommen kalt und gefühllos. Billie wollte das nicht zulassen. Sie richtete sich auf und sagte: »Chris, du musst einfach wissen, wie viel mir der heutige Tag bedeutet hat. Wie viel du mir bedeutest. Dich zu lieben – ich fühlte mich ...«

»Du fühltest dich schuldig«, sagte er und starrte über ihren Kopf hinweg in die Ferne. »Ich verstehe das. Du wusstest die ganze Zeit von dem Artikel, aber du hast es einfach nicht über dich gebracht, es auszuspucken. Aber du hättest es mir sagen sollen, bevor ich mit dir ins Bett ging, Billie. Bevor ich alle Masken fallen ließ.«

»Meinst du nicht, ich weiß das?« Sie rang die Hände, um sie nicht nach ihm auszustrecken. »Ich habe versucht, es dir zu erzählen.«

»Nicht angestrengt genug.«

Eine weitere Hitzewelle stieg ihr ins Gesicht, denn er hatte recht. »Hätte es irgendetwas zwischen uns geändert?«

Er sah ihr direkt ins Gesicht, seine Züge angespannt, gekränkt, zornig. »Darauf kann ich nicht antworten. Ich kann noch nicht mal mehr denken.«

»Chris ...«

»Du willst, dass ich deine Entschuldigung annehme für etwas, das technisch gesehen noch nicht mal dein Fehler war, nicht wahr? Dann kannst du quasi erlöst hier rausgehen, kannst dein Bedauern wie ein Kleid tragen, da du ja nach wie vor die einzige herzensgute Reporterin bist. Aber sobald die Zeitung in den Verkauf geht, Billie, wirst du deine Reue vergessen. *Illicit* wird eine geradezu unanständige Summe an Geld verdienen, und zwar auf Kosten aller Menschen, die Luke liebten. Auf Kosten seiner Familie. Meiner Familie. Auf meine Kosten. Nora weiß das, und du weißt es auch. Du wusstest es schon, als du heute Morgen hier hereingekommen bist.«

Sie schüttelte den Kopf und verbarg das Gesicht in ihren Händen. Das Blut war ihr in den Adern gefroren. Sie hatte erwartet, dass er verzweifelt sein würde, verletzt – aber seinen Hohn? – darauf war sie nicht vorbereitet gewesen, und sie wusste nicht, wie sie sich verteidigen sollte.

Als sie weiterschwieg, ging er zu seinem Schreibtisch zurück und klaubte den belastenden USB-Stick davon herunter. »Du weißt doch, was für eine knallharte Klatschreporterin Nora Richmond ist. Bevor sie auf den *Illicit*-Luxusliner aufgesprungen ist, leitete sie zehn Jahre lang schmierige Klatschblätter. Das wusstest du. Du wusstest, dass es ein Risiko war, etwas so Persönliches wie diesen Artikel und die Notizen an einem Ort zurückzulassen, zu dem sie jederzeit Zugang hatte. Meinst du nicht auch, dass du unterbewusst gehofft hast, sie würde den Artikel finden?«

»Nein!«

Er verzog die Lippen. »Noch nicht mal ein klein wenig?«

Seine Verachtung durchschnitt sie wie Klingendraht. »Christopher – was hätte ich denn davon gehabt, dich so zu verletzen?«

»Darüber haben wir doch bereits gesprochen.« Nachdenklich drehte er den USB-Stick in den Fingern, dann ließ er ihn plötzlich in den Mülleimer neben dem Schreibtisch fallen. »Du solltest jetzt gehen.«

Kummer und Entrüstung rangelten um die beste Position an dem versunkenen Ort, an dem ihr das Herz gebrochen wurde. »Ich bin nicht fertig! Wenn du glaubst, dass das alles Absicht war, dann hast du wirklich keine Ahnung, wer ich wirklich bin. Wie kannst du mich lieben und mich gleichzeitig zu einer solchen Boshaftigkeit für fähig halten? Du liebst mich nicht. Du liebst niemanden. Alles … alles, was du gesagt hast, als wir im Bett waren, … war einfach nur …«

Tränen traten ihr in die Augen, und sie schüttelte den Kopf, brach zusammen trotz ihres Versuchs, ihre Gefühle zu beherrschen. »Ganz schön beängstigend, so verletzlich zu sein, nicht wahr? Draußen in der wirklichen Welt zu sein, in der Menschen wirkliche Gefühle haben und wo die wirkliche Liebe genauso verfügbar für dich ist wie die kranken emotionalen Spielchen, die du sonst so gewohnt warst?« Sie machte einen Schritt auf ihn zu und stieß ihn hart mit dem Finger gegen die nackte Brust, war über Demütigung und Stolz lange hinaus. »Ich frage mich, warum du dir die Mühe gemacht hast, das Avalon zu verlassen, Adrian, wo doch so offensichtlich ist, wo du hingehörst?«

Er erstarrte und vergaß alles um sich herum. »Ich habe mich verliebt«, sagte er sanft.

Die unbestreitbare Hoffnungslosigkeit ihrer Beziehung traf Billie wie ein Hieb, und plötzlich konnte sie nicht schnell genug aus seiner Wohnung herauskommen. Sie wandte sich ab, aber er packte sie am Ellbogen und riss sie zurück, damit sie ihn ansah. Beide keuchten. Billies Atem ging schnell, wütend, schluchzend.

Unzählige undeutliche Gefühle glitten über sein Gesicht, als er sie ansah, die Finger fest um ihren Arm geschlungen. Selbst inmitten der dunkelsten Qual des Augenblicks siedete eigensinnig die Leidenschaft zwischen ihnen, heiß und Funken sprühend, leicht zu entfachen.

»Hör auf«, sagte er erschöpft. »Lassen wir es gut sein. Geh nach Hause … und lass mich die Scherben dessen, was ich angerichtet habe, aufsammeln. Ich weiß nicht, was ich meiner Familie sagen werde, oder Lukes Familie. Ich weiß nicht, wie …« Er schwieg und wandte den Blick ab, seine Kehle arbeitete. Als er sie wieder ansah, waren seine Augen voller Verzweiflung. »Aber eins sage ich dir noch. Denk von mir, was du willst, Billie. Du bist der einzige Teil meines Lebens, der keine Lüge war.«

Vor Kummer brachte sie kein Wort heraus, und sie schloss die Augen. Heiße Tränen rannen ihr die Wangen hinab.

Er ging an ihr vorbei ins Schlafzimmer und ließ Billie allein inmitten ihres zerstörten Anfangs stehen. Der leichte Luftzug zwischen ihnen war wie eine Abschiedsgeste.

Christopher fand Rosalie im Garten, wo sie Blätter zusammenharkte. Genauso schnell, wie sie sie zusammengerecht hatte, fielen neue Blätter zu Boden.

Sie summte »It Was a Very Good Year«, wobei sie die Töne nicht traf und mit der Leidenschaft eines Menschen sang, der nicht weiß, dass man ihm zuhört.

Wortlos ergriff er eine Plastiktasche und begann, sie zu füllen, sammelte drei große, duftende Blätterhaufen neben der Veranda ein, bevor sie zum Haus zurücksah und seine Anwesenheit bemerkte.

»Oh mein Gott!« Sie griff sich ans Herz, und die Harke fiel ihr aus der Hand. »Christopher! Du hast mich zu Tode erschreckt! Was machst du denn hier?«

Sie kam näher, ihre schwerfälligen Beine in den verwaschenen Jeans kamen stark und entschlossen über das Gras auf ihn zu. Wütend sah sie zu ihm auf. »Ich weiß nicht, ob ich dich in den Arm nehmen oder windelweich prügeln soll.«

Er blickte in ihre frustrierten dunklen Augen. Trotz seines nagenden Kummers verzogen sich seine Mundwinkel belustigt. »Tut mir leid.«

Sie blickte, wenn überhaupt möglich, noch grimmiger drein. »Du hast also keine Erklärung für deine Schwester? Du hast doch immer irgendwelche Ausreden, Zio. Was ist es diesmal? Weshalb bist du von der Bildfläche verschwunden?«

Er sah sich im Garten um und verschränkte die Arme über seinem schweren, pochenden Herzen. »Wann kommen die Kinder nach Hause?«

»Nicht vor halb vier. Warum?«

»Hast du eine Tasse Kaffee für mich?«

»Natürlich.« Sie schüttelte ihre riesigen Männer-Gartenhandschuhe ab und deutete mit einem Kopfnicken auf das Haus. »Dann komm rein. Und ich erwarte eine umfassende Erklärung, warum du vom Erdboden verschluckt warst.«

Zum zweiten Mal an diesem Tag verließ sich Christopher auf seine Fähigkeit, sich hundertprozentig zu beherrschen. Beim ersten Mal hatte er sie eingesetzt, um sich von Billie zu distanzieren. Nun würde sie ihm dabei helfen, seiner Schwester die Wahrheit zu sagen – über Adrian. Er sprach mit getragener Stimme, während er seine Kaffeetasse auf der Untertasse drehte, die Stimme leise und monoton, Herzschlag und Nerven wie ein langsam eingestelltes Metronom gezügelt von Adrians unglaublichem Willen. Allerdings konnte er Rosalie beim besten Willen nicht in die Augen sehen. Wenn er die riesigen

Tränen gesehen hätte, die sich unter ihren dunklen Wimpern sammelten, wäre er zusammengebrochen.

Er brauchte fünfundvierzig Minuten, um acht Jahre seines unschicklichen Lebens zu einer einzigen schäbigen Geschichte zusammenzufassen. Und währenddessen saß Rosalie ihm schweigend und regungslos gegenüber, während ihr Kaffee in der hübschen Porzellantasse kalt wurde.

Als er fertig war, breitete sich Schweigen in dem Raum zwischen ihnen aus, voller Fassungslosigkeit und Wut und Trauer – ob seine oder ihre, konnte er nicht sagen.

»Und Billie wusste die ganze Zeit über Bescheid?« Rosalies Worte durchschnitten die spröde Stille. Ihre Stimme klang vor Entsetzen ungewöhnlich leise. »Sie wusste die ganze Zeit, was du bist? Was du an diesem Ort getan hast?«

»Ja.« Und hatte ihn trotzdem geliebt. *Mein Gott.*

»War sie deine Kundin?« Sie stolperte über diese Frage mit erstickter Stimme, als ob dieser Gedanke zu abscheulich war, um ihn in Worte zu fassen.

»Nein.« Er sah sie an und zuckte zusammen angesichts des Schmerzes, den er in ihrem pausbäckigen Gesicht las. Den gleichen Schmerz hatte er auf Billies Gesicht gesehen, als sie aus seinem Leben verschwunden war.

Sein ursprünglicher Zorn und das Gefühl, durch den Artikel verraten worden zu sein, schienen jetzt unbedeutend gegen die Lücke, die Billies Abwesenheit in seiner Welt hinterließ. Tief in seinem Inneren wusste er, dass sie ihn eigentlich nicht hatte verletzen wollen. Er aber hatte vorsätzlich zurückgeschlagen. Er hatte ihr erheblich mehr Schmerz zugefügt, und schlimmer noch, er hatte es mit Absicht getan.

Weil er Angst hatte. Weil seine Seele sehr empfänglich war für den Schaden, ob bewusst oder zufällig, den sie ihm zufügen konnte. Weil … »Gott steh mir bei.« Er rieb sich das Gesicht mit den Händen. »Ich liebe sie.«

»Ach ja? Du hast eine seltsame Art, das zu zeigen.« Rosalie schob ihre Tasse beiseite, und ihre Finger spielten mit den Papierservietten, die zwischen ihnen standen. »Was sie betrifft – sie muss eine Art Heilige sein, oder eine Verrückte, dass sie Liebe empfinden kann für einen – einen …«

»Bitte.« Er senkte den Kopf, rieb sich die Nasenwurzel mit zitternden Fingern.

Rosalie schob sich vom Tisch ab und erhob sich. Ihre Schultern waren steif. Sie setzte ihre Tasse in das Spülbecken und ließ das Wasser laufen. Du musst es den DeChambeaus erzählen.«

»Ich habe ihnen einen Brief geschrieben. Sie würden mich niemals empfangen.«

»Sie werden nie mehr mit dir reden. Sie wollen vergessen, dass du überhaupt existiert hast.«

»Das weiß ich, Rosie.« Er schluckte und starrte ihren Rücken an.

»Die Kinder kommen bald nach Hause«, sagte sie, ohne sich umzudrehen. Das war Christophers Stichwort. Er sollte gehen. Diese verhaltene, hohle Antwort seiner sonst so temperamentvollen Schwester war eine erheblich größere Strafe als jeder Wutausbruch. Steif stand er auf, stieß seinen Stuhl zurück und stellte seine Tasse und die Untertasse neben ihrem Ellbogen auf die Arbeitsplatte.

»Ich bin heute Abend in meiner Wohnung«, sagte er. »Und ich gehe auch ans Telefon.«

»Wieso vermutest du, dass ich mit dir reden will?« Sie drehte den Wasserhahn zu und sah ihn an. Dicke Tränen standen ihr in den Augen. »Ich fühle mich so von dir verraten, Chris.

Und für deine Familie schäme ich mich, bin verwirrt und verletzt. Ich verstehe nicht, was wir falsch gemacht haben, dass dein Pfad sich so weit von Gott und der Liebe und der Integrität entfernt hat. Vielleicht haben wir einander zu sehr geliebt. Vielleicht haben wir es dir zu leicht gemacht, dich selbst so sehr zu verletzen. Ist es das? Sag mir, was wir falsch gemacht haben!«

»Ich bin der Einzige, der Fehler gemacht hat, Rosie. Es ist nicht dein Fehler, genauso wenig wie Mamas oder Papas. Einzig und allein meiner. Und wie lange habe ich mich geweigert zu erkennen, was aus meinem Leben geworden war.«

Er wollte die Hand nach ihr ausstrecken, dann besann er sich eines Besseren und ballte die Hände zu Fäusten. »Aber dann kam Billie des Weges und hielt mich auf, zuerst mit ihren erbarmungslosen Fragen, dann mit ihrer Liebe und – zum Teufel, mit diesem Artikel hat sie mich vor aller Welt bloßgestellt. Mein Leben ist ruiniert. Meine schlimmsten Ängste haben sich erfüllt, und … ich liebe sie deswegen. *Ich liebe sie.*« Er hörte sich die Worte sagen, und sie erfüllten ihn mit einem unangebrachten inneren Frieden, der in seiner Brust brannte wie ein schwaches Feuer. »Ich habe sie nicht verdient.«

»Nein, hast du nicht.« Rosalie wischte sich die Hände ab und stützte einen Unterarm auf die Küchenablage. Ihr Stirnrunzeln ließ nur ganz leicht nach. »Du willst diese Frau haben? Diese Reporterin?«

Er zögerte nicht. »Ja.«

»Dann solltest du so langsam die Kurve kriegen, Christopher. Sorge dafür, dass du sie verdienst. Verhalte dich so, dass du die Liebe aller Menschen um dich herum verdienst, von Billie, von deiner Familie, von dir selbst. Werde aufrichtig.«

Christopher antwortete nicht. Er konnte nicht. Er streckte die Hand aus und nahm ihre Hand in die seine, und sie zog sie nicht zurück, wie er befürchtet hatte.

Eine Träne rollte ihre Wange hinab, und sie wischte sie an ihrer Schulter ab, als ob es nur ein unwichtiges Staubkörnchen sei. »Diese Information sollte dieses Zimmer nicht verlassen, hörst du? Mama und Papa – es würde sie umbringen. Ich bin die Einzige, die das wissen muss. Gott – das alles hört sich an wie eine Seifenoper, und dazu noch eine schäbige.«

Nachdem sie ihm noch einen letzten durchdringenden verächtlichen Blick zugeworfen hatte, umfing sie sein Kinn mit beiden Händen und zog seinen Kopf herunter, um ihn auf beide Wangen zu küssen. Dann trat sie einen Schritt zurück, und ihr Gesicht war angespannt vor Schmerz und Leidenschaft. Sie gab ihm eine schallende Ohrfeige, so heftig, dass sein Kopf zur Seite schnellte.

Christopher hörte die Glocken läuten.

»Das war dafür, dass du Geheimnisse vor den Menschen hast, die dich lieben, du Narr. Und dass du deine Seele verkauft und in den Dreck gezogen hast. Du tätest gut daran, bei Padre Rosetti zu beichten. Und zwar nicht im dunklen Beichtstuhl, sondern während du ihm ins Gesicht siehst. Oder gehst du auch nicht mehr in die Kirche?«

Sein Kiefer brannte, aber trotzdem rang er sich ein Lächeln ab und beugte sich vor, um seine Lippen auf ihre furchige Stirn zu pressen. »*Ti amo*, Schwesterherz.«

»Jaja.« Sie wischte sich die Augen mit den Handballen. »Die Kids müssen jeden Moment zu Hause sein, und wenn sie dich hier ohne Rudy sehen, werden sie sich von dir lossagen.«

»Ich gehe jetzt.« Er blieb an der Küchentür stehen und sah

zu ihr zurück, die Augen feucht vor Dankbarkeit und Bedauern. »Bitte vergib mir, Rosie.«

Ein Schluchzer ließ sie erbeben, dann hatte sie sich wieder beruhigt und entließ ihn mit einem Winken. »Vergib dir selbst, *idiota*. Und komm am Sonntag zum Abendessen. Bring Billie mit, wenn du sie nicht völlig abgeschreckt hast.«

Ah, Billie, wenn ich doch nur die Zeit zurückdrehen könnte. Dieser Gedanke war Gebet und Klageruf zugleich.

Die Oktober-Ausgabe von *Illicit* war die Ausgabe, die sich in der ganzen Geschichte der Zeitschrift am besten verkaufte. Ein schwacher Sieg für Billie, die während des wöchentlichen Meetings den Kopf in den Händen hielt und kaum in der Lage war, Nora ihr gegenüber am Konferenztisch in die Augen zu sehen.

Seit jenem schrecklichen Tag vor über einer Woche hatte sie von Christopher nichts mehr gehört und auch nicht versucht, ihn anzurufen. Wenn er einen wundersamen Sinneswandel erfahren und versucht hatte, sie zu erreichen, war ihr das sowieso entgangen. Ihr Anrufbeantworter war kaputt, und wenn das Telefon klingelte, zuckte sie zwar zusammen, ging aber nicht dran. Das war ihre einzige Auflehnung gegen die Welt.

Ein Teil von ihr wollte seine Stimme nicht hören, wenn ihm tatsächlich noch genug an ihr gelegen war, um sie anzurufen.

Der andere Teil wollte sich ihm in die Arme werfen und ihn bitten zurückzukommen, wie ein Kind, das einen heftigen Wutanfall hat.

Denk von mir, was du willst, Billie. Du bist der einzige Teil meines Lebens, der keine Lüge war.

Ja, das hatte er gesagt, hatte sie in ein Chaos aus Verwirrung und Trauer gestürzt und noch ein anderes, nicht dazu passendes Gefühl ausgelöst wie … Freude. Weil sie trotz seines Zorns seine innere Zerrissenheit gesehen hatte, und zwar kurz bevor sie aus seiner Wohnung geflohen war. Seine schmerzvolle Unsicherheit.

Sie hingegen war sicher. Sicher, dass sie, wenn sie nicht die Flucht ergriff, ihn anbetteln würde, sie nicht fortzuschicken. Dann hätte er nicht nur ihr Herz, sondern auch ihren Stolz, und Herrgott noch mal, irgendetwas musste ihr doch bleiben.

Christopher versuchte es nicht auf ihrem Handy und tauchte auch nicht in ihrer Wohnung auf, und nach zehn Tagen, in denen sie den Atem angehalten, und zehn Nächten, in denen sie wach gelegen und die Decke angestarrt hatte, traf sie eine Entscheidung.

Am darauffolgenden Tag kündigte sie den Mietvertrag für ihre Wohnung. Dann kündigte sie zum nächstmöglichen Termin in vierzehn Tagen ihren Job bei der Zeitung und legte das Schreiben mit Tränen in den Augen auf Noras Schreibtisch.

21

Nora reagierte mit der für sie typischen Entrüstung, als ob Billies Kündigung ein persönlicher Affront gegen sie wäre. »Das machst du doch mit Absicht. Du willst dich rächen, weil ich diesen Artikel über Adrian veröffentlicht habe, ohne dich um Erlaubnis zu fragen. Mein Gott, Billie, auf persönlicher Ebene war das sicherlich scheiße von mir, das will ich gern zugeben. Aber die Zeitschrift kommt immer an erster Stelle. Ich habe nicht über deine Beziehung mit diesem Kerl nachgedacht. Ich wusste nicht, dass die Veröffentlichung dir schaden würde, dass sie ...«

»Meine Kündigung hat nichts mit Adrian zu tun«, sagte Billie resigniert.

»Was ist es denn dann? Brauchst du eine feste Aufgabe? Deine eigene Kolumne? Was du willst, ich werde es arrangieren. Nur ...«

»Ich brauche einen Neuanfang, Nora.« Tränen traten ihr in die Augen. Verdammt. Früher musste sie nicht bei jeder Gelegenheit weinen. »Hier ist kein Platz mehr für mich. Ich ziehe nach Atlanta. Oder noch weiter in den Süden. Irgendwohin, weit, weit weg von Washington.«

»Du läufst davon«, stellte Nora fest. »Du wirfst eine unglaublich vielversprechende Karriere weg für nichts. Du verhältst dich wie eine liebeskranke Närrin, die zulässt, dass ihr gebrochenes Herz den Ton angibt.«

Billie sah sie wütend an. »Na gut. Ich bin eine liebeskranke Närrin. Und ja, mein Herz gibt in dieser Sache den Ton an. Es rät mir, woandershin zu ziehen, wo ich Adrian vergessen kann, und *Illicit*, und alles, was mich an die letzten Wochen oder an mein stumpfsinniges, deprimierendes Leben davor erinnert.«

»Es war nur deshalb stumpfsinnig und deprimierend, weil du nicht weißt, wie man sich entspannt und es sich gut gehen lässt, Billie. Du solltest es mehr so machen wie ich«, sagte Nora, entsetzlich selbstgerecht wie immer. »Bei mir gibt der Körper den Ton an. Ich sehe einen Mann, den ich will, und schnappe ihn mir. Reiner Sex, ohne dass Gefühle mit im Spiel sind.«

»Ja?« Billie zog die Augenbrauen hoch. »Das war es für mich anfänglich ja auch mit Adrian. Reiner Sex, ohne dass Gefühle mit im Spiel sind. Bis ich mich in ihn verliebt habe, und zwar hoffnungslos. Glaub mir, Nora. Sei vorsichtig. Dein sorgloses Spiel wird dir irgendwann noch das Genick brechen.«

»Und du wirst nicht hier sein, um deshalb in Begeisterungsstürme auszubrechen. Denk doch nur an all die Ich-hab-es-dir-ja-gleich-gesagt-Tiraden, von denen du nicht ablassen kannst.« Nora fummelte mit einem Stift auf ihrem Schreibtisch herum und schnippte ihn dann unruhig zur Seite. »Du bist ein richtiger Hasenfuß. Weglaufen ist auch keine Lösung. Du gibst einen erstklassigen Job auf, also erwarte von mir nicht, dass ich deine törichte Entscheidung gutheiße. Und wenn du glaubst, dass ich mich deshalb schuldig fühle, bist du auf dem Holzweg.« Dann scheuchte sie Billie aus dem Büro, nicht rechtzeitig, um den verdächtigen Schimmer in ihren Augen zu verbergen.

Die Möbelpacker verbrachten den kühlen, regnerischen Nachmittag damit, einen Großteil von Billies Habseligkeiten in einen orangefarbenen Lkw zu laden, der vor ihrem Wohnhaus stand. Während sie kamen und gingen, joggte sie die Straße hinab zum Deli um die Ecke und besorgte das Abendessen für die vier Männer, allerdings nicht für sich selbst. Im Augenblick schmeckte ihr gar nichts mehr, und sie war zu sehr damit beschäftigt, die Brücken hinter sich abzubrechen, um überhaupt über Essen nachzudenken. Infolgedessen beulte ihre Jeans sich hinten aus, und sie musste ihren Gürtel ein Loch enger schnallen. Es gab niemanden, der ihr deshalb Vorhaltungen machte. Niemanden, der sich um sie sorgte. Niemanden, den sie lieben konnte.

Als sie zurückkehrte, rissen ihr die Umzugsleute, eine rotgesichtige, liebenswerte Mannschaft, mit Heißhunger die Riesensandwiches aus der Hand und setzten sich zum Essen mitten in das mit Kisten übersäte Wohnzimmer.

Billie ging lustlos durch ihre Wohnung und sah noch einmal nach, ob sie auch nichts vergessen hatte. Dann stand sie am nackten Fenster ihres Schlafzimmers und spähte durch die Fensterläden auf die Connecticut Avenue hinaus.

Irgendwo da draußen in der großen weiten Welt baute sich Christopher ein neues Leben auf. Ob sich seine Familie von ihm losgesagt hatte? Sie dachte an Rosalie und ihr italienisches Temperament. Die Frau liebte ihren Bruder über alles, und Christophers Geschichte würde sie vielleicht härter treffen als jeden anderen.

Hatte er die ganze Quälerei überstanden? War er aus Washington geflohen? War er ein ebenso großer Feigling wie sie selbst?

Schritte erklangen auf dem Parkettboden hinter ihr. »Ms. Cort?« Hugh, der Vorarbeiter der Umzugsmannschaft, stand im Türrahmen und wischte sich die Hände an einer Papierserviette ab. »Wir sind mit dem Abendessen so weit fertig, jetzt räumen wir das Wohnzimmer leer. Soll irgendwas nicht in den Wagen rein?«

Sie schüttelte den Kopf. »Nehmen Sie alles mit, Hugh.« Sie wandte sich wieder dem Fenster zu und warf einen letzten Blick auf die belebte Straße, als ihr trüber Blick sich auf einen marineblauen BMW auf der gegenüberliegenden Straßenseite heftete.

Sofort begann ihr Herz wie wild zu pochen. Dann runzelte sie die Stirn. Wie lächerlich. Christopher war fort. Er war fertig mit dem Avalon. Fertig mit ihr.

Im Wohnzimmer machten sich die Umzugshelfer wieder an die Arbeit. Schwere Stiefel stapften auf dem Boden, leise Stimmen verschwanden im Flur, als sie mit einer weiteren Ladung Umzugskisten nach unten verschwanden.

Seufzend ließ Billie die Rollladen wieder herunter und wandte sich um.

Und sah Christopher Antoli in ihrer Schlafzimmertür stehen.

»Hi«, sagte er, sein dunkler Blick auf ihr Gesicht gerichtet, als ob es außer ihr keinen anderen Menschen auf der ganzen Welt gäbe.

Sie vergaß zu atmen. Nichts bewegte sich. Dann rührte er sich, und seine Autoschlüssel baumelten von seiner Hand. »Ich hatte schon befürchtet, dass du die Stadt bereits verlassen hast.«

»Das hatte ich vor.« Sie fand ihre Stimme wieder, war aber heiser vor Schreck.

»Da bin ich ja fast zu spät gekommen.«

»Fast.« *Atmen nicht vergessen, Billie.*

Sein Adamsapfel hüpfte auf und ab, als er schluckte. »Ich habe ganz oft versucht, dich anzurufen. Es ging immer nur die Mailbox dran.«

Billie holte tief Luft, um wieder Boden unter den Füßen zu bekommen, und erholte sich langsam. »Das war Absicht. Ich wollte nicht, dass du mich wie sonst zu irgendeiner unchristlichen Zeit anrufst.«

Seine Mundwinkel zuckten belustigt. »Ich habe versucht, mich an die üblichen Stunden zu halten.«

»Das wird auch Zeit.«

Christopher biss sich auf die Lippe und musterte sie über die drei Meter hinweg, die zwischen ihnen lagen. »Du sollst nur wissen, dass es keine Absicht war, dass ich mich nicht gemeldet habe. Ich bin in den letzten Wochen auch mehrfach vorbeigekommen, aber du warst nie zu Hause. Heute war ich dann in der Redaktion von *Illicit*, und als die Empfangsdame mir mitteilte, dass du gekündigt hast, habe ich Nora Richmond aufgesucht. Ihre Sekretärin war nicht allzu begeistert, als ich in ihr Büro stürmte, aber sonst hätte Nora vielleicht gar nicht mit mir gesprochen.«

Billie nickte. »Da hast du recht. Wenn man bedenkt, was alles passiert ist, wäre sie sonst wahrscheinlich in die entgegengesetzte Richtung abgehauen.«

Doch er hatte Nora in ihrem Büro umzingelt, und dieser Gedanke befriedigte Billie doch ungemein. Sie versuchte sich das verblüffte Gesicht der Redakteurin vorzustellen, als Christopher Antoli in ihr Allerheiligstes eindrang und sie mit einschüchternder Miene zur Rede stellte. Noras Angst war sicherlich greifbar gewesen, denn sie hatte sich, misstrauisch wie sie war, sicherlich allerlei böse und rachedurstige Szenarien vorgestellt. Aber dann, weil Christopher … nun ja, eben Christopher war, hatte sie ihre Vorsicht und Beunruhigung überwunden und eine Pose eingenommen, die Hand in eine schlanke Hüfte gestemmt, den Kopf leicht geneigt, ein breites Lächeln auf den Lippen, das ihr Gesicht geradezu erstrahlen ließ. *»Ja, Adrian, was führt denn Sie in mein bescheidenes, kleines Büro?«*

Billie konnte sich das alles nur zu gut vorstellen, und zum ersten Mal seit Tagen musste sie lächeln. Sie würde Nora vermissen. Wenn auch nur ein bisschen.

»Sie erzählte mir, dass du umziehst«, sagte Christopher jetzt. »Also wollte ich ein letztes Mal hier mein Glück versuchen. Du weißt schon« – er lehnte die Schulter gegen den Türpfosten und ließ den Schlüssel rhythmisch um den Finger kreisen –, »ich dachte, ich könnte mich vielleicht in dein Wohnhaus schleichen, wenn der Türsteher nicht hinsieht, und dann einen Blick in deinen Briefkasten werfen.«

Ihr fiel keine schlagfertige Antwort ein. Sie tastete hinter sich nach dem Fensterbrett und lehnte die Hüfte daran, zu schwach, um zu stehen. Sein Anblick beraubte sie der grundlegendsten motorischen Fähigkeiten.

»Wo ziehst du hin?«, fragte er, als sie nicht antwortete.

Sie blinzelte. »Nach Atlanta.«

»Was ist in Atlanta?«

Mehr Einsamkeit … die Chance, über dich hinwegzukommen. »Das weiß ich erst, wenn ich da bin.«

Er kam weiter ins Zimmer hinein, ganz rot im Gesicht von der Kälte, seine männlichen Reize so greifbar, dass sie sich wie eine Faust um ihr Herz legten und ihr den Atem raubten. Er sah weniger elegant aus als sonst. Seine Jeans war verwaschen. Sein blaues Georgetown-Hoyas-Sweatshirt war zwar ausgebeult und schlabberig, konnte aber die Breite und Stärke seiner Schultern nicht verbergen. Der Nieselregen funkelte in seinem dunklen Haar.

Gott, war er männlich.

Billie atmete flach, um nicht vollkommen überwältigt zu

werden. Ihre Gefühle drohten sie zu überwältigen, und wenn sie jetzt das Falsche – oder das Richtige – sagte, war sie verloren.

»Atlanta ist ganz schön weit von Washington entfernt.« Mit halb geschlossenen Augenlidern musterte er das Boxspringbett und die Matratze und die Umzugskisten in der hintersten Ecke des Schlafzimmers. »Läufst du etwa davon, Billie?«

»Ja«, antwortete sie, ohne zu zögern. »Absolut.«

Christopher nickte. »Ich auch.«

Sie umklammerte das hölzerne Fensterbrett und fragte: »Wohin?«

»Nach Virginia. Ich habe einen Job in Roanoke gefunden. Meine Eigentumswohnung werde ich verkaufen. Ich habe mich auf meinen nutzlosen Universitätsabschluss besonnen.«

»Und was tust du da?«

»Sozialarbeit«, sagte er. »Etwas Sinnvolles.«

Sie stellte sich vor, wie er die Marmorstufen im Avalon herabgeschritten war, so gesammelt und gepflegt und geschmeidig unter dem Schein der Kristalllüster. »Die Bezahlung wird miserabel sein.«

»Das Geld ist mir scheißegal.«

Sie sah ihn an, wusste nicht, was sie als Nächstes sagen sollte. »Du … du meinst Sozialarbeit wie in Suppenküchen? Obdachlosenheimen?«

»Berufliche Rehabilitation. Ich glaube, ich könnte Menschen dabei helfen, sich ein neues Leben aufzubauen. Ich habe in den vergangenen Wochen viel darüber gelernt, wie man neu anfängt. Und viel über Reue und Loslassen.«

»Genau wie ich.« Sie wandte den Blick von seinem schmerzlich schönen Gesicht ab. »Christopher, warum bist du hier?«

»Aus vielen Gründen.« Er ließ die Schlüssel wieder kreisen,

dann fing er sie in seiner Faust. »Ich musste dich einfach wiedersehen.«

Sie richtete sich auf, sah ihn wieder an. »Wozu soll das gut sein, außer dass es uns beide aufregt?«

»Tut mir leid.« Er machte einen weiteren Schritt auf sie zu. »Ich weiß, dass es egoistisch ist, aber ich musste einfach dein Gesicht sehen. Wissen, ob ich recht hatte.«

»In Bezug worauf?«

»In Bezug auf die Tatsache, dass ich dich angegriffen habe … und zwar zu Unrecht. Und ziemlich barsch. Dass ich vielleicht die eine Gelegenheit zum Glück vertan habe, die sich mir in acht langen Jahren aufgetan hat.« Sein Mund wirkte traurig. »Ich musste noch einmal in deine Augen sehen und mir ins Gedächtnis rufen, was ich wirklich will auf dieser Welt. Und jetzt sehe ich, wie viel Schmerz ich verursacht habe. Ich hatte nie vor, dich oder sonst irgendjemanden zu verletzen. Bitte glaub mir das, Billie.«

Seine sanften Worte ließen ihre Fassade noch mehr bröckeln. Ihre Kehle war so eng, dass es schmerzte. »Du warst es schließlich nicht allein, Chris. Ich habe dich auch verletzt. Dieser Artikel …«

»Ja. Der Artikel.« Er kam näher, ein Muskel arbeitete in seinem Kiefer, und sein dunkler Blick musterte sie von Kopf bis Fuß. »Das war nicht deine Schuld.«

»Aber …«

»Ich schulde dir meinen Dank.«

»Aber wofür denn, Chris? Ich habe durch meine Unachtsamkeit alles verdorben. Ich kann nicht mehr für diese verdammten schäbigen Zeitungen schreiben. Das muss über kurz oder lang ja Menschen verletzen. Und diesmal – habe ich mich selbst verletzt. Es tut mir so leid, was geschehen ist.«

»Aber du hast mir die Chance gegeben, alles wieder ins Lot zu bringen.« Seine Stimme wurde leiser, und er kam langsam näher. »Du hast mir keine Wahl gelassen. Ich musste reinen Tisch machen. Nachdem du gegangen warst, schrieb ich einen Brief an die DeChambeaus. Ich weiß, dass ich sie nie wiedersehen werde. Als Luke von meinem Balkon gesprungen ist, ist viel mehr gestorben als nur er.«

Er blieb stehen und sah über ihre Schulter hinweg auf die triste Welt dort draußen. »Dann habe ich meine Schwester besucht und ihr alles erzählt.«

Tränen brannten in Billies Augen, flossen schneller, als sie sie fortwischen konnte. »Oh Gott. Was hat sie gesagt?«

Er wand sich. »Es war ziemlich schlimm. Sie hörte mir zu, dann hat sie mich quasi zusammengeschlagen.« Seine Hand fuhr an sein Kinn, und er verzog die Lippen zu einem Lächeln. »Es geht doch nichts über eine gute schwesterliche Tracht Prügel, um wieder klar sehen zu können.«

»Sie ist ein zäher Brocken«, sagte Billie mit tränenreichem Lächeln.

»Das ist sie.« Er kam noch näher, jedoch so vorsichtig, dass sie sich seines warmen, eigenwilligen Dufts, der ihre Sinne reizte, nur ganz schwach bewusst war. »Rosie hat auch noch etwas anderes gesagt.«

»Ach ja?« Sie drückte sich gegen das Fensterbrett, gefangen von der unsichtbaren elektrischen Spannung, die von seinem graziösen Körper ausging.

»Sie hat mich gefragt, ob ich dich will.« Er hielt inne, als ob er darauf wartete, dass sie ihn fragte, was er geantwortet hatte, aber Billie biss sich nur auf die Lippe und starrte ihn an.

»Ich sagte Ja.« Er blieb wenige Zentimeter vor ihr stehen, seine Augen noch dunkler und unergründlicher, als sie es sich in ihren Träumen ausgemalt hatte. »*Sorge dafür, dass du sie verdienst. Verhalte dich so, dass du die Liebe aller Menschen um dich herum verdienst*, sagte Rosie zu mir.«

»Sie hat natürlich recht«, entgegnete Billie mit unsicherer Stimme.

»Rosalie hat immer recht.« Er betrachtete ihr Haar, ihr Gesicht, dann wanderte sein Blick hinab zu ihren Brüsten, wo er verweilte, als ob er das nervöse Pochen ihres Herzens unter ihrem Strickpullover sehen könnte. »Und ich, nun ja …«

Billie machte ebenfalls einen Schritt auf ihn zu, das Blut pulsierte wild in ihren Adern, ihre Augen ruhten auf seinen Lippen, während sie auf die Erklärung wartete, die ihr absurdes Leben wieder ins rechte Lot bringen würde.

»Ich weiß jetzt, dass ich ohne dich und die Gefühle, die durch dich entstehen, nicht leben kann.«

Durch den Schleier der Tränen hindurch konnte sie ihn kaum sehen. »Und wie fühlst du dich durch mich?«

»Als ob man mir vergeben hätte. Ganz und gar. Aber ich bin auch … verzweifelt. Ich werde alles dafür tun, damit du mich liebst. Sag mir, was ich tun soll, um dich zurückzugewinnen.«

Oh Gott. Sie brachte keinen Ton heraus, konnte das Schluchzen nicht länger unterdrücken. Sie hielt eine Hand in die Höhe, um ihn von sich fernzuhalten, und würgte hervor: »Gib mir eine Minute, okay? Die letzten Wochen waren ziemlich hart.«

Er stand da, die Daumen in seine Vordertaschen gehakt, und wartete, beobachtete sie mit liebevoller Achtung, während sie um Fassung rang. Sie hatte es geahnt, aber jetzt wusste sie es mit Gewissheit. Selbst als er noch der geheimnisvolle Adrian gewesen war, hatte sie in den dunklen Untiefen seiner Augen sein Herz leuchten sehen können. Und irgendwann im Laufe der Zeit hatte er es ihr geschenkt.

»Lass mich dich berühren«, sagte er leise. »Bitte.«

»Nein.« Billie weinte nun bitterlich und hielt wieder die Hand hoch. »Inzwischen habe ich mir erfolgreich eingeredet, dass ich ohne dich leben will. Jetzt ist es zu spät.«

»Aber mein Herz hört nicht darauf. Ich hasse mich selbst dafür, dass ich all das gesagt habe, dass ich dir eine Grausamkeit zugetraut habe, derer du gar nicht fähig bist. Ich liege nachts wach, und alles in mir schmerzt. Mein Herz. Mein Körper. Ich vermisse deine Stimme, deine Berührung. Dein Lächeln. Der Schlafmangel bringt mich noch um.«

Die Luft zwischen ihnen vibrierte von seinen süßen, schwermütigen Worten, die so voller Gefühl waren, dass sie kaum atmen konnte. Sie stöhnte und drückte die Handballen gegen ihre Augen. »Bitte. Du versaust mir meine ganzen Pläne.«

»Ah, Billie, nicht weinen.« Er machte noch einen Schritt nach vorn und umfing ihre Handgelenke, zog sie sanft von ihrem Gesicht herunter. »Ich will dich nicht traurig machen. Ich werde gehen. Wenn es das ist, was du wirklich willst, dann verschwinde ich aus deinem Leben.«

»Aber es gibt einen Preis, nicht wahr? Alles hat seinen Preis.« Sie atmete mühsam, um die Tränen zurückzuhalten. »Ich kann dir nichts mehr geben, also was willst du noch von mir?«

»Nur einen Kuss.« Sanft zog er sie an seine Brust. »Vielleicht erkaufe ich mir dadurch ein paar Stunden Schlaf. Ja, Billie? Lässt du mir das?«

Als Antwort schlossen sich ihre Lider, und sie neigte ihm das Gesicht entgegen, die Hände zwischen ihren Körpern zu Fäusten geballt.

Vorsichtig und ehrfürchtig nahm er ihr Kinn in die Hand,

dann berührten seine Lippen federleicht die ihren, warm, langsam, sanft. Er schmeckte nach Minze, und sie fühlte seine hitzige Leidenschaft.

Ihr stockte der Atem. Er keuchte ihren Namen.

»Billie, du bist so weich«, murmelte er, sein Kuss eine hauchzarte Liebkosung. »So verdammt weich. Deine Lippen, deine Haut, dein Haar. Und so gefühlvoll. So sensibel und empfindsam.« Sein Mund liebkoste den ihren, reizte ihn, entzündete ihn, saugte daran, bis sie sich ihm entgegenreckte, weil sie sich nach mehr Berührung sehnte. Die Stille war eine Qual. Jede Minute würden Stiefel den Flur entlangkommen, und die Umzugshelfer würden das gläserne Versprechen zerstören, das in der Luft lag.

»Verdammt«, flüsterte sie. »Zum Teufel mit dir, Chris. Kriegst du eigentlich immer, was du willst?«

»Bevor ich dich kennenlernte, wusste ich nicht, was ich wollte.« Seine Zunge leckte über ihre Unterlippe, tauchte in ihren Mund ab, gerade lang genug, um die ihre zu berühren. Dann zog sie sich wieder zurück.

Billie stöhnte frustriert. »Küss mich.«

»Das werde ich.« Er umfing ihre Kehle, hielt sie fest, damit sie ihm zuhörte. »Ich tue alles, was du willst.«

Flüssiges Verlangen strömte durch ihren Körper und sammelte sich an dunklen, schmerzenden Orten, spülte ihre Trauer davon. Sie wollte ihn nackt, ihr nahe, in ihr. Er war wie eine Droge, ein berauschendes Vergnügen, ohne das sie nicht leben konnte. »Alles?«

»Alles, was du willst … als Gegenleistung.«

Billie war so verzückt von seinem heißen, hinreißenden Mund, dass sie nicht gleich antworten konnte. Dann verstand sie, und sie öffnete die Augen.

Und sah seinen zärtlich belustigten Blick.

»Nein …« Sie stöhnte und pochte halbherzig mit der Faust an seine Brust. »Komm schon.«

»Eine Hand wäscht die andere. Jetzt geht es um den Gefallen Nummer fünf.« Er streichelte ihr Haar und zog ihre Stirn an seinen Hals. Er war warm und duftete so verführerisch.

Sie wusste nicht, ob sie lachen oder schwach werden und zeigen sollte, wie erschöpft sie war, und seufzte. »Okay, dann lass hören.« Noch während sie das sagte, glitten ihre Hände unter den gestreiften Saum seines Sweatshirts und suchten nach dem festen Fleisch an seinem Rücken. »Was ist dieser Gefallen Nummer fünf? Was schulde ich dir?«

»Deine Vergebung.«

»Die hast du doch schon.«

Er erschauerte unter der federleichten Berührung ihrer Fingerspitzen. »Dann dein Versprechen.«

Sie zog sich zurück, um ihm in die Augen zu blicken. Sie waren dunkel und glänzten vor zärtlicher Ernsthaftigkeit. »Was für ein Versprechen ist das, Christopher Antoli?«

»Dass du zu mir zurückkommst. Dass du bei mir bleibst. Dass du den Platz in meinem Leben füllst, der dir ohnehin gehört.« Seine Lider senkten sich vor Lust, als sie seinen muskulösen Oberkörper liebkoste. »Das ist so gut. Mein Gott, wie sehr ich mich nach dir verzehrt habe.«

Hingerissen von ihrer Macht über ihn liebkoste sie seine Brust, streichelte über seine Gänsehaut, zählte die fieberhaften Schläge seines Herzens, bis sein Atem heftig und stoßweise ging.

Dann riss er ihre Hände unter seinem Sweatshirt hervor und hob sie hoch, presste sie an sich in einem Ausbruch leidenschaftlichen Gefühls. »Ich liebe dich, Billie. Lass mich dich glücklich machen. Lass mich dir zeigen, wer ich wirklich bin – der Mann, der nicht ohne dich leben kann. Der Mann, der dein Herz verdient hat.«

Die Freude überflutete ihre Seele, wischte die grauen Wochen fort. An ihre Stelle trat die Liebe zu diesem Mann, sie liebte all seine Facetten. All seine Ecken und Kanten. Egal ob als Adrian oder Christopher – er war ihr Mann.

»Ich könnte mich überreden lassen«, sagte sie heiser.

Ein provozierendes Lächeln spielte um seinen Mund. »Sag mir wie.«

»Zunächst einmal könntest du mich küssen. Nicht zärtlich und sanft. Ich meine hart und schmutzig, Lippen und Zunge ...«

»Ich werde mehr tun als nur das«, flüsterte er und öffnete seinen heißen, hungrigen Mund über dem ihren.

Dann stolperten sie ins Schlafzimmer, verstrickt ineinander und in ein wirres Knäuel aus Kleidungsstücken, zu hungrig, die nackte Haut des anderen zu berühren, um sich die Zeit zu nehmen, die sie verdient gehabt hätten, aber oh, Billie machte es nichts aus. Sie hielt seinen Kopf zwischen ihren Händen und trank aus seinem Kuss wie eine verdurstende Frau, vergaß die Umzugshelfer und das leere Zimmer und die kehligen, verzweifelten Laute, die sich ihren Lippen entrangen mit jedem sinnlichen Abtauchen seiner Zunge in ihren Mund.

Christoper ging zurück zur Tür und trat sie zu. Dann nagelte er sie daran fest, Becken an Becken, harte Männlichkeit an zarte Frau. Er fummelte an ihrer Jeans herum, doch seine Finger zitterten zu sehr – vielleicht zum ersten Mal in seinem Leben –, um eine Frau vernünftig auszuziehen, bis sie schließlich seine Hände fortschob und den Knopf für ihn öffnete. Der Reißverschluss folgte, dann war seine Jeans an der Reihe.

Und als sie kühn in seinen Hosenschlitz griff, um ihre Finger um seine Erektion zu schlingen, lehnte er die Handflächen über ihren Kopf an die Tür und sah zu, wie seine Hüften der seidigen Bewegung ihrer Liebkosung folgten.

Der angespannte, köstliche Augenblick ging schweigend vorüber und wurde nur durch ihren leisen Atem zerrissen. Dann löste Christopher Billies Berührung mit sanfter Hand und schob ihr den Pullover über die Brüste, zog sein Sweatshirt aus und drängte seine nackte Brust an ihre Brustwarzen.

Immer und immer wieder. Bis Billie stöhnte, bis jeder Nerv nach mehr schrie. Bis Christopher zitterte, weil sein Verlangen so übermächtig war.

»Das Bett ist nicht überzogen«, brachte sie hervor, als er sie herumwirbelte auf der Suche nach einem Ort, wo sie sich hinlegen konnten.

»Egal.« Er trug sie zu dem verlassenen riesigen Bett, und gemeinsam brachen sie auf der kalten, bloßen Matratze zusammen. Ihre Körper wanden sich, verflochten sich ineinander, bis er den Weg zwischen ihre Schenkel fand, die ihn umklammerten. Er bäumte sich ihr entgegen, suchte Hitze und Sanftheit.

Im Rhythmus zu ihren Körpern quietschte und kratzte das Bettgestell über den nackten Boden, auf dem kein Teppich lag, der es festhielt. Schuhe fielen auf den Holzboden, *plumps, plumps, plumps*, seine Slipper, ihre Tennisschuhe. Glieder verwoben sich miteinander, der Hunger wurde intensiver, und ihre Körper wogten instinktiv der Vollendung entgegen – trotz der Kleider, die sie hinderten.

Gestützt auf einen starken Arm, gelang es Christopher, seine Jeans die Schenkel hinabzuziehen. Dann half er Billie, das Gleiche zu tun, befreite dabei ein Bein ganz von ihrer

Levi's, damit sie es um seine nackten Hüften schlingen konnte. Umfangen von ihrer innigen Umarmung beugte er sich vor und küsste ihren Mund, nahm seine Erektion in die Hand und teilte die weichen Falten ihrer Weiblichkeit mit seiner seidigen Spitze, graziös sogar in seiner zitternden Ungeduld.

Dann erstarrte er.

Sie sah ihn forschend an. »Was ist los?«

»Ich habe kein Kondom«, sagte er mit schiefem Lachen. »Oh Gott, zum ersten Mal in meinem Leben bin ich schlecht vorbereitet.«

Billie fuhr mit der Hand durch sein zerzaustes Haar und wand es um ihre Finger, wappnete sich für die Antwort auf die naheliegende Frage.

»Hast du in den letzten paar Wochen mit jemandem geschlafen?«

»Ja.«

Ihr wurde das Herz schwer, sogar als seine Lippen sich zu einem vagen Lächeln verzogen.

»Mit dir und nur mit dir«, murmelte er. »Ich will niemanden sonst, Billie. Und ich will dich mit niemandem teilen.«

»Dann nehme ich eben die Pille. Und bis dahin ...« Sie bäumte ihm die Hüften entgegen. »Bist du bereit, es zu riskieren?«

Seine Antwort war ein einziger langer Stoß, der sie ganz und gar erfüllte. Er hörte ihren Schrei, zog sich zurück und ließ sich wieder in sie hineinsinken, und Billie schrie erneut auf, vor Freude, vor Lust, weil es sich so richtig anfühlte. Sie brandete ihm entgegen, ihre Hände glitten von seinen Rippen herunter und über die satinglatte Matratze. Sie suchte nach Halt. Aber es gab nichts, nur den harten, heißen Körper, der in sie hineintrieb, der einzig feste Halt in ihrem Leben, der ihr dennoch wie ein Traum vorkam.

Tiefer. Und noch tiefer. Sie wand sich und buckelte unter ihm, ihre Nägel vergruben sich in seinen Pobacken. Sie verlangte nach mehr. Er steigerte das Tempo, Schweiß benetzte seinen Bauch, verband ihre Haut miteinander.

Dann fand Christopher ihre Hände, verwob seine Finger mit den ihren und hob ihre Hände in weitem Bogen über ihren Kopf, nagelte sie fest. Er keuchte leise, sein Körper wartete auf ihre Kapitulation. Ihr Stoß, sein Stoß. Sie, er, er folgte ihr. Der wilde Paarungsakt ging in einen weicheren Rhythmus über, in einen Tanz aus Geben und Nehmen. Sie liebten sich endlich ohne Geheimnis, ohne Vorbehalt.

»Ich liebe dich, Billie«, flüsterte er.

Billie schloss die Augen und stellte sich einen Ozean vor, der am Sand leckte, wogend. Seine Kraft trug Stücke des Landes mit sich fort und brachte sie zurück, wenn er zurückkehrte. Die Wellen brachen sich, und sie kam mit einem einzigen lauten Schrei zum Höhepunkt.

Als sie die Augen öffnete, musterte er sie eingehend. Sein Blick war unergründlich.

Keiner von beiden sprach. Gefühle konnten nicht besser zum Ausdruck gebracht werden als durch das rasende Verschmelzen ihrer Körper. Er bewegte sich jetzt schneller, wie ein Kolben, der in ihre enge, bereitwillige Hitze eindrang, wobei er heftig keuchte. Das Bettgestell, ohne Kopf- und Fußteil, quietschte und rutschte wie zur leisen Untermalung. Unten auf der regennassen Straße rauschte der Verkehr vorbei, Bremsen quietschten. Der Klang männlicher Stimmen drang vom Bürgersteig zu ihnen hoch. Irgendwo im Flur vor der Wohnung schlug eine Tür.

Sie klammerte sich an seinen wunderschönen Körper, trieb dahin im Kielwasser ihrer Lust. Billie hörte die Geräusche, den

Chor des Lebens, wie eine Begleitung zur Melodie seines stoßweise gehenden Atems. Und sie genoss es mit geschärften Sinnen. Ihre Liebe hatte endlich ihren Platz in der Welt gefunden, und die verbindende Kraft ihres Paarungsaktes machte sie gültig, verbindlich. Das Leben drehte sich um sie, und sie gehörten zusammen. Hier, an diesem geschützten Ort. Da draußen, wo es keine Versprechen gab, nur die, die sie in ihren Herzen trugen.

»Ich komme«, flüsterte er, die Lippen dicht an ihrem Ohr. »Tief, tief in deinem Inneren.«

Ein Schrei entzündete sich wie Feuer in ihrer Brust, und sie erstickte ihn. Die Tränen brannten ihr in der Kehle, das heiße Pulsieren seines Ergusses verbrannte ihr zartes, erregtes Fleisch. Christopher erschauerte von der Gewalt seines Orgasmus, kämpfte um Stille und scheiterte, gewährte dem Laut der Lust Aufschub, erlag dann aber und schrie ihren Namen.

Als der Sturm vorüber war, brach er auf ihr zusammen, suchte ihre Lippen und küsste sie mit unerträglicher Zärtlichkeit noch einmal.

»Billie.«

»Christopher.«

»Komm mit mir nach Virginia.«

»Oh ja.« Ein Schluchzen erstickte ihre Antwort, und sie umarmte ihn, zog seinen Kopf zu sich hinab, klammerte sich fest an ihn, während sie beide, von ihren Gefühlen vollkommen überwältigt, zitternd dalagen.

Männliche Stimmen wehten in die Wohnung hinein, der Holzboden quietschte unter ihren schweren Stiefeln.

»Oh mein Gott!« Billie erwachte ruckartig neben ihm zum Leben. »Die Umzugshelfer!«

»Äh, Ms. Cort?«, rief Hugh aus dem Wohnzimmer. »Die

Firma wird noch einen kleineren Wagen schicken, um morgen früh die restlichen Sachen zu holen. Es regnet jetzt nämlich in Strömen.« Pause. »Können Sie vielleicht rauskommen und mir das Blatt hier unterschreiben?«

»Okay«, sang sie atemlos, und ihr panikerfüllter Blick ruhte auf Christophers mutwilligem Funkeln. »Eine Minute.«

Sie waren wie zwei Teenager, die in einem parkenden Auto von einem Streifenwagen überrascht worden waren. Beide bemühten sich, ihre Kleidung zu glätten, lachten leise und konnten nicht voneinander lassen.

Als sie beide wieder gesellschaftsfähig waren, ging Christopher zur Tür und öffnete sie ruhig, um sodann in drei erstaunte schnurrbärtige Gesichter zu schauen.

»Oh«, sagte Hugh und wandte die Augen ab. »Tut mir leid, dass ich störe.«

»Schon gut, Hugh.« Billie vertrieb den Ausdruck träumerischer Lust aus ihrem Gesicht und betrat das Wohnzimmer, wobei sie Christophers Hand in die ihre nahm. Mit der anderen unterzeichnete sie den Umzugsleuten ein Formular, ließ den Mann, den sie liebte, aber keinen Augenblick lang los. Das würde sie nie wieder tun. »Danke, Hugh. Dann macht euch mal vom Acker, Jungs. Feierabend für heute.«

»Wenigstens haben Sie heute Nacht noch ein Bett«, erklärte der stämmige Mann lächelnd, und Billie hörte einen kostbaren, seltenen Laut – Christophers Lachen. Er zog sie in seine Arme.

»Gott sei Dank«, sagte er und umarmte sie fest. »Für die kleinen Freuden im Leben.«